智囊

# 《智囊》是毛澤東晚年最愛讀的筆記小說

《智囊·閨智部》載有一則軼事——

監察御史李畬的母親，素來以清素貞節著稱。一次，李畬派人送祿米到其家，其母讓人重新稱量了一下，結果多出三石。問其故，則答：「御史例不概。」不概，就是量米時不用平斗、斛用的小木板去刮。這樣，每斗都冒尖裝盛，自然就多出米來。其母又問腳錢多少，來人又說：「御史例不還腳車費。」於是，李畬母大怒，下令送還所剩米和腳錢，並將李畬斥責了一通。李畬便追究倉官的罪責。其他御史得知後也十分慚愧。

仁讀之下，李畬之母冰清玉潔，不占公家便宜，不貪非分之財，十分可敬。而李畬得知情況後則嚴加追究，應當說也是能廉潔自律的。但是，毛澤東看了之後想得更深，看得更透，揮筆寫下了——「李畬應自科罪」的批語。

品味毛澤東的批語，其中大有深意。「李畬應自科罪」，起碼有三點值得注意：

其一，作風不細。古時官吏的主要收入就是俸祿，讓人給自家送祿米卻不檢查過問一下，無端的多吃多占，即使是屬下所為，自己不知道，也是不能開脫干係的。

其二，循例不當。不論是「例不概」也好，「例不還腳車費」也好，這些「例」那都是不適當的。因為這一「例」便

「例」出了特權，「例」出了貪污，有損官德，有污清名。李畬卻沒有看到這些制度規定的不合理性，單單處罰那位倉官，這就沒有真正抓到要害，假若李畬預先知道有這些「例」存在，更加上參與或默許這些「例」存在，則罪責更大矣！

其三，當其母舉報了這一情況並責怪時，李畬不是從自身找一找原因，來一番反省，而是單單處罰別人，有推卸責任之嫌，不是領導人應有的風格和氣度。而且，不從自己身上找原因，不從制度上找弊端，不從根本上堵漏洞，那麼，以後此類問題仍是不能得到有效解決的。

因此，毛澤東的批語「李畬應自科罪」，對於今日的各級官員來說，也是很有教育啟發作用的。

〔明〕馮夢龍◎著

# 智囊

# 大全集

【上卷】

# 總　序

　　此書是根據《智囊補》編譯的，《智囊補》是明末文學大師馮夢龍先生晚年嘔心瀝血編纂的一部反映古人巧妙運用聰明才智來排憂解難、克敵制勝的處世奇書，也是中國文化史上一部搜羅宏富、篇幅龐大的智謀錦囊。書中蒐集了從先秦至明末三千多年間經史百家、稗官野史，以及民間傳說中二千餘則以智取勝的事例。

　　全書共分十部二十八卷，所記的人物三教九流、多種多樣；所敘故事，上自治土安邦的經國大略，治軍作戰的用兵之策，決訟斷案的明察睿智；下至治家理財的精明算計，立身處世的生活錦囊，逢凶化吉的機敏權變；甚至於寵宦奸臣的陰謀詭計，損人利己的狡黠小慧。「惟恐失一哲人，漏一慧語」。所敘謀略智囊，共十部二十八卷，每部前有總敘，每卷前有題詩，於史料輯錄之外附有許多頗有見地的評述和按語，故「其描寫摹神處，能令人擊節起舞：即平鋪直敍中，總屬血脈筋節，不致有嚼蠟之誚」（馮夢龍：《新列國志·凡例》）。

　　因此，此書自問世以來，便受到歷代帝王將相乃至平民百姓

的青睞。但由於受時代和作者世界觀之局限，此書中存在不少封建糟粕，正人君子的大智大勇與奸邪人的陰謀詭計互現，加之作者用當時所流行的卻不為當代人所卒讀的文言文寫就，所以，按照「古為今用」、忠實於原著的原則，我們特地組織了十來位多年從事古文研究的專家學者，精心地選譯和評點，隆重地推出這部中華傳統文化的智慧結晶──《智囊大全集》。

本書為方便讀者閱讀，以每十四卷成一分冊，全書二十八卷共分二冊，即──

(1)智囊大全集──上卷
(2)智囊大全集──下卷

全書六十萬餘言，洋洋灑灑，勢必滿足你探討智慧的野心！

# 上卷

# 第一卷
# 大處著眼的智囊

具有超人智慧的人，識人、用人、操縱人、駕馭人，常常超越一定的規則，出乎一般人的意料之外。因此一般人對此驚訝不已，而英雄豪傑卻是胸有成竹。因此，輯有《大處著眼的智囊》一卷。

## 孔子盡人之用

孔子帶著他的弟子周遊列國，他的一匹馬跑進農民的莊稼地裏吃了莊稼。那個農民十分憤怒，就把馬扣下了。孔子的學生子貢去向農民求情，說了許多好話卻沒有把馬取回來。孔子感歎地說：「用別人不能理解的話去說服人，好比用最高級的牲禮──太牢（牛羊豬各一）去供奉野獸，用最美妙的音樂──《九韶》去取悅飛鳥，有什麼用呢？」於是孔子就派養馬的人前往處理這件事情。養馬人對那個農民說：「你老哥不是在東海耕種，我也不是在西海旅行，我們既然碰到一起了，我的馬怎麼能不侵犯你的莊稼呢？」農民聽了，十分痛快地解下馬，還給了他。

各種人因類別、品性相同而聚合。

在農民面前大談詩書之理，這正是腐儒誤國誤民的根源所在。養馬人的話固然不錯，假如由子貢去說，農民仍不會聽從。為什麼呢？因為儒生與農民在外貌和修養上相距甚遠，他們的精神也必然互相背離。那麼孔子為什麼又不直接派養馬人去，而要先聽任子貢前去呢？如果先派養馬人去，即使他一去就取回馬，子貢也不會心服，不如先讓子貢自己去碰釘子，養馬人的妙處自然會顯露出來。聖人通達人情，所以能恰當地發揮各人的長處，而後來的朝代，往往用金科玉律束縛人，以論資排輩限制人，又總是指望一個人各方面都要冒尖，天下的事怎麼能辦得好呢？

　　勸說者要了解被勸說的對象，把握被勸說者的性格特點，以及當時的心態，從而有針對性地採取被勸說者能夠接受的方式。因為一般人只懂得淺顯的語言，勉強地講高深宏大的道理讓他們聽，就如同用仙丹妙藥去治療鼻塞咳嗽，穿著貂皮虎裘去砍柴挖野菜一樣。當年蘇秦曾經用精深的學說去趙國遊說，結果秦陽君聽了之後不高興；商鞅以「帝道」、「王道」去遊說秦孝公，而秦孝公卻不願意採納。

　　凡是不符合當事人內心所追求的東西，即便你說得天花亂墜，表達得眉飛色舞，引用的全是古聖人的話語，那也如同用酒飲牛、用肉餵馬一樣毫無效果。所以，那種華麗深奧的辭藻，只有華麗的表面，而缺乏實質的內涵，只適合庸人自樂而不適合深入人心。

　　因此，子貢固然有出色的勸說能力，但在此處的「妙稱」，還不及馬夫的「諧說」。道理很簡單，因為子貢面對的不是有修養懂得大道理的君主或者士大夫，而是一文不識的山野之人，自然美妙的言辭對於山野之人而言，猶如對牛彈琴，這是勸說的時候不注意被勸說者的身分和地位。

　　王充曾精闢地分析了子貢與山野之人交涉失敗的原因，他說：「拿聖人的經典給小孩子看，把高雅的言論說給山野之人聽，他們不會明白其中的內容，也就沒有不被頂回來的了。」這就告訴我們勸說的時候，要注意勸說的對象。

# 愚侍者打敗智徐鉉

南唐廣陵人徐鉉、徐鍇兄弟和鍾陵人徐熙，號稱「三徐」，三人都以學識淵博、見多識廣、通達古今聞名於北宋朝廷，其中又以徐鉉的聲望最高。

一次，南唐派徐鉉向朝廷納貢，照例要由朝廷派官員去做押伴使。滿朝文武都因為自己的辯才不如徐鉉而生怕中選。宰相趙普也不知究竟選誰為好，就向宋太祖請示。太祖說：「朕親自來選擇。」

過了一會兒，宦官命令殿前司聽旨，要他寫出十個不識字的殿中侍者的名字送來，殿前司寫好後，宦官將名單送給太祖，太祖御筆一揮，隨便點了其中一個人的名字，並說：「就這個人了。」這使在朝的官員都大吃一驚。趙普也不敢再去請示，就催促那人趕快動身。

那位殿中侍者不知為什麼派他去做使臣，又得不到任何解釋，只好前去執行命令。一上船，徐鉉就滔滔不絕，詞鋒如雲，周圍的人都為他的能言善辯而驚訝。那位侍者當然無言以對，只一個勁點頭稱是。徐鉉不了解他的深淺，越發喋喋不休，竭力與他交談。一連幾天，那人卻不與徐鉉論辯，徐鉉說得口乾舌燥，疲憊不堪，再也不吭聲了。

岳珂就這件事情說道：「當時陶穀、竇儀等名儒衣冠楚楚出入於朝廷，若談論辯之才，難道不如徐鉉嗎？宋太祖作為大國之君，不應當這樣辦事。其實宋太祖用的是不戰而使敵人屈服這個兵家策略啊！」孔子指派養馬人是以愚治智，宋太祖派遣殿中侍者，是以愚困智。以智者去對付愚者，愚者無法理解；以智者與智者較量，誰也不會服誰。

白沙的陳公甫到定山拜訪莊孔易，莊孔易乘船送他回家。船上有一個書生，平時就油嘴滑舌，當時在船上肆無忌憚，十分猖

狂地說下流話。莊孔易憤怒得難以忍受，而陳公甫卻在那人胡言亂語時，好像沒有聽見他的聲音一樣，等到那人走時，好像根本不認識他似的。莊孔易對陳公甫非常佩服。這也就是宋太祖制伏徐鉉的辦法。

智囊

馮夢龍先生在《古今譚概‧機警部》裏同時引用了這個故事，並且評論說：「有人說宋朝此舉展現了大國的氣度，是不屑於和南唐這樣一個小國在口舌方面爭個勝負的，卻不知當時宋朝沒有徐鉉的對手。倘若有了晏嬰、秦宓那樣的能言善辯的臣子，口舌如簧地同他辯論一番，得勝回朝，那於宋朝這個大國的體會豈不是更添光彩？孔子討厭那些花言巧語的人，但並不排斥能言善辯的才能，這是有道理的。」

但是，愚侍者取勝的關鍵在於運用了「以愚困智」的策略。在企業管理中，主管對部屬的「管理」，無非是一種制衡，制衡的原則也是一成不變：打壓能力最強的部屬，扶持能力最弱的部屬，削弱影響力最大的部屬的影響，強化部屬對主管的依賴性。這種內部的鬥爭升級到企業的高度上來，就會演化成為高管們的「理念」之爭。事實上，主管及上司用來保持自己地位的手段還有許多，這些招術因情況而變化，可以說是五花八門、七彩繽紛。其中「以愚困智」，指的是把縱橫千里的良駒與跛腳的騾子湊成一個「團隊」，把在某一方面能力不足的員工與在此方面能力強的員工組合起來，形成彼此的互補。

從表面上來看，主管的這種伎倆都是「不利於企業發展」的，是一種為了維護自己權利與地位的陰謀。但在實際上，正是這種方式才最有可能促成企業內部的良性運作，因為只有這種方

式才能達成管理者與被管理者雙方的利益互動與制衡。反過來，那些天真地認為主管應該主動交出權利或讓渡自己生存空間的想法與願望，不僅不切合實際，而且是企業內部發展的最大隱患。

........................................................

## 燕昭王尊郭隗為師

　　燕昭王勵精圖治，禮賢下士，是戰國時代很有作為的國君。一次他向郭隗詢問治國之道，郭隗回答：「國君的臣子，是他的老師；諸侯的臣子，是他的朋友；伯爵的臣子，是他的門客；而不安寧的國家總是用奴才為臣。請大王自己選擇吧！」

　　燕昭王說：「寡人願學帝王，但沒有可做老師的大臣。」

　　郭隗說：「大王如果真的想招賢納士，振興國家，我請求為天下有識之士開路。」

　　隱士郭隗在這裏並沒有把自己看成是個如何了不起的人才，他向燕昭王講了一個模擬的寓言：古代一個臣子為國君買千里馬，結果他花了「五百金」買回了千里馬的骨骸。經臣子一再說明，國君接受了這一堆骨頭，表明了他尊重千里馬的誠意。結果，不到一年，三匹生龍活虎的千里馬便送到了國君的身邊了。

　　於是燕昭王為郭隗改建寢宮，並以老師的禮節尊崇他。

　　不到三年，蘇秦從東周洛陽來到燕國，鄒衍從齊國來到燕國，樂毅從趙國來到燕國，屈景也從楚國歸順了燕國，各地的人才都紛紛投奔燕國。

　　郭隗通曉招賢納士之術，長於吸取人才的方法，具有大臣的寬廣氣度，真不愧為帝王的老師。漢高祖劉邦賜封與自己有宿怨的雍齒為侯，使群臣都停止了爭功。許靖倜儻瑰偉、足智多謀、品行高潔，在劉璋手下曾做巴、蜀等郡太守。劉備打敗劉璋之後，封許靖為將軍長史、太傅，對他以禮相待，使蜀國的士大夫

們都一心報效於朝廷。這些事都是君王給那些有識之士以名譽，而君王獲得的是實利。

智囊

　　治理國家要尊重人才，管理一個部門、一家企業何嘗不是要尊重人才。現在很多公司都認為他們非常尊重人才，理由是他們投入大量人力物力做招聘工作，釋出了很多吸引人才的優惠政策，給人才良好的待遇和發展空間等等。這確實是尊重人才，但是另一方面，他們卻沒有意識到，在招聘時設置諸多苛刻的、不合理的硬性條款，正是不尊重人才的表現。尊重人才，首先要給予人才平等公正的競爭機會。

　　評價一個人是否是人才，毫無疑問應該以其知識、技能、綜合素質、個性品質等為核心，而年齡、學歷、身體條件等只是參考因素，把年齡、學歷等作為硬性的「門檻」，顯然是本末倒置。

## 丙吉容人小過，郭進不殺仇人

　　西漢丙吉做丞相時，他的一個車夫好喝酒，喝醉了行為就很不檢點。有一次車夫駕車隨丙吉外出，酒醉後嘔吐到丞相的車上，相府的主管罵了車夫一頓並想辭退他。丙吉說：「他如果因為醉酒失事而遭辭退，還有哪裡會收容他呢？你就忍忍吧，不過就是弄髒了車上的墊褥罷了！」於是仍然留他做車夫。

　　這個車夫家在邊疆，經常目睹邊疆發生緊急軍務的情況。那天出門，恰好看見驛站騎手拿著紅白兩色的口袋，將邊境的緊急

文書送來。他就隨後跟到皇宮正門負責警衛傳達的公車令那裏打聽。知道敵人已經侵入雲中、代郡等地。他馬上回到相府，將情況告訴了丙吉，並說：「恐怕敵人所侵犯的邊郡中，有些太守和長史已經又老又病，無法勝任用兵打仗的事了，丞相最好是預先查看一下。」

丙吉認為他說得很對，就召來負責高級官吏任免事項的官員，查閱邊境郡縣官員的檔案，對每個人都仔細地逐條審查。不久，漢宣帝召見丞相和御史大夫，詢問敵人所入侵的郡縣官員的情況，丙吉一一正確答覆。御史大夫倉促間十分窘迫，無言秉告，只得降職讓賢。而丙吉能以時時憂慮邊疆、忠於職守被稱道，全憑車夫的提醒之功。

北宋初年，郭進任山西巡檢，有個軍校到朝廷控告他，宋太祖召集官吏審訊，查明是軍校誣告，就將他押送回山西，命令郭進親自殺了他。當時正趕上北漢國入侵，郭進就對那人說：「你敢告我，確實有膽量。現在我赦免你的罪過，如果你能消滅敵人，我馬上向朝廷推薦你。如果你被打敗了，你就自己去投河，不要玷污了我的寶劍。」

於是，那個軍校在戰鬥中英勇殺敵，終於打了大勝仗。郭進就向朝廷推薦了他，提升了他的職務。

容忍別人的小過失，他必將以自己的一技之長來酬答；寬大自己的仇人，他必將會以死來相報。只因為要報答恩人的感情激盪在胸中，所以他的長處一遇觸發的機會就躍躍欲試，他的才智一受到激勵，就會儘量發揮。至於那些專愛找別人過錯、與人結仇者，他們難道不是最愚蠢的嗎？

　　人誰無過？過而能改，善莫大焉。古今豁達之士都懂得這個道理。漢宣帝時的丙吉，北宋的郭進，都是這樣的明白人，所以能容忍車夫、軍校的過錯。車夫、軍校也都十分感激上司的寬容，反省自己的錯誤，後來也都充分發揮了智勇，將功補過。

　　當今社會，注重人權，更不會輕易地處分一個人，都寄希望於犯錯誤的人改過自新，改惡從善。即使是對罪犯，也不是一味地懲處，而是強調「改造」，使他們脫胎換骨，重新做人。

　　常言道：「救人一命，勝造七級浮屠。」在腥風血雨中，丙吉冒著生命危險，不但救了皇曾孫的命，將他撫養長大，而且輔佐他登上皇帝的寶座，此恩可謂深似海，此德可謂比天高。但是丙吉卻絕口不提。這既說明了他有高尚的品德，也表現出了他深沉的處世智謀。

　　因為，從處世的智謀說，大德不言謝，是一種避禍自保的韜晦之計。侯門似海，君心難測，皇帝對臣下的要求，歷來是只准你出力，不准你邀功。丙吉對此是不會不知道的。

　　此外，在現實生活中，謙而不爭，既可以贏得他人的敬佩，在你的領導看來，你也是一個穩妥的下屬，對你就會比較信任和器重。

## 寫假信的人

　　秦檜當權時，有個書生假借他的名義寫了一封信去拜見揚州太守。太守發覺此信是偽造的，便扣下書信並押送那個盜名之人去見秦檜。秦檜見了那人後，當即授予他官職。有人問秦檜這是

什麼原因，秦檜說：「此人有膽量敢借我名寫信，這人必定不是平常人，如果不給予官職束縛他，他就會投奔北面的金人，或者會向南跑到越人那裏，無論是為金人所用還是為越人所用，都給我們造成威脅。」

北宋與西夏作戰時，有姓張、姓李的二位青年想為宋朝當權的韓琦、范仲淹出謀劃策，卻又不好意思毛遂自薦，於是在石碑上刻詩一首，使人拖著從韓琦、范仲淹二位大人面前經過。韓琦、范仲淹二人心中懷疑，也就沒起用他們，過了很長一段時間後，此二人便投奔西夏，化名為張元、李昊，到處題詩。西夏國主元昊對此很是奇怪，隨召見二人，並與他們談話，元昊聽後，非常高興，便封張、李二人為謀士，成為宋朝當時最大的禍患。

奸臣秦檜的舉措，遠勝於韓琦和范仲淹，這就是說，即便是次而又次的人，也有很高明的上等智謀。曾有人偽造了一封韓魏公韓琦的信，去拜見蔡襄。蔡襄雖然心中疑惑，可此人士氣豪爽，於是就給他三千錢，並寫了封回信，派四名兵卒送走他，還帶了不少果品給韓魏公。那人到了京城後，向韓魏公謝罪。

過了一會兒，韓魏公才慢慢說：「我權力不大，恐怕難為您辦事。夏太尉在長安，您可前往見見他。」並當即給他寫了介紹信。韓魏公的門生們頗不理解，認為能原諒他就不錯了，再沒必要給他寫介紹信了。韓魏公說：「他能假造我書，且又感動了君謨先生，可見其才智不同凡響。」後來那人來到關中，夏太尉果然給他安排了一個官職。

還有，宋哲宗元祐年間，蘇東坡出任杭州知府，上任不久，都商稅務就押解來一名偷稅的人。這人叫吳味道，是南劍州的鄉試合格舉人。他帶著兩個巨大的包袱且冠以東坡名銜，送到京城蘇侍郎的住宅。蘇東坡問這包袱中是什麼東西，吳味道膽怯地皺著眉頭說：「我今秋承蒙鄉試推薦，鄉親們籌集了百千貫錢助我參加省試，於是我就買了建陽紗二百卷。因考慮到一路所經之地

很多地方都要徵稅，到了京都後剩不下一半了。我認為當今天下最有聲望的，只有您翰林學士大人蘇侍郎了。縱然破綻敗露，您也能同情寬恕，於是我就借先生您的名銜，封好包裹來到這裏，不曾想先生您已在此上任，我的罪行實在難逃啊！」蘇東坡看著他，笑呵呵地叫掌管箋吏的人去掉包上的封皮，貼上他親筆題寫的新封皮，送交東京竹竿巷。並且給弟弟蘇轍寫了一封信，交給吳味道，說：「您現在就是上天也沒有關係了。」第二年，吳味道考中了進士，特地來拜訪蘇東坡。這兩件事充分表現了長者的智慧和度量。

智囊

　　不拘一格大膽用人——識人是引人、育人、留人、用人的第一步，能否準確識別人才是企業管理者所面臨的共同挑戰。用什麼樣的眼界識人，就會招來什麼樣的員工；用什麼樣的員工，就會打造什麼樣的企業。因此，能否準確快速識別優秀的人才關係到企業的興衰成敗。我們要敢於打破常規，不拘一格用人才，堅持優秀人才破格使用、先進人才優先使用、實績平平末位調整等一系列措施，切實把創新業績突出的能人放在重要崗位，發揮他們在創新中的帶頭作用。

## 楚莊王不辱下臣　袁盎厚待侍兒

　　春秋時，楚莊王有一次設宴招待群臣，命令美姬依次為大臣們斟酒。傍晚時分，夜幕降臨，眾臣都醉了，忽然蠟燭熄滅了。黑暗中有一位大臣拉著美姬的衣帶不放，那美姬順手便揪斷了他

的帽纓，告訴楚莊王，趕緊拿到有火光的地方去辨認。楚莊王說：「為何只顧顯示你的婦人貞節，而羞辱於我的大臣！」於是下令說：「今日我與大家同飲，若拉不斷帽纓，不算盡興！」大臣們於是都紛紛拉斷自己的帽纓投入火中，直玩到興盡方才甘休。後來，在圍困鄭國的戰爭中，有一位臣子總是衝鋒在前，五次交戰都取下敵將的首級，大敗敵軍，全軍獲勝。楚莊王詢問他是何人，原來他就是那次在黑暗中被美姬拉斷帽纓的那位大臣。

漢朝的袁盎曾做吳王劉濞的丞相，他的一位從史私通其侍妾，袁盎得知後從沒洩漏過此事。有人恐嚇那位從史，於是從史悄悄逃跑了。袁盎知道後親自把他追回來，竟把其侍妾賜給他，待他還像以前一樣。漢景帝時，袁盎擔任太常，又奉命出使吳國。吳王當時正謀劃反叛朝廷，準備殺死袁盎，派五百人包圍了袁盎的住宅，袁盎並未察覺。恰逢那位從史在圍困袁盎的軍隊裏擔任校尉司馬，他買好兩百石酒，請那五百多人暢飲，把他們灌醉了。那些人個個喝得爛醉如泥，校尉就在夜中喊醒袁盎，對他說：「您快走吧！不然天一亮吳王將會殺您。」袁盎問道：「您是什麼人？」校尉說：「我就是原來偷了您侍妾的那位從史啊！」袁盎聽後十分吃驚，急忙逃離吳國。

五代時梁的葛周，宋代的種世衡，都是運用這種戰術攻打敵軍，討伐叛逆的。再如唐朝張說躲過禍殃之事，可算得上是突然間的轉機。金兀朮不殺那個謀殺他的小兵的妻子，也是胡人之中的俊傑之士。

葛周曾與其寵愛之姬一起飲酒，旁邊有個侍卒目不轉睛地看著葛周的美姬，葛周問他什麼，都答非所問。那個侍卒自覺失態，害怕葛周懲罰他，可葛周什麼也沒有說。後來葛周與後唐交戰失利，葛周呼此侍卒，侍卒奉命出戰且奮勇破敵，葛周竟把他的美姬賜給他做妻子。

北宋初年，西北各部落中，蘇慕恩的部落在胡人中是最強大

的。當時鎮守邊關的種世衡夜間與他一起飲酒，並叫出侍姬來勸酒。飲了一會兒後，種世衡站起來走進屋子裏去了，蘇慕恩便悄悄調戲那個侍姬。種世衡乘其不備突然走出來，給蘇慕恩難看。蘇慕恩十分慚愧，忙向種世衡請罪。種世衡笑說：「你喜歡她嗎？」隨即就將這名美姬送給了蘇慕恩。從此，各部落之中凡是居有二心者，種世衡都派蘇慕恩前去討伐，沒有不成功的。

　　唐代張說有個門生，私通其寵愛的一個女婢，張說打算依法處置他。這個門生突然大聲急呼道：「相公，難道您就沒有急用人才的地方嗎？為何連一個女婢也捨不得！」張說聽其言語奇特，便把那個女婢賜給他，並將他打發走了。以後再沒有這個人的音信。等到張說遭姚崇陷害，禍深難測時，一天夜裏，那個門生突然來到，送給他一掛夜明珠，並讓張說獻於九公主，替他在玄宗面前求情，這才使張說免禍。

　　金兀朮喜歡上了一名小卒的妻子，便殺了小卒霸佔了他的妻子，對她十分寵愛。一天兀朮白天休息剛醒，忽然看見那婦人拿著刀向他逼近，金兀朮大驚而起，急忙抓起這個女子問原因，女子說：「我要為我的丈夫報仇！」金兀朮目瞪口呆，擺手讓她出去。第二天設宴款待將士們，把那女子叫出來說：「殺你吧，你沒有罪；留下你吧，也很不合適。今日任憑你在眾將中選擇一個，和他一起去吧！」那婦人指其中一人，金兀朮遂即把女子賜給了他。如此以來，將士感恩，女子也不再有什麼怨恨。

智囊

　　楚莊王不辱下臣，就是著名的楚王絕纓宴。這故事之所以能流傳千古，除了這個故事表現了楚莊王的大度以外，更向人們說明：對人不能求全責備，一個再聰明的人，也難免會犯錯誤。對

錯誤要具體問題具體分析，有時候寬容一點，多些知心關懷，獲得的回報也會出人意料。

　　領導者與被領導者在日常工作中，偶爾也會為某件事發生摩擦，甚至爭得面紅耳赤。一般情形，事情過後，大多能夠握手言和。美國迪卡爾財政公司經理狄克遜，在管理方法上曾提出「有摩擦才有發展」的觀點。一次，狄克遜無意中說了一句話，戳痛了雙方，雙方在理智失去控制的情況下，激烈爭辯，把長期鬱積在內心的話傾吐了出來。然而，這次爭吵卻使雙方真正交換了彼此的想法，反倒覺得雙方的距離縮短了。以後雙方坦率相處，關係有了新的發展。

　　在人與人之間的關係中，尤在領導者與被領導者之間的關係中，時常出現「敬而遠之」的現象，這種現象使彼此的思想無法進一步溝通。因為越是「敬而遠之」，就越無法增加交換意見的機會和可能。這樣，偏見和誤解就會逐步加深。作為領導者應該敢於面對衝突，站在員工的角度來考慮問題，進一步改善人際關係，使全體員工襟懷坦白、精誠合作。領導者如果沒有面對衝突的勇氣，沒有解決衝突的能力，就難以改變惡化的人際關係，從而也就難以領導部門的工作。

　　正確對待組織內部的人與人、人與組織的關係，是企業內部公共關係的重點之一。因此，每個領導者都應從全局著想，認真對待這個問題，要善於處理面對面的衝突。做一名管理者，需要很多技巧和藝術，尤其是在處理員工與你的關係時，更應當設法讓他們佩服你，認真地完成自己的工作。

# 王猛息怒赦徐成

　　前秦王苻堅的重臣王猛，曾率領十六萬重兵討伐前燕國。前燕太傅慕容評統領大軍屯據潞州。王猛的軍隊迅速推進，在潞州城外與他相持。

　　王猛派大將徐成去偵察燕國，命令他在中午前來稟報。徐成到黃昏時才回來，王猛大怒，要斬首徐成。鄧羌為徐成求情，說：「現在敵軍眾多而我軍人少力薄，明早還要開戰，還是饒恕了徐成吧！」王猛說：「今若不斬徐成，難振我軍規。」鄧羌堅持為徐成求情，說：「徐成是我的部下，雖違法該斬，我願與徐成同往破敵，以求將功贖罪。」王猛還是不答應。鄧羌大怒，回到營中擂鼓集兵，要攻打王猛。王猛看到鄧羌對部下如此重義，又勇氣十足，便派人對鄧羌說：「將軍您先停下來，我現在就赦免徐成。」徐成被赦免後，鄧羌親自來向王猛致謝。王猛拉著鄧羌的手，笑著說：「我是想試一下將軍，將軍您對部下如此重義，何況對國家呢！」

　　違犯了法令而請求寬恕，是講私情；擂響戰鼓集合部隊反抗上級，是顯示強悍，部下將要攻打我，我因此就赦免了違法的下級，不大大損害了主帥的威信嗎？然而事實上鄧羌卻與徐成打敗了燕軍，以此還報主帥之恩。這與王猛顯示一下主帥的威風相比，哪一樣更值得呢？軍法是很威嚴的，但何必非要用它來懲罰奮勇殺敵的將軍呢？所以說：「圓若用智，唯圓善轉。」智慧好像一個圓一樣，是可以轉動的，能夠隨機應變，融會貫通。智慧就是因此而靈妙無窮。

**智囊**

顧全大局與隨機應變是不矛盾的。鼓勵人們在顧全大局的同時，對人、對事隨機應變。其中，求同存異，是合作間的顧全大局；共同進退，是管理中的顧全大局；以人為本，是經營中的顧全大局。隨機應變則是發展的必勝守則：應天時者，是頂尖創業者；承地利者，是頂尖經營者；順人和者，是頂尖管理者。

良好的職業道德與素養，主要表現在做事務實仔細，遇事沉穩，能顧全大局，獨立自主，認真負責。抗壓能力強，喜歡接受挑戰，易於接受新事物，善於學習，能夠靈活地適應新情況，並且發揮熟練的隨機應變的能力。

# 魏元忠以盜治盜

唐高宗在東都洛陽巡幸時，正趕上關中一帶鬧饑荒。高宗擔心路上草寇盜賊太多，於是命令監察御史魏元忠作為車駕檢校官，在車前開路，車後保駕。魏元忠接受詔命後，便去察看赤縣的監獄，在獄中他發現了一名盜賊，此盜賊談吐與其他犯人非同一般，就下令拆去其身上的枷鎖，放他出獄，把他當作心腹，讓他騎馬相隨，且與他吃住在一起。魏元忠拜託他盤詰其他的賊寇，此人非常高興地答應了。高宗一行從東都返回時，上萬人馬中未曾遺失過一文錢財。

慧眼識人，因才任能，根據每個人的德才學識來安排合適的工作，連盜賊也可以派上用場。平庸的書生嘲笑戰國四公子之一的孟嘗君田文是「雞鳴狗盜的首領」，豈不知他們到需要的時候連雞鳴狗盜之徒也使用不著啊！

人常常是經不起戴「高帽子」，盜賊也是如此。魏元忠的權謀是「以盜治盜」，舉一反三的有「以邪制邪」等。

例如在學校裏，常常會遇見一些調皮搗蛋的學生，一些老師為這樣的學生傷透了腦筋，認為這些學生是害群之馬，正是這些壞學生搞得班級一團糟。因此，面對這些學生，一些老師不知所措，從思想上排斥這些學生，任其懶散而不管不問。而一些老師則比較聰明，他們覺得這些學生從本質上是好的，積極上進的，潛力也是無窮的，關鍵是給他們創造一個良好的氛圍，他們就會迎難而上的。於是，這些老師善於發現調皮孩子身上的閃光點，善於挖掘調皮孩子的潛能，常常根據這些孩子的愛好特長委以班級重任，鼓勵他們模範帶頭。

事實證明，這些調皮的孩子在受到老師的賞識和重用之後，增強了自信心，樹立了責任感，比原來更懂得做人，做事，做學問。

## 柳玭ㄅ一ㄢ·對人以表揚為主

唐朝大夫柳玭被貶為瀘州郡守。此時，渝州有個秀才叫牟良，是都校牟居厚的兒子。牟良文采不高，卻拿著自己所做文章前來拜見柳玭。柳玭對此人大大表揚、讚賞了一番。柳玭的門生們都認為柳玭做得太過頭了。柳玭說：「巴蜀之地豪傑很多，牟良只是一名押衙的兒子，卻偏好文學，如果不引導他上進，他便會意志衰退，喪失學習的勁頭。今天，因為我稱讚了他，別人也必然會看重他，大家也會因此而感受到習文的榮耀，這樣以來，巴蜀之地將會減少三、五個賊人，不也是做了一件好事嗎？」

表揚平庸，柳玭的做法似乎有點出格，但是仔細想來，他的良苦用心也不難理解，因為他表揚的不是牟良的個人才華，而是對他的所作所為的一種肯定，是樹立一個樣板的需要，這就是一種善意的權術。

邱吉爾曾經說過：「讓一個人覺得他也有某些長處，他就會十分珍惜那些長處，在那些長處中求得發展。」而人們往往會用責備、恐嚇、威脅的方式，來訓斥所謂不求上進的人或者沒有出息的人，以為這種羞恥的方式可以使其奮進，實際上卻沒有什麼良好的效果，因為當他被人責備的時候，他會覺得別人在輕視他，嘲笑他，對他失望，因而很容易導致他自暴自棄，不思進取，「破罐子破摔」，不僅如此，有的時候事態還會向相反方向發展，即「物極必反」。

因此，「氣可鼓而不可泄」，對年輕人尤其應該鼓勵。唐代的這位御史大夫柳玭是深通其道的。牟良這位年輕人雖然不是天才，但是不做壞事，鑽研學問，當然應該受到鼓勵。

## 徐存齋勇於認錯獲得美譽

徐存齋是明朝時候的人，中國歷史上一位很有雅量的名臣。他自小勤奮好學，考取了功名。年紀輕輕的就已很有作為，並且遐邇聞名了。由於備受重用，明嘉靖年間，他還不到而立之年，就進了翰林院當編修。隨後被派去「督學浙中」，當主考官，同時負責督察指導浙江中部的教育事宜。可想而知，他當時該是何等的年少氣盛了。

有一次，他做督學判卷，徐存齋很認真地為每位士子評判八股文。在閱卷的過程中，他看見一篇文章，文筆清新，論點鮮明、論證分析嚴密。但美中不足的是，他發現這名秀才在行文中引用了「顏苦孔之卓」一句，徐存齋以前沒有見過相關的典故，也沒加思索查找資料，就以為這是秀才自己生搬硬套，為說明分析文章生造的語句，於是前面的好印象頓時全部消失，認為該考生學習不踏實，胡亂編造，無中生有。他眉頭一皺，拿起筆來，劃了兩條黑線，批上兩個字：「杜撰」。然後，「置四等」，等於現在的不及格，等著「發落」後，捲舖蓋回家。凡是有主考的不佳評語，考生照例要到堂上「領責」，也就是去受訓斥。

等成績公布以後，試卷也都分發到考生自己手中。被徐存齋判為四等的那個考生，看到自己的卷子上「顏苦孔之卓」旁寫著「杜撰」，覺得受到了督學的嚴厲指責，心裏很是不痛快。到了中午該吃飯的時候，他還是遲遲不離開學堂。同窗的一個好友見他悶悶不樂趴在那裏，就問道：「你怎還不去吃飯啊？待會飯就涼了。」

那人一臉委屈地說：「督學批評我了，他說我文章裏的一句話是杜撰的。他還給我判了第四等。我哪裡有杜撰，明明就是那樣的，我實在吃不下飯去。不行！什麼督學呀？我得找他評理去！」說著抓起試卷就要起身，他的那位同窗急忙攔住了，說：「唉！你小聲點！你還想不想求取功名了。他可是翰林院派來的督學呀，是何等的風光，何等的氣派。你怎能去他那理論呢？別說督學判的沒有錯，就算是督學果真一時疏忽判錯了，還真能給你改判嗎？他們那樣的大人物，怎會承認自己的學問不濟，還你公道呢？別瞎想了，走吧！一起去吃飯吧！等回來好好跟督學說說，讓他留下你，看你的表現。」說著拉著那個秀才就要走，那個秀才自認為有理，實在難解心中的憤懣。於是掙開同窗的手，就跑出去了。

不一會兒，他便來到了徐存齋的書房，徐督學見著秀才急匆匆的進來，想是有事情要說。問他有何事。那個秀才見到徐存齋滿臉慍色，恭敬地說道：「非常感謝您的指教，可是這句話確實是出自楊雄（也作揚雄）的《揚子法言》一書，並不是學生我自己編造的啊！」這位年輕的徐存齋先生聽了這個秀才的一席話之後，連忙從太師椅上站起來，致謝說：『我僥倖升官太早，學問不夠，今天承蒙您的指教。』」於是，拿筆將試卷改為了「一等」。……

這事很快就傳遍開來，人人都稱讚徐存齋謙遜、豁達。後來徐公做了大學士，皇帝賜封為『太』。他去世後，皇帝又諡號為『文貞』。徐公的後代也都官位顯赫。

勇於改正自己的過失，從這裏就能看到名宰相的器量和見識。聽說明神宗萬曆初年有個秀才以「怨慕章」為題作文，文中用了「為舜也父者，為舜也母者」一句，被當時的考官判為四等，並批上「不通」二字。這個秀才自己向考官陳述，這句話出在《禮記·檀弓》篇中。考官大怒，說：「就你一人讀了《禮記·檀弓》！」把這個秀才的文章降判為五等。人的度量相差之大，何止千里？

宋太祖曾因為某件事遷怒於周翰，要對他施以廷杖。周翰對宋太祖說：「下臣因為才氣而享譽天下，遭受杖刑，實在大不雅觀。」太祖就寬宥了他。從古至今凡是聖明的皇帝、有名的臣相，都沒有由著自己的性子堅持錯誤不改的。

智囊

主觀世界的改造可以有兩種管道，一是靠自身，二是借用外力。徐存齋主動的認錯，不恥糾錯，恰是一種雅量的表現。對於

個人來說，認識是有局限的，即使是最有天才的人也是如此。所以要始終保持謙虛的態度，不能自我滿足，而是要不斷學習，繼承前人的智慧，接受今人的成果。這才能更好地認識客觀世界，改造主觀世界。

## 人人都能建功立業

宋神宗熙寧年間，王安石剛剛推行變法，各州縣一片騷動。邵雍當時正閒居家中，而他的門生弟子還在朝中為官，都想彈劾王安石後棄官回家。他們便把這一想法用書信告訴了邵雍。邵雍回信答道：「現在正是賢人志士為國盡力的時候，新法固然嚴酷，但你們在執行中如果能放寬一分，那麼老百姓就能獲得一分利益啊！彈劾而使一人辭職，又有什麼好處呢？」

朱熹的學生李燔常說：人不必一定都要當上官，認為有了自己的位置，才算有了功業。但凡力所能及地為大家做事，對萬物有益，就是功業。

蓮池大師奉勸人們多做善事，有的人推辭自己無力能及，蓮池大師就指著凳子說：「假如這個凳子歪倒在路上，有礙行人，我扶起它，這也是一件好事。」居心如此，就覺得身處困境，只有彈劾王安石後棄官歸隱才是唯一出路的人，豈不是身居寶藏之地，回來時卻兩手空空嗎？

鮮于任利州路轉運副使時，在他管轄的區域內，民眾不願借青苗錢，王安石就派人追問鮮于。鮮于說：「青苗法規定，民眾願借就給他們，如果他們不願借，我又怎能強迫呢！」蘇軾非常欣賞鮮于對上不妨礙新法的推行，對中不損害親朋，對下不傷害民眾，人生仕途中若三面為難，應以鮮于的處世態度為效仿榜樣。

許多人崇拜英雄，渴望成為超人，雖然具有遠見卓識，卻不願意付出艱辛的努力，扎扎實實的學習和探索。

英雄可能依賴幾分機遇和激情，超人也可能有點天分，遠見卓識只能靠自己的努力。

但是，機遇不是可以經常遇到和把握的，天分更是難求。扎實的努力卻是誰都可以做到，必然有所收穫的。所以，與其充滿幻想，不如扎實的學習、探索。

在現實生活中，一分耕耘，未必就有一分收穫。不懈的努力，必有所成。所以，不必為一時的挫折而悲，也不要為一時的成功所迷。學無止境，遠見卓識永遠是相對而言。

## 宓子不容傷害世風

戰國時期，孔子的學生志不齊做單父縣長，齊國人攻打魯國，單父是必經之地。單父的老人們向宓子請求說：「地裏的麥子已經熟了，請你任憑人們出去收割吧！不要管是不是他種的。讓單父的百姓增加些糧食，總比留在地裏，讓敵人獲得資助強些。」他們請求了三次，宓子都不同意。

不多久，齊國的侵略者來了，搶走了麥子。季孫氏發怒了，派人去斥責宓子。

宓子皺著眉頭說：「今年沒有收到麥子，明年可以再種。如果讓不耕種的人乘機獲得糧食，就會使他們越發希望有敵人入侵。單父一年的小麥能否收到，並不影響魯國的強弱。如果讓老百姓存有這種僥倖心理，屆時，對魯國人造成的傷害，將是幾代

人也恢復不了的。」

季氏聽後，非常慚愧地說：「地若有洞，我就要鑽下去，我學識淺薄，再也無臉去見宓子了。」

宓子的做法，對解救急難好像有點迂腐，但對治理國家來說則是很有遠見的。

智囊

從表面上看，宓子反對讓百姓割麥是資助了敵人，但是從長遠來看，卻是高瞻遠矚的表現。同樣，在做任何事情的時候，都應該具有戰略的眼光，不要過於計較一時的得失，因小失大。

「不勞而獲」是富國強兵的大敵，對做人而言，同樣是建功立業的大敵。只有勤勞才能採集到真正的「金子」，用你的勞動去獲得你想要的，比幻想你想得到的更重要。那種認為怠惰是一種幸福，勤勞是一種懲罰的想法是一種奇妙的錯誤，而且是有害的錯誤。對於飽食終日無所事事的人，我們必須讓他們醒悟，讓他們接受下面的想法：人生幸福的必要條件並非怠惰而是勤勞。人是不能不勞動的。

幸福毋庸置疑的條件是勞動，第一、必須是由自己來進行的自由的勞動，第二、必須是能增進我們的食欲，和給予我們深沉睡眠的肉體勞動。

勞動是人所欲求的，當它被剝奪的時候，人便會引起苦惱。但勞動並不是道德，若把勞動當做功績或道德，就像把吃東西當做功績或道德一樣奇怪。事實上，勞動本身便足以給我們帶來愉快與滿足。

## 張耳忍小忿以成大事

張耳、陳餘，都是戰國末年魏國有名的人士。自秦國滅魏以後，秦便懸賞追捕此二人。於是，二人都隱姓埋名逃到了陳國，在陳國做了個守衛裏門的小職，看門度日。

有一次，鄉里小吏曾因陳餘一個小小的過失要鞭打他，陳餘頓時怒火中燒，欲起而反抗，張耳從旁用腳故意踩了他一下，示意要陳餘接受鞭打之刑。待那小吏走了以後，張耳就把陳餘叫到一棵桑樹下，責備他說：「我當初是如何和你商定的？如今受到一點小小的屈辱，就想死於一個小吏之手嗎？」

越王勾踐忍辱居於石室，韓信也曾受胯下之辱，這些人都能暫時屈忍於小小的侮辱，才在以後成就大功業。陳餘淺薄浮躁，和張耳相比則相差甚遠，因此後來一個成功，一個失敗。

俗話說：「能忍恥者安，能忍辱者存。」孔子也說過：「小不忍則亂大謀。」

而一般人常常是「小不忍」，認為如此者是懦夫，應該是人辱我一尺，我辱他一丈，人不犯我，我不犯人，人若犯我，我鐵定不饒恕他。

但是，中國古代的智者卻把這種行為歸之為「匹夫之勇」而加以蔑視。孔子對於這種只知道前進而不懂得後退的匹夫之勇也嗤之以鼻。孔子曾說過，空手打虎，泅水渡河，死了都不知道後悔的人，我是不願意與他相處的。只有那些臨事必定小心謹慎，能預見謀略，有成功把握的人，我才願意與他結交。

因此，進固然是勇，但從某種意義上來說，退也是勇。一個

智者所需要的也正是能進能退，能屈能伸的大勇。

當形勢有利於我時，應立即前進；當形勢不利於我時，能懂得適可而止，馬上撤退，為的是成就日後的一番大事業，而不去計較一城一池的得失。

........................................................

## 捨己救人

廣東布政司徐奇進京朝見皇上，他帶來了一些嶺南的竹席、籐椅，準備饋贈給朝中大臣。恰逢巡邏士卒撿到了徐奇要贈送朝臣們的名單，當即呈進給了皇上。皇上看後，名單上沒有楊士奇的名子，便把楊士奇獨自召進宮中，問其原委。楊士奇說：「徐奇在都給事中奉命前往廣州時，當時很多人都作詩、作文為他餞行，如今他才有此回贈。我當時有病在身，不能贈他什麼，不然，今日也會受到徐奇的回贈。現在眾臣名單雖在，可大臣們是否接納還不知道，而且禮物微薄，應當沒有其他的意思。」皇上疑心頓消，立即把名單交給太監燒掉，什麼也沒有追問。

這份名單被焚毀後，那個打小報告的巡邏者感到灰心喪氣，可這卻使朝中官員免去許多禍患，而且也打消了皇上對大臣的懷疑，楊士奇的做法保全了很多人。沒有智慧之名，卻有大智之實，這才是真正的智慧，豈止僅僅是厚道呢？

宋真宗年間，有人上書皇上議論宮中諸事。真宗看後大怒，立即派人抄了被告人的家宅，在那人家中還搜出了朝中一些大臣與此人交往、占問凶吉的書信，真宗打算要把此事交送給御史，讓其查問清楚。宰相王旦聞訊後，手持自己曾與那人占問之書呈進給真宗，請求一起入獄。真宗看後，臉上的怒氣才逐漸消解。王旦遂即來到中書省，將所得書信都燒毀了。不久真宗反悔，又派人到中書索要，王公回答說已經燒掉了，此事才就此甘休。這

件事與楊士奇之事相似，都是捨己救人之舉。

## 嚴震仗義疏財

　　唐代嚴震任山南西道節度使時，有一個人向他乞討三百貫錢謀生。嚴震得知此事之後，便叫來他的兒子嚴公弼等詢問此事。嚴公弼說：「這是社會風氣敗壞之舉，大人不必過問此事。」嚴震大怒，說：「你今後必要毀我家門，你應該奉勸我多做善事，怎能勸我吝惜金錢玉帛？且此人無以為生，向我乞討三百貫錢，

就非同一般。」

於是，馬上下令如數把錢給了那個人。從此之後，這一帶的人都爭先恐後地前來歸附嚴震，也沒有人提出過非分要求。

天下有許多壞事，都是由於捨不得錢財引起的；天下也有許多好事，都是由於捨得花錢而做到的。從古到今，沒有捨不得錢的好人。比如，吳國的魯肅、唐朝的于順、宋代的范仲淹，都是大手大腳花錢的。明西吳潯陽公董份，家境富有卻廣結朋友，大凡官宦士人前來拜訪，均以禮相待，並饋贈豐厚。他的孫子禮部員外郎青芝公董嗣成，工於詩詞書畫，常把手書扇軸和詩稿贈送他人。董份聽到後，說：「以我家的財富來看，即便每日以錢與人為歡，也無以滿足他人的欲望，你怎能效仿清客們行事呢？況且仕宦人家，自有其禮儀、規矩，怎能以詩詞字畫來博得他人的憐憫呢？來日敗我家者，定是我那孫子。」到後來，發生了民變之事，當時董尚書年漸衰老，青芝公書生氣太重，不曉世事，無以操持家業，董家也就此破產。

後來之人都欽佩董尚書的先見之明。

 智囊

元人許名奎說：「財能利人，亦能害人。」

古人對小節不拘看作是一個人能否成大事的關鍵。他們提倡的是胸懷大局，不糾纏於細枝末節，看重的是人的才幹，而非他的問題。能夠寬恕他人的短處和過錯，不因為人才有哪一方面的缺陷就放棄使用，這是忍小節的中心內容。所以要辦大事的人不計較小事；成大功業的人，不追究瑣事。

歷史上那些明智的統治者正是認識到了這一點，廣泛地招賢納士，集合起天下有智慧的人為自己的統治服務，進而完成自己

的雄心壯志。相反，嫉賢妒能，因為別人有一點小問題，就置人才於不用的人則十分愚蠢。

## 董公獻計討項羽

漢高祖劉邦到洛陽以後，新城三老之一董公攔住他的車子，勸劉邦說：「出師沒有正當理由，戰事無以成功，所以人們說，『對盜賊說明自己的身分，賊寇才能被征服，』現普天之人都擁立義帝，項羽反卻派人把義帝殺了，大王您該率領三軍，穿上孝服，通告各路諸侯共同討伐項羽。」

劉邦於是給義帝發喪，全軍都穿白色孝服，宣告諸侯，說：「我要統率關中全部大軍，編納三河之地的壯士，沿長江和漢水南下，願與天下眾諸侯共伐殺死義帝之人。」董公此說，實際上就是判斷劉邦與項羽誰是誰非的標誌。

即後，隨何招降英布，酈其食遊說齊國，不用一兵一卒，使齊七十餘城歸反，他們的說法大都與此同出一轍。許庸齋認為，劉邦成就功業，關鍵是激發了天下所有的能人，張子房雖號稱帝師，也未有這一大計。我朝的進士盧廷選，在楚地做按察史，一次突然昏死過去，好久才醒過來，回憶說，他剛才在夢中見項羽在陰界告發劉邦，便給他們評判。高祖劉邦派遣九江王黥布暗殺了義帝，卻推罪於項羽，且假意為之發喪，欺騙天下後世之人。盧廷選在漢朝就是九江王黥布。此事也頗為奇巧。

智囊

「明其為賊，敵可乃服」，這是一句古訓，意思是說，將對

手的罪行公布於天下，這樣才可以戰勝他們。項羽恃勇自傲，將自己擺在了霸王的位置上。董公抓住了項羽這一為天下人所共憤的不義行為，向劉邦獻計，最後，不僅使劉邦出師有名，又可與各諸侯組成統一陣線，聯合抗敵，變軍事上的劣勢為優勢。

　　古往今來，社會都非常重視輿論的巨大力量和導向作用。現代社會，廣播、電視、報紙、刊物、網路等新聞媒體已成為傳播文化、推銷商品的主要宣傳陣地。然而，「水能載舟，亦能覆舟」。不管什麼形式的報導，都必須以爭取民心、獲得群眾支持為前提。

## 藺相如、寇恂不記私仇

　　趙王從澠池歸來，認為藺相如功勞最大，拜相如為上卿，官位居廉頗之上。廉頗覺得自己功勳卓著，藺相如僅以口舌之勞，卻位居他上，實在難以服氣，便對人說：「我如果遇見藺相如，一定要侮辱他一番。」藺相如聽到後，就不肯與廉頗相見。每天上朝時，藺相如都假稱自己有病，不想和廉頗相爭。

　　有一次，藺相如外出，遠遠就看見廉頗，馬上叫人驅車避開廉頗。這樣，藺相如的門客們勸諫他，甚至想離開藺相如而去。藺相如再三極力勸說他們：「您們認為廉頗比得上秦王嗎？」門客們都說：「比不上。」藺相如又說：「以秦王的威武，我都敢在大庭之上叱責他，並侮辱他的大臣。我雖愚笨，難道還畏懼廉頗將軍嗎？我所掛念的是，強秦之所以不敢對我趙國用兵，是因為有我二人俱在。如果我二人相鬥，勢必不會同時生存，我之所以這樣做，無非是把國家利益置於首位，個人私仇放在後面。」廉頗聽說了這些話，非常慚愧，便赤裸著上身，背負著荊條，由賓客陪著到藺相如門前請罪。從此以後，他們二人結為生死之交。

東漢時，大將軍賈復的部將在穎川殺人，穎川太守寇恂便將此人逮捕歸案，並把他處死。賈復認為自己受到了很大的恥辱，後來，賈復的兵路過穎川時，對手下人說：「我要是見到寇恂，必要親手殺了他。」寇恂得知賈復的預謀後，便有意不與他碰面。寇恂的外甥谷崇此時請求帶劍在身邊保護寇恂，以防萬一。寇恂說：「不必這樣。當年藺相如不畏懼秦王，卻屈服於廉頗，他是為了國家的利益才那樣做的。」於是命令所屬各縣要盛情接待，一人可吃兩份伙食。寇恂堂堂正正地在途中迎接賈復部隊，但接著又假稱自己有病在身而返回。賈復想帶兵追趕寇恂，可將士們都喝醉了，只好讓過寇恂，大軍就這樣離開了穎川。寇恂派人把真實情況稟告給了光武帝，光武帝把寇恂召進宮中，讓他與賈復和好結為朋友，再到穎川去。

　　汾陽王郭子儀在堂上與李光弼對拜，想法和藺相如一樣。寇準以蒸羊迎接丁謂，用意和寇恂一樣。安思順統率朔方郡時，郭子儀與李光弼都是衙門都將，但是兩人互不相讓，即使在一起吃飯，也常常怒目而視，連一聲招呼也不打。等到郭子儀接替了安思順擔任統帥之後，李光弼打算離開朔方郡，但猶豫不決。過了十天後，玄宗皇帝下詔書命令郭子儀領兵殺進趙魏之地，李光弼聞訊後，進堂拜見郭子儀，說：「我個人死不足惜，只求您饒了我的妻兒。」郭子儀快步過來，抱著李光弼，流著淚，說：「現在國家正處於動亂，皇上被迫遷都，在外避難，除了您還能有誰能東征呢？難道是報私怨的時候嗎？」於是兩人緊握著雙手，連連相拜，當即共同商討破敵之策。

　　北宋大臣丁謂被貶為崖州司戶參軍，途經雷州。早先丁謂曾將寇準貶為雷州司戶。此時，寇準派人送來一隻蒸羊給丁謂，以示地主之誼。丁謂很感動，想見見寇準，寇準回絕了他。寇準聽說家童們都想找丁謂報仇，寇準立即關上門戶，不讓他們出門，直等到丁謂走遠後，才放人進出。

能否做到不計恩仇、納賢薦才、取將以德，是衡量和反映領導者能否具備謀略的一個極其重要的方面。世上沒有十全十美的人，沒有誰能保證一輩子都不做錯事。

因此，對待有過錯、與自己斤斤計較的人，要有寬廣的胸襟，用真心和實際行動來包容他、感化他。不能說優秀人才就不能有過失，相反地，要像對待一個普通員工那樣平靜地對待他們的過錯。

## 呂夷簡辦事得體

宋仁宗久病不能上朝理政。有一天，他的病情稍有好轉，想召見主持政務的大臣們。於是坐在便殿，召中樞省、樞密院文武二大臣緊急進宮。

呂夷簡被召後，過了一會兒才起身入宮，樞密大臣催他快點走，而呂夷簡卻像平時一樣，不緊不慢地踱著方步。宋仁宗見到他們就說：「我病了這麼久，非常想見見你們，你怎麼來得這麼晚呢？」呂夷簡從容地稟奏皇上：「陛下身體不適，朝廷內外都很憂慮。一旦突然召見大臣，我們如果慌忙奔跑進宮，恐怕會被人們誤認為出了什麼不幸的大事，引起不安。」宋仁宗聽後，認為呂夷簡輔佐政事，考慮周全，辦事得體。

李太后死後，仁宗的喪服還沒脫掉，呂夷簡就馬上勸諫宋仁宗立曹氏為皇后。范仲淹不同意呂夷簡的見解，馬上去晉見皇上說：「呂夷簡又教陛下做了一件不好的事情。」過了幾天，呂夷簡對韓琦說：「這件事外人不知，聖上年事已高，郭后與尚美人

都雙雙失寵被廢，後宮以姿色進御者，數不勝數，如果不立即冊立新皇后，就無法平息後宮進御之風。」呂夷簡每做一件事都寓意深遠。

## 智囊

呂夷簡輔佐政事，考慮周全，辦事得體，每做一件事都寓有深意。

得體是什麼？知道自己能做什麼，能做好什麼，不是太難，知道不要去做，不能做好，難。不自量力的時候，總是太多，換個角度，也不一定是錯。但如果錯了，大半是在沒有自知之明。所以，從來就是失意容易，得意難。

一個人要說話好、合理、得體、得當、到位是不太容易。回顧一個人的一生，經歷一半都掛在他的臉上，枯澀，驕橫，自矜，狡詐，一舉一動當中，藏無可藏，躲無可躲。

所謂閱歷生活，不過是讓自己看起來更體面些，不至於太過自慚形穢。而其中得到什麼，失去了什麼，只有自己知道。

每個人都需要一面鏡子。這話切中要害，但這樣做的人，大半可能已經生活在慚愧和自卑當中。生活是無數場博弈，每一個棋子都想在棋盤裏面存活，以證明自己的重要，哪怕結局只是僅能站穩腳跟。可惜多數只能黯然離開，被吃，拿掉，死去。最後的大局大多和你無關。可是哪一粒棋子無足輕重，哪一個可以甘於冷落？每個人都爭一口氣，都在期盼，張望，都不甘心。

努力說好自己能說好的話，做自己能做的事，努力，沉靜，不驕妄，不自卑。爭取，也懂得應該不要太在意，這樣就好。不執著，可以得自在。

# 李淵論功行賞

高宗李淵攻克霍邑後，要論功行賞，軍吏中有人認為那些以奴僕身分應徵為伍的，不能和良家子弟享受相同的待遇。李淵說：「箭矢彈丸之中，沒有貴賤之分，論功行賞之時，為什麼又搞等級差別呢？應當一視同仁才行。」於是，他在西河會見霍邑的官吏和老百姓，犒勞賞賜他們，從中選拔壯丁，讓他們從軍。關中軍官士兵想回家，都授予五品散官，讓他們返回故鄉。對他的這些做法，有人進言勸諫，說他把官授得太濫了。李淵便向他們解釋說：「隋煬帝捨不得給官行賞，以致失去人心，我們為什麼要仿效他呢？況且用官職收買人心，不是比用兵力去征服他們強嗎？」

智囊

這就是效仿了高祖劉邦封四千戶士兵，以犒勞趙國子弟的做法。論功行賞而不是論人行賞，李淵的做法體現了誠信與公平。

「誠」是指真實、真切，引申為人的道德情感和社會行為，則有誠實、誠懇、真摯、真情實意、童叟無欺等含義。「信」是指求真、守誠，引伸為人的道德情感和社會行為，則有追求真理、堅持真理、信守承諾、篤守約定等含義。

「誠信」在社會發展中的根本精神就是真實無妄，它要求人們尊重客觀規律，樹立求真、求實的精神。在「誠信」這把精神尺規面前，一切虛情假意、欺瞞詐騙的言行都會無所遁其形，遭到批判和唾棄。

# 李愬 恭迎裴度

唐憲宗元和十二年，節度使李愬率領軍隊討伐淮西，雪夜入蔡州，活捉了叛軍首領吳元濟，將他押往京城長安。出發前，他屯兵在踢球的鞠場，等待宰相、淮西宣慰處置使裴度的到來。裴度進城時，李愬披掛弓箭出來迎接，行禮跪拜。裴度不敢接受他這樣的大禮，連忙朝旁邊退避開，說道：「蔡州人數十年來頑固不化，不懂上下尊卑之禮，希望裴公能以你我之間的禮節向他們示範，使他們知道朝廷的尊嚴。」裴度這才接受了李愬的拜見。

## 智囊

司馬遷認為：「禮是人際關係親近疏遠分辨區別的最高標準，是促使國家富強的根本辦法，是皇帝威行天下、四海歸心的唯一途徑，也是功業聲譽集大成的重要因素。天子諸侯如果能夠尊禮行治，就能因此而一統天下，使萬國臣服；如果不能遵守禮治，必然會因此而毀滅了社稷。」

在人人平等的現代社會，大可不必再恪守古代社會的繁文縟節，但是，要維護社會正常的人際關係，也須制訂一些必要的禮儀規範。要形成良好的人際關係，主要靠人與人之間真誠相待，互助互愛的善意。禮節更多的時候只是一種形式。

## 馮諼買「義」

戰國時期，齊、楚、魏、趙四國都有一位仁德賢明的公子，他們廣招門客，為自己的國家效力。其中尤以齊國的孟嘗君以禮

賢下士著稱，據說，他手下門客不下三千人。馮諼也是孟嘗君的門客之一。

西元前三〇一年，孟嘗君出任宰相，他的封地之一薛邑連年受災，派去收租的人往往收不回田租。傳舍長見馮諼能言善辯，就建議孟嘗君派他去收債。臨走前，馮諼問孟嘗君：「主公，收完債後，可希望我買些什麼東西回來呢？」孟嘗君滿不在意地說：「你看我家缺少什麼就買些什麼吧！」

馮諼到了薛地，見百姓們的確很窮苦，根本就無法還債。於是馮諼把百姓們集中在一起，將債券一一核對完畢後，就假借孟嘗君的名義，說是要把這些債券賜還給這些百姓，並當場把所有的債券燒掉了。百姓都稱頌孟嘗君賢德，無不歡呼雀躍。

馮諼就這樣兩手空空回來覆命。孟嘗君問道：「債都收上來了嗎？」馮諼回答：「全部收完了。」孟嘗君又問：「那你買了什麼東西回來呢？」馮諼說：「我私下盤算，您府上珍寶無數，寶馬成群，美女歌姬更是數不勝數。您現在所缺少的，只是義而已。所以臣下不才，為主公您買回了『義』。」

孟嘗君一聽大覺新鮮：「這義如何買得？」

馮諼繼續說：「現在您的封地不多，薛地雖偏遠卻是您最大的一塊封邑。但是，您卻不愛護那裏的百姓，反而除了田租外還要收取債利盤剝他們。所以這次，我以您的名義把債款都賜還給那裏的百姓了，債券已經被我當場全部燒毀。這就是臣下為您買回的義啊！」孟嘗君聽完十分不高興。

後來只過了一年，齊王因為聽信讒言，中了秦王的離間之計，很害怕孟嘗君的聲望超過自己，於是罷免了孟嘗君的相位，讓他回到自己的封邑薛地去。孟嘗君一路走來心情都十分悒鬱，沒想到距薛地還有百里之遙，薛地的百姓們就已經扶老攜幼爭先恐後地在道旁迎接了。孟嘗君見後大為感動，他對仍然隨侍在身邊的馮諼說：「先生為我買的義，今天我終於看到了啊！」

智囊

民為國本，治國之道在於得民，而得民有三種方法：以德，以財，以力。其中以德兼民最為高明。統治者通過施恩於民，以德行感化百姓，使百姓衷心擁護。

馮諼買「義」之舉，正是通過放棄眼前小利，為百姓解困，而換來了長遠的利益，即百姓對孟嘗君的擁戴，為孟嘗君積累了人望，深得儒家謀略思想的精髓。

## 孫覺為民造福

宋神宗時，孫覺出任福州知府，當地老百姓中有不少人因在市場交易中拖欠官債而被關進監獄。當時正好有許多富賈商人要出五百萬貫錢來修葺佛殿，並請示孫覺。

孫覺緩緩地說：「你們施捨錢財，為的是什麼呢？」富人們說：「希望得到福啊！」孫覺說：「佛殿並未有大的損壞，菩薩也是好好的，也沒有哪個和尚坐在露天的。如果你們用所出之錢替牢中囚犯償還國家的欠債，使數百名囚犯免受枷鎖之苦，那樣所得的福不是更大更多嗎？」

富人們不得已，只得答應下來，當天就把五百萬貫錢交給了官府。於是，關在監獄裏的人全部放出來了。

智囊

　　古訓說：「法不徇情。」但是，人們千萬不能錯認為法即無情。當然，法中情，不能理奪，只宜智取。像孫覺那樣，第一，不違犯法律，事事得理；第二，不違背情理，處處見義。如果孫覺沒有這樣的大智慧，以「苛政太猛，民不勝堪」而衝冠一怒，青史上固然可以留下英名，但是老百姓的痛還不是依然如原樣？一些自作聰明的人只知道鑽法律的漏洞，而真正聰明的人才懂得「用足政策」的奧祕。所以，我們稱讚孫覺的大智慧，絕不是提倡「以情代法」，而只是說明無論做什麼事情都要苦幹加巧幹，原則性與靈活性相結合，法理情相結合。

# 第二卷
# 遠見卓識的智囊

在位者不能深思熟慮、缺乏遠見，這是謀士們需要極力強諫的。因為社會人生犬牙交錯，吉凶福禍相輔相成。精於世故的人，考慮問題寧可複雜些，而不可流於膚淺。因此，輯有《遠見卓識的智囊》一卷。

## 杯酒釋兵權

宋太祖被部下「黃袍加身」即位後不到半年，就有兩個節度使起兵反對宋朝的統治。為了這件事，宋太祖親自出征，費了很大勁兒，才把他們平定。

有一次，他單獨找宰相趙普談話，問他：「自從唐朝末年以來，換了五個朝代，連年征戰，不知道死了多少老百姓。這到底是為什麼呢？」

趙普說：「道理很簡單。這是由於節度使的權力太大，君主軟弱而臣下太強，現在只要稍微削奪一點他們的權力，把錢糧控制起來，收回他們麾下的精兵，天下自然就平靜下來了。」

宋太祖連連點頭，讚賞趙普說得好。趙普又對宋太祖說：「禁軍大將石守信、王審琦兩人，兵權太大，還是把他們調離禁軍為好。」宋太祖說：「你放心，這倆人是我的老朋友，而且，我能夠登上帝位全靠了他們，他們不會反對我。」

趙普說：「我並不擔心他們叛變。但據我看來，這兩個人沒有統帥的才能，管不住下面的將士。有朝一日，下面的人鬧起事來，也把黃袍披在他們身上，怕他們也身不由己呀！」宋太祖敲敲自己的額頭說：「虧得你提醒一下。」

過了幾天，宋太祖在宮裏舉行宴會，請石守信、王審琦等幾位老將喝酒。

酒過幾巡，宋太祖命令在旁伺候的太監退出。他拿起一杯酒，先請大家乾了杯，說：「我要不是有你們幫助，也不會有現在這個地位。但是你們哪兒知道，做皇帝也有很大難處，還不如做個節度使自在。不瞞各位說，這一年來，我就沒有睡過一夜安穩覺。」石守信等人聽了十分驚奇，連忙問這是什麼緣故。宋太祖說：「這還不明白？皇帝這個位子，誰不眼紅呀？」

石守信等聽出話音來了。大家著了慌，連忙都跪在地上說：「陛下為什麼說這樣的話？現在天下已經安定了，誰還敢對陛下三心二意？」

宋太祖搖搖頭說：「對你們幾位我還信不過？只怕你們的部下將士當中，有人貪圖富貴，把黃袍披在你們身上。你們想不幹，能行嗎？」石守信等聽到這裏，感到大禍臨頭，連連磕頭，含著眼淚說：「我們都是粗人，沒想到這一點，請陛下指引一條出路。」

宋太祖說：「我替你們著想，你們不如把兵權交出來，到地方上去做個閑官，買點田產房屋，給子孫留點家業，快快活活度個晚年。我和你們結為親家，彼此毫無猜疑，不是更好嗎？」石守信等齊聲說：「陛下想得太周到了！」

酒席一散，大家各自回家。第二天上朝，每人都遞上一份奏章，說自己年老多病，請求辭職。宋太祖馬上照准，收回他們的兵權，賞給他們一大筆財物，打發他們到各地去做節度使。

過了一段時期，又有一些節度使到京城來朝見。宋太祖在御花園舉行宴會。太祖說：「你們都是國家老臣，現在藩鎮的事務那麼繁忙，還要你們幹這種苦差，我真過意不去！」有個乖巧的節度使馬上出面說：「我本來沒什麼功勞，留在這個位子上也不合適，希望陛下讓我告老回鄉。」

但也有個節度使不知趣，嘮嘮叨叨地把自己的經歷誇說了一番，說自己立過多少多少功勞。宋太祖聽了，直皺眉頭，說：

「這都是陳年老賬了，還提這些幹什麼？」

第二天，宋太祖把這些節度使的兵權全部解除了。

宋太祖收回地方將領的兵權以後，建立了新的軍事制度，從地方軍隊挑選出精兵，編成禁軍，由皇帝直接控制；各地行政長官也由朝廷委派。通過這些措施，新建立的大宋王朝開始穩定了下來。

有人認為宋朝的衰弱是由於削奪了節度使的權力。實際上，藩鎮的強大不等於宋朝的強大，強大中央，弱化地方，這是立國之根本。二百多年來的弊端，宋太祖在談笑間就革除了，直到宋朝滅亡之時，也沒有出過過於強大的憂患，這難道不是改天換地的手段嗎？如果宋朝君臣不苟且偷生，力主與金議和，那麼憑寇準、李鋼和趙普等人的才能，對付入侵外敵，綽綽有餘，宋朝又怎能淪為弱國呢？

## 智囊

「旁敲側擊」，就是把一些直接說出來的話和直接做的事情，採取迂迴的方法，委婉地表達出來或變通實行，以便獲得更好的效果。宋太祖杯酒釋兵權，就是如此。他通過言語隱晦地表達了自己的擔憂，巧妙地解決了政局中的不穩定因素。既避免了君臣之間的矛盾衝突，又加強了中央集權，真可謂一舉多得。

生活中的很多事情，尤其涉及到人際關係方面，不必一一說透具體的癥結，只需要稍作提示，點到為止，就可以巧妙地得以解決。反之，容易弄巧成拙，失去它本來的意義。因此，有的時候，酒杯和笑容比起拳頭更能夠解決問題。

## 王叔文諫太子議政

唐德宗時，王叔文因為擅長下棋而被任命為太子侍讀。有一次，王叔文在侍奉太子下棋時，議論起政事，談到宮市中的弊端，太子說：「我也正想將此事上奏聖上。」大家都稱讚太子這一想法，唯獨王叔文什麼也沒說。

等到大家告退後，太子留下王叔文問其原委。王叔文回答說：「太子的職責是侍奉皇帝飲食起居，早晚問安，不宜談論宮外之事；皇上在位久了，如果疑心太子是在收攏人心，您又怎麼辯解呢？」太子聽了這話後大吃一驚，哭著說：「如果不是先生教導，我怎會知道這些道理？」從此之後，太子對王叔文便十分寵倖。

王叔文雖然是個奸險的小人，但這番議論卻是堂堂正正的。

 智囊

能成大事的人，貴在目標與行為的選擇。如果事無巨細，事必躬親，必然陷入忙忙碌碌之中，成為碌碌無為的人。所以，一定要捨棄一些事情不做，然後才能成就大事，有所作為。

進言之難，表現在同樣事情，不同人去說，或者同一個人向不同人去說，都會有不同的效果。例如古賢人晉見君王，一般都要找君王寵信的人為其引薦，如果舉薦的人不是寵信的人，雖然所薦的人賢德，也常常不能見用。今人深明「什麼人說什麼話」的道理，說處在該位才該說的話，不惹事端。

# 不處置繼遷母

西夏李繼遷經常騷擾宋朝的邊疆之地。保安軍的官員上奏太宗，說他們擒得李繼遷的母親，太宗知道後打算將李母斬首。因為寇準當時任樞密御使，所以太宗單獨召他進宮商議該如何處置。寇準退朝時經過宰相府，宰相呂端對寇準說：「聖上是不是告誡你不要把此事告訴我？」寇準說：「沒有。」寇準便把皇上處置李繼遷之母一事告訴給呂端。呂端問道：「那麼你準備怎樣處理？」寇準說：「要在保安軍北門外予以斬殺，以告誡兇惡的叛逆之徒。」呂端說：「如果這樣處理的話，可不是一個好的計策啊！」

於是呂端立即進宮向太宗上奏，說：「當初項羽要油烹劉邦之父太公，高祖劉邦還願能分得一杯肉湯呢！凡能成大事者往往不顧及他的親人，何況李繼遷還是一個狂妄的叛逆之徒呢？陛下今日把他母親殺了，難道明天一定能擒到李繼遷嗎？如果不能，不是白白和李繼遷結下了怨仇，更加堅定了他的叛逆之心嗎？」太宗問道：「既然是這樣，依你之言，該如何處置呢？」呂端說：「以微臣之愚見，應當將李繼遷之母安置在延州，並派人好好地對待她，以此招來李繼遷。李繼遷一日不降，終可拴住其心。因為他的母親在我們手中，生死由我們定奪。」太宗聽後拍著大腿高興地說：「要不是愛卿之言，幾乎貽誤了我的大事。」

此後，李繼遷的母親被安置在延州，直到去世。李繼遷死後，他的兒子竟向宋朝稱臣納貢。

後世遵循了呂端的建議，就有韃靼酋長俺答的納貢歸降；違背了這一建議，則出現了努爾哈赤的反叛。

呂端以用心為上的思想瓦解了叛軍的鬥志，史書上說：「呂端大事不糊塗。」

其實豈止是大事不糊塗，他還有寬闊的胸襟，這是幹大事的人所必備的素質。所謂「水至清則無魚，人至察則無徒。」水太清澈了，清澈到像游泳池裏的水一樣，那是沒有魚兒能夠在裏面生存的；人太明察，太苛刻了，苛刻到像眼睛揉不進沙子一樣，那是沒有人願意跟隨你的。俗話說：「金無足赤，人無完人。」其實也是這個道理。

在中國歷史上有許多「寬則得眾」的著名典故和故事，諸如楚莊王絕纓盡歡，孟嘗君不殺與自己夫人通姦的門客，漢高祖重用陳平，唐太宗不追究郭子儀的兒子得罪自己，宋太祖寬容受賄的宰相趙普等。

與此相反，因「居上不寬」而自食其果的例子也同樣不勝枚舉。因此，居上不寬，是領導者的致命傷，而寬容的肚量則是作為領導者最起碼的要求。胸懷開闊，於己於人都有利。在一個開放的自然與社會裏，把優勢關在一個小圈子裏，其優勢絕不能長久存在。可見，心胸狹窄，實在是幹大事的最大的忌諱。

## 蘇頌諫帝莫立契丹王

蘇頌二十三歲考中了進士。起初，他做過宿州觀察推官、江寧知縣、南京留守推官等副職。由於他辦事謹慎周密，受到了當時任南京留守的歐陽修的賞識。

宋仁宗時期，蘇頌三十四歲的時候，調到京城開封，擔任館

閣校勘、集賢校理等官職，負責編定書籍，前後共有九年多時間。蘇頌非常珍惜這一難得的機會，發奮讀書，不僅博覽了祕閣中各種藏書，而且還每天背誦二千言，回家後默寫下來，作為自己的藏書，多年如一日，從不間斷。通過長期刻苦努力，使他積累了非常淵博的知識，非常熟悉歷代的典章制度。

到哲宗元佑年間，蘇頌被擢升做刑部尚書、尚書左丞，後來又做了宰相。元佑八年，辭去官職，專門從事《新儀象法要》一書的撰寫工作，紹聖三年完成全書。紹聖四年，朝廷又啟用蘇頌，封官太子少師。宋徽宗建中靖國元年，蘇頌就去世了。蘇頌在他的一生中，致力於科學研究，在藥物學和天文學、機械製造學方面取得了傑出的成就。

宋哲宗時期，有一天，邊防元帥派種朴進京上奏皇帝，說：「得到間諜的報告，契丹國王阿骨里已經死了，契丹人正為立誰做阿骨里的繼承人而作難。契丹大臣趙純忠，為人謹慎忠誠，我們打算乘契丹還未定王位繼承人之時，派數千勁兵，擁戴趙純忠為契丹國的首領。」宋哲宗召來大臣們商議這件事情。大臣們聽了之後，紛紛表示贊同。

正當大臣們一個個興致高漲，已經迫不及待地打算擬聖旨，嘉獎邊防元帥的做法時，時任右僕射兼中書門下侍郎的蘇頌卻力排眾議，上奏說：「陛下，現在契丹國的情況究竟如何我們還不清楚，貿然出軍，強立他國君主，倘若契丹人拒而不納，那不是有損我國的尊嚴嗎？還是慢慢觀察局勢的變化，等到情況明朗以後，再來處置這件事情，也為時不晚啊！」

宋哲宗聽了之後覺得有道理，一時拿不定主意。一個大臣反駁說：「什麼不清楚，奏摺上不是寫得清清楚楚嗎？還有什麼值得懷疑的？」蘇頌說：「各位我們誰也沒有去契丹國看個究竟，就是上奏摺的大人也沒有看到契丹國的真實情況，而只是聽了間諜的報告。間諜的情報有限，況且間諜也不可能清清楚楚地打探

到契丹皇室的情況，我們在這種情況下就出兵，太冒險了。皇上，請三思啊！」

蘇頌的一席話，使得大臣們紛紛議論，究竟該不該出兵呢？大家一時也沒有了主意，蘇頌接著說：「陛下，自古有才能的皇帝，在做出決定的時候，都不會盲目地做出，更不會在沒看清事情之前就冒昧下決定。您是一代明君，您應該知道怎麼做啊！」最終皇帝還是聽從了蘇頌的意見，結果證明蘇頌的意見是正確的，契丹國內部的情況遠不如我們想像得那麼簡單。

在我們沒有蒐集到充分的證據或材料時，千萬不要妄自做出判斷或結論，雖然有的時候冒險也是一種投資，可以收到意想不到的效果，但是，多數情況下，還是虛心謹慎的好。做任何事情，都要三思而後行。

故事中蘇頌就是這樣一個人，在沒有弄清楚契丹國的真實情況前，絕不輕舉妄動。這是一個人成功的最基本的一步。

沒有耐心，急於出手，看起來似乎是在爭取主動，其實是盲目蠻幹，吃苦的還是自己。

## 李沆教旦存憂患

宋真宗剛剛即位，對政事勤勉用心，重用了一批賢臣良將。一時朝野上下風氣清明，一片欣欣向榮的景象。當時的丞相李沆輔佐年輕的君主，整日忙得連吃飯的時間都沒有了。有一段日子，因為用兵西北的事情，李沆和參知政事王旦經常要很晚才能

吃飯。一次，已經快起更了，他們才忙完了當天的決策和軍用調度開始吃飯。王旦瞧瞧吃著飯還若有所思的李沆，又瞅瞅眼前的清粥小菜，不禁歎息道：「唉，我們什麼時候才能過些優閒無事的日子呢？當年嫻熟的書畫詩詞都因為政事給丟棄了呢！」

正在沉思的李沆聽到王旦的抱怨，苦笑一下，微微搖了搖頭，對王旦說：「王賢弟切不可忘了『生於憂患，死於安樂』的古訓。多少有點憂患，可以成為警戒。就算是真有一天四方安寧無事，也未見得朝廷就會風平浪靜。我死之後，必定由你來出任宰相。朝廷很快就會同敵人和親，一旦邊境無事，風調雨順些，恐怕皇上就會逐漸生出奢侈之心了。陛下尚且年輕，多些警戒未嘗不是好事。」

王旦對這番話卻不以為然，覺得李沆是小題大做了。

李沆每天都會將各地的水旱災害、盜賊為亂，以及不孝忤逆等等事情一一上報給真宗，真宗聽了很不高興。王旦也覺得拿這些小事來讓皇上心煩實在是沒有必要，更何況還每次都是這些不美之事，總會有違皇上的心意。王旦多次勸李沆，李沆卻自有道理，他說：「皇上年少，應當讓他知道四方艱難，這樣才會常懷憂患之心。要不然，正處在血氣方剛年紀的皇上，就很有可能誤以為天下太平、四時祥瑞，把心思都用在聲色犬馬上面，或是大興土木、興兵打仗、興建廟宇。我老了，怕是看不到這些了，這都是你日後要擔心的事情啊！」

果然李沆死後，真宗認為同契丹已經講和，西夏也納貢稱臣，於是便封禪泰山，祭祀汾神，大肆建造宮殿，還搜求亡佚的典籍，沒有一天閒暇。他還任用了一批善於歌功頌德，根本不用心政務的奸佞小人，如王欽若、丁謂之流。王旦看在眼裏，卻毫無辦法。想要進諫，自己已經和這些佞臣同流合污；想要辭官離去，但皇上著實待自己不薄，就這麼撒手不管實在於心不忍。處在這樣進退兩難的境地裏，王旦才知道李沆是多麼有先見之明。

《左傳》中有記載說，晉國、楚國的兩國軍隊在鄢陵相遇，晉國大臣范文子不想和楚國作戰，他說：「只有聖人才能做到內外無患，自己不是聖人，外寧必有內憂，為何不放過楚國，把它作為外懼呢？」可晉寧公拒而不聽，還是與楚國交鋒，並戰勝了楚國。回國後，晉寧公日益驕侈，任用佞臣胥童，殺害了三位大臣，最終自己也被匠麗所殺。李沆的話，就是從這件事受到啟迪的。

老子說：「五色令人目盲，五音令人耳聾，五味令人口爽。」過分安逸使人失去朝氣，過分溺愛使孩子嬌懶，這道理很多人都明白，但是碰到實際問題就不容易做好。

李沆居官謙虛謹慎，深思遠慮，為政清明，不以私害公，且時刻為朝廷的未來命運擔憂，忠正之心可昭日月。他深知「生於憂患、死於安樂」的道理，時刻不忘居安思危，防微杜漸。然而終究良言逆耳，年少的真宗安於現狀，好大喜功，聽不進有關百姓疾苦、社稷安危的進諫。只可惜，良臣未遇明主，李沆的良苦用心終究付諸東流。

## 劉大夏藏文件

明天順年間，英宗喜愛寶物。宦官們說：宣德年間曾派太監王三寶出使西洋，得到無數珍奇異寶。皇上於是就下令宦官到兵部，查尋當年王三寶到西洋的航海路程。當時劉大夏在兵部任郎官，兵部尚書項忠下令部吏查找過去的檔案。劉大夏先查出，然後將所查到的東西隱藏起來，於是，部吏就沒有找到。項忠只得

又讓部吏重新查找。項忠質問都吏，說：「署中的檔案怎能丟失？」劉大夏微笑著說：「以前出行西洋，花費銀糧數十萬，死在途中的軍民也有萬人之多，這是當時的弊政，檔案即使存在，也應焚毀，以拔除其禍根，難道我們現在還要重蹈覆轍，還要追究它的有無嗎？」項忠聽了這話以後，很受震動，對劉大夏連連拜謝，並指著尚書的位子說：「劉公通達國體，這個位置不久就該屬於你了。」

安南國王黎灝侵佔了邊境城池後，又向西侵略了當地的土著人，但與老撾作戰時卻被打敗了。宦官汪直想乘機出兵征討，於是便派人來兵部索取當年英公張輔征服安南的路線圖，劉大夏將路線圖藏了起來，沒有交出來。兵部尚書又親自派人再三索要。劉大夏密告尚書說：「仗一打起來，西南地區馬上就要受到大破壞，陷入癱瘓之中。」尚書這才明白，便再也不尋找了。

這兩件事，天下臣民已在暗中受到了劉大夏的恩賜，但卻無人知曉。

 智囊

劉大夏為民省財，防君貪圖享受安逸的良苦用心卻令人欽佩，但是他的舉動已經犯下了「欺君之罪」。劉大夏之所以這麼做，是因為他深深地懂得，一個人過於追求安逸享樂，就會失去活力，這對於一個國君來說，其危害不僅僅在於他個人，而是整個國家。

這個道理，適合每一個人，特別是競爭日益激烈的今天，一個人只有時時充滿活力，才會富有朝氣。怎麼做到這一點呢？那就是不斷刺激，不斷激發活力。縱觀人的一生，主要應該做好兩件事：一是做人，二是處世。所以，人在孩提時代，一定要受教

育，學會如何做人，同時學習各種處世本領。只有這樣，才能實現美好願望，享受幸福人生。

在人際交往中，懂得通情達理是人格高尚的體現。要知道，在人生中，人格的力量是無價之寶，它會給人的一生帶來無窮的快樂和幸福。大凡人格高尚的人，想問題，辦事情，都懂得通情達理，因此人緣一定壞不了。

通情達理的具體表現就是有仁、有義、有禮、有智、有信。雖然通情達理不是物質財富，也許在真正的戰場上不能抵擋刀劍，但是作為強大的精神財富，用它們作為鎧甲和盾牌，的確可以抵禦物質和各種欲望的誘惑，在紛繁複雜的世界裏堅守自己心靈的淨土。

## 趙鼎諫阻誅御醫

劉豫在山東散佈謠言說給皇上掌管御藥的馮益派人收買飛鴿，造成了對皇上不好的輿論。泗州劉剛將情況上奏給朝廷。張浚請求高宗處死馮益，以消除流言蜚語的影響。

趙鼎接著上奏說：「馮益的事還不大清楚，然而臣懷疑這種似是而非的事，有關國體，不宜輕易處理。但是朝廷如果忽略此事，外界必定會認為皇上的確曾有那樣的事，這樣就會玷污皇上的聖德。不如暫時革去馮益的職位，並讓他離開京城，以此來消除眾人的疑慮。」皇上欣然應許，把馮益貶官到浙東。

張浚對趙鼎的意見不滿，非常生氣。

趙鼎便說：「自古以來要想除去小人，操之過急則會導致其朋黨相合，小人結合起來，會造成更大的禍患。如果稍緩一下，倒可能使他們彼此間自相排擠和鬥爭，從而達到目的。如今馮益的罪雖可殺戮，但這也不足以大快天下。然而，這樣一來，那些

宦官擔心皇上殺人習慣了，肯定以力相爭，以減輕其罪行。因此，不如把他們貶到邊遠之地，既不傷害陛下之意，宦官見處罰輕微也不會花大力氣求人來營救。而且，其他宦官必定高興馮益的位置空下來，好由他們依次接替，他們怎麼會願意讓馮益再度回朝呢？如果我們現在竭力排擠馮益，這些人就會對我們另眼相看，他們的朋黨也就此勾結得更加牢固，到那時就不易攻破他們了。」張浚這才對趙鼎的高見開始嘆服。

智囊

處理一件事情，要經過周密的調查了解，要證據確鑿，再行處置，才能使百姓心悅誠服，提高朝廷的威信，進而維護社會的安定；反之，僅僅是聽信了隻言片語，就龍顏震怒，大肆殺戮，也未免太荒唐。右丞相張浚奏請斬馮益就是如此，還堂而皇之地說出「以正視之」。僅僅是懷疑，未經調查、了解的片面「視聽」，不攻自破，何須去「正」，堂堂丞相竟然如此無知，令人齒寒。

至於趙鼎的一番處置不能太急躁，急躁了容易「狗急跳牆」，亂唱高調，純屬胡言。為非作歹的小人，只要證據確鑿，就應該依照法律從速處置，還怕什麼「跳牆」？否則，拖延時日，只會對國家對人民造成損害。

上述兩種執法偏向，今天的執法者也應該充分給予關注。

## 王守仁有心不讓坐

明朝年間，陽明公王守仁擒拿了逆賊濠寇以後，江彬等人陸

續趕到，散佈謠言誣告陽明公。可陽明公卻一點也不在意，初次見面，江彬等人便把陽明公的位置設在旁席，並請陽明公就座。陽明公裝著不知道，竟坐在了上席之位，而將旁席讓給了江彬等人坐。江彬等人非常生氣，便口出不遜之言。陽明公當作平時交際中正常出現的情況，心平氣和地向他們解釋，又有人在旁為陽明公解圍，局面才算平息。

這件事告訴我們，陽明公並非為爭坐一席之地，而是害怕一旦受到等閒之輩的挾制，將來在處理公務時都要聽他們的而不能有所作為了。

智囊

對於那些居心不良、處心積慮想陷害他人的鬼蜮之徒，絕不可心存畏懼，而首先要有一身豪氣，要有壓倒對方的氣概；另外，還要講求一點鬥爭策略，有上兩點，可以立於不敗之地。江彬就是這樣的鬼蜮之徒，自以為得計，但是最後卻落得個反其受辱、原形畢露的可悲下場。而陽明公這裏所表現出來的則是不可悔的凜然正氣和有理有節的「外交才能」。在起巍巍形象面前，奸邪之輩卻是如此的猥瑣可鄙！

## 姚崇流淚保全身

姚崇，原名元崇，後來因為要避開唐玄宗「開元」年號之諱，改名為姚崇。唐太宗貞觀二十三年，姚崇生於陝州硤石，唐玄宗開元九年在大唐都城長安去世，享年72歲。姚崇一生，盡心國政，三朝為相：一代女皇武則天統治時，姚崇官至鳳閣侍郎；

武周結束，李唐復興後，姚崇被睿宗拜為兵部尚書，同中書門下三品；玄宗李隆基登位初期詔封姚崇為兵部尚書、同平章事，後又加封為梁國公。在中國古代政壇如沙場、骨肉相殘的社會中，姚崇能佐政三帝，三朝為相，這實在是不多見的。

事情是這樣的，唐中宗時期，皇太后武則天身患重病，宰相張柬之等人企圖利用這個機會誅殺武后的寵臣張易之、張宗昌兄弟，並脅迫武后退位，還政於李氏家族。姚崇當時任靈武道大總管，恰恰從駐地返回京城，宰相張柬之等人就和姚崇聯絡，希望他也加入到此次行動中。姚崇身為太宗時期的老臣，對李氏江山深有感情，畢竟在他看來一個女人管理朝政不是一件吉祥的事情。於是，他就答應了這件事。後來，政變成功，姚崇因此被封為兩縣侯。武后被迫禪讓，被遷往卜陽宮軟禁了起來，唐中宗卻率領朝中文武大臣去給皇太后請安。參加密謀的張柬之等五、六個人興高采烈、穿著華麗的官服，在武則天面前顯盡了威風。唯獨姚崇躲在一邊，悄悄地哭了起來。

張柬之等人感到奇怪，便問他：「現在逆賊已經被剷除了，咱們高興還來不及呢，你哭什麼啊？你是不是怕因此而招惹禍端吧！」姚崇仍舊哭而不答。武則天也在一旁說：「姚大人，別哭了，有什麼可哭的呢？」姚崇聽武則天問他話，就哭得更傷心了，他哭泣著回答說：「在下碰巧參與了討伐逆賊的行動，不足以論功圖報。只是由於以前侍奉皇太后太久了，而今將要離別舊主，我越想越傷心啊！這也是為臣的盡得最後一次孝心了，您就讓我痛痛快快地哭吧！如果我因此而獲罪，那麼，這也是我心甘情願的啊！」說完，就痛哭起來，哭得武則天也動心了，不禁也流下淚來。

後來，武則天的侄子武三思與韋后勾結起來，張柬之等五人因此被害，唯獨姚崇幸運地活了下來。人們這才理解姚崇當年的苦心。

哭是人表達或宣洩某種情緒的方式，其中有悲也有喜，哭的
「功能」十分豐富，特別是一些別有用心的政客，將哭的作用
發揮到了極點，以至於在中國的歷史舞臺上，留下了不少有關
「哭」的典故，比如南朝宋孝武帝時期劉德願以哭謀官；三國時
期周魴以哭行詐；唐姚崇以哭避禍。

遇到坎坷、災難、禍端，往往可以用哭的方式恰到好處地避
過，就像故事中的姚崇。姚崇的聰明之處，不僅是用哭避禍，更
重要的是他有先見之明，料到將來可能會因為逼迫武后退位而招
來麻煩，所以才「哭」給武后看，以此表示自己的心跡。

關鍵時刻，用哭來打動對方，使對方態度緩和或者改變初
衷，也是現代人可以採用的一種智謀。只不過你要恰到好處地使
用，切不可處處都用這一招，這樣的話，「哭」就不靈驗了。

## 畢仲游分析司馬光變法

北宋王安石於宋神宗熙寧年間進行改革。治平四年正月，宋
神宗趙頊即位。神宗立志革新，熙寧元年四月，召王安石入京，
變法立制，富國強兵，改變積貧積弱的現狀。

王安石變法以「富國強兵」為目標，從新法實施，到守舊派
廢黜新法，前後將近十五年時間。在此期間，每項新法在推行
後，基本上收到了預期的效果，使豪強兼併和高利貸者的活動受
到了一些限制，使中、上級官員、皇室減少了一些特權，而鄉村
上戶地主和下戶自耕農則減輕了部分差役和賦稅負擔，封建國家
也加強了對直接生產者的統治，增加了財政收入。各項新法或多

或少地觸犯了中上級官員、皇室、豪強和高利貸者的利益，最終被罷廢。

司馬光與主持變法的王安石發生嚴重分歧，在政見不同、難於合作的情況下，司馬光退居洛陽，通過編纂史書，從歷史的成敗興亡中，汲取治國的借鑒，「使觀者自責善惡得失」。

後來，王安石被廢黜後，司馬光繼續執政，他反王安石變法之道而行之。當時，畢仲游任河東路行獄提點，寫了封信給司馬光，信中說：

「過去王安石以興作之論，說動了先帝，但憂慮財力不足，所以凡是可以得到民間錢財的政策，沒有不用的。發放青苗貸款，設置『市易務』、收斂『助役錢』、變革鹽法等等，都是事；而想振興宋室，憂慮財力不足，才是情。沒有能杜絕他興作之情，只想禁絕他散斂變置之事，這是之所以百說而百不行的原因。現在廢除了『青苗法』，取締了『市易務』，免掉了『助役錢』，廢棄了『鹽法』，凡只是為了獲利而傷害老百姓的事，都一掃而光，更改了它。那些過去在實行新法時被重用的人，心裏必然不高興，心懷不滿的人，必然不但要說『青苗法』不可廢除，『市易務』不可取締，『助役錢』不可免掉，『鹽法』不可廢棄。必然要處於不足之情，說不足的事，以感動皇帝。他們的話就是石頭人聽了，也會動心的。如果這樣，那麼被廢除的可以再發放，被取締的可以再設置，被免掉的可以再收斂，被廢棄的可以再存在。現在治理國家的辦法，應當讓天下有識之士獻計獻策，深入了解收支的數字，將各地所積蓄下來的錢糧，一併收歸地方官府，使他們的經費可以支付二十年的所需。幾年以後，又將會是今天的十倍，使天子清楚地知道天下在錢財上的剩餘。那麼『不足』之論，就不可能陳述在天子面前，然後新法才可以永遠被廢棄而不再實行。

「當初王安石身居高位，朝廷內外沒有不是他的人，所以他

的變法能夠實行，今天你想療救前日的弊病，但您身邊擔任各種職務的官吏，十有七、八都是王安石的門徒。雖然起用了兩三個舊臣，用了六、七個正人君子，然而，上百人中才占十幾個，這種形勢哪裡能有所作為呢？不具備可以做事的條件而想去做，那麼『青苗法』雖然廢除，又會再實行，何況還沒有廢除呢？『市易務』、『助役錢』、『鹽法』等也無不如此。用這樣的辦法去療救前日的弊病，就好比人舊病稍愈，使他的父親、兒子、兄弟都面有青色，但不敢貿然祝賀，因為他的病並沒有根除。」

司馬光看了這封信，面色顯得十分嚴峻，事情正像畢仲游所憂慮的那樣。

智囊

畢仲游在給司馬光的信中有一句話說得最好，就是｜「不具備可以做事的條件而想去做，那麼『青苗法』雖然被廢除，又會再實行，何況還沒有廢除呢？」要改革，必先除舊換新，舊的不除，新的又怎麼能實行呢？只有將舊的清除乾淨，才能實行新的。否則新舊在一起，必然會起衝突。

同樣，我們在做事情的時候，也要先考慮做這件事需要什麼條件，只有條件具備了，才能順利進行，否則條件不具備就去做，無論如何你也是完不成的。

## 趙鳳、楊王慮長遠

當初，晉陽的看相人周玄豹曾預言後唐明宗將來一定富貴至極。到明宗繼位後，就想召他進宮。趙鳳說：「玄豹以前說過的

預言已經驗證，如果把他安置在京師之中，則一些輕浮狂妄的人必會聚在他的門下。自古以來方術之士的胡言亂語使人遭受滅族之禍的舉不勝舉。」於是明宗一面把周玄豹任為光祿卿，一面又命他退休。

北宋時，楊王楊沂中外出遊玩，恰遇一測字先生。楊沂中便用自己手中拐仗在地上寫了個「一」字。測字先生當即叩拜並說：「先生為何微服到此，應多多保重才對。」楊王很奇怪，追問他怎麼知道自己的身分。那個測字的便說：「土上面寫一畫，就成了王字。」楊王會心地笑了，便給他批撥了五萬貫錢，並在批條下寫了平常所押之字，命測字先生第二天到府中取兌。

第二天，王府管錢的人接過測字先生的批條後，看了又看，說：「你是何人，怎敢偽造我王的批條前來冒領錢物，我當把你抓起來送至官府治罪。」

測字先生感到很委屈，便把事情的來龍去脈向管錢人講述了一遍，希望能驚動王爺，讓他聽到。於是楊王負責接見和管理錢財的官吏湊了五千貫錢，交給了測字先生。測字先生接到錢以後十分傷心，把管錢的人痛罵了一頓才憤然離去。

後來，管錢的人找了個機會把上次的情況告訴了楊王，楊王責怪他為什麼要那樣做，管錢的人說：「他今天說您是王，明日再胡說您比王高，由此一來，王爺受到的誘惑就越來越多。況且您已經晉封為王了，再用他卜相幹什麼呢？」楊沂中聽了這話以後，站起來拍著管錢人的背說：「你說的對啊！」當即將準備給測字先生的五萬貫錢獎賞給了他。

智囊

人常常因為別人的諂媚阿諛、奉承巴結而得意忘形，結果迷

失自己。為人所利用而不自知。為什麼不能保持理智，冷靜地分析自己，了解自己呢？唯有認清自己，才能愉快開朗地在人生道路上前進，讓自己走得更穩、更踏實。

物質的贈予和美麗的言辭並不代表一個人的真心。和朋友交往時，必須要有辨別是非，判斷對錯的能力，不要因為珍貴的禮物和巧言令色就迷失自己。

真正的朋友貴在交心，孔子曾說：「友誼、友諒、友多聞。」一個能隨時指出你的缺點，能關懷你，寬容你的朋友，才是真正值得交往的朋友。如果朋友具有豐富的學識，能夠引導你走上示學不倦的路程，更是人生的一大幸運。

朋友的種類很多，如何去判斷一位值得深交、淺交的朋友，將會對自己的未來產生很大影響。至於一些缺乏真誠的利益交往，切記：更要適可而止。

............................................................

# 劉晏談惜小防大

唐代宗時，劉晏在揚州設立造船場，撥給每艘船一千兩白銀做經費。有人說，造船所花費用實際不到一半，請求減少所撥經費。劉晏說：「不行。凡幹大事的人不能吝花費小錢，凡事必須要從長遠考慮。現在剛剛開辦船廠，辦事的人又很多，首先使他們私人的花費不窘迫，公家的財物才不會受到損失，所造的船才堅固完美。如果現在就和他們斤斤計較，又怎能長期辦下去呢？自我以後，他日必有減少撥款之人，減至半數尚可支撐，超過半數，則所造之船就不能運輸了。」

五十年後，當時的主管人員果然減了一半費用。到了咸通年間，主管人員依實際費用撥款給下面，再沒有剩餘的了，可惜造出來的船越來越脆薄，極容易損壞。河運事業也隨之走向衰敗了。

## 智囊

　　司馬光曾經說：「當官的人，應該多從大處著眼，放棄瑣小的事情。」古今中外，要辦大事的人，不能計較小事；成就大事的人，不能考慮瑣碎。大人物都不拘泥於小節，進而才能成就大的事業。劉晏的論述，說明正是因為吝惜小錢而妨礙了大事。這也充分顯示了他有過人的遠見卓識。

　　俗話說，吃小虧占大便宜，這個故事正說明了這個道理。因為一時的吃虧，換來的是長久的利益，當今不少精明的企業家，正是悟出了這個道理，才走上了健康發展之路。

## 李晟不迷信天道

　　唐朝大將李晟屯兵渭橋時，恰逢火星運行至天的正位，除夕守歲，很久才退開。府中之人都前來祝賀，說：「火星已退，這是國家大吉大利的徵兆，應火速用兵，定能大獲全勝。」李晟說：「如今天子有困難，身為人臣應竭力死戰以解救危難，哪有工夫去管什麼天象呢？」叛亂平定後，李晟才對眾人說：「當時，一些士大夫利用天象的變動來勸我出兵，不是我要拒絕，而是考慮到對星象的變化情況，我們可以去利用它，但是不能讓人知道我們在利用它。因為金木水火土五星運行變化無常，我擔心一旦發生火星守歲的天象，我軍一定會軍心動搖，不戰而自敗了。」大家稱讚道：「將軍的見識不是我等所能想得到的啊！」

　　田單想用神道去迷惑敵人，李晟不想以天道來迷惑自己的軍隊，這二人都是非常高明的。

日月星辰本來變化有常，古人云：「天行有常，不為堯存，不為舜亡。」所以，天道是科學，且有一定的變化規律，而不是迷信。至於把大自然的變化與禍福、凶吉聯繫起來的無聊話語，則就是迷信了。李晟對迷信的批駁和採取的行為，說明他不受唯心思想的左右，他的見識確實高於常人。

## 刺史選婿

唐代裴寬曾做潤州參軍。當時潤州刺史韋詵為女兒擇婚，沒有選到。有一天，韋詵休息時登樓觀賞風景，看見有人在花園中埋東西，韋詵便使人去打聽。打聽的人回來告訴他說：「那個人便是裴參軍。他不願因接納別人的禮品而玷污了自己的家門。正巧有人送給他一塊鹿肉乾，交給他就走了。但是，他又不敢自欺，所以將那東西埋在了花園中。」韋詵聽後，讚歎不已，當即就把女兒許配給了裴參軍。成婚那天，韋詵讓女兒在幃帳後面偷看裴寬，只見裴寬瘦弱而身長，穿了件碧色的衣服。韋詵族中人看見他都笑了，把他叫做「碧鶴」。韋詵說：「愛自己的女兒，必然要將她許配給賢良的公侯做妻子，又怎能以貌取人呢？」裴寬後來歷任禮部尚書，很有聲望。

唐代的李祐在當時官位已經很高了，不少公卿多次來想請求娶他的女兒為媳，李祐都一一拒絕了。有一天，李祐大會宴請幕僚，聲稱要為女兒擇婿。大家以為選中了哪家名門貴族，待到開宴時還不見動靜。酒至半酣，李祐領出一個坐在末座的將領，對他說：「我知道你現在還沒有成婚，我冒昧地把愛女託付於

你。」當即舉行了婚禮。

此後有人問李祐為何要這樣做，李祐說：「常見那些有地位的人喜歡和名門貴族聯姻，他們的子弟長期習染於荒淫奢侈，大都得不到好的結果。我憑自己的韜略才幹才得到今日的爵位，自己選擇合適的女婿，何必要仰仗高門以博取虛名呢？」聽到此話的人，都認為李祐見識卓越。

司馬溫公說：「娶媳婦一定要找個家境不如我家的，嫁女兒要選擇一個家境比我好的，選擇娶來的媳婦知道節儉；嫁出去的女兒懂得畏懼謹慎。」溫公一席話一時傳為名言。以現今來觀看韋、李二公為女擇婿，才知溫公的名言還顯得有些不足之處。

中國自古以來婚姻講究門當戶對，但是裴寬地位低下，相貌醜陋，韋刺史還是決定選他為婿；李祐不仰仗高門以博取虛名，擇一個小將做婿。這是因為他們敢於向封建意識相對抗。他們清楚地知道，高貴的門第易出紈褲子弟，相反，地位低下或者身處逆境的人，才能激發向上努力的決心。司馬光曾說過：「娶媳婦一定要娶家境不如我的。媳婦家境不如我，娶過來就知道勤儉樸素；女兒家境不如人家，嫁過去就知道畏懼謹慎。」這也是對門當戶對習俗的挑戰。

這兩個故事還說明韋詵和李祐善於識人，不以外表取人，而以人品耿直和內心善良定人。刺史擇女婿應該這樣，領導選擇下屬也應該這樣。現實生活中，領導要學會識別人才，把人品放在第一位。

# 王旦愛婿慮長遠

北宋宰相王旦的女婿韓億，按照慣例應當派往非常邊遠的地方去赴任。王旦便私下對女兒說：「這只不過是小事一件，不要為此憂慮。」一天，王旦又對女兒說道：「韓郎已任洋州知府了。」女兒大吃一驚。王旦安慰女兒道：「你往後回到我這兒來，總是有地方住的。如果我向皇上請求照顧，讓他們上奏皇上說韓郎是我的女婿，不要把韓郎派往邊遠的地方去，別人就會指責韓郎是靠岳父的力量才免去遠任的，那樣就影響了他的大好前程啊！」韓億知道後，感激地說：「岳父大人對我真是厚愛啊！」後來，韓億終於踏上了中書省、樞密院二府的職位。

古人都自愛、愛人，不爭眼前之利，大都是像王旦這樣的。

智囊

關懷、愛護小輩，做長輩的應該有遠大的目光，應該有長遠的觀點，應該看到他們的遠大前程。所以，要從各個方面嚴格要求小輩，要把他們放到逆境中去接受磨鍊，而不能目光短淺，過分嬌縱和溺愛。如果這樣做的話，只會害了小輩的前程，使他們一心只貪眼前的安逸和享樂，進而喪失了遠大的志向。

現實生活中，一些不法分子當初之所以邁出了第一步，大都是由於長輩的驕縱和溺愛，使他們目中無人，大膽包天，藐視一切，以自己為中心，為所欲為的結果。

因此，我們在教育子女的問題上，要向丞相王旦學習，從長遠考慮，支持子女到邊遠地區和基層學習和任職，到艱苦的環境去鍛鍊和成才，這才是真正的關懷和愛護子女。

## 東海錢翁

東海地方有個姓錢的老翁，從小戶人家發財致富，打算在城裏選一個居所。有人對他說：「某處有一所房子，有人已出價七百金，就要出售了，您趕快去看看吧！」錢翁看了房子後，竟用一千金將房子買了下來。子弟們都說：「這間房子已達成七百金的定價，你卻突然再加三百金，他們不是獲利更多了嗎？」

錢翁笑著答道：「這其中的道理你們就不明白了。我們是小老百姓，房主得罪了眾人把房子賣給了我，若不多花點錢，他拿什麼話去堵住眾人嘴巴？況且那些想得而又沒得到的人勢必發生沒完沒了的爭執。現在我用一千金買下出價七百金的房子，房主的願望得到了滿足，其他人對這座房子也感到無利可圖。無論他們哭也好，笑也好，反正這處房子從此就是我錢氏的世代家業，我再也沒啥憂慮了。」

不久，其他房子多因售價太低而爭要補貼，有的賣主又轉手贖回，往往造成訴訟，打起了官司，唯獨錢翁的房子住得安安穩穩的。

智囊

錢翁高價買房，不僅他的子弟想不通，很多人也想不通，但這正是錢翁的高明之處。因為社會是繁雜的，很多事情往往會超出他本身的範圍，所以我們衡量一件事情，不能簡單地以金錢作為標量。錢翁花錢買了平安，犧牲一時的小利，獲得了長久的平安，這是他的高明之處。

## 聚寶盆

巴東縣下岩院的住持僧人在外面得到了一個青磁碗，帶回寺中。他折了一枝花插在碗中，第二天碗中便開滿鮮花。他又在碗中放點米，過了一夜，米也滿滿一碗；再改放金、銀都無不一樣。自此以後，寺院越來越富盈。

後來，主持僧人一天天變老了。一天，他渡船到對岸去查看寺裏的田地，突然從懷中取出青磁碗扔入河中。弟子們都驚呆了。住持老僧人說：「我死後，如果留著這個碗，你們會願意澹泊謹慎地過日子嗎？把碗丟棄，是不想讓你們增加罪過啊！」

沈萬三家中有個聚寶盆，和那個寶碗的情況類似。明太祖朱元璋命人取來一試，卻不靈驗了，就又還給了沈萬三。後來修築京城時，又把那個聚寶盆要來埋在南門下，圖個吉利，南門也因此得名「聚寶門」。

智囊

下岩院這個住持是明智的，聚寶盆雖好，但它讓人產生貪欲，腐蝕人的靈魂，毒害人的思想，所以古人就提出了「居安思危」的思想。

有一隻野豬對著樹幹磨牠的獠牙，一隻狐狸看到了，問牠為什麼不躺下來休息享樂，而且現在還沒有看到獵人。野豬回答說：「等到獵人和獵狗出現的時候再磨牙就來不及了！」

這則寓言告訴我們：在順利時，不要忘記後面潛伏著危機，在成功時，要警惕困難和挫折，在做計畫時，要留有充分的餘地。只有時刻保持著「危機意識」，才能立於不敗之地。

# 公孫儀拒收贈魚

戰國時，公孫儀任魯穆公手下的丞相。他特別喜歡吃魚，許多人都爭著買魚送給他，但都被公孫儀一一回絕。公孫儀的弟弟對此很不理解。問：「你素來喜吃魚，為何別人好心送來，你卻不收呢？」

公孫儀說：「正因為我喜歡吃魚，所以才不能收。吃幾條魚固然微不足道，但倘若我經常收別人的禮品，那就要落個受賄的壞名聲，到頭來連丞相的官位也會丟掉。到那時，雖然再愛吃魚，恐怕也吃不成了。現在我不收別人的魚，倒還可以安穩地做丞相，多吃幾年我愛吃的魚。」

 智囊

公孫儀身為相國，連別人送的魚都堅決不肯接受，問其原因，他風趣地講了常人能夠理解的原因，他能夠嚴格約束自己，犯小錯誤的機會都不給自己，比起那些尋找一些機會接受禮物的為官者，公孫儀實在是廉潔得很。

賄隨權集，的確是，只要是權力所在，賄賂似乎就無孔不入，這也就是為什麼自古以來反貪倡廉就是吏治的一大重點了。還有一句名言，「利之所在，雖千仞之山無所不上；深淵之下，無所不入焉。」人看見利益、錢財，膽子就無限擴張，所以許多當官的冒著革職殺頭的危險，明知故犯。

## 阿豺折箭喻眾子

　　吐谷渾的國君阿豺有二十個兒子，當他病危彌留之際，他召來舅舅慕利延和兒子們，他對舅舅說：「請您去取一支箭來，把它折斷。」慕利延便按照他的意思把箭折斷了。阿豺又說：「請您再去取十九支箭來，把它們折斷。」慕利延卻不能折斷。阿豺語重心長地對舅舅及孩子們說：「你們看到了吧？一支箭容易折斷，而十幾支箭捆在一起就折不斷。只有你等眾人同心協力，我們的國家才能鞏固。」

　　周武王大封同姓為諸侯王，枝葉繁密茂盛，相互依存幾百年而衰亡。六朝時的人互相猜忌，爾虞我詐，結果很快地就相繼亡了。誰料到北方少數民族中，竟有如此精明的領袖人物。

智囊

　　團結就是力量。俗話說：「人心齊，泰山移。」只要團結一心，世間任何困難都能克服，任何奇蹟都可創造。遠的如東晉與前秦的淝水之戰，近的如中國的八年抗日戰爭比比皆是。吐谷渾國君阿豺折箭喻團結，生動而深刻地教育了子女，的確令人佩服，他可以稱得上是少數民族中的一位精明的睿智者。

# 第三卷
# 通曉人情的智囊

世界上本來就沒有什麼特別複雜的事情，而庸人們卻總是沒事找事，自尋煩惱；只要通情達理，事情的處理也並不複雜，就像太陽出來冰雪自然融化一樣。因此，輯有《通曉人情的智囊》一卷。

## 蕭規曹隨

漢惠帝年間，曹參當上了丞相，一切事宜都遵從蕭何的制度行事，自己只是沒日沒夜地飲酒，無所事事。來的客人都想勸說他一番，但是客人來到後，曹參往往就請他們喝酒，席間有人想說話，曹參又馬上勸酒，直喝到酩酊大醉為止，最終也沒人說上話。漢惠帝責怪曹參不務政事，就囑咐曹參的兒子私下問曹參是何用意。閒時回家，曹參的兒子便向曹參勸諫。曹參大怒，便打兒子二百竹板。惠帝知道後，責備曹參說：「你為何鞭笞兒子，這可是我派他勸說你的呀！」曹參便摘下帽子謝罪說：「陛下自認為您和高皇帝相比，哪一個更英明聖武？」惠帝說：「我哪能跟先帝相比。」曹參又問：「陛下再看我和蕭何相比誰的能力更大些？」惠帝說：「你好像不及他。」曹參說：「陛下說得對。高皇帝與蕭何定了天下，法令已制定得清清楚楚的了。如今陛下垂拱而治，臣等應盡守盡職，遵循規矩，而不使其走樣，不也可以了嗎？」惠帝說：「我已知愛卿用意，你不用再講了。」

曹參的話，不是遮短，而恰恰顯示出他的長處。

朝廷一些官吏的辦公地點與相府花園相鄰，一群官吏整天在那裏飲酒作樂，聲音都傳到外面去了。曹參身邊的人正在花園中遊玩，聽到喧鬧聲後，就處罰了那些官吏。曹參聽說後，立即叫人設宴布酒，同樣也歡呼喧鬧，與隔壁的吵鬧相互呼應，於是，

左右的人也不好再說什麼了。

　　曹參此舉，極力地描繪了太平盛世的景象，悄悄堵住了皇上身邊人的讒言之口。

智囊

　　曹參這種秉承前人，無所作為，撇開其中的具體歷史原因，他的這種政治哲學，是一種大智慧。既然前人已有較好的規制和大政方針，那為什麼還要再折騰呢？按著做就行了。

　　今天，一些新領導上任，必定要突出「作為」，必定要弄出自己的一套，總要以種種方式弄出些什麼，口號、理念、動作，似乎不如此，不能顯現自身的存在。即使前任搞得不錯，也一定要來個翻江倒海，折騰得厲害。有些新官上任，「三把火」映得滿天紅，烤得周圍發燙。但一任結束，那些「新詞」、「政績」也就榮光不再，悄然淡出。而後任上來，又會折騰他的新玩意兒。

　　世事向前，有所作為，想弄些新的東西不能說不好，只是要知民之疾苦，千萬不要為了顯示自己的小聰明、與人搞政績比賽而瞎折騰。有時，尊重前任的既有成果，「無為」而治，比自己的「創新」，更難能可貴。

　　一切得從實際情形出發。「為賦新詩強說愁」似的硬做，不僅沒必要，而且勞民傷財。有時，像曹參一樣，照著前人既定的做就行了。守固然平實如水，有時卻是一種大智慧。

　　我們不能要求每個領導者都有很高的水準。領導者「沒水準」沒關係，要緊的是不要把自己的「沒水準」展覽給社會、殃及給社會——如果是這樣，那就是真正的「沒水準」。

# 御史台老隸

宋朝御史台有個老僕役，平日以剛正不阿聞名。每當御史犯有過失，他就立即將手中的梃杖直立起來，御史台中的人都以他的梃杖是否挺直作為御史是否賢明的準繩。

有一天，御史中丞范諷要宴請客人，他親自安排廚師準備做菜，再三指點。廚師剛走，他又叫回來，再三叮囑告誡了半天。回頭一看，那位老僕役的梃杖已直立起來了。范諷覺得奇怪，就問老僕役原因。老僕役答道：「大凡役使別人的，都只制訂章程，而讓人循章去完成。如果他不按章程辦事，自有固定的刑法來處置他，哪裡用得著你喋喋不休地去吩咐呢？假使御史中丞您做了宰相，讓您去治理天下，難道您還要對全國每一個人去吩咐教導嗎？」范諷聽後，深感慚愧，十分欽佩老人的見解。

這才是真正的宰相才能，只可惜老奴役終身被埋沒了。

絳縣老人僅知道天干地支，尚且使韓宣動心愛惜，像這樣有水準的老衙役，卻得不到推薦和任用。以資格高低來束縛人，國家怎麼會用上有才能的人？要說到不能任用賢才，那例子可就多了。蕭穎士使用僕人十分嚴苛，有人曾勸僕人離開而去，僕人說：「不是我不想離開他，我是愛惜他的才華啊！」

甄琛愛好下圍棋，命令奴僕通宵拿著蠟燭照明，一瞌睡就加以鞭笞。奴僕說：「郎君告別父母前來京城官邸，如果是為了讀書，我絕不逃鞭打；現在您是為了下棋，對奴僕橫加打罵，不是太不合理了嗎？」甄琛深感慚愧，於是改過讀書。

韓琦在宴請賓客時，看到一位軍妓頭上插有一朵杏花，就戲弄她說：「鬢上杏花真有幸。」誰知那妓女馬上回應一句：「枝頭梅子豈無媒？」

酒席散後，韓琦下令一個老兵把那軍妓叫來，過了好一回兒，又後悔了。又去叫喚那個老兵，不料老兵還在原地沒動。韓

琦說：「你沒去？」那個老兵答道：「老卒估計相公您必然會後悔的，因此沒去。」

老隸雖然爵位不高，官職卑微，其形象卻挺直如山，辦事極有原則。哪些該管，該怎麼樣去管，界限分明，而不越俎代庖，處處插手。試想，事物繁雜，各為其政，各司其職，行政首長只有極大地調動各個職能部門的主動性和積極性，才能達到運作有序、確實有效，而如像三國時的蜀國丞相諸葛亮那樣，事必躬親，而食不過三四升，固然是認真負責，辛苦勞累，但是一個人的精力是有限的，最終不能長久，最後落了個——「出身未捷身先死，長使英雄淚滿襟」的悲壯結果。

現代社會，推行現代化的管理，主張遵循規章和制度，按制度和規定辦事情。在此環境下，領導者要學會授權，給員工充分的自主權，營造良好的發展空間，調動員工的積極性和主動性，能夠事半功倍，提高效率，促進管理的良性循環。

## 劉秀焚燒誹謗信

東漢光武帝劉秀誅殺了王郎後，收繳了王郎家中的所有文書，發現了自己屬下的官員有與王郎串通、誹謗朝廷的幾千封信件。劉秀不加細問，把各位將領叫到一起，當眾燒毀了，並說：「讓那些心懷二心的人安穩無憂吧！」

南朝時，桂陽王劉休范在潯陽舉兵叛亂，被蕭道成捉住後當即斬首，可劉休范的黨羽還不知道，還在衝破京城的衛戍部隊繼

續向前挺進。這時，宮中傳說劉休范已經打到新亭，一些官兵和市民便惶恐不安，跑到營壘中投遞名帖的有近千人。等到了新亭，才知道來的是蕭道成的軍隊。蕭道成命人將那些名片隨得隨燒，然後，登上城樓對眾人說：「劉休范父子已被誅殺，屍體就葬在城外的南崗下。我是蕭道成，你們的名片我都已焚毀，請放心吧！」蕭道成是在效法光武帝的智術。

## 智囊

古今中外，凡成就大事者，除客觀條件外，主觀上大都具有一定的優良品質，其中豁達大度便是重要的一條。

光武帝、蕭道成之舉，可以說是胸襟大度的典範。一個人難免不發生思想偏差和行為失誤，趨炎附勢或者合汙同流也不足為奇，光武帝等不因為一時一事而對人耿耿於懷，採取了既往不咎的政策，令那些曾經有過失的人安下心來重新為人。

在工作中，我們看到大部分領導都能做到胸襟大度，不僅善於傾聽群眾意見，而且對不同意見和尖銳批評都能正確對待，辦起事來令人折服。但也有個別領導，存在著惟我獨尊的思想，自己說過的話、下達的指示就是聖旨，不允許群眾有不同意見，對當面批評和背後議論自己的人耿耿於懷，有的甚至在工作中打擊報復有不同意見的下屬；相反，對善拍馬屁、討好自己的人卻很賞識。長此以往，不僅影響了自己的形象，而且也必將影響人際關係，影響工作的開展。

俗話說：做人一世，做官一時。我們說，工作中群眾有不同意見是正常的，即使是尖銳的甚至片面的意見，作為領導者也應該做到心底無私天地寬，學會海納百川，正確對待，有則改之，無則加勉；切不可小肚雞腸，把心思用在盤算別人的意見上。既

然當了官，肩負重任，就要以事業為重，加強自身修養，心底無私天地寬才好。

## 薛簡肅安撫民眾

北宋薛簡肅率兵鎮守蜀國。一天，他在東門外設酒宴席，城中有名小兵騷擾叛亂，很快就被捉住了。都監向薛公稟告此事，薛公聽後，命人把擒獲的那名小兵斬首於眾，這樣做就等於把叛亂平息了，民眾認為薛公的決斷非常英明。如果不這樣，亂抓亂審，逼供同黨，十天半月也不能了結這件事，更不能安撫那些心有叛亂的人。

如果薛公稍稍誇大自己的軍功，這樣的事就不會處置得如此直接爽快了。

一次，民眾中有人獲得蜀國時的中書印，這個人夜裏把印悄悄帶回來，裝在布袋裏，然後懸掛在西門外邊。守門兵卒拿著印袋稟告了薛夷簡。當時圍觀的人成千上萬，他們跟著守門人，高聲喊叫，議論紛紛，個個都出言不遜，等著看薛公的舉動。薛公命令管事的人將印袋收藏好，自己連看都沒有看一眼，於是民眾都安定下來。

少司馬梅國楨鎮守三鎮時，有位胡人頭目說他從沙漠中找到了一塊傳國玉璽，就用黃絹拓印下璽文，頂在頭上，在轅門外向少司馬進獻，並懇請梅公向朝廷上奏。

少司馬聽後，對他說：「現在玉璽還難辨真偽，等你取來，我看過後，只要是真的，定當犒賞你。」胡人說：「歷代受命的印符，現出土於聖朝之年，這不是平常的吉祥瑞象。如果奏明皇上獻出，應該有很重的封賜，並非先生所說的犒賞之禮。」少司馬笑笑說：「寶庫房中有的是國寶，這個玉璽即便是真的，也沒

有什麼大的價值，我也不敢輕易奏明皇上，褻瀆聖上的視聽。我感謝你的好意，以一份金禮犒賞你，連同黃絹一併還給你。」胡人頭目頓感失望，痛哭而去。

有人問梅公，為什麼不向聖上稟告呢？梅公答道：「王孫滿說過，國家的興運昌盛在於有無德政，而不是有無寶鼎，何況胡人把他看成稀奇的寶物，如果輕易地奏給聖上，胡人便以此來要脅，萬一皇上下旨征討玉璽而玉璽又遲遲得不到，難道真的用封賞去購買玉璽嗎？」於是，人們都欽佩薛公的卓識遠見，這就是當時薛簡肅為何要把印收藏起來的用意所在。

元朝天順初年，胡人首領孛來邊境尋找糧食，當時傳聞玉璽在他手裏。石亨想領兵去巡視邊境之地，借此可乘機奪來玉璽。皇上便問李賢如何處理此事，李賢說：「胡人雖在邊境求食，但也不曾侵犯我國土。現在如果無故用兵，肯定不合適。何況玉璽是秦始皇所造，丞相李斯篆刻，是亡國之物，不足為貴。」皇上認為李賢說得很對。梅公的見識，與李賢的見識正相吻合。

智囊

俗話說：「大事化小，小事化無。」當出現矛盾和衝突的時候，解決問題的關鍵不在於針鋒相對地「以牙還牙」，「以眼還眼」。真正有智慧的人善於緩解矛盾，解決衝突，使雙方互惠互利，共同發展，而不是短兵相見，拼個魚死網破。

## 諸葛孔明不設漢吏

諸葛丞相平定了南中以後，仍然任用原來南中各部的首領為

官長。有人進諫說：「丞相的天威放到那裏，南人無不心服，然而南蠻之人，人心叵測，今日降服，明日又會反叛，不如趁他們前來投降的機會，委派漢人做官，分別統領他們，使他們受到漢人禮儀的規範約束，逐漸濡染政治教化。十年之內，蠻人就可編入戶籍，同化成為蜀國之民，這才是上策啊！」

諸葛亮說：「如果在南中設立漢官，就得留下軍隊，軍隊留下則沒有糧食供應，這是第一件不容易解決的事；南中人剛被我們攻破，他們的父兄中多有傷亡，立了漢官而沒有軍隊去留守，必成禍患，這是第二件不容易解決的事；南人多次發生廢除、殺掉當地官員的事，自知罪行深重，如果在南中設立漢官，他們勢必不相信我們，這是第三件不容易解決的事。如今我不留軍隊，也不用運輸糧草，且各項法令制度已初步形成，南蠻夷人和我漢人自然會相安無事的。」

東晉桓溫征伐蜀郡時，諸葛亮的一名小兵還在世，已經有一百七十歲了。桓溫問他：「孔明先生有些什麼超過常人的地方？」小吏回答道：「也沒什麼超過常人的地方。」桓溫一聽，臉上就露出自負的神色，認為自己可與孔明相比。老人停了一會，又說道：「只是在諸葛先生去世以後，就再也沒看見過像他那樣辦事妥當的人了。」桓溫聽後這才十分慚愧，對諸葛孔明更加欽佩。凡事難得的就是「妥當」，這兩個字正是孔明先生的知己啊！

 智囊

諸葛亮巧妙地運用了「以夷制夷」的策略。更重要的是，諸葛亮在運用這一策略的時候，審時度勢，善於把握分寸，恰到好處。天下最難的事情，莫過於分寸。天下事情是太多不好，太少

也不好，最關鍵的就在於是否有分寸。

不吃得太多，是一種把握；不運動過量，是一種自知；不得意忘形，是一種穩重；不執迷不悟，是一種理性。

何為待人處事的「分寸」？善把握、有自知、能穩重、持理性，該就是這樣的分寸了。孔子說過：「隨心所欲不逾矩」，其寓意就是恪守分寸，這種境界無疑也屬於「文明線上」。

分寸是一種力量。生活中對分寸操持得很好的人，從某種意義上說他們首先是一個征服並昇華了自己的人，是一個悟性高而且定力好的人，這並不容易。能夠練好這種「自發功」的人，是最有力量的。十之八、九，他們都能戰勝自己的貪婪、淺薄、盲動或狂妄。

分寸是一種智慧。人，要在世界上立得起、行得遠，不能沒有一定的哲學思想、文化底蘊、科學知識和歷史經驗的薰陶，並以此來促使自己「分寸著」。這些都是智慧，智慧是藏不住的。除非你道德品質不好，否則，這種守分寸的智慧總會表現出來。這也是為什麼受到良好教育的人，凡事都比較有「度」的深層次原因。

························································································

# 高拱巧治土司

明朝穆宗隆慶年間，貴州土司安國亨、安智各自領兵仇殺，貴州巡撫以叛逆罪把他們上奏給朝廷。朝廷派兵征剿，不但沒有成功，眼看要激成更大的動亂。新任貴州巡撫阮文中在赴任以前，就去拜見宰相高拱。

高拱對他說：「安國亨本來是受壞人挑撥，激起仇恨，殺了安信，致使安信的母親疏窮、兄長安智起兵報復。他們彼此結怨，互相攻擊，都是出於雙方仇恨的心理，是非難憑一面之辭而

定。原來的撫台偏信安智，因此安國亨心存疑懼，而不服從官軍捉拿，於是撫台就上奏朝廷說安國亨要反叛。要論叛逆，應當是指反對朝廷。現在是夷族人自相仇殺，與朝廷有何相干？縱使拘拿他，他不出面，也僅僅是違拗了巡撫而已，而巡撫就馬上奏向朝廷，輕易發兵捕殺，夷兵能束手就死嗎？雖說官軍、夷兵各有傷殘，但還沒有聽說安國亨有領兵拒抗的跡象，如果一定以叛逆論處，實在太過分了。這是官員中有人變著法子欺騙蒙蔽朝廷。地方上有事，隱瞞不報，這是一幫無事生非、邀功取寵的人幹的；還有的人以小報大，以虛報實。一開始就虛張聲勢，作為請功的資本；後來小糾紛激成大亂子，用以證明自己以前的說法，這哪裡是忠心為國呢？你這次去調查到真實情況後，應虛心靜氣地處理，除去安國亨反叛的罪名，只判他仇殺和違拗撫台的罪名，那樣他們必定會出庭，聽候審理。這樣，才能體現出國法的嚴正、天理的公平。如今一些當官的人，只喜歡在前任官員遺留的事務上多增加些花樣，以此來出出風頭，顯示他們的風采。這是沒出息的男子幹的事情，不是君子的風度。」

後來，阮文中到了貴州，經過祕查暗訪，事情果然和高丞相說的一樣。於是他公布了五項命令：第一，責令安國亨交出挑撥離間的犯人；第二，照夷人的風俗，責令安國亨賠償安信等人的人命損失；第三，責令分開兩個地方安置疏窮、安智母子；第四，罷免安國亨貴州宣慰使的職銜，而由他兒子安權接替；第五，從重處罰安國亨，用來懲罰他的罪惡。

決定公布以後，安國亨看到安智住在巡撫府中，更加疑懼，害怕巡撫將他引誘出來後把他殺了。於是他還像以前那樣領著軍隊，始終不出來受審，反而還向朝廷上疏，申辯自己的冤情。阮文中拘泥於外界輿論，就再次上疏，請求剿滅安國亨。高拱考慮到征剿不是良策，可不征剿又有損國威，就向兵部授意，批准阮文中的奏請，同時派吏科給事賈三近前往勘察。安國亨聽說吏部

官員奉命前來勘察，高興地說：「我是願意聽候勘察，巡撫必然不敢隨便殺我，我可以明辨自己的是非了。」於是安國亨交出了挑撥離間的小人，自己到官署受審。全部答應了阮文中的五項命令，並願交出白銀三萬五千兩，贖取自己的罪行。安智還不答應，阮巡撫又懲罰了挑撥離間的人，他這才服從了。安智的管事職務也被罷免了，隨他母親被安插在一起。科官還沒有到達貴州，事情就已處理妥貼了。

國家對於土司，都用夷人的法令來牽制他們，與內地的情況是不同的。他們世代享用富貴，絕不會無緣無故地叛逆。這都是由於辦事官員的剝削，殘害，或處理不當，激起了事端才反叛的。如此來看，土司造反情有可原，何況他們還不是造反呢？像安國亨這一件事，如果不是高拱全力主持，勢必要出兵討伐，兵戎相見，即使僥倖獲勝，可用完了幾個省的兵力、糧草，用這樣高昂的代價去對付一幫自相仇殺的夷人，實在是太無聊了。前事不忘，後事之師。我們今天怎麼能不思念高公呢？

智囊

高拱從長遠打算，認為安國亨本來是被壞人挑起仇恨，殺了安信，致使安信的母親疏窮、兄長安智懷恨報復。他們彼此結怨，互相攻擊，都是出於雙方仇恨的心理，是非難憑一面之辭而定。

勤於思考讓人深沉深刻，善於分析使人理性智慧。在這個物欲橫流、人心浮躁的時代，我們要沉下心來，多想想，多問問，勤學習，善思考，對紛繁複雜的社會現象進行一番去粗取精，去偽存真，由此及彼，由表及裏的望聞問切，讓我們的心態沉實起來，讓我們的筆端沉重起來，讓我們的畫面真實起來，留給後人一筆深刻而真實的史料！

由此推及其他，我們的領導幹部要多一些落實、扎實、求實，少一些表象、浮華、空話，其他人也要莫為虛浮遮望眼，冷眼向洋看人生，這樣就會少一些被虛假欺騙，少一些被空話愚弄，少一些被局部遮蔽。這樣才能真正感知統一，不犯或少犯盲人摸象的錯誤，須知繁花總有落期，本質才最真實。

## 龔遂治盜

西漢宣帝年間，渤海郡周圍每年遭災，饑寒難耐，盜賊蜂起，拿國家二千石俸祿的郡守不能制止。宣帝決定要選拔一個能夠治理的人。當朝丞相及御史大夫都一致推薦龔遂能勝此任。宣帝就任龔遂為渤海郡太守。當時龔遂已經七十歲了。於是，宣帝便召來龔遂。只見龔遂身材矮小，其貌不揚，與傳聞不大相符，心中頗看不起他。便問龔遂：「平息盜賊有什麼計策？」

龔遂答道：「渤海郡瀕臨大海，遠離內地，沒有受過聖人教化，那裏的百姓饑寒交迫，而當官的卻不體恤他們，所以才使陛下的良民淪為強盜。如今陛下派我去，是想戰勝他們呢？還是去安撫他們呢？」

宣帝聽後臉色大變，說：「之所以選賢良的官吏，本來就是想要安撫他們的。」

龔遂說：「微臣聽說平息亂民，就像理順亂麻，不可操之過急。我希望丞相和御史大夫暫且不要拘束我的行動，讓我到任後，一切隨機處理。」

宣帝答應了他，於是當即就派龔遂到渤海邊界。郡中官員都聽說太守要來上任，就發兵迎接，可龔遂把他們都打發回去了。而後發出文書，命令渤海下屬各縣統統罷免那些追捕盜賊的官吏，並說明凡是手中拿鋤頭、鐮刀等農具的人都是良民，官吏們

不得過問，而手拿兵器的人才是真正的盜賊。龔遂單獨乘驛車來到郡府。盜賊們聽說了龔遂的命令，就立即解散，丟掉了兵刃、箭弩，拿起鐮刀、鋤頭種田去了。

漢朝的制度規定，太守專主一郡之政，掌握生殺大權。然而龔遂還希望丞相和御史不要拘束他相機行事。何況後世民少官多，號令不一，想得到卓越的政績，有可能嗎？古代的好官吏，他們處理政務，往往是化大事為小事、化有事為無事，目的只是為朝廷安民。現在卻相反了，一些為官者往往無中生有，把無事搞成有事；小事弄成大事，事情是他們引發的，可還不承認自己的罪過，等到事情平息後，反認為這是自己的功勞。搞得人心惶惶，唯恐天下不亂，這到底是誰的過錯呢？

智囊

對於因饑荒而被迫淪為盜賊的人來說，其實他們並不想淪為盜賊，他們也希望過正常人的生活，龔遂正是看到了這一點，明白這些人的苦楚，才頒布了政令：只要是拿鋤頭的人都是良民，拿武器的人是盜賊。這就等於宣布了以往的事情一概不予追究，只要能重新拿起農具，就是良民。

生活中，有許多複雜而又難以解決的問題，他們看起來麻煩，不好解決，其實只要你能夠抓住事情的根本和關鍵，對症下藥，就能以最快的速度，順利地解決問題。

## 朱博巧治盜賊

西漢的朱博本是武官，不懂得做文官的法令條文。他擔任翼

州刺史後，一次外出巡視，有幾百名官吏和民眾攔道告狀，反映情況，官府裏都擠滿了人。刺史的佐吏向他彙報，並請求他暫且留在那裏召見那些告狀者，等事情結束了再出發。這個佐吏是想以此來觀察、試探一下朱博的能力。

朱博心中十分明白，告訴侍從趕緊準備車馬，朱博走出去，上了車去接見告狀的人。他派那位佐吏貼出告示，明確告訴全縣官民：「凡想告縣丞、縣尉的，由於不屬於本刺史直接管轄的事，請他們到各自郡守那裏去反映；凡想告二千石俸祿的郡守、長史的人，待本刺史巡視回去後，請他們到府中反映；老百姓被上級官吏禍害了的和告發盜賊、對簿公堂的，都請他們到各個管轄的部門去向有關的部門主管反映。」

朱博停車判案發落，於是攔路的三、四百人馬上散去，真神了！此事令在場官民大吃一驚，想不到朱博會有這麼強的應變能力。事後，朱博慢慢察問，果然是那個佐吏教唆百姓聚眾鬧事，朱博就將那個人殺了。

朱博任管理京城長安以北及東北地區的長官時，長陵縣大姓中有個豪強叫尚方禁，年少時曾和別人的妻子通姦，被砍了一刀，面頰上留下一道傷疤。而官府的功曹接收了他的賄賂，沒有革除尚方禁，反而調他做了守尉。朱博聽到此事後，就找了一個藉口召見尚方禁，看見他面頰果然有傷痕。

朱博於是退下左右的人，悄聲問尚方禁，說：「你臉上是什麼傷啊，為何如此嚴重？」尚方禁自知朱博已知曉了他的事，只好將被砍的情況說出，並叩頭稱罪。

朱博笑著說：「男子漢大丈夫年輕時犯這種過失也是難免的，我打算給你刷洗恥辱，你願意為我效力嗎？」尚方禁聽了又喜又怕，答道：「小人自當盡力報效。」

朱博又命令他不得洩漏今天的談話，以後如果有什麼情況，都統統記錄下來並報告於他。此後朱博就把尚方禁視為親信，充

當自己的耳目。尚方禁也不分晝夜不斷地揭發郡中的盜賊及其隱藏的壞人壞事，很有功效。朱博提升他任縣令。

過了一段時間，朱博又召見了功曹，把門關上，將他收尚方禁賄賂等事揭露出來，數落責備他，然後給他紙和筆，命他將任職以來的所有受賄情況統統寫下來，並厲聲警告說：「不得有隱瞞。如果有半點欺詐之言，殺無赦！」功曹十分恐慌，就把自己貪贓姦情、賄賂等事一一寫出。

朱博知道了他的犯罪實情，叫他仍然就座，告誡他以後要改正，然後拔出刀來，把所記下的罪狀削成碎片，依然任命他擔任原職。功曹聽後，戰戰兢兢，自此不敢再有半點差錯。這是朱博成就了他啊！

智囊

朱博的用人之道，可說巧妙至極。他對部下是否過於寬縱姑且不論，但能迫使對方效死力，改過自新的方法，確實是高明的權術。

俗話說，金無足赤，人無完人。每個人都有自己的短處，但是也都有各自的長處。朱博的用人之道妙就妙在盡人之力盡人之智上，從而充分發揮其長處。我們知道，自己力盡所能很容易做到，但是讓別人特別是自己的下屬都能做到這一點，並不是一件容易的事情。

## 韓裒治盜

北周文帝時，韓裒任北雍州刺史。雍州多強盜。韓裒到任

後，便祕密地進行查訪，才知道都是州中的豪族所為。韓褒假裝不知詳情，並對那些豪族們以禮相待，對他們說：「本刺史乃一介書生，哪裡懂得管制盜賊？一切就仰仗各位來共同分擔這個憂愁了。」

於是，韓褒將那些桀驁不馴、兇惡狡猾的少年全都召集起來，將他們任命為捕盜首領，劃分地段，分頭負責，如在其所管地區發生盜賊行竊而未抓獲，就以故意放縱盜賊罪論處。於是，那些「捕盜頭目」都驚惶不安，舉報說：「前次的盜竊案是某某人幹的。」還把所有盜賊的名字一一記在本子上。

韓褒於是將紀錄本收藏起來，在州府門上貼了一張布告：「凡是做過盜賊的，馬上前來自首，到本月底還不見前來自首的，將處決示眾，將他的妻子兒女賞給先來自首者。」於是，十天內盜賊便紛紛前來自首，韓褒便取出記錄本核對，一個也不差，還一併原諒了他們的罪行，允許他們改過自新。從此，雍州再也沒發生過偷盜之事。

 智囊

「示假隱真」，就是運用智謀，十分巧妙地將自己的真實意圖隱藏起來，而把虛假的東西顯示出來，以假象迷惑對方，以此達到穩定他人情緒，確保其沿著自己的思維軌跡行動，去實現既定的辦事目標。「示假」就是調查清楚對方的急需解決的情況，再利用人們常見不疑的事物迷惑對手，有條件的在表面上可暫時滿足對方的需求，用利益引其上鉤，達到迫其就範的目的。「隱真」就是通過那些公開的，人們習以為常的東西，「隱蔽」、「弱化」自己的真實目的。「過海」的過程也很重要，「過海」中如被對方識破，將只能前功盡棄。

運用這一策略，常常是著眼於人們在觀察和處理事情的過程中，由於對某些事情司空見慣，不自覺地產生了疏漏和鬆懈，因此對手能夠乘虛而示假隱真，把握時機，出奇制勝。因此，我們在分析和解決問題的過程中注意克服思維定勢。

# 甲仗庫火

北宋時，李允則曾有一次宴請部隊官兵，而這時軍火庫卻發生了火災。李允則照樣高興地飲酒不停。不一會兒，大火熄滅了，李允則暗中派人通知瀛州，用茶葉箱子把武器甲冑運到軍火庫裏。不到十天，燒掉的武器就全部補足了，人們根本就不知道這件事。

樞密院彈劾李允則見火不救。宋真宗對他們說：「允則一定有他的說法，不妨先問問他。」李允則回答說：「收藏兵器的地方，防火措施一向十分嚴密，臣剛開宴就放起火來，一定是奸邪小人幹的。如果當即停宴救火，就不知道要發生什麼難以預測的事情。」

真宗祥符末年，宮中發生火災，絲帛幾乎被燒光。鹽鐵、戶部、度支三司的頭目林特一連上了三次奏章，奏請到河東運來絲帛以調和需求，都被王旦在中書省壓住。後來他才慢慢對林特說：「區區一點錦帛，本應由四方自己進貢，為什麼要把我們的困難和弱點顯示給四方民眾呢？」又過了幾天，外面進貢來的馬匹絡繹不絕，共收到四百萬匹貢帛。其實，這都是王旦事先以密信督促了四方各郡，命其快速進貢才形成的。李允則以茶葉箱輸運兵器也正是這個用意。

　　南非原來是一個由少數白人統治的黑人國家。那時，種族的壓力和種族歧視十分突出。圖圖大主教就是南非領導黑人反對種族壓迫的堅強鬥士。一九八四年冬天，他在美國紐約的一次宗教儀式上演講說：「白人傳教士剛到非洲時，他們手裏有《聖經》，我們（黑人）手裏有土地。傳教士說：讓我們祈禱吧！於是我們閉目祈禱。可是等我們睜開眼睛時，發現我們手裏有了《聖經》，可他們卻手裏有了土地，一切情況就這樣被顛倒過來了。」

　　白人傳教士打著為對方著想的旗號，利用黑人思維定勢造成的司空見慣、麻痹大意，將密謀隱蔽在公開的「祈禱」之事中，依靠偽裝掩護完成了擁有土地的任務。

　　在政治、外交舞臺上，人們往往施用此法，把不可告人的政治目的隱藏在冠冕堂皇的政治主張中，或者把實質性的外交目的淹沒在非常普通的套話裏面。

　　一般而言，在求人辦事過程中，求人者是處於不受歡迎的地位的。那麼，怎樣才能消除隔閡、溝通關係呢？那就是製造假象，迷惑對手，使其產生麻痹大意的思想，使其對一些司空見慣的事不會產生懷疑，然後己方積蓄力量，捕捉時機，一舉出擊，達到「過海」的目的。從而讓對手心甘情願地為自己辦事，使求人的過程變成尋求共同利益的過程，這肯定能收到良好的效果。

## 草場火和驛舍火

　　北宋杜紘任鄆州知州時，曾經有人在州城角上高高地插了一

杆旗，上面都是一些妖言惑眾的話語，說什麼將有禍變發生，州中民眾都大為震動。沒多久，州中草料場大白天失火，正是旗上所預言的禍變之一，民眾更為恐慌。有人建議在城中對造謠作亂之人進行大搜捕，杜紘笑道：「奸人所設計謀的目的正是如此，企圖借著我們攪擾搜捕之機而發起動亂，我們怎能落入他們的圈套中？奈何我不上他的當，他就沒有辦法了。」

過沒多久，杜紘就抓住了盜匪，查出插旗、放火之事正是壞人裝神弄鬼，製造妖言，於是立即把這些人逮捕殺掉了。

北宋神宗時，蘇頌任度支判官，他送契丹使節回國途中夜宿恩州。驛舍突然失火，隨從們請求跑出去避火，蘇頌不同意；州中駐軍想進來救火，他也不允許，只命令驛舍中的守衛士兵加緊撲滅火災。火剛燒起來的時候，州中謠言四起，說是契丹使節發動變亂，來救火的州中駐軍也想趁火打劫。全靠著蘇頌臨危鎮靜不動，才使動亂沒有發生。

智囊

這全靠杜紘、蘇頌鎮靜自若，處之泰然，事情才平息了。靜能生定，定能生慧，有助於學業事業成功；靜以修身，認清自己，從而完善自我；獲得一種內心的快樂，怎樣才能做到「靜」？

克己復禮，拋除過多的私欲雜念榮辱得失；認清規律，做事拋除急功近利「成名要趁早」的浮躁心理，堅定水到渠成的信念。

同時，人生須靜中有動，動靜結合。退一步講，靜並不是單純的消極和死寂，不是心如古井不波，不是「澗戶寂無人，紛紛開且落。」對個人而言，靜以修身；對民族而言，靜可強國。

# 張遼按兵不動制叛亂

三國時，魏將張遼受曹操之命在長社縣駐兵。即將出發時，軍隊裏出現了謀反的人，夜裏營中驚亂，四處起火，軍中都為此騷動不安。

張遼對軍兵們說：「不要動！這不是全營人都叛亂，而只是一小撮奸人製造事端，以此來擾人耳目。」張遼又下令，說：「不想造反的人請安靜地坐下來。」張遼帶領親信軍兵幾十人在軍中歸然不動。沒過多久，就擒得了製造事端的頭目，並將其誅殺。

西漢時，太尉周亞夫率兵征討吳、楚七國，軍中也常發生夜間驚亂之事，周亞夫聽到後很鎮靜地睡在床上，過了一會兒，動亂就自行平息了。漢光武帝年間，吳漢任大司馬之職，其間也常有賊寇乘夜黑攻襲漢營，軍中將士非常驚惶困擾，可吳漢聽後仍臥睡在床，一動不動，軍中將士聽說大司馬異常安定，都各回軍帳，按兵不動。吳漢此時暗自挑選了精兵夜擊賊寇，大獲全勝。這些都是以靜制動的辦法，然而，如果不是平日軍紀嚴明，即便是按兵不動，也很難取得如此效果。

## 智囊

以退為進，這是一種大智慧。特別是領導人，在這方面如果運用得好，更能受益匪淺。作為一個團隊的領袖，受大眾至少是團隊內部成員的關注程度肯定會高於一般人。而有些人可能對情況不怎麼了解又喜歡亂下結論，甚至有時候會有一些莫須有的罪名加到頭上，這時候你去辯解反而會讓人覺得你心中有鬼，即便最後得到澄清也極可能給旁人一種不好的印象，更何況有時候你

無意之中真的會犯下一些錯誤。

對沒有的事情不置可否，事情終會有水落石出的一天，那時候你不是可以得到更多人的尊敬嗎？有什麼小錯就承認了也沒什麼大不了，人家反而會覺得你人格高尚，勇於承認錯誤更易得到大家的諒解，而且一個光明磊落的人，即使錯了又能錯到哪裡去呢？

作戰如治水一樣，須避開強敵的鋒頭，就如疏導水流；對弱敵進攻其弱點，就如築堤堵流。做生意、做人都追求水的品質，保持平和的心態，以退為進，以靜制動，以弱示強，以穩求變。

## 裴度丟官印而不驚

唐代裴度在做宰相時，一天，侍從忽然報告官印丟失了。裴度聽後，神色安然，並告訴他們不要聲張，而後繼續開宴奏樂，人們都不知其中是什麼原因。半夜，酒宴正酣之際，侍從又報告說官印又有了，裴公也沒說什麼，直到眾人盡興酒宴方才停止。

有人問裴公這到底是怎麼回事？裴公說：「這必然是掌管案牘的官吏私自將大印拿去偷印書卷了，稍微等一下，他就會還回原處。如果急著追查，他就可能會投入水中，或投入火中銷毀，官印也就不能丟而復得了。」

這不是矯情鎮物、故作姿態，實在是真正的聰明透頂，所以稱之為智量。如果智慧不足，度量不大，也就不會有如此的處事本領。

面對這一情況，裴度的解釋是：「你不著急，他還可能給你送回來，若你著急發怒，把他逼急了，肯定會扔到火裏水裏的，也就不可能再找到了。」聽了此話，大家都特別佩服他的鎮靜。從這件事上，我們可以知道什麼叫領導藝術。其中個味，須慢慢品味，細細感悟。

## 趙太守從緩受訟

趙豫當松江府太守時，每逢碰到那些來告狀且案情不急於辦理的訴訟者，便對他們說：「你們明天再來吧！」開始人們還不理解，嘲笑他，因此，民間流傳有「松江太守明日來」的歌謠。孰不知訴訟者告狀時只是憑藉著一時的怒氣，經過一夜的反思以後，怒氣便逐漸平息了，即便還有怒氣，也被周圍的人勸解了。因此，很多訴訟都自然地被平息了，這比起那些用刑具把人抓走而為自己揚名表功的官吏，二者的精神境界的差別又何止是天上地下呢？

李若谷曾教導他的一個學生說，做事要能夠「清白、勤勉、和氣、緩慢」。學生問道：一先生所教導的「清白、勤勉、和氣」，學生已聽您老講過了，只是這「緩慢」怎麼能夠實行呢？李公答道：「所謂『欲速則不達』，天下沒有什麼事不是忙中出錯的。」此時侍郎周忱在當地當巡撫，凡有需要謀劃的事，必須要與趙豫商量，意思也是想取趙豫辦事謹慎審視的長處。

陸九淵在荊門掌管軍事時，一天夜裏，他與同僚們圍坐在一起閒聊，一個幕僚上來報告說，有一位老人訴訟很急，陸九淵請

他進來，那老人神色倉皇，說了半天也沒道明白，陸公請屬下記下了他的狀詞，說來也挺簡單，說是他的兒子被一群來歷不明的士兵給殺害了。陸九淵請他明天再來告狀吧。老人拜謝走後，幕僚們仍不理解，便詢問其故，陸九淵反問道：「怎麼知道他的兒子一定被殺了呢？」第二天上午追查此事，才知道他兒子並沒有被殺害，這也是採取了一緩慢的計策所致。

　　由此可見，唯有平時能勤勉，關鍵時刻才能做到緩慢。不是這樣的話，那就只能壞事了。

 智囊

　　古代的心理學不發達，趙太守肯定沒有從理論上研究過什麼心理現象，但他那從緩受訟的經驗，顯然是從實際生活中研究了一般人的心理狀態。的確，人都有一時的火氣，盛怒之時，往往會做出連自己也想不到的事情來，更何況是去訴訟呢？

　　現在有些法院在受理離婚案時，一般也採取調解的方式，實在不行了，才判決離婚，這其中也是有從緩「冷處理」的意思。接受訴訟是這樣，為人勸架也是這樣。韓魏公說過：當年與他同在官府為官的有那麼兩三個人，不相上下，互相瞧不起，有時說話相爭時便拳腳相加了。等到他們氣消了，人也平靜下來了，他便再上前去為他們評理，勸他們回去。於是，即使是吃了苦頭的也就不再爭了。

## 郭子儀為官之道

　　唐德宗年間，汾陽王郭子儀的王府宅弟坐落在親仁裡，往常

都是府門敞開，任人出出進進，從不加過問。有一次，他的一個部下將領要離開京師去鎮守邊疆，特來告辭。他看見郭公夫人和愛女正在梳妝打扮，讓郭公又拿毛巾、又端洗臉水，就像使喚僕役一樣。過後，郭公子弟們實在是想不通，都前來勸諫他。郭公根本聽不進去。他們便笑著說：「大人功業顯赫，但自己不尊重自己。不論地位高低，誰也能進入你的臥室。我們都認為，即便是伊尹那樣的大聖人、霍光那樣的權臣也不會像您這樣。」

郭公笑著對他們說：「你們根本不知道我的用意，我的馬匹吃國家草料的有五百多匹，我的部屬、僕人吃公家皇糧的也有一千多人。往前走，再沒我的位置；往後退，亦無可仗恃的途徑。假如我一向修築高牆，緊閉門戶，與朝內、朝外人不相往來。一旦與他們結下怨仇，就會有人誣陷我懷有二心。再加上那些貪功邀賞、陷害賢能之徒空編事實，旁聽附會，把假的硬說成真的，那我們家族人將化為齏粉，到那時將後悔莫及啊！現在家中坦坦蕩蕩，毫無遮攔，無懈可擊，四門大開，任憑進入，即便有人想用讒言加以詆謗，他也找不出藉口啊！」郭公一席話，說得子弟們都拜倒在地，欽佩不已。

唐德宗因為祭祀皇陵的日子到了，便下令禁止官民屠殺牲畜。偏巧這時郭子儀的家僕違反了禁令，犯了殺生的過失。金吾將軍裴婿上奏皇上。有人對裴婿說：「你只圖一時痛快，就一點也不為郭公留有餘地？」裴婿卻說：「我之所以這樣做，正是為他留有餘地！郭公一向德高望重，皇上又剛剛即位，必定認為郭公結成朋黨都依附於他，所以我對他的小過錯進行為難。以表明他並不可畏懼，這難道不可以嗎？」像裴婿這樣的人，才是郭公真正的益友啊！

看了汾陽王郭子儀，才覺得王翦和蕭何的一些所為，未免就有點小家子氣了。

魚朝恩暗中派人掘了郭子儀祖宗的墳墓，想看看墓中有何寶

物，結果一無所獲。郭子儀從涇陽鎮回朝，皇上參加了弔唁，郭子儀痛心地哭道：「臣長期帶兵，不能禁止部下兵毀他人墳墓，現在別人掘了我家祖墳，這是上天對我的譴責，並非人為的禍患。」魚朝恩曾備下酒席宴請郭公，有人就對郭公說這十分不利，部下們願意穿戴鎧甲陪郭公前往，以防萬一。

郭子儀不答應，只帶著幾個家童前往赴宴。魚朝恩一見驚愕地問道：「為何隨從的車馬如此少呀？」郭子儀便很坦率地告訴了他所聽到的人言人語。魚朝恩惶恐地說道：「若不是像郭公這樣賢明的人，能不懷疑我嗎？」郭子儀精通無為而治的黃老之術，像魚朝恩那樣的人也會被他的盛德所感化。君子不幸遇見小人，切不可和他一般見識。

 智囊

趨利避害的關鍵在於自己的行為光明磊落，不給別人陷害、中傷自己的機會。郭子儀為官幾十年，深知官場險惡，雖然已經官至郡王，但是難免有和自己結仇的人伺機抱負，躲避暗箭最好的辦法就是不給別人以口實——將家門敞開，表明自己沒有什麼見不得人的地方。這種辦法看似委屈了自己，實則是保全自己最好的辦法。

現代社會人與人之間的關係更加複雜，和別人產生摩擦是不可避免的，怎樣才能避免別人打擊報復呢？郭子儀的辦法值得我們學習。越是將自己緊緊包裹起來，別人就越不了解他，各種流言就會乘機產生，反之，讓自己的行為透明化，所有的猜疑和流言就會不攻自破。

# 王璋、羅通巧解爭端

　　河南人王璋，明成祖永樂年間任右都御史。當時有人告周王府將謀反叛亂。皇上想趁周王府還未起事前就派兵討伐。皇上就此事問王璋。王璋答道：「事情並沒有什麼跡象，現在就去討伐缺少名正言順的理由。」

　　皇上說：「兵貴神速，等他們出了城，事情就不好辦了。」

　　王璋說：「以臣的愚見，可以不興師動眾，貿然出兵。請允許臣去處理這件事。」

　　皇上說：「你需要帶多少人一起去？」

　　王璋說：「只要派三、四名御史同往就足夠了，然後需要一道聖旨，指派我巡撫周王府就行。」皇上於是命令學士草擬了敕文。即日起行。

　　第二天早上，王璋一行直接來到周王府。周王不知王璋這麼早來幹什麼，十分驚奇，就把他引到側室中，詢問王璋有何貴幹。王璋說：「有人控告您想叛亂，臣就為此事而來。」周王一聽，大吃一驚，慌忙跪下。

　　王璋說：「朝廷已命令丘大帥帶兵十萬前來征伐，馬上就要到了。臣認為你謀反的事無證無據，所以先來向你說明白，王爺您看此事該如何辦呢？」周王全家都圍著王璋痛哭不停。

　　王璋說：「如今哭也沒有用，希望周王獻出能消除皇上疑慮的辦法。」

　　周王說：「現在我也想不出來什麼好的辦法，只求王公來指點了！」

　　王璋說：「王爺如果能將交出您的護衛軍，獻給朝廷，您就沒事了。」周王聽從了王璋的意見，於是王璋飛快地以驛馬報告給成祖。

　　成祖很高興，王璋向周王出示了皇上的敕令：「護衛軍三天

內不離開此城的，一律斬首。」沒過幾天，周王府的護衛軍就全部解散了。

明朝時，羅通以御史的身分出任四川巡撫。當時的蜀郡比全國其他的各郡都富有，蜀王進出都使用天子的隨從和車駕，遠遠超越了自己的官位。羅通想抑制一下蜀王。有一天，蜀王途經御史台，羅通突然派人收走蜀王超越自己的地位而使用的儀仗，蜀王頓時神態沮喪。事情隨即傳開，按察使都來拜見問候，並說：如果將此事奏報上去，蜀王將不知會受到什麼懲處，現在該如何處理？羅通說：「的確如此，你們先想想處理的辦法吧！」

第二天早晨，眾官又都來了，羅通說：「事情很簡單。你們私下告訴蜀王，說那些天子的車駕和儀仗是玄元皇帝廟中的供器，應該把它送回去。」玄元皇帝是唐玄宗到四川逃亂時奉老子為始祖，尊稱老子為玄元皇帝。蜀王同意了，事情果然解決了。從此，蜀王也自覺地收斂起舉止了。

**智囊**

自古以來，不論矛盾糾紛雙方是何等身分，在民間最直接、有效化解矛盾糾紛的方法就是調解。

退一步海闊天空──「為了小事發脾氣，回頭想想又何必……別人生氣我不氣，氣出病來無人替……我若氣死誰如意，況且傷神又費力……」這首《莫生氣》很小的時候就會背了，但現在愛生氣的人好像越來越多了，對著別人發脾氣甚至是被看作有個性的表現，其實仔細想想生活中哪裡有那麼多的事值得生氣？

到底怎麼樣才算有個性呢？當矛盾出現的時候，最重要的是解決它而不是生氣不是發火不是激化它，很多時候當你發洩完自

己的火氣，還是要去解決它們，因為大吼大叫解決不了任何問題。所以，靜下心來面對問題是最好的方式。踏踏實實地找些事做，保持平靜的心態，遇到煩惱，遇到不順心告訴自己「莫生氣」，生活其實很美麗。

---

# 吳履、葉南岩大事化小

　　明初，吳履為南康縣丞，有個叫王瓊輝的百姓和城中富豪羅玉成結仇。有一天他抓住了羅玉成，就用鞭子痛打了他一頓，還侮辱了他。羅玉成的哥哥羅玉汝和他的兒子，非常憤怒，就糾集了一千多個少年，手拿棍棒，浩浩蕩蕩地來到王家，包圍了王家，奪回了被王瓊輝抓走的羅玉成，並把王瓊輝綁了起來，扔在路上，然後用棍棒亂打了一頓，打得王瓊輝鼻青臉腫，奄奄一息，他們才肯甘休。王氏兄弟五人看到兄弟被打成這樣，很心疼，於是，就把羅家告到了縣衙，他們在公堂上割破手指，發誓此仇不報誓不為人，要羅玉成家全都死光光。

　　吳履仔細詢問了事情的前因後果，本來雙方都有責任，如果此案成立的話，那麼將牽連上千人，這豈不是影響很不好嗎？於是，他就叫來王氏五兄弟，問他們說：「你們告羅家，我來問你們，只有羅家一家人包圍你們家嗎？」那王瓊輝回答：「不是，有一千多人。」吳履又問：「那一千多人都侮辱你了嗎？」王瓊輝回答說：「不是，只是有幾個人罷了！」吳履再問：「你因為恨這幾個人，就連累一千多人，這樣做你覺得好嗎？況且眾怒難犯，倘若這些人都不怕死，一怒之下把你全家趕盡殺絕，雖然我可以抓他們伏法，讓他們一命抵一命。但是這時候你已經死了，對你哪有什麼好處呢？」

　　王瓊輝兄弟立刻驚醒了，趕緊向吳履磕頭謝罪，表示願意聽

從他的處理意見。吳履就將用棍棒打王瓊輝的那幾個人抓來，當著王瓊輝的面，各打了幾十大板，打得他們皮開肉綻，血直流到腳後跟，隨後吳履又命令羅氏兄弟向王瓊輝跪下來磕頭認罪。

葉南岩做蒲州刺史的時候，一夥打群架的人到州裏告狀，其中一個人，血流滿面，受了重傷，頭上好幾處開裂，已經危在旦夕，葉南岩看見這情景對傷者很同情，當即拿出家裏的刀瘡藥，親自為傷者搗藥，還命令手下人趕快將其抬入府中，為他清理傷口，敷了藥，還派一個謹慎忠厚的看門人和一個州府的要員來照顧這個傷者，並對他兩個說：「你們要好好地照顧他，不要讓傷者招風，如果他死了，我就找你們兩個算帳。還有暫且不要讓傷者的家屬靠近他。」

接著，葉南岩就對案情做了了解，將打人的兇手吳進關進了大牢，把其餘參與鬥毆事件的人都給放了。葉南岩的朋友問他為什麼要這麼做，葉南岩回答說：「凡是打架鬥毆的肯定都沒有好氣，這個受傷的人如果不立即搶救，就會有生命危險，如果這個人死了，就必須有一個人來償命。但是兩個人都死了，那麼他們的妻子就會年輕守寡，他們的孩子就會成為孤兒，而且還有可能牽連旁人，那就不止一個人家破人亡了。但是如果這個傷者的傷勢好了，那麼這件事情就僅僅是一件鬥毆事件。加之當事人只想打贏官司，雖然犧牲了自家骨肉，也心甘情願，所以我不能讓他的家人靠近他。」

不久，受傷的那個人康復了，訴訟也就停止了。葉南岩略微加以調停，就保全了數千家、數千人，真是大智慧啊！

智囊

其實生活中有很多事情不必要那麼較真，只要每個人都相互

讓一步，那麼很多衝突、犯罪事件就不會發生，也不會造成那麼
多的人生悲劇。就像故事中的吳履和葉南岩一樣，將大事化小，
成功的保全了數千個家庭，數千個人。生活中，不要和別人斤斤
計較，在你想要和別人起爭執的時候，先平定一下自己的情緒，
不要那麼衝動。如果你一時控制不住，事後也不要因為愛面子，
主動和對方承認錯誤，主動與對方和好，朋友比敵人好，多一個
朋友多一條路嘛！

## 范希陽欲擒故縱

　　明朝范希陽曾任南昌太守。早先，王某任江西都院時，府中
官員要參見王都院，必須在臺階下帳蓬外行跪拜之禮，颳風下雨
也不例外。范希陽很想改變這種盛氣凌人的做法，恢復以前的制
度。正好陳都院剛上任，各級官員都前來拜見，聚集在都院門外
等待參見，范希陽一邊走一邊回頭對官員們說：「諸位今日隨我
一同去行禮。」說著，范希陽來到了都院堂下，徑直進入帳內行
禮，其他官員也都跟著范希陽往前走，以前的禮儀制度在不知不
覺中恢復了。范公拜後退到門外，與眾官行禮告別，對以前的禮
儀隻字不提，就各自走散了。

　　忍辱居士說：「假使范希陽在拜見都院前與眾官員商議，其
中必有一些人附和他，也必有一些人心中害怕而進行阻撓，還必
有一些人膽小而不敢前去，哪能都跟著范希陽一起往前走呢？他
們隨著范前進，是因為他們看著范在前邊走，而自己卻在不知不
覺中跟著他走了。另外，假如范希陽參見完畢出門後，再議論舊
禮儀得以恢復之類的話，其他人肯定認為那是范在自我標榜，更
有些人將在他的上司面前陷害他，讓撫院聽到了，必然也會不高
興。可當時舊禮儀得以恢復，眾人沒有意識到呢？這是因為范希

陽行動來得太突然，而後邊的人又跟著一齊做，事情就這樣在無形中輕而易舉的辦成了。啊，這件事情雖然小，我卻從中明白了范希陽是一個堅強、果斷且又有遠見卓識的人。」

智囊

范希陽欲擒故縱，欲進故退，不虛張聲勢，不對是非對錯進行評論，而是採用迂迴戰術，引導眾官員跟著自己一起往前走，放鬆了眾官員的戒備心理和恐懼心態，於無聲無息之中使大家進入范希陽預謀的「陷阱」，達到了目的。

求人辦事，就要充分利用人們的好奇心，在求助時先不要急著切入主題，而是從對方最感興趣的問題談起，像牽牛一樣牽著他的興趣走，使他在不知不覺中落入你預先佈好的陷阱中，從而達到辦事的目的。

## 宋真宗依法判罪兵

宋真宗時，曾有一個士兵犯了過錯，按法律要判以死刑，但朝廷對他寬大處理，免他死罪，改判打二十下脊背，並發配到邊遠地區充軍。那個士兵卻高聲吼叫，請求給他一劍，寧願受死刑也不願受杖責之罪。隨從人員按捺不住他，就去奏請皇上，請示如何處理他。民眾議論紛紛，都傳說皇上有旨：「必須執行杖刑後，再處斬了結。」

不久，聖旨下來，上面寫道：「此人只是怕挨板子，既然判決了，就直接發配吧！別再說什麼了。」

智囊

刑律只能由國家決定是免還是罰，豈能由被施行者自己隨意提出改刑？儘管死刑比仗刑更為嚴重。宋真宗這樣做，既維護了法律的尊嚴，又挽救了一個犯了過失的士兵的生命。這就是提醒了執政者，在執行法律的時候，應當格外謹慎，因為砍頭畢竟不是割韭菜，人頭落地是再也長不出來了。

# 第四卷

# 迎刃而解的智囊

前面層巒群峰阻攔，後面有驚濤駭浪湧來；面對如此險峻的局面，一般人早已嚇得束手無策；而我卻振作精神，奮勇向前，胸有成竹，出其不意，身懷庖丁解牛的神技，臨危不懼而遊刃有餘。因此，輯有《迎刃而解的智囊》一卷。

## 田叔為君分憂

　　西漢時，梁孝王派人刺殺了前任梁國丞相袁盎，景帝於是召來田叔，命他去調查審理這件案子。當田叔查明真相以後，便把此案的供詞全部焚毀了，然後空手返回，向朝廷彙報。景帝問道：「梁王有那些事情嗎？」田叔回答：「全部屬實。」「那供詞呢？」田叔回答：「燒了。」景帝大怒。田叔卻不慌不忙地說：「請聖上不要再追究此事。」景帝問：「為什麼？」田叔說：「如今梁王不伏罪，是因為國家的法律不完善。如果讓他伏法了，太后就會吃飯無味，起居不安，這也是陛下憂心忡忡的事情啊！」於是，景帝聽了對田叔大加讚賞，認為田叔是賢能之才，便封他為魯國的宰相。

　　田叔擔任魯國的宰相後，有一百多名民眾上訴說魯王奪取了他們的財物。田叔當即就抓了率眾告狀的二十人，各打了二十皮鞭，並憤怒地對他們說：「魯王不是你們的君主嗎？你們怎敢誹謗他？」魯王聽了後，大感慚愧，就從國庫中把錢拿來，讓田叔把錢還給民眾們。田叔又說：「魯王您還是派人親自還給他們為好，不然人們要說魯王是壞人，而田叔是好人呢！」

　　還有，魯王喜歡打獵，田叔經常跟隨著他。當魯王要休息時，田叔就到館舍外休息，在苑外的太陽下坐等魯王。魯王多次懇請田叔進來休息，田叔就是不肯。他說：「我們的王都不怕太

陽曬，經常外出打獵，我又怎能獨自休息呢？」魯王聽後，明白了田叔的用心，就不常外出打獵了。

西漢時，洛陽有人互相仇視，城裏的十幾個賢達人士從中調停十來次，他們還是不聽。有人去請郭解，請他從中協調。郭解夜中去仇家勸諫，仇家勉強聽從了郭解的勸告。郭解對他們說：「我聽說洛陽的賢達之人從中調解，你們都不聽從。今天諸位給我面子聽從了我的勸告，可我又怎能從別的城邑中奪取賢達調停的事呢？」於是連夜逕自走了。臨走囑咐他們：「我走之後，你們還是聽洛陽賢達的調解吧！」此事和田叔發還魯王府中的錢物相似。

魏晉時有個叫王祥的人，對他的繼母非常孝順，可繼母偏袒愛護親生兒子王覽，對王祥卻百般虐待。王覽規勸母親，可她就是不聽。每當母親叫王祥做什麼苦差事，王覽都與王祥一起去做，終於打動了他的母親。此後，母親對王祥也同樣疼愛了。這件事與田叔曝坐日下等魯王是相類同的事情。

智囊

田叔查辦梁國丞相袁盎被刺一案的經過和結局，雖說是古訓「刑不上大夫」的一個極好的詮釋，但是有一個不容忽視的意義，那就是：古代為官者不僅要「通經術」，更要「識大體」。這正是田叔不追究梁王殺人罪行的要害。當然，田叔識的是維護封建統治的「大體」。正是因為「識大體」，他才將此案不了了之，所以才沒有捲入劉氏皇族的內部紛爭中去，進而也就保全了自己的性命。正是因為「識大體」，他才能為國君分憂，進而加官進爵，榮升魯國的宰相。

中國古老的象棋遊戲留有如此一個說法：「棄卒保車」。當

然我們非但不會對如此的下棋手法提出絲毫異議，甚至還要將精於此道的棋手們奉為大師。棋子不會有感情，所以也談不上會不會因為憑藉犧牲自己幫助「主人」取得勝利的行為讓它們產生自豪感，或許即使棋子們真的開口說話發表自己對此的不滿時，也會順理成章地出來一位和藹可親的說客說：「要懂大局，要識大體……」

## 裴光庭與突厥議和

唐玄宗年間，張說考慮到皇上要去泰山封禪，擔心突厥乘機入侵，建議增兵以防邊境不測，於是便請侍郎裴光庭前來商議。

裴光庭說：「天子封禪，是向天下人表明治國的成功。現在卻在成行之際害怕突厥的侵犯，那就不能顯示我大唐的強盛和功德了。」

張說便問：「依您之見，應當如何做呢？」

裴光庭說：「四夷之中，突厥勢力最大，他多次要求與朝廷和親，可朝廷主意遲遲定不下來。現在可派一名使臣，徵召突厥國派一名大臣隨聖上一同去封禪泰山，他們必然欣然從命。突厥國來了，其餘的夷人戎狄也會派人來，這樣就可以偃旗臥鼓，高枕無憂了。」

張說聽後，大加讚賞說：「這個主意太好了，我真不及您的見識啊！」

當即奏明皇上，派使臣去邀請突厥前來參加封禪。突厥於是派大臣阿史德頡利發前來唐室進貢，其他各族的首領也都派出使臣前來跟隨皇上東巡。

在處理大的突發事件的時候，裴光庭堅持以和為貴的戰略思想實施針對性地策略，是需要很大的勇氣和力量的。同時，他堅持以和為貴，將矛盾衝突最小化，也是解決問題的一種行之有效的方法。

當前，我們正致力於構建和諧社會。和諧從何而來？當然有許多大的方面需要努力，如正確處理各種社會矛盾，妥善協調各種利益關係，不斷促進社會公平和正義等。

寬宏大量令人敬，小肚雞腸易結怨。和諧需要「和為貴」。團體與團體，人與人之間，關鍵是要做好「容」「讓」二字的文章，善於胸懷全局，容人之短，學人之長，諒人之過；善於以和為貴，待人謙恭，講究文明，遇上有爭之事，主動禮讓。如果我們大家都能這樣做，都能有度量，那麼我們的社會就會更加和諧，更加溫馨。

## 崔祐甫獻計

唐德宗即位，淄青節度使李正己上表敬獻三十萬緡錢。德宗想接受，但又怕被李正己朦騙；拒絕接受，又找不到合適的措辭。宰相崔祐甫給德宗出了個計策，懇請皇上派使者去慰勞淄青將士，把李正己所獻的錢賜給淄青將士，讓他們人人感恩皇上的聖德，也可使其他節度使知道朝廷不看重錢財。德宗聽從了崔祐甫的計謀，李正己慚愧萬分，由衷地欽佩皇上。

神策軍使王駕鶴長期執掌京城的禁軍，權震朝野。德宗想派人取代他，但又擔心他鬧兵變，就向崔祐甫討教主意。崔祐甫

說：「聖上不必為這件事擔心。」他立即把王駕鶴請到府中，和他促膝交談，談話期間，新的神策軍使白志貞悄然上任，接管了禁軍。

智囊

崔祐甫為德宗獻計，使得德宗不動一兵一卒而收回王駕鶴的兵權，既穩定了軍心，又達到了目的。這裏的兩個計策都起到了一石二鳥的功效，既制伏了敵人，又抬高了自己。

這就啟發我們，在解決問題的時候，選擇突破口非常重要。選擇突破口的關鍵是有針對性地號其命脈，找到主要矛盾，對症下藥，方能藥到病除，妙手回春，促進事物的良性循環和發展。

## 王旦妥善處理國事

北宋時，馬軍副都指揮使張旻掌握護衛京城重任，他遵照聖旨挑選士兵，操練軍隊，但他對士兵每每下的命令都太過嚴厲，兵士們因懼怕而計劃兵變，皇上為此召集相關大臣商議這件事情。王旦說：「如果處罰張旻，那麼帥臣今後還怎麼制眾？但馬上就捕捉謀劃譁變的人，那麼整個京城都會震驚。陛下幾次都想任用張旻為樞密，現在如果提拔任用，使他解除了兵權，反叛他的人們自當安心了啊！」皇上對左右的人眾說：「王旦善於處理大事，是真正的宰相啊！」

契丹王奏請宋真宗在每年照例給契丹送貢的銀繒之外，再向宋借些錢幣。真宗徵求王旦的意見，王旦說：「陛下東巡封禪之事已十分迫近，隨駕的車隊即將出發，這個時候契丹提出此事是

有意試探我朝。可以在給契丹的三十萬銀絹內，借給他六萬，並且向他們說明所借的這些必須在明年的貢品數額內除去。」契丹得到錢後大感慚愧。第二年，真宗又給下面的人命令：「契丹所借的六萬金帛，對我朝來說是小事一樁，事屬微末，不用在他們的定額中扣除了，但今後永不為例。」

不借則違逆了對方的意思，而白借又沒有這樣的名目。借了不扣除，則不能堵塞他們的僥倖心理；借了必扣除，又不能表明朝廷的博大。像王旦這樣的處理才是妥當的。

西夏王趙德明向宋朝要求借給他們十萬鬥糧。王旦請皇上命令主管部門在京師準備百萬升糧食，而下詔書讓趙德明來取。趙德明對此大感慚愧，說：「宋朝真有人才啊！」於是不再提借糧之事。

智囊

王旦能夠時刻從朝廷的利益出發，處處為朝廷著想，才能妥善地將國事處理好。試想如果他處處以自己的利益、自己的個人好惡為出發點，恐怕就不會做出好的決策了。

那麼，我們在工作中也應該學習王旦的這種精神，既然我們都在這個集體中，我們的命運時刻與所在的集體聯繫在一起，集體榮，我也榮，集體衰，我也衰。因此，我們應該時刻為集體的繁榮與發展貢獻自己的力量，而不要只顧自己一時的得失，只在乎自己一時的發展。沒有集體的發展何來個人的成長呢？所以，我們提倡愛崗敬業，實際上正是從每個人的前途著想啊！

## 嚴求議禁養鷹鸇<sub>ㄓㄢ</sub>

　　南唐烈祖輔佐治理吳國時，各地都修築了堡壘。儘管他對將士們十分寬容，然而還是有不少的將士，常常在原野上縱鷹狩獵，在近郊裏聚眾飲樂，有時還騷擾老百姓。南唐烈祖打算嚴厲制止這股歪風，後來又顧慮到現在還需要借用他們的力量，為了找到切實可行的妙計，於是便向嚴求徵詢建議。嚴求說：「不用那麼麻煩的用法去限制他們，這是容易杜絕的。可以請皇上下一道詔書，使泰興、海鹽諸縣禁止伺養鷹鸇，這種事情便可不令而止。」南唐烈祖採納了嚴求的建議，果然一個月後，將士們就再也沒有到原野或近郊去遊樂的了。

智囊

　　嚴求禁絕將領們養鷹鸇，縱遊樂，不主張從繩之以法開始，而是先發出禁令，然後再以法隨之，取得了「弊絕風清」之效。嚴求此舉其實就是「先禮後兵」。因為只有如此，下屬才能心服口服，上級才能樹立威信，進而嚴明軍紀。推而廣之，不僅治軍，做任何事皆然：不能以勢壓人，而要使人們心悅誠服。

## 陳平度近避禍

　　西漢初年，燕王盧綰叛變，漢高祖劉邦派樊噲以丞相名義前往討伐。樊噲出發以後，就有人散佈流言，給樊噲羅織罪狀，說樊噲的壞話，劉邦聽後發怒了，說：「樊噲見我生病，就竟然詛咒我早點死去！」於是高祖就使用了陳平的計謀，把絳侯周勃叫

到床前，對他說道：「陳平速乘驛馬去傳我的旨意，讓周勃代替樊噲的職務去討伐賊寇。等陳平到達軍營後，就把樊噲斬首。」

陳平和周勃領了皇帝的聖旨後，二人在路上商量說：「樊噲是高祖的老朋友，立下了許多汗馬功勞，又是呂后妹妹的丈夫，既是皇室的親戚，又是豪門貴族，皇帝因為一時的惱怒，所以想殺掉他，殺了後恐怕高祖日後後悔。我們不如把他囚禁起來，交給皇帝，讓皇上自己去殺掉他吧！」陳平還未到軍營，就讓人在營外建造高臺，用符節召來樊噲。樊噲接了詔書符節後就被捆綁起來，打入囚車，送往長安，而任命周勃代替他率領軍隊，平定燕王的叛亂。陳平在途中聽說高祖駕崩，很害怕呂后，又擔心被呂后妹妹妄進讒言，於是先派人向呂后回報。

路上遇見使者命令陳平和灌嬰屯兵於滎陽。陳平又接到詔命，就飛速趕回宮中。回到宮中，陳平痛哭不已，並借此在皇帝靈前向呂后彙報了抓捕樊噲的來龍去脈，呂后也悲傷地說道：「你先回去休息吧！」但陳平堅決請求在高祖靈前守孝，呂后就命陳平為郎中令，說：「你以後就輔助教導小皇帝吧！」這一來，呂后妹妹的讒言才未能實現。

讒言和災禍一樣，對當前發生的事考慮得仔仔細細，就能杜絕他人的謀害，這樣做的只有陳平；對未來發生的事考慮得周周到到，就能消除他人的嫉恨，就像劉琦那樣。本應就近謀劃的，卻進行了毫無邊際的長思遠慮，而本應長思遠慮的卻鼠目寸光只看到了近處，所有這些都是很快招來禍患的做法。劉表偏袒小兒子劉琮，而長子劉琦害怕招來殺身大禍，就向諸葛亮請求計策，諸葛亮卻閉口不答。

有一天，二人一起登上城樓，劉琦說：「今天先生所說的話，只能進入我一個人的耳中，難道先生還不肯給我指條光明之路嗎？」諸葛亮說：「你沒有聽說過晉公子申生在朝內危機四伏，遭殺身之禍，而公子重耳出走在外而安然無恙嗎？」劉琦聽

後頓時醒悟，便請求去做江夏太守。

常言道：人言可畏；而捕風捉影、顛倒黑白的讒言，更是可畏的。伯夷是清廉的，讒言卻說他是渾濁的；屈原是忠貞的，讒言卻說他是不貞的，最後竟投汨羅江而自盡。故古人說：自古害人莫甚於讒。一些別有用心的人卻說陳平與他的嫂子私通。所不同的是，陳平比起伯夷、屈原來，是胸有智謀，故能巧妙地躲避讒言而遠離禍患。

司馬遷在《史記‧陳丞相世家》中稱讚道：「陳平宰相年輕時，本來就崇尚黃老的道家學說。……最後歸附了漢高祖，他經常出奇謀妙計，扭轉了極其複雜的危機，消除了國家民族的禍患。到了呂后當權時期，國家政治正處於多事之秋，然而陳平終於能夠脫身免禍，安定了漢室，保持了榮耀於終身，被稱為賢良的丞相，這難道不也算是善始善終了嗎？試想，如果沒有很高明的智慧和謀略，又怎能做到這一點呢？」

## 宋祖、曹彬拒收不義之財

南唐國主畏忌趙匡胤的威名，因當時他還在後周供職，就對後周國主使用反間計。他們派遣一名使者送信給趙匡胤，贈給他三千兩白金。趙匡胤把這些白金全部送交到了國庫，於是，南唐的反間計沒有得逞。

周世宗柴榮派遣閣門使曹彬送兵器給吳越，事情辦完之後，曹彬急忙返回朝廷，沒有接受吳越王贈送的禮物。吳越人又坐輕

舟追上了曹彬，把禮物交給他，曹彬推辭了三、四次，才說道：「我再不接受，像是在竊取個人的名聲了。」於是接受了對方的全部禮物，回來後又全部獻給了世宗，後來奉世宗的命令，才拜受了。到家後他把禮物全部送給了親朋好友，自己家裏一點也沒有留。

不接收禮物，無以體現本國的風範；如若直接接受了，又不能顯出做臣子的公心；接受後再獻出來，是最為得體的做法。

君子愛財，取之有道。君子和小人都愛財，這大概是人的天性。但是，君子和小人的區別在於：一個取財有道，一個取財無道；一個是正當的，一個是不正當的。

君子既要顧自己的利益，也要考慮別人的利益，憑自己的正當勞動獲取理應得到的財物，小人則只顧自己，不顧別人，發不義之財是常事，把自己的快樂建立在他人的痛苦之上也不少見。

## 蘇東坡拒高麗僧，范仲淹焚西夏書

北宋時，高麗僧壽介在呈交給宋朝的賀信中說：「貧僧臨行之日，國母曾命我送一座金塔來為大宋皇帝祝壽。」蘇東坡看了壽介的信後，密奏皇上說：「高麗國向來吝惜，待人簡慢，不講禮儀，如果我主草率接納了他的禮品而不加回報，或回贈輕薄，那就會給高麗人以某種口實與我們糾纏；如果我們接納了他的禮物後並厚禮回報，是以重禮回報了他們的無端饋贈。臣已讓接管禮物的相關人員退回了他們的禮品與賀信，並對他們說：『我大

宋皇室清正廉明，宋臣不能私自上奏聖上貴國送來的饋贈。』臣料定那個高麗僧人必定不會就此甘休，定要巧辯說：『我是本國派來向大宋皇帝敬獻壽禮的，如若你們不向貴國皇帝稟告，我等回國後，國母也會以我們辦事不利而罪加於我。』臣打算在高麗僧人的信函後面寫上這樣的批文——『州中的官員沒接到朝廷的旨意，而貴國又未發來正式的官文，所以無法奏明聖上。你拿著這份信函回國去做憑證吧！』如此處理，只是臣的個人決定，而並非皇上拒絕他們的獻禮，臣以為這樣做要穩妥些。」

　　范仲淹任延州知府的時候，曾寫信給西夏首領元昊，陳述了與大宋朝和睦友鄰的利害關係。但元昊回信很不禮貌。范仲淹於是把此事稟告給皇帝，把元昊的回信焚毀了，沒讓皇上知道。呂夷簡就此事對宋庠等人說：「作為臣子沒有直接和外邦打交道的權力，范仲淹怎敢如此行事！」宋庠猜測呂夷簡的意思是要怪罪范仲淹，於是就說范仲淹應該斬首。范仲淹上奏：「我起先聽說西夏元昊有悔過的意思，因此寫信誘導他重新做人，恰逢任福當時兵敗，胡虜聲勢日漸振奮，所以元昊的回信毫無禮節。臣以為讓朝廷看過元昊的來信而又不能對其征討，則會使朝廷受辱。所以臣當著部下的面把元昊來信焚毀了，假如朝廷沒有聽聞這件事，那麼只不過臣一個人受到恥辱罷了！」杜衍當時任樞密副使，他對范仲淹一事據理力爭。於是，皇上就把宋庠貶職到揚州任知府，而對范仲淹不再問罪。

 智囊

隨機應變、靈活機智地運用各種外交策略，為本國的國君服務，是大臣們外交的一個重要指導思想。蘇東坡、范仲淹把堅定的原則性與靈活的策略性結合起來，這在外交上不能不說是一個

成功的範例。而呂夷簡卻以此非難范仲淹，實在是沒有多少道理。因此，皇帝並沒有追究范仲淹的罪過。

原則性與靈活性是矛盾對立的兩個方面。原則性是靈活性的基礎，靈活性是原則性的服務和補充。

領導者率領部屬在改造世界的過程中，要善於隨機應變，不能拘泥於陳規陋俗，要因地制宜、因勢利導，根據客觀情況機動靈活地實施領導活動。這體現了領導者在千差萬別的事物面前，發揮積極性和創造性，巧於完成各項工作任務的靈活性。

## 張方平調和矛盾

西夏首領元昊歸順宋朝後，卻與契丹國有了矛盾，於是元昊就向宋朝請求不要給契丹首領封號。知諫院大臣張方平說：「為了得到一個新歸順的小國，而失去一個很久就友好相處的強國，這不是一個好的計策。最好給元昊一封詔書，勸他認真處理好西夏與契丹國的關係。如果他們的矛盾在早晨就解決了，那麼我們馬上就可冊封契丹。這樣西方和北方兩個國家都會跟我們和好相處了。」朝廷當時就採納了張方平的意見。

智囊

權衡利弊，是基於人皆有之的趨利弊害之心，對於某種行為結果的利弊進行全面分析對比，使對方做出正確選擇，從而決定其行動。所以做事不能光憑個人的主觀推斷而應從全局出發。

我們在日常生活中，也都常在做這種因小失大的傻事。我們不是常因覺得東西便宜，所以就大量採購，以致用不完而浪費

掉。我們不也常看到，人們為了爭幾秒鐘時間，而相互超車，因此下車大吵，花上更長時間來爭論，因而終日對簿公堂的有之，因而刀光血影相向，鑄成大錯，終身遺憾的也不在少數。

我們不也常為了芝麻小事，和多年好友鬧翻，甚至於老死不相往來，卻還揚揚自得的嗎？夫妻之間不也常為了小事冷戰多日，而失掉家居樂趣還不自知嗎？如果把那些為了小利或貪一時之快，而賠上名譽、生命甚至靈魂的人，都一併算上那人數就更多得數不清了。因此，經路窄處，留一步與人行；滋味濃的，減三分讓人嘗。凡此種種，都提醒我們，千萬不能因為只顧及眼前利益而忽視了長遠的利益，絕不能因小失大，而應該善於調和矛盾，緩解衝突。

## 于謙適戎

明永樂年間，歸順的蒙古人都被成祖安置在了河間、東昌一帶，他們休養生息，繁衍後代，但是卻驕蠻難以統治。適逢北方瓦剌部落的首領也先侵犯邊境，他們便乘機騷動，有幾次都要釀成變亂之禍。後來，朝廷將要發兵征討兩湖、貴州和兩廣的賊寇，于謙上奏明成祖，請求派遣蒙古人中有名號的勇士，給他們豐厚的犒賞，讓他們隨軍出征。平息了賊寇之後，于謙又奏請皇上把那些人留在湖廣等地居住。於是幾十年來的積患，轉眼間便消除了。于謙用的實質上就是郭欽遷戎之策，而又讓外人無法意識到，不愧是一個很好的辦法。

　　重用下屬，調動他們的積極性，為我所用，充分發揮他們的價值，既達到了自己的目的，又令他們幹勁十足，信心百倍，何樂而不為呢？

　　企業如何穩定人才？以企業的發展機會吸引和穩定人才，迎合人才自我實現的需求，給下屬開拓足夠的發展空間，創造足夠的發展機會，凝聚一批能人，促進組織的發展。

　　美國管理學家達爾伯格提出：「公司能力的核心是圍繞公司選拔和培養人才的技巧和膽識……不論內部的還是外部的勞動力市場，最理想的雇員是具有能力及勤學好思的人。學習過程正是開始於受僱之日，健康組織的雇員將把日常學習作為個人及公司成功的關鍵要素。」

　　我們相信在人才開發上適宜的時間和金錢投入，是一種立足於未來經營的投資。通過教育和培訓方式，企業進而幫助人才及員工進行職業生涯設計，努力使他們的職業成長與企業的發展目標及其實現過程協調一致，融為一體，人才的流失現象將大大減少。

## 王晉溪獻計擒江彬

　　明武宗南巡回朝後，就一病不起。就在武宗臨終之際，首輔楊石齋已設下計謀擒拿江彬。可江彬所領軍隊有好幾千人，且都是他的爪牙親信，個個武藝高強。石齋擔心行動過於倉促會引發兵變，但又想不出更好的辦法。石齋於是便向王晉溪請求策略。王晉溪說：「應給那些護衛皇帝南巡的士兵論功，並叫他們到通

州去聽候賞賜。」於是江彬的士兵都到通州領賞去了，江彬遂被楊廷和順利逮捕。

英國軍事戰略家利德爾·哈特在《間接路線戰略》中說：「從戰略上說，最漫長的迂迴道路，但它往往是達到目的的最短的路線。」

在現代企業競爭中，以「義」取「利」，堅持「天人合一」，「價值平衡」，及倫理經營與道德管理，才能使企業持續健康地發展下去。

## 劉大夏巧制魯麟

明朝莊浪部落土司魯麟，曾被朝廷封為甘肅的副將，可他野心勃勃，向朝廷要求當大將軍。朝廷當然沒有應允。魯麟於是就依仗其強大的部落自己回到莊浪，以兒子年幼為藉口，請假離開守邊崗位。這時朝中有人主張把魯麟封為大將，給他官印算了；有的主張把他召回京城，給他封地。

只有尚書劉大夏說道：「魯麟為人暴虐，性情孤僻，不善於任用部下管理部落人民，是無能之輩。可他又沒觸犯法律，今天如果授他官印，是不合乎我朝法規的；召他進京，他又不來，這又有損於我國國威。」於是，下了一道疏文，獎勵魯麟先祖的忠勇功勳，對魯麟卻聽任其居家賦閑。魯麟最終怏怏病死在家中。

明黔國公沐朝弼曾觸犯法律，依法應予以逮捕。朝中大臣都對此感到棘手，認為沐朝弼擁有強勁兵卒數萬人，不易逮捕，如

若逮捕恐怕會激發其他邊夷之族的不滿。張居正就此事提拔了沐朝弼的兒子，而後派一名使者單槍匹馬就把沐朝弼抓獲了，其手下士卒皆不敢亂動。沐朝弼被押解到京城後，張居正又請求免去沐朝弼的死罪，把他囚禁在南京的大牢中。

朝野上下無不感到大快人心。表彰了魯麟先輩的功績，讓其內心感到慚愧，怨恨的話也叫他說不出口來。提拔了沐朝弼的兒子，則其內心就安定多了，從而使其對自家家園的保護也就思慮加重。所以罷其官職、關進監牢，都盡在我們的控制之下。

中國傳統武術講究「以靜制動」，強調「四兩撥千斤」。這種以靜制動的智慧，深深地札根於中國人的文化和人生哲學之中。它要求人們善於通過「以靜制動」的手段來化解矛盾。「靜」並不意味著不動，在靜的同時，形勢也在變化，機會也在轉換。這就如同面對行駛車流的靜止景物。景物雖然靜止，而它所面對的車輛已經不一樣了。

在緊急時刻，應臨危不亂，處變不驚。以不變應萬變，風動旗動心不動，以高度的鎮定，冷靜地分析形勢，那才是明智之舉。對這中間的分寸、尺度的適當把握，就是處世的最高境界。


## 張浚杯酒擒逆

宋高宗時，叛將范瓊擁兵佔據長江上游，高宗皇帝召見他，他不肯來；來了之後，又不肯解散軍隊、交出兵權。朝廷內外，對此議論紛紛。

當時，苗、劉之亂剛被平定，各路勤王部隊尚未撤離，於是，主管樞密院的張浚和同僚劉子羽密謀除掉范瓊。一天，他派勤王部隊將領張浚率領一千人渡江，裝作剿捕盜賊的樣子，乘機召范瓊、張浚和勤工部隊將領劉光世到都堂商議軍情，並設酒宴招待他們。吃完酒飯，大家雖然心生猜疑，互相觀望，但是都沒有動手。劉子羽坐在堂下，擔心被范瓊察覺，使事情中途發生變化，急忙拿了一張黃紙，走到范瓊面前，舉著黃紙對范瓊說：「詔書在此，將軍可奉命到大理寺對質。」范瓊驚呆了，一時不知該怎麼辦好。劉子羽向左右侍衛使了個眼色，把范瓊推架到車上，用張浚的兵押送至獄中。張浚讓劉光世出外招撫范瓊的部眾，並且說：「所殺的只是范瓊一個人，你們本是天子親自統率的士兵呀！」眾兵都收下了刀槍，齊聲說：「願從命。」於是，把他們全都改編到別的軍隊中去了。事情就這樣得以解決，范瓊被殺掉了。

智囊

自古以來，善於評定兵變的人，多像張浚那樣，先是隱忍，不打草驚蛇；然後密謀於帳下，多方設計；最後以迅雷不及掩耳之勢，嚴懲惡雄，安撫眾人，叛亂者必將土崩瓦解，原形畢露，俯首稱臣。而不善於平兵變的人，則將左右的叛兵視為元兇，企圖一舉殲滅，這樣，無疑是驅眾造反，自討苦吃，非但不能如願以償，反而加速了失敗的進程。不要輕易亮出底牌。過早將自己的底牌亮出去，往往會在以後的交戰中失敗。羽翼未豐滿時，更不可四處張揚。

《易經》乾卦中的「潛龍在淵」，就是指君子待時而動，要善於保存自己，不可輕舉妄動。俗話講：「小不忍，則亂大

謀。」人們往往不能壓制自己的性情，做出對大局不利的事情，說了本不應該說的話。做局者一定要善於控制自己，明白什麼是應該說的，什麼是不可以說的。不應說的話，無論在什麼情況下，無論對什麼人都不能洩漏，一定要做到守口如瓶。 同樣，在談判的過程中，不要輕易亮出自己的底牌，要使對手對自己的動機、許可權以及最後期限知道越少越好，而自己在這方面應對對方的情況知道得越多越好。

## 才子賣酒

漢朝時卓文君和司馬相如私奔後，就和相如一起回到成都，兩人窮得家裏連桌椅都沒有。卓王孫雖知道文君的窘狀，但認為文君敗壞門風，所以一文錢也不給。夫妻倆商量後，決定回到臨邛，賣了馬匹車輛，買下一間酒鋪賣酒，文君掌櫃，相如穿著圍裙兼酒保打雜，並當街洗碗。卓王孫聽說這些事，覺得臉上無光，只好派一百個奴僕去伺候文君，並給錢百萬，夫妻兩人又成為成都的富人。

一開始，卓王孫並不是真的能接納司馬相如，而是看在臨邛縣令的面子；到頭來，也不是心甘情願肯承認司馬相如是女婿，而是不願有損豪門富家顏面罷了！他有卓文君這個女兒，真可說雞生鳳凰。

王吉在司馬相如初為門下客時能禮遇司馬相如，日後司馬相如為中郎將奉命派往蜀國時，王吉則充當護衛。但當司馬相如當街洗碗時，卻不見王吉前來探問，不能像信陵君對待毛公、薛公一般，看來王吉的眼光仍然不如卓文君。

智囊

司馬相如是狡猾的，他利用卓王孫身為富甲一方的富人，愛面子講排場的弱點，讓他的女兒拋頭露面當爐賣酒，迫使卓王孫拿出錢財來資助自己。司馬相如無疑是個聰明人，他既不用開口懇求，也沒有在卓王孫面前失去身分，就讓卓王孫自動把錢送上門來。

對於那些在社會上一些有身分、有地位的上流社會的人來說是非常重視名聲的。這裏涉及「面子」問題，應該說是人皆有之，但是好之則有虛榮之嫌疑。如果通過細緻入微的觀察，抓住了交往中對方的這一弱點，並適當地加以利用，或許還能收到更好的效果。

## 賈耽不公報私仇

唐代，賈耽任山南東道節度使，他命行軍司馬樊澤到其駐地彙報軍情。可樊澤根本就沒把他放在眼裏。有一次，適逢賈耽舉辦宴會，突然有朝廷發來急件，說讓樊澤代替賈耽的節度使。賈耽看後就把急件揣入懷中，臉上沒流露出任何神情。等到宴會結束，賈耽才命令官員參拜樊澤，副將張獻甫憤怒地說：「樊澤自作主張，不聽服指令，不忠於職守，請您下令把他殺了。」賈耽說：「天子所命，樊澤就是節度使了。」當天賈耽就離開了駐地，讓張獻甫一人隨他同行。如此，軍府中才太平無事了。

仁慈的賈耽對在皇帝面前耍弄不正當手段抬高自己、構陷他人、最後取己而代之的樊澤表現出極大的忍讓與寬容，氣度可謂大矣，胸懷可謂廣矣，但這種氣度與胸懷實在不可取。我們知道，忍讓與寬容是氣度大、胸懷廣的表現，是應當提倡的。但這裏必須有個原則和界限：對人民內部的問題，對非原則的問題，我們確實應提倡忍讓與寬容，因為這有利於化解矛盾，有利於增強團結。對原則性的問題，對敵人、惡人，不僅不能忍讓與寬容，而且要針鋒相對，鬥爭到底。只有如此，才能揭露其陰謀，讓人們認識其醜惡面目，鳴鼓而攻之，最後將其挫敗。

然而，直到今天，這類仁慈的、賈耽式的為官者並未絕跡，他們對群眾反映出來的諸如弄虛作假、欺上壓下、獨斷專橫等腐敗行徑，表現出來了極大的忍讓與寬容；而對為老百姓深惡痛疾的種種壞現象，表示了極大的克制和溫情。試問你們對得起給予你們權力的老百姓嗎？

## 呂夷簡巧除監軍

宋仁宗時，西部邊境發生戰爭，大將劉平在戰爭中陣亡，人們都議論紛紛，有人說是因為朝廷委派了宦官做監軍，主帥不能統一指揮，沒辦法施展自己的才幹，因此劉平才在戰爭中失利，宋仁宗便降旨誅殺監軍黃德和。朝中有人請求罷免各將帥的監軍，仁宗就此徵求呂夷簡的意見。呂夷簡說：「不必全部罷免，只選擇辦事謹慎、為人厚道的人即可。」仁宗便委託呂夷簡去辦理這件事。

呂夷簡說：「臣雖不才，卻位居宰相之位，不當和宦官交往，因此無法知道他們是否賢良，臣懇請召來都知押班，讓他們去推舉，如果推舉出來的人有不勝任的，就把他們一起詔罪。」仁宗所從了呂夷簡了意見，第二天，都知押班在仁宗面前叩頭乞求罷免各監軍的官職，朝中的士大夫都稱讚呂夷簡有謀略。

　　殺一個監軍，其他監軍還在；如果自作主張罷免了他們，那麼他日戰爭再有失利，他們便藉此為口實，不如讓他們自己請求罷免為好。

　　文穆稱讚呂夷簡有宰相之才，確也如此。只可惜呂夷簡只有才智卻無度量，像他妒忌富弼、忌恨李迪，都完全與小人謀略混在了一起。與古人比起來，還相差甚遠。李迪與呂夷簡同朝為相，李迪曾對國事加以規劃，呂夷簡便覺得李迪超過了他。有人告訴呂夷簡說：「李子考慮事情，還勝過其父李迪。」呂夷簡因此對李迪說：「貴公子有才能，可以委以重任。」於是，呂夷簡請求皇上封李之東為兩浙提刑的職務，李迪父子都很高興。李之東赴任後，李迪由於身邊失去兒子，很多事都經常遺忘，因而被免除宰相之職。後來，李迪才知道呂夷簡出賣了他。

智囊

　　呂夷簡的做法實在高明之至。老子說：「將欲廢之，必固興之；將欲奪之，必固與之。」殺了一個監軍，其他監軍依然存在；但如果都撤掉，以後軍中如果有過失，又給宦官們留有口實。要除掉監軍，在無法與宦官的勢力對抗的情況下，巧施迂迴妙計，讓宦官自己主動申請罷免，這不是一般的聰明和智慧，這種迂迴的戰略運用得當，可以在很多方面起到理想的效果。

　　直接對老闆說「不」？那怎麼可以呢，這樣的話，老闆一定

會覺得你是個很「沒用」的人。頂頭上司是個很有「想法」的人，當他的下屬當然也要有點想法了，至少，不要一開口就對老闆說「不」。

當遇到上司派下來的活兒下屬完成不了的情況時，就不要一口氣答應自己完成不了的事情，畢竟要為自己留點退路。遇到那樣的情況，需要先靜下心來好好分析一下整件事情，先了解整個工作的程式，然後再衡量自己能做多少，不能做多少。並準確地告訴自己的老闆：哪些指標是我可以完成的，哪些是我不能完成的；為了順利完成公司的任務，我希望他怎麼樣來配合我，或者請他安排其他的同事來和我合作。

更重要的是，要向老闆表達這樣的意思：您安排的工作我一直是在盡力完成。所以，不要直接對老闆說「不」，因為一句話沒把握好，讓老闆聽得時候臉色不好看，或者乾脆打斷了你的談話，你一個當下屬的心裏會好受嗎？

## 趙令郊善教皇子

宋崇寧初年，皇帝分別在西京、北京、南京設置敦宗院，以安居親緣關係較遠且在官府空食俸祿的宗室子弟，並挑選宗子之中品行端莊者去領導敦宗院。但他們遇到輩分較高者時便頗以為難，趙令郊剛被授南京敦宗院時，上殿應對，皇上問他準備以什麼謀略治理宗子。趙令郊回答說：「長以臣者的以國法治之，幼於臣者的以家法治之。」皇上點頭稱善，讓他進朝授了官職，派他到南京上任。

趙令郊到了南京後，宗子們遵循他的勸導，從此也沒有再騷擾民眾了。

趙令郇忠心耿耿，無私無畏，一心為國。他敢於用法來治理這些公子哥們。他的一席忠介之言，使皇帝大為動容。這樣的人才實在難得！師長的教誨固然重要，但家長、家庭的教誨同樣重要。多少官宦子弟的醜行惡習不就是由於父母的嬌縱、溺愛而逐漸形成的嗎？以至於最後為害一方，令老百姓聞之切齒。

## 王守仁明哲保身

明武宗年間，王守仁擒獲了發動派亂的寧王朱宸濠，把他囚禁在浙江省。當時，武宗南下巡視，就駐在留都南京。宦官誘騙王陽明釋放朱宸濠，先讓他回江西去，等將來皇上御駕親征時，再把他抓獲。於是，宦官頭目就派了兩名親信，到浙江去傳達他的命令。王陽明指責他們的這一行為，收下他們的文書，宦官們懼怕王陽明抓住他們的把柄，於是此事才草草了事。

江彬等人妒忌王陽明的功勞，便四下散佈謠言，說王陽明在一開始就與朱宸濠是同謀，聽說朝廷的大軍將要出征後，才把宸濠逮捕以此開脫自己。他們打算把王陽明也逮捕關押，把功勞歸於自己。

王陽明與張永商量，認為如果順著皇上的意思，還可挽回局勢；假如不聽他們的驅遣，而與之反抗，只能激起一些小人的怨怒。王陽明於是把朱宸濠交給了張永，再次向朝廷報告抓捕大捷的佳音，而把捉拿之功都歸於總督軍門，以此來阻止皇上江西之行，而他在靜寧寺稱病告假。張永回到京城後，極力稱道王陽明的忠心及讓功避禍的用意，皇上這才醒悟，對王陽明也就沒治罪。

王陽明在寧藩一事上，至今還有人心存疑慮。因為朱宸濠曾給京城中人寫過密信，想派自己的親信做巡撫，其信中有過「王守仁亦可」的話語。其實這句話是有原因的，因為王陽明平日做事不露鋒芒，不曾與寧王有矛盾，寧王對王陽明的印象也不壞；朱宸濠只是仰慕王陽明的才氣，而不知他的內心想法。因此，寧王想把王陽明招為自己的麾下而委以任用，這與王陽明有什麼關係呢？當王陽明被任命為汀贛巡撫時，汀贛一帶還不曾打仗。王陽明立即上疏奏皇上給他一旗牌以征討寧王，大司寇王晉溪給了他旗牌後，他就在豐城發兵進軍。這時寧王的反形已完全暴露，王陽明與王晉溪便秘密安排了對策。可見，皇上征討的方案，也已經預定好了。寧王朱宸濠叛亂後，地方官只上告變故，而不敢有痛斥的語言，只望保全自己的府宅。只有王陽明上疏直稱朱宸濠叛名，僅此一點，就可清楚地看到了王陽明的內心世界。

 智囊

　　江彬等人嫉妒王守仁的功勞遂造謠說王守仁本來是和寧王一夥的，皇帝當然痛恨背叛自己的人，所以才會有親自來了解此事。江彬一夥四處造謠，再加上不懷好意的人從中作梗，王守仁肯定不會有好下場。那麼這時候，最好的辦法就是把功勞讓給造謠的江彬，以平復他們的嫉妒心。這樣做雖有些窩囊，但卻能躲過一場災禍，也不失為明智之舉。

　　有的時候，面對小人當道，正直的人往往得不到信任，而如果你強硬地與對方鬥爭，不但制伏不了他們，反而可能會被他們誣陷。那麼這時，你就可以採用以退為進的辦法，先明哲保身，再找機會制伏他們。

# 朱勝非拒制鐵券

宋高宗時，苗傅與劉正彥發動叛亂，各地紛紛起兵救援聖駕，朱勝非從中說服苗傅和劉正彥。苗傅和劉正彥被招安後，皇帝就下詔任命苗傅、劉正彥為淮南西路制置使，並命他們隨之上任。當時朝中官員無不希望苗傅、劉正彥等早早離開京城，而他們的同黨張逢卻為其出謀劃策，說皇上口說無憑，應給他們打造鐵券，以免來日反悔。退朝後，他們帶著書信來到朱勝非府上拜訪，請求辦理鐵券一事。朱勝非吩咐手下拿筆來，當即就簽署了意見，並奏請聖上，允許給他們鐵券，並命主事官員詳查典章制度，按先例打造。苗傅、劉正彥二人聽後喜不自禁。

第二天上朝前，郎官傅宿有急事求見宰相，朱勝非就命人請他進來。

傅宿說：「昨日收到堂貼，要賜給苗傅、劉正彥二將軍鐵券，這可是不尋常的慶典，今天是不是要執行呢？」

朱勝非拿過貼子，環顧一下同僚，點上蠟燭和他們一同觀看。忽然朱勝非回頭向傅宿問道：「以前有這樣的先例嗎？」傅宿說：「沒法檢查出來。」

朱勝非又問道：「如果按先例製造，其辦法又是什麼呢？」傅宿說：「不知道。」

朱勝非又問：「既然這樣，還能給他們嗎？」

同僚們都哄堂大笑，傅宿又笑了，說：「我已明白該如何做了。」隨即告退。

此事妙就妙在沒有拒絕對方，而使其自己停止了非分的要求。如果改換一些迂腐的儒生去處理，必會引出一番大道理來，只能激發起小人的憤怒，而小人一旦動怒，你就會恐懼造成僵局，也就順應他們的要求，到時就無法辭退了。

朱勝非先揚後抑，起初沒有拒絕對方不製造鐵券，而是先站在對方的立場上，答應了對方的要求，隨後，在事實和倫理面前，使對方自己停止了非分的要求。

「拒絕」是一門藝術。有的時候，拒絕不一定要說出來，而是先答應對方的要求，然後照其要求去做，通過實踐找出其不合常規和邏輯的地方，令對方自動放棄，也就等於變相地拒絕了對方。這樣，既給對方了面子，又沒有使對方達成目的，可謂「一箭雙鵰」。

## 韓琦諫帝

宋英宗剛剛即位，有一天，慈壽皇太后給韓琦送來一封密函，信中談到皇上和皇太后對她都不敬重，要韓琦「為媳婦做主」，並命令太監為她報仇。身為一國宰相的韓琦也感此事棘手，也只能說：「領聖旨。」

一天，韓琦向皇上告假，說家裏有急事，請求晚些上朝。退朝後，韓琦上殿單獨見皇上，於是英宗單獨召見了他。見面後，韓琦對英宗說：「我不敢驚動皇上，但有一封信務必請皇上一看，把事情說明白，只是不可洩漏出去……皇上所以有今日，全是慈壽太后出的力，這個大恩不可忘懷。然而慈壽她老人家並非皇上親生之母，只要您尊重她奉養她，就平安無事了。」

皇上說：「請愛卿指教。」

韓琦又說：「此密旨臣不敢收留，萬望聖上就在宮中將其焚毀，如果洩漏出去，則讒言和挑撥離間者就會乘機而入。」

皇上便聽從了韓琦的建議。自此之後，兩宮皇太后關係很融洽，更沒人看出她們之間曾有過矛盾。宋朝鼎盛時期，賢明的宰相之所以能夠發揮作用，都是因為他們一有變化就能當面與皇上交換意見。當面講話，畏忌的心情消除了，君臣的情誼也愈來愈融洽。這是肺腑之言能得以傾訴的原因。即使宮闈中有一些不宜公開的祕密，也可以設法暗地裏調停好，這哪是小小奏章所能收到的功效呢？

智囊

出現了衝突事件並不可怕，關鍵是要採取積極有效的措施解決。首先要明白，沒有問題是不可能的，出現問題是正常的，主動鍛鍊自己應付各種事情的能力，發揮主觀能動性，主動應對。另外，標準不要定得太高，什麼事都要一步一步地做，一個問題一個問題地解決，要有一個長期的打算。

一般出現問題後，人會通過幾個系統進行調節。一是人自身的調節系統，比如找好朋友把事情說出來，這樣能在一定程度上起到化解的作用。有些人的自身防衛系統也會產生作用，化壓力為動力，但有的人的壓力會很重，難以轉化為動力。

此外，也可以借助社會機構等，但這些都是外界的，順利躲過不如意，還是要靠自己。需要注意的是，要加強對矛盾問題的排除工作，做到早發現，早介入，早解決，把問題及時化解在剛發生之際。

# 第五卷
# 避禍求福的智囊

聰明人不會被置之於死地，善良者沒有必敗的結局；因為他們一開始就能從細微之處洞察到禍害，所以，能獨自避禍求福；而一般人愚昧無知，這樣才陷於「敗局」之中。因此，輯有《避禍求福的智囊》一卷。

## 箕子見微知著

商朝殷紂王即位不久，命工匠為他琢一把象牙筷子以供使用。紂王的庶兄、賢臣箕子感歎說：「象牙筷子肯定不能配土瓦器，而要配犀角雕的碗、白玉琢的杯。有了玉杯，其中肯定不能盛野菜湯和粗糧做的飯，而要盛山珍海味才相配。吃了山珍海味就不願再穿粗葛短衣，也不願再住茅草陋室，而要穿錦繡的衣服，乘華貴的車子，住高樓廣室。這樣下去，我們商國境內的物品將不能滿足他的欲望，還要去徵收遠方各國珍貴奇怪之物。從象牙筷子開端，我看到了以後發展的結果，禁不住為他擔心。」

後來，紂王的貪欲越來越大。他抓了上千萬的勞工修建占地三里的鹿台和以白玉為門的瓊室，搜羅狗馬珍寶，奇禽怪獸充塞其中。同時在鹿台旁以酒為池，懸肉為林，使裸體男女在其中相逐戲，而紂王狂笑著觀看取樂。這時，不僅宮中人反對他，士兵倒戈反商，全國百姓也都紛紛造反。最後，紂王死在鹿台的熊熊烈火之中。

俗話云：「一葉落而知秋，履霜則堅冰至。」生活中，在很

多細小的事情上，往往最能反映出一個人的操守、德行和品質。例如對待父母不孝順的人，就不能指望他能對別人好；本職工作幹不好的人，幹大事業只會是異想天開；今天收小賄的人，明天就可能成為貪污犯等等。

由此可見，小毛病並非無害，而是一切大害的開始；小事不在乎，時間長了，大節就要出問題。所以說，做人做事都應見微知著，勿以善小而不為，勿以惡小而為之。只有見微知著，才能防微杜漸；只有見微知著，才能沉著應對、趨利避害；只有見微知著，才能未雨綢繆，防患於未然；只有見微知著，才能由此及彼，由表及裏，透過現象看到本質；只有見微知著，才能察於未萌，止於未發。總之，見微知著是件有備無患的事情。

# 殷長者妙喻殷亡

周武王攻入殷都，聽說殷有個德高望重的長者，於是前往探訪，請教他殷朝滅亡的原因。那長者對武王說：「大王想知道原因，今日中午我去告訴您吧。」可是到了中午，殷長者卻沒有來。武王感到很奇怪。周公卻說：「呵，我明白了，這個人真是位君子！他議政而不願非難其主，不願明言直說。有約不遵守，言而不守信，這就是殷朝滅亡的原因，這位長者已通過不來踐約的方式告訴大王答案了。」

智囊

古人云：「人無信不立」、「言而無信，不知其可」。由此可見，在中華民族的優秀文化中，十分注重「信」的價值和重

要作用，並且把一個人是否守信作為可否與之交往的判據。在文明社會中，守信應當是一個有責任心的人的一條重要的行為準則。古人的「信」與現代人的「信用」有著一脈相承的聯繫。對一個人來講，「信」是「言」與「行」之間的高品質的因果關係，是在無不可抗力干擾的條件下，履行承諾的責任能力；「信」就是言行一致、知行合一。因此，「言必信，行必果」是一個有機的整體。

戰國時代秦國商鞅變法即從立「信」開始。因為商鞅知道「威」與「信」之間的關係：即無信則威不立，而無威則令不行。若不能令行禁止，則如何變法？由此也可看出「信用」在社會進步中的巨大作用和對社會發展的深遠影響。

從經濟發展的角度上看，信用與現代貿易、金融等行業有著密不可分的聯繫。顯而易見，若沒有信用，人們甚至無法進行最簡單的交易，而沒有交換，人類社會就無法進步。從某種意義上講，信用是現代商業的基礎。信用要在人們的社會交往中形成，信用的內涵要通過相關主體的行為去表達。在這方面，自然人或法人的失信有時會觸動有關法律，構成違法行為，情節嚴重的還會成為犯罪行為。

總而言之，「信用」是滲透到社會各領域、各層面的不可忽視的話題，更是生意人倍加關注的話題。可以毫不誇張地說，守信是做生意的前提和基礎，而生意人的信用，既是生存的必要條件，也是無形資產，是公司企業文化的重要組成部分。

## 二公的預見

姜太公子牙被分封在齊國，過了五個月就來向周公報告施政的情況。周公問：「怎麼這麼快呀？」太公說：「我把君臣問規

矩簡化，禮儀一切隨俗，所以事務很快就都處理完了。」

周公的兒子伯禽被封為魯公，三年之後才來報告國政。周公問：「怎麼這麼晚呀？」伯禽回答：「改變當地的陳俗，革新當地的禮儀，有喪事要守喪三年才能免除，這都需要時間啊！」周公說：「魯國將來要向齊國俯首稱臣了。一個國家的政治不精簡，不變革，百姓就不能靠近它。如果一個國家的為政者能夠平易近人，民心才能歸順。」

周公問姜太公如何治理齊國。太公回答：「我的治國之道就是尊重賢德之士，推崇有功之人。」周公聽後說：「齊的後世一定會出篡權弒君的亂臣。」太公反問周公如何治理魯國，周公回答：「尊崇賢德之人，尊敬皇親貴族。」太公感歎說：「魯王後代將越來越衰弱。」

周公和太公能判斷齊魯將於數百年後衰敗，卻不能預先挽救他們。不是不想挽救，是治國方法作用有限。即使是聖明帝王的理國措施，也不能使一個國家長久不衰。衰落再振興，只有等待後人來做。因此孔子提出變革齊魯的學說。陸葵日說：「若孔夫子的意願能夠貫徹，那麼兩公的預言就不靈驗了。」假使孔子真能實現他的學說，也不過是將現今衰落的齊魯變為昔日興盛的齊魯，也未必會超出兩公治理的水準。二公的孫子若能每天用祖輩的預言警戒自己，又怎麼會有孔子出來議論變革的事情呢？

 智囊

姜子牙這兩次談話的核心就是：「天子治理天下就應該得民心。」春秋時期大政治家管仲曾經說過：「為政之要在於迎合民心。」他認為，人心是最好的城牆，是執政的根基，民心不穩，再堅固的城牆也沒有用。因此，政府的一切施政措施都應該是老

百姓想要的東西，只有這樣，才能形成共識，推動起來才會順利。由於管仲的思想正確，並且做法得當，使齊國這個靠近東南沿海的弱小國家，很快發展成為富國強國，進而成為諸侯國的領袖。管仲的治國思想值得借鑒。

俗話說：「澆樹要澆根，帶人要帶心。」管理者必須摸清下屬的內心願望和需求，並予以適當的滿足，才可能讓眾人追隨你。對下屬最有意義和價值的獎勵莫過於滿足他們的需求。企業是人做出來的，是否掌握住人心，往往關係到事業的成敗。作為一個管理者，最不能得罪的，就是廣大的人心。我們固然不能用下作的方式收買人心，但絕不可以失去人心。在企業經營活動中，只有贏得廣大員工的支持，才能順利推動公司業務的發展。

當然，人的心理是很難捉摸的，往往在施政之前，管理者料定某種措施一定會大受歡迎，但結果卻遭到激烈的反對，給管理者造成很大的壓力，這種例子隨處可見。管理者在推行政策之前，一方面謹慎預估可能出現的反應，另一方面在心理上做好應對事態變化的準備。

古往今來，無論是傑出的政治家，還是成功的企業家，都能洞察人心緒的微妙變化，深入細緻地分析人性特徵，並進行合理引導，從而達到自己預期的目標。

---

# 明察三代的何曾

何曾常常侍奉漢武帝吃酒宴。有一天，何曾回到家中對孩子們說：「先帝創業建國，而我侍宴時，卻聽不到他們談論治國的遠大宏圖，只見他們聊些家常小事，他們的後代有滅絕的危險啊！我這一生還能平安度過，只為你們兒孫輩擔憂啊！你們這輩恐怕還可以避免，」又指著孫子們說：「到他們這輩必因戰亂而

遭難啊！」

後來何曾的孫子何綏被東海王司馬越殺害，何曾的另一個孫子何嵩哭著說：「我的祖上明察三代，是大聖人啊！」

## 管仲以淺輔淺

管仲生病了，齊桓公去看望他，問他道：「您生病了，還有什麼話指教我嗎？」

管仲回答說：「希望君主疏遠易牙、豎刁、常之巫、衛公子啟方。」齊桓公說：「易牙把他的兒子都烹了，以便讓我嚐嚐人肉的味道，難道還可以懷疑嗎？」管仲說：「一個人沒有不愛自己的孩子的，這是人之常情。易牙連他的兒子都不愛，又怎麼能愛大王呢？」

齊桓公又說：「豎刁自己閹割了自己，來侍奉我，難道還可以懷疑嗎？」管仲答道：「一個人沒有不愛惜自己身體的，這是人之常情。豎刁連自己的身體都不愛惜，又怎麼可能愛惜大王呢？」齊桓公又說：「常之巫能占卜生死、去病除災，難道還可

以懷疑嗎？」

　　管仲說：「生死有命，災病無常，大王不聽任命運，固守其本來的常道，而只是依賴常之巫，那麼他將因此而驕橫跋扈，無所不為。」齊桓公又說：「衛公子啟方服事我已經有十五年了，他父親死的時候他都不願意回去哭喪，難道還可以懷疑嗎？」管仲說：「人之常情，沒有不愛自己父親的，他連他的父親都不愛，還能愛大王嗎？」齊桓公說：「好吧！」管仲死後，齊桓公就把這些人都驅逐走了。

　　可是不久，齊桓公就覺得吃飯不香甜，起居不舒服，病魔纏身了，並且宮中的治理鬆散了，朝中的秩序也不穩了。這樣過了三年，齊桓公說：「管仲是不是太過分了。」於是又把那四個人都召回了宮裏。

　　第二年，齊桓公病了，就是常之巫從中搞的鬼。他從宮中出來對人說：「桓公將在某月某日死。」易牙、豎刁、常之巫他們相互勾結，一起作亂，他們關上宮門，築起高牆，隔斷了宮中同外界的聯繫。齊桓公就是想喝一口水都沒人給他。衛公子啟方帶著千戶齊民降歸了衛國。齊桓公聽說他們叛亂了，不禁長歎了一口氣，流著淚後悔說：「唉，管仲的見識還有不遠大的嗎？」

　　當年吳起殺妻求將，以求做魯國的將軍，於是魯國人中傷他。樂羊攻打中山國時，當著中山的使者飲下了用他親子的肉所烹的湯，魏文侯賞賜他的功勞而開始懷疑他的本心。因為能做出不近人情之事的人，他的內心世界實在是叵測難料的。

　　明朝天順年間，都指揮馬良深受皇上寵倖。馬良的妻子死了，皇上常常慰問他。恰好有幾天馬良沒有來，皇上詢問起來，左右的人回答說馬良又娶新媳婦了。皇上很惱怒，說：「這傢伙夫妻感情尚且如此淡薄，難道能忠心對我嗎？」於是命人把馬良痛打一頓，並從此疏遠了他。

　　宣德時，金吾衛指揮傅廣自殘身體後，請求做太監。宣宗皇

上說：「這個人已經做到三品官了，他還想做什麼？對於這種自殘身體以求富貴的人，應該交付司法問罪！」唉！這也是聖人的遠見。

管仲所用的輔助國君的方法是最簡單的道理，生活中有許多最簡單的道理蘊涵著很豐富的內涵。你不必去追求什麼高深的道理，只要掌握最基本的道理，並將其運用自如，就能發揮出最大的效用。

同時，善於從他人的舉止行為猜測對方的心理，也是管仲的智慧。一個人要根據這些變化，判斷對方的心思，從而改變自己的應對策略。

## 智伯之死

戰國時期，晉國和韓國、魏國相約要一起對付趙國，將趙國分成三份，由三國分別佔領。一天，趙國的丞相張孟談拜見完晉國智伯出來，當他走出營門的時候碰見了智過。智過見到智伯，對他說：「韓國和魏國的君主恐怕要改變主意了。」智伯問：「你為什麼這樣說呢？」智過說：「我在軍營外面看到張孟談了，我看他的表情矜持，行為高傲。根本沒有什麼憂患的意識，好像根本不擔心自己國家被別人瓜分。」智伯說：「不會的，我和魏桓子和韓康子祕密約定攻下趙國，三等分趙國國土，他們都表示很贊同。他們一定不會欺騙我的，你不要將此話傳出去，這對三國都不好啊！」

智過不放心，又去拜見了韓魏二主，回來後再一次私下勸智伯說：「二主表情不對，心思肯定變了。一定是背叛了您，不如今天就殺了他們，免得他日對您不利啊！」智伯卻說：「魏桓子和韓康子的軍隊駐紮在晉陽已經三年了，一朝行動，即能得利，他們哪裡會有什麼別的企圖，這絕對不可能，你千萬不要再說這些話了，這有害於我們三國的交情啊！」智過接著說：「不殺這兩個人，那麼您就更親近他們吧！」

　　智伯追問說：「如何更親近他們？」智過說：「魏桓子的謀臣叫趙葭，韓康子的謀臣叫段規，二人都有說服他們的君主改變主意的能耐。您可以與這兩位先生約定，如果他日攻下了趙國就封他們二人每人擁有萬戶的城池。這樣，他們就會竭力說服自己的君主不改變主意，而繼續和您保持同盟的關係。您也就達到了佔領趙國土地的願望。」智伯說：「我本來和韓魏商量好，攻下趙國後要三等分土地，現在你讓我再分給趙葭和段規二人各萬戶的土地，那麼我所得的土地就很少了，這可不行。」

　　智過見晉君既不採納他的意見，也不聽從他的勸告，於是就離開了軍營，改姓輔氏，從此隱居，不知去向。

　　張孟談聽說這件事情後，就去拜見趙襄子，說：「我在軍營外碰到過智過，看來他已經看出了我的心思，開始懷疑我了，自從那以後他就改姓隱居了。今晚不動手，就要被動了。」趙襄子說：「好吧。」於是就派張孟談去見韓魏二主，約定夜晚動手，殺掉守堤的官吏，決堤淹智伯的軍營。智伯的軍隊在水中一片混亂，韓魏兩國軍隊從側面襲擊，趙襄子率軍隊從正面進攻，大敗智伯的軍隊，活捉了智伯。後來，智伯被處死，他的國家隨之滅亡，土地被瓜分，智伯全家遭株連被殺，只有輔氏保存下來。

　　按史書《資治通鑑綱目》記載，智過改姓一事，是在智宣子立智瑤為王后的時候。智過對智宣子說，瑤這女人多才智，卻不講仁義，將來一定要滅了智氏宗族，這個預見是更早的。

智伯巡視水勢，魏桓子、韓康子乘車陪同。智伯說：「我今日才知水可以滅國家。」桓子、康子互相依賴，因為汾水可以灌溉安邑，絳水可以灌溉平陽，他倆命運相連。絺疵曾經對智伯說：「韓魏一定要背叛您。」智伯問：「你怎麼知道？」絺疵回答說：「憑關係分析情況。如果您同韓魏一起攻趙，趙國滅亡，災難就要殃及韓魏，如今約好戰勝趙國三等分國土，取勝的日子沒有幾天了，他二人卻沒有歡喜的樣子，只有憂慮的表情，難道不是想背叛您嗎？」

第二天，智伯把這話告訴魏桓子和韓康子，二主說：「這是讒言的人為趙國來勸說您，使您懷疑我們，而放棄攻趙。他說得不對，我們兩國怎麼會不貪圖馬上就要到手的趙國國土，而要幹那種危險不可能成功的事呢？」二國國君出來，絺疵晉見智伯說：「您為什麼把我的話告訴他們二人呢？」智伯問：「你怎麼知道？」絺疵回答說：「他們二人一見我就加快步子走掉，可見他們已知道我的看法了。」

智囊

智伯的死其原因有二，其一，他太輕易相信韓魏兩國。戰國時期，各國相互爭奪，彼此和戰不斷，沒有永遠的敵人，也沒有永遠的朋友，各國都在為自己打算，從哪裡能得到好處就打哪裡。那麼在這種情況下，當然不能輕易相信任何人。其二，智伯不聽智過勸告和建議，一意孤行，也是造成其它國的原因。

無論我們做什麼事，都要努力靠自己的力量去完成，不可事事借助別人的力量，否則，你就逐漸失去了自我，而成了別人的傀儡。同時你也不要輕易相信別人的話，你自己要有自己的主見。不輕易相信別人並不代表你不能聽取別人的意見，這就需要

你首先對別人的話有自己的判斷。總之，提高自身的判斷能力最重要。

## 諸葛亮慧眼識刺客

　　劉備，三國時期蜀國的皇帝。他本是漢朝皇室，但是到他的時候，其家境已經非常貧寒，他曾經和母親一起賣過草鞋。後來，他趁著各路諸侯討伐董卓的機會，拉攏了一批人，更得到關羽、張飛等虎將的幫助，逐漸使自己的勢力擴大。後來經過千辛萬苦的努力，終於佔據了蜀中地區，建立起霸業。

　　劉備本人論武功不及關羽、張飛、趙雲，論智慧不及諸葛亮、龐統，但是他卻能網羅一批能人志士為他效命，其根本原因就是此人能夠禮賢下士，當年他三顧茅廬請諸葛亮出山。所以，劉備是個求賢若渴的人，凡是有些本領的人，他都喜歡，並想把他納為己用。

　　這一天，有個陌生人來到劉備住所外面，此時，劉備已經稱帝。侍衛們為了保障他的安全，攔住了陌生人，陌生人就在殿外大喊：「玄德公，早就聽說您是個愛才如命的人，為何不肯見我呢？」侍衛們將他推出門外，他就更大聲的喊：「當今三國鼎立，誰都想統一華夏，但這豈非易事，我有良策願獻給您啊！玄德公！玄德公！……」侍衛們越是不讓他進，他就越是喊得聲音大，終於讓劉備聽到了，劉備聽說此人有治國的良策，心中愛才的念頭又冉冉生起，不禁走到殿外，讓侍衛退下，親自迎接此人進殿。劉備拉著這個人的手，無比恭敬地說：「先生，侍衛們不懂事，您不要怪罪他們。」

　　隨後，就請那人上座，並吩咐左右奉茶。那人先是恭維了一番，就與劉備談論起來。兩人談論天文、地理，談論各國的英

雄，談論三國地理、人文和各自施政得失。劉備覺得此人談吐不凡，心中對他的喜愛之情油然而生，兩人越談越起興，以至於忘記了吃飯的時間。

正當二人談得十分投機的時候，諸葛亮突然走了進來，陌生人見諸葛亮來了起身託詞說是要上廁所。劉備就對諸葛亮極力誇獎此人，說什麼此人是個不可多得的人才，上知天文，下曉地理，對各國形勢分析得頭頭是道，想說服他為自己所用。還想讓諸葛亮幫助他說服剛才那個人。可是諸葛亮卻不以為然地說：「陛下，臣看此人見了臣，臉色驟變而神情緊張，眼睛不敢正視我，而是左顧右盼，奸行外露，此人必定心懷不軌，我想一定是曹操派人來殺您的！」劉備聽了大吃一驚，趕忙前去命人捉拿，豈料，那個人早就翻越院牆逃走了。劉備此時才知道自己險些喪命，不禁冷汗直冒。

## 智囊

察言觀色，從一個人臉色的變化看出破綻，這是諸葛亮的高明之處。生活中我們要善於觀察，做生活的有心人。

在你與人交往、談話的過程中，你需要仔細觀察對方的神態變化，這樣你就可以從對方神情的變化，推斷出對方的感覺。如果你發現對方出現不耐煩的表情，你就要儘快結束你的談話；如果對方對你的談話雖然表面贊同，但臉上已經出現不屑的神情，你就該轉變話題了……

總之，注意觀察一個人的臉色變化，從而調整自己與人交談的話題，能夠使你很準確地抓住對方的興趣點，讓別人更喜歡與你交往。

# 梅衡湘心計過人

少司馬梅衡湘公總管三鎮。一天，一位胡人酋長忽然拿幾十兩鐵來進獻說：「這是我們沙漠的新產。」梅衡湘心裏暗想：「根本不會有這種事，他們是希望我放鬆禁鐵的命令呢！」於是用安慰、鼓勵的話把他們打發走了，隨即又用這些鐵鑄了一把劍，並在劍上鑴下這些字：「某年某月某酋長贈」。同時發了一個公文，給各邊界地區，說胡人地區已經產鐵，今後不必再賣給他們釜具。

後來，此族因缺釜，派使者來請求仍按舊例，梅國楨說：「你們的國家既然有鐵，可以自己冶煉製造呀。」外族使者一本正經地聲稱他們沒有鐵，梅國楨便拿出了那把劍給外族使者看。外族使者這才叩頭服罪，從此再也不敢對梅國楨說一句謊話了。

梅公在雲中時，逢虜王叩塞門表示服從，梅公冷靜地穩定了雙方的軍心。遇到漢族人偷了夷人東西的就依法處置。遇到夷人在賞金之外還要求額外增加的，梅公也絲毫不讓。一次梅公外出打獵，大張旗鼓，命令各位將士都要穿戰衣跟隨，同時在大沙漠裏互相較量武藝，比賽射箭。當地縣令認為不是戰時訓練，妨礙耕種，心中不滿，嘴上卻不敢說。幾天後抓獲虜人間諜供認：「虜兵本打算入侵，看到這邊已有準備，就中止了行動。」縣令於是折服。梅公的心計真是沒人能趕得上啊！

智囊

司馬用「將計就計」之策使對手心服口服，顯示了他超人的智慧。將計就計的意思是，識破對方計策之後，以原計為基礎，造成誤入對方圈套的假象，另施巧計於其中，而使設計者本身中

計。有時候雖然自己很聰明，但仍然落入了別人設的圈套，這個時候特別需要頭腦冷靜，不妨試試將計就計，可能會帶來意外的效果。用計，最能閃現智慧的火花，用得好，既出人意料又出奇制勝。

## 慧眼識人的魏先生

隋朝末年，群雄蜂起，天下大亂，皇帝楊廣昏庸無道，他派人開鑿京杭大運河，無數勞動力遠離故土，被調來修運河，不僅如此，他還揮霍無度，不理朝政，整日沉迷在女色與美酒之中，給全國人民帶來了無窮的災難。因此，各地紛紛組織了許多起義的隊伍。其中比較著名的人物有李密、秦叔寶、楊玄感等人。這些起義的隊伍，各自佔據一塊地盤，在此經營，並建立自己的政權。他們彼此之間既有矛盾也有共同利益，因而相互間打打停停，小的政權可能就會被大一些的政權所吞併。

此時，魏先生隱居在梁、宋交界的地方。著名的起義領袖楊玄感領導的軍隊，因為與隋朝軍隊打仗的時候遭到慘敗，所以其部下紛紛潰逃，有的人就投降了對方的軍隊。他的軍師李密也因此而逃到了雁門關。為了免於被敵人發現，李密就脫去戎裝，換上普通百姓的衣服，同時更名改姓，當起了教書先生。就在他做教書先生的時候，認識了魏先生。

有一次，二人閒談，談起了當今天下大勢，說起了如今的朝廷正大肆鎮壓起義隊伍。魏先生開玩笑似的說：「我看先生您神色恍惚，目光渙散，心神不定而說話支支吾吾。現在朝廷正在大肆搜捕蒲山的叛亂分子，莫非你就是他們的頭領？」李密慌忙起身，緊緊握住魏先生的手說：「先生你我相知雖然不久，但是言談甚歡。您既然知道我的底細，難道不能救救我嗎？」魏先生眼

睛盯著他，誠懇地說：「我看先生既沒有稱帝的膽識，同時也不具備將帥的才略，而只是一個亂世中的英雄罷了！」接著，就向他詳細闡述了帝王將相與亂世英雄各自成功失敗的道理，魏先生接著說：「昨夜，我夜觀天象，發現汾晉一代已有聖人誕生，如果你能去輔佐他，或許能夠得到榮華富貴。」

聽完這番話，李密拂袖而去，傲慢地說：「你這個迂腐的書生，我看我是不能與你一起商議國家大事的。」因為他不相信自己不能成就一番事業，他要做皇帝，要享受人間最高的榮華富貴。不久，李密就藉故脫身往西逃走了，沿途他招兵買馬，不斷壯大自己的隊伍，但是他的軍隊卻屢戰屢敗，後來不得不投降了唐高祖李淵。可是他在李淵手下並不甘心，還做著自己的皇帝夢，不久，就又叛唐搗亂，最終被殺身亡，弄得個身敗名裂。

魏先生的高識卓見，勝過嚴子陵一籌。

智囊

一個人是否真心誠心，是否安分守己，是否適合工作崗位，是否具有領導才能，均能從其言語和舉止的表露中，反映出很多真實而有價值的參考資訊。魏先生看李密沒有稱帝的氣魄，也不具備將帥的謀略，因此認為李密只是亂世的英雄而已！

可見，言為心聲。一個人在說話的時候，多多少少總會反映出其內心的一些活動。因此，在工作中，當管理者在用人的時候，可以通過聽其言，觀其行，準確地判斷出一個人的才智高低，及其內心世界的真實想法和意圖，從而依據此人的志向和態度來進行取捨，合理選用人才。

# 行善忍小的夏翁與尤翁

夏翁是江陰的大族，有一次他乘船經過市橋下面，一個挑糞的人從橋上把糞倒進了夏翁的船中，糞湯濺到了夏翁的衣服上。那個挑糞的人還是夏翁過去認識的，氣得夏翁的僕人們要打那個人，夏翁說：「他的行為出於不知道我經過這裏，要是他知道我在這裏，怎麼會冒犯我呢？」

於是，用好話安慰了他一番把他放走了，等到夏翁回到家裏查看賬簿，這個人欠他三千兩銀子還沒有償還，想要故意冒犯他來求一死。夏翁就替他毀掉了債券。

長州尤翁開了家典當鋪。年底某一天，他聽到門外一片喧鬧聲，出門一看，是位鄰舍。站櫃檯的夥計上前對尤翁說：「他將衣服抵押了錢，今天空手來取，不給，他就破口大罵，有這樣不講理的嗎？」那人仍氣勢洶洶，不肯認錯。尤翁從容地對他說：「我明白你的意圖，不過是為了要渡年關，這種小事，值得一爭嗎？」於是命店員找出典物，共有衣物蚊帳四、五件。尤翁指著棉襖說：「這件衣服抗寒不能少。」又指著道袍說：「這件給你拜年用，其他東西現在不急用，可以留在這兒。」那人拿到兩件衣服，無話可說，立刻離去。

當天夜裏，他竟死在別人家裏。他的親屬同那家人打了一年多的官司。原來此人因負債多，已服毒，知道尤家富貴，想敲筆錢，結果一無所獲，就轉移到另外一家。

有人問尤翁：「你怎麼能預先知道此事而對他忍讓呢？」尤翁說：「我並非預知。但大凡非理相加的人，其中必有所恃，我們在小的地方不忍讓，則災禍必會立即到來。」那人由此很佩服尤翁的見識。

俗話說：「小不忍則亂大謀。」尤翁的回答，一語道破真諦，「凡無理來挑釁的人，一定有原因。如果在小事上不忍耐，那麼災禍立刻就會來了。」

現實生活中，面對困難和挫折，面對一時的得失，如果能夠坦然處之，站在對方的角度來思考問題，儘量對事物做出正確、客觀的評價，樹立正確的世界觀、人生觀和價值觀。在具體的學習、工作和生活中，我們擺正心態，學會容忍錯誤，忍耐挫折，認認真真做事，實實在在做人，持之以恆，堅定信念，才能以寬廣贏得輝煌，以豁達打造成功。

## 智仁的邱ˊ成子

春秋後期，魯國大夫邱成子出使晉國，途經衛國，衛國右宰穀臣把他挽留並設家宴招待。宴會上，有樂隊奏樂助興，但是穀臣的臉上卻沒有一點兒喜色，喝到最後，右宰穀臣送給邱成子一塊璧玉。

邱成子歸國途中路過衛國，卻沒有去向右宰穀臣辭謝。他的僕人問：「上次右宰穀臣以美酒非常友好地招待你，宴席間你們十分高興。今天您路過此地卻不向他辭別，這難道不顯得失禮嗎？」

邱成子說：「他留我飲酒，是想與我共歡，設樂而不奏是告訴我他的憂愁。酒醉時送我玉璧，是暫寄存我處，由此看來，衛國恐怕是要發生叛亂了吧！」果然他們離開衛國才三十里，就聽說衛國權臣寧喜因謀權被殺，右宰穀臣也慘遭迫害。於是，邱成

子立即返回衛國，到右宰穀臣家，為穀臣哭祭了三天。

　　回來後，邱成子派人把穀臣的家人接到了魯國，安排他們同自己家隔牆而住，把自己的俸祿分一部分供他們生活，等穀臣的兒子長大後，邱成子把那塊玉璧還給了他。

　　後來，孔子聽說了這件事，讚歎道：「其智慧可以深知別人細微的想法，其仁義可以照管別人寄託的錢財，這說的就是邱成子呀！」

　　見微知著，就要在平凡中看到不平凡，積極從榜樣中汲取營養與力量，從而推動整個社會道德水準不斷提升。例如法國的「對不起」文化，一七九三年路易十六王后瑪麗·安特瓦納特走上斷頭臺時，不小心踩到劊子手的腳，她輕聲地說道：「先生，我請求您原諒，我不是有意的。」王后最後這句話讓許多法國人震撼，她深深嵌入法國道德文明之中。如今在日常生活中，人們經常可以聽到「對不起」的道歉聲，哪怕是電視臺主持人的口誤，隨即便在一聲「對不起」的道歉中，得到觀眾的諒解。

## 張安道評論王安石

　　北宋中期，丞相富弼封鄭國公。當時神宗皇帝任用王安石實行變法，富弼因政見不合，先貶亳州，又判汝州，在他赴汝州任途中，經過南京，即現在的商邱。當時張安道為南京留守，富鄭公來見張安道，他們談了很長時間的話。坐了很久，鄭公感歎地說：「人真很難了解呀！」張安道說：「莫非指王安石嗎？難道

他還難了解？從前張方平主持進士考試，有人推薦說王安石有文才，應召做考校官，方平暫時同意了。王安石來後，集賢院裏的事務，他都要一一更改，張方平討厭其人，於是出公文辭退了他，並從此再未同王安石說過話。」

鄭公聽後面有愧色。

曲逆宰割天下始於他宰肉時，王荊公變亂天下開始於集賢院時。善於觀察人的，一定從細微處著手。寇準不能識透丁謂，而王旦能認識；富弼曾公亮不了解安石，而張方平、蘇洵、鮮於侁能了解他。人各有自己的糊塗和明白之處。蘇洵作《辯奸論》，說王安石不近人情，鮮于侁說他沽激，李師中則憑王安石眼白多而認定。三人判斷方法不同，結果卻是一樣的。

智囊

吳子說：「短者持長戟，長者持弓弩，強者持旌旗，勇者持金鼓，弱者給廝養，智者給主謀。」

如果說企業管理的一般法則是科學，那麼對人才的細節考察就是藝術。「好瓦匠沒有用不了的磚。」一個出色的領導者，必須要能量才用人，使人盡其才，物盡其用。考察是識別和衡量人才是否勘當重任的重要手段和方法。

「以人為鏡明得失。」歷史上自古到今，能否知人善任已成為事業成敗的關鍵。成也在人，敗也在人，這是領導者識人善任的定律。怎樣去識別人才、選準人才，就成為用人的前提。晉朝的傅玄說：「聽其言不如觀其事，觀其事不如觀其行。」領導者用人也應遵循這句話。有的員工總是夸夸其談，卻沒有真才實學，領導者不要被他的花言巧語所蒙蔽，所以，識人成為領導者必須關注的大事。

聽其言，觀其行，這是識別人才常用的方法。有的人是語言的巨人，行動的矮子，只說不做。因此在考察時，不僅要聽其言，更要觀其行。如何觀其行呢？諸葛亮提出七條方法可供借鑒。一曰，問之以是非而觀其志；二曰，窮之以辭辯而觀其變；三曰，資之以計謀而觀其識；四曰，告之以禍難而觀其勇；五曰，醉之以酒而觀其性；六曰，臨之以利而觀其廉；七曰，期之以事而觀其信。這七條具有規範性和可操作性，對今天考察識別人才仍具有現實意義。

## 曹瑋預知十年事

北宋仁宗年間，河西首領趙元昊謀反，皇帝仁宗尋問邊防的準備情況，輔臣們對此卻都對答不上來。第二天，執掌樞密院的四名院大臣便都被罷免了，其中王鬷被謫放到了貌州。

臨行之際，翰林學士蘇公儀因與王鬷關係親密，出城來為他送行。王鬷告訴蘇公儀說：「其實我這次的遠行，十年前已有人預言過。」

蘇公儀說：「哦，那人一定是占卜算卦的術士吧！」

王鬷說：「不是的。當年我做三司鹽鐵副使，有一次我到河北判決獄囚，當時曹瑋剛剛被貶到河北做定帥，我到定州辦完公事後，曹瑋就對我說：『大人，您的公事辦完了，該回京城了，我希望您能夠多留一日，我有話對您說。』其實，我原本就很愛慕他的雄才，又聽到他這樣熱情地邀請我，就欣然留了下來。第二天中午曹瑋請我到他家吃飯，我們邊吃邊聊，好不快活。飯後，他讓左右的侍衛都退下，對我說：『你骨骼清奇，滿面額骨，將來不是樞密輔臣也是邊庭將帥，但卻不會成為宰相。不出十年，你必會到達這個位置。但到那時西方將會出現危急的情

況，你應該早些研究邊境情況，並為此蒐集準備人才，不然的話將無法應付突然的事變。』

我就說：『邊境的情況，您最清楚了，請問有何指教呢？』

曹瑋說：『我在陝西時，河西的趙德明曾經叫人用戰馬到中原做交易。我被他貪圖小利的行為所激怒，要殺他，誰阻止也沒有用，而趙德明有個小兒子，當時才十來歲，極力勸阻我說：『用戰馬資助鄰國已經失算，現在又因商貨小事要殺守邊的軍人，那麼誰還敢為國效力？』我一聽這話，心中暗想：這個小孩子將來一定是個可用之才，一定有不同尋常的志向。聽說他常從集市上路過，我一直想見見他，幾次命令手下人誘惑他來我的府衙，可是都沒有成功。於是，我就讓擅長畫畫的人畫了一幅他的畫像，我把他掛在我的書房，每天都看他，越看越覺得這個孩子不同尋常。以後我終於見到了這個孩子，真是一副英豪的模樣。這個孩子將來一定是邊地的禍患，算一算他成人的日子，正是您在這兒掌權的時候，望您努力啊！』我當時聽後非常地不以為然，如今知道這被曹瑋所畫的人就是趙元昊啊！」

李溫陵曾經議論說：對王醆談兵如同對假道學者談道學，充耳不聞，怎麼還能用他做掌兵的長官呢？已經失掉官位才想起從前別人的忠告，像這樣糊塗不認真的人，天底下真是太多了！

## 智囊

像王醆這樣的人失掉官位後，才想起當年朋友的忠告的人，天底下真是多得很呢！所以，奉勸人們千萬不要像王醆那樣，世界上沒有賣後悔藥的，對於智者給你的忠告，你千萬要記住，時刻提點自己，不要當耳旁風。

同時，我們也為曹瑋的遠見所折服。俗話說「從小看到

大」，看一個人，從他小的時候所做的事情，就能看到他日後的作為，這是普遍適用的真理。

............................................

## 何心隱與張居正

何心隱，明嘉靖、隆慶年間的大俠，平日以講學為名。嘉靖四年，當張居正在荊州江陵的一位秀才的家裏呱呱墜地的時候，其先祖的餘蔭對他早已不能關懷庇護，迎接他的只是曾祖父的一個白龜夢。夢中的月亮落在水甕裏，照得四周一片光明，然後一隻白龜從水中悠悠地浮起來。曾祖父認定白龜就是這小曾孫，於是信口給他取了個乳名「白圭」，希望他來日能夠光宗耀祖。

白圭的確聰穎過人，很小就成了荊州府遠近聞名的神童。嘉靖十五年，十二歲的白圭報考生員，其機敏伶俐深得荊州知府李士翱的憐愛，他囑咐小白圭要從小立大志，長大後盡忠報國，並替他改名為居正。這一年，居正補府學生。四年後，才高氣傲的張居正又順利通過鄉試，成為一名少年舉人。湖廣巡撫顧璘對他十分賞識，曾對別人說「此子將相才也」，並解下犀帶贈予張居正說：「希望你樹立遠大的抱負，做伊尹，做顏淵，不要只做一個少年成名的舉人。」

有一次，何心隱到京師遊學，住在了好朋友耿定向的家裏。此時耿定向為朝廷的御使，與張居正同朝為官。一天，耿定向和何心隱正在廳堂內喝茶聊天，有下人稟報說翰林院張居正來拜見耿大人，何心隱聽說張居正來了，趕緊放下手中的茶碗，一溜煙跑到後堂躲了起來。耿定向還沒來得及問他原因，他就跑得無影無蹤了。耿定向沒有辦法，他知道何心隱這個人性格特別也就沒和他計較，出門迎接張居正去了。

張居正早就聽說何心隱在耿家，於是，進門就要求見見何心

隱。耿定向就派下人去請何心隱，何心隱卻躲在自己房中，趴在床上，蓋著被子，喃喃地對僕人說：「哎呀，你告訴兩位大人，就說我得了風寒，不便出去見客，請大人們原諒。」僕人將何心隱的話帶到。耿定向心中納悶：剛才他還好好的，怎麼一聽張居正來了，就突然病了。心想這裏邊肯定有原因，就對張居正說：「哦，大人，昨天我和何兄晚上在花園賞月，估計他是著了風涼。」張居正也不強求，就和耿定向寒暄了幾句，隨後就走了。

張居正走了，何心隱才從床上爬起來，耿定向問他：「你為什麼不見張居正啊？」何心隱說：「我怕他啊！」耿問：「為什麼啊？」何心隱說：「這個人將來一定能夠掌握國家大權。」耿定向不以為然。何心隱就說：「當年，分宜要滅道學而沒有做到，華亭要興道學也沒能做好，能讓道學興盛和禁除的人只有張居正。這個人看透了我，他遲早要殺我啊！」後來，張居正果然當了宰相，終以何心隱聚徒亂政的罪名，逮捕並殺掉了他。

何心隱一見張居正就知道他必能掌大權，又預感到他要殺自己，可以說是智者，最終卻因放蕩不檢點，自投羅網，自取滅亡。為什麼會是這種結局呢？王弇州在《朝野異聞》中記載，心隱曾到吳興三番五次教唆那裏的豪強作違法的事。何心隱的好友呂光午還常到南部少數民族部落，教當地酋長作戰指揮的方法。那麼何心隱的死並不冤枉了，但是李贄有另一種看法，他認為不能容忍何心隱是張居正的罪過，也許李卓吾的觀點才正確吧！

### 智囊

何心隱一見張居正就知道他日後一定能夠掌握國家大權，又預感到他要殺自己，可以說是智者。但是，最終自投羅網，自取滅亡，被張居正給殺了。這又能怪誰呢？大概都怨何心隱他自己

不知道小心謹慎行事，最終被張居正抓個正著吧！

　　既然能夠預料到自己將來的災禍，為什麼不想辦法避免災禍的發生，反而還要迎頭去做呢？這樣的人到底是智者、還是愚者呢？真叫人不解！

　　聰明的現代人對此應該有自己的認識，既然預料到自己的災難，那就該想辦法去克服才對。

## 魏相等論防患於未然

　　東漢章帝時，馬太后的幾個兄弟先被封為列侯，後以「奢侈逾僭，濁亂聖化」的罪名被罷免。之後，竇太后的家族更加受到朝廷的寵信，權傾朝野。竇太后的兄長竇憲、弟弟竇篤都喜歡交結賓客。司空第五倫對此上疏說：「竇憲是朝廷的外戚，又掌管朝廷的禁軍，可以自由地出入各個官署衙門，驕奢淫逸的惡習是非常容易產生的。外邊的人都議論說，當年馬氏貴戚是因奢侈逾僭而廢錮的，現在也應當用竇氏貴戚的奢侈逾僭來洗刷以往，這就好比以酒醒酒一樣。願陛下能夠及時加以防範，使竇憲能夠永保福祿。」以後，竇憲果然因驕縱而受到懲罰。

　　東漢和帝永元年初，何敞也給皇帝奏書，說到此事，但已是在竇憲搶奪沁水公主的田園並殺掉侯暢後，那時竇憲的飛揚拔扈已完全顯現出來，所以說何敞不如第五倫更具先見之明。

　　西漢後期，宣帝立平恩侯許伯之女為皇后，後遭到大將軍霍光夫人的嫉妒，被其毒殺，而且這件事還未被宣帝知道。為此，御史大夫魏相借平恩侯許伯之事，用皂囊封緘，向宣帝呈進了一封密信。信中說，「《春秋》這部書是指責一個家族世代承襲卿大夫這種非禮現象的，它討厭宋國的襄公、成公、昭公三世都娶大夫之女，因禮不臣妻之父母，所以去掉了大夫之名，致使公族

益弱，妃黨益強。它也厭惡魯國季孫氏世專魯政，認為這些都是危亂國家的。漢朝自後元以來，霍光執政，任命官員的權力開始從皇帝手中離開，一切國家大事均由這個執政的大將軍決定，現在霍光雖死，可其子仍為大將軍，其兄子掌握著尚書省這個朝廷行政的中樞，其昆弟、諸婿也都把據重權、握有兵權，霍光夫人顯及幾個女兒都可以恣意出入太后的長信宮。這樣的驕奢放縱，恐怕就漸漸地難以控制了。希望朝廷能夠剝奪他們的權勢，揭發他們的陰謀，以鞏固朝廷萬世的基業，成全功臣的後世。」

根據過去的做法，凡是進上密信的，都要寫成兩封，在其中一封上署明「副封」，兼任上遞書信的先發副封，如果所言不善，就摒棄不給上奏。魏相又因為許伯而專門告訴這些人要去掉副封，以防止密信被他們阻塞或隱藏。宣帝看過密信後十分稱讚，分別下詔給能夠參預內朝之議的大臣知道，一切都按照魏相所說的辦理，這樣，霍氏讓人毒殺許皇后這件事才被宣帝知道。

於是，宣帝罷免了霍氏家族中霍光之子、霍光兄霍去病的兩個孫子的侯爵爵位，令他們回家閒居，霍家別的親屬也都被貶出朝廷到郡縣去做官了。

可見，茂陵人徐福關於「抑制霍氏」、防患於未然的謀略，魏相早已用過了。

智囊

見微知著是領導者防患於未然的重要基本功。所謂見微知著，就是說看到事物的苗頭，就能預知事物未來發展的趨勢。防患未然，是指隱患還沒有發生就採取防備措施。

《經世奇謀》中說：事情雖然還未顯露出來，它的細微跡象卻已露出，愚昧無知的人對它熟視無睹。比如煙囪安裝不當，將

招來火災，而燕雀卻怡然自得，不知大禍將臨頭。如果是君子，看到跡象就知事物的結果，怎麼會到這種地步呢？

《智囊》也說：聖人沒有必死之地，賢人沒有必敗的結局。聖賢之人，當彼處昏暗時能在此處躲避，當機遇到來時能自覺加以運用。由先賢先哲的這兩段遺訓可知，領導者是否具備見微知著的能力，將直接影響到領導者的吉凶禍福，將直接影響到整個領導工作的成敗得失。因此，是否善於見微知著防患未然，是領導者才華和水準的重要標誌。

因此，防患於未然的關鍵在於對危險源和事故隱患的識別、消除與控制。對於已經發生的事故，救治傷者、保護財產，固然十分重要，但如果僅僅到此為止，對於改善系統安全狀況，預防事故的再次發生，是沒有任何意義的。對於安全管理而言，更為重要的乃是追根求源、防患於未然。

因此，對於任何事故、無論是否造成了嚴重傷害或重大損失，均應全面分析原因，識別隱患，以便在今後的管理工作中，能採取有針對性的措施，把事故的隱患消除或控制，將其消滅在潛伏狀態，最大限度地防止事故的發生。

## 申屠蟠超然免於禍

申屠蟠生於漢代末年，是一個博貫五經、名重士林的飽學之士。這時汝南遊士范滂等人議論朝廷政治昏庸，隨之，公卿以下的官員，都折斷符節辭職，太學院裏學生爭相仿效議政的時風，以為孔孟儒學將要興起，平民身分的儒士也會重新任用。只有申屠蟠歎息道：「從前戰國的時代，文人在一起議政，成為各國國王爭相掃除的異己，最終有了焚書坑儒的大禍，今天看來也要有禍了。」於是銷聲匿跡，用樹為柱棟，蓋成房屋居住，將自己扮

成了一個平庸之人。居住二年之後，范滂等人果然遭遇到了黨錮之禍，或者被殺，或者受刑，唯有申屠蟠超然免於疑為范滂黨人之罪。

東西昂貴到極點，就意味著要降低，便宜到極點，就意味著要漲價，凡事都是這個道理。至於沉重到極點不能再加負荷，那麼其勢頭一定傾向於變輕。處於事端中心的人，遇事留一定餘地，使自己能夠伸縮，這才是處世的高明手段。

申屠蟠超然免於禍，為自己留有餘地。確實，留有餘地是一種美德，是一種智慧，是一份情懷。建築樓群，要留有一些空地給綠樹，給花草，給陽光，給空氣；鋪築路面，每到一定的距離，便要留下「餘地」，以免路面發生膨脹；書面「留白」，是給讀者留下想像的空間；保護隱私，是給心靈留一份隱祕的餘地；保守批評，是給人留下改過自新的機會；含蓄表揚，是給人留下繼續進取的餘地。而如何留有餘地，使之有空間有時間去思索，去領悟，去創新，不僅是一種方法，更是一門藝術。

民間俗話說得很好：「留的肥大能改小，唯愁瘠薄難厚加」，「內距宜小不宜大，切忌雕刻是減法」，做衣如此，雕刻如此，做人做事也如此，教育我們的孩子又何嘗不如此呢？

## 穆生不事無道者

楚元王劉交是漢高祖劉邦同父異母之弟，他少時非常敬重申公、穆生、白生等人，對他們也很禮貌周到。穆生不喝酒，劉交

每次設置酒宴時，都常常為穆生另外準備味淡的甜酒。等到楚元王的兒子楚王劉戊即位之後，開始還仍然設甜酒，以後就漸漸忘記準備了。穆生回到家說：「我該告退了，不設甜酒，說明楚王對我已不在意了，我若不離開，有一天楚兵會把我處刑呢！」於是他自稱得了重病臥床不起。

申公與白生知道後，強拉他去參加酒宴，說：「你難道忘記先王待我們的恩情了嗎？如今楚王雖是偶失小禮，你怎麼就這樣無情呢？」

穆生說：「《周易》說：知微是神人。微的意思是事態的微細變化，是判斷吉凶的先兆，君子見到微，就應有行動，一天也不能等待。先生禮遇我們三人是為了宏揚道義。如今楚王忽視我們，是因為他忘記了道義，忘記了道義的人，怎能與他久處呢？我哪裡是為了一點點的小禮節呢？」於是藉口有病而離去。申公、白生只好留下。

劉戊逐漸淫威殘暴，二十年後因同薄太后私下勾結，削去東海薛郡給吳。又聯合謀反，申公、白生二人進諫，楚王根本不聽，二人只好離開楚王，穿起老百姓的衣服，在集市上春米為生了。

## 智囊

仰觀宇宙之大，俯察品類之盛。感悟自然，體驗人生。其實大千世界何嘗不在那報春的紅杏，南飛的大雁，乃至搬家的螞蟻上呢？

尋常之物乃是世界的縮影，在二戰轟隆隆的炮聲中，你聽不到黃鶯快樂的啼叫，唯有麻雀眼裏的凄涼不安與禿鷹的驚恐茫然。一片黃沙之中，鮮有綠意便是那帶刺的仙人掌。你是否由

此看到世上的勇士也正在困境之中，用堅韌與毅力築起一座座豐碑呢？蜜蜂的王國是一部分工明確的機器，勤勞的工蜂好比我們可愛的工人，勇猛的兵蜂就像駐守在邊疆的衛士，蜂皇蜂后則是整部機器中的中樞，這是一個和諧互助的社會，正是我們追求的目標。

細微之物，其形小而其詣極大，人間的快樂與悲傷、崇高與卑鄙、戰爭與和平都能在它們上面演繹。野火燒不盡，春風吹又生。柔軟的小草扮演的角色歷經磨難終逢柳暗花明，人生亦如此。一生坎坷，屢受挫折，默默忍受著，等待希望的到來，將是更好的明天。

為了雌鹿而爭鬥的雄鹿，讓人看到了競爭，看到了弱肉強食，也看到了爾虞我詐。人世界也有，為了利益，可以不惜代價，反目成仇，形同陌路。

見微知著，其理在生活中在細微中，偉大存在於哲人身上，也同樣存在於一花一枝上。無限隱藏在有限中，見一葉而知秋，見一水而知江海。物雖小而詣大，人生黑白盡其中。

## 子除不義又避逆

春秋時鄭國人列子，名列禦寇，家境貧寒，臉上常有饑色。一位門客對鄭相國子陽說：「列禦寇是個有道之士，在您的國中居住卻如此貧窮，您難道不愛士人嗎？」鄭子陽於是命令官吏送給列禦寇幾十車糧食。

送糧食的使者來到列禦寇家裏，列禦寇很有禮貌地拜謝，但卻謝絕了糧食。

使者離開後，列禦寇子剛進屋，他的妻子望著他，按著心口說：「我聽說有道義的人，妻子兒女都能得到安逸快樂。現在你

的妻子兒女都在挨餓，相國送糧食你又不接受，難道我命該這樣苦嗎？」列禦寇笑著告訴妻子說：「他並不是真正了解我，他只是因為聽了別人的一番話而送給我糧食，將來也可憑別人的讒言定我的罪，所以我不能接受。」

後來，百姓果然鬧亂，殺死鄭子陽。

接受人的賞賜，卻不與其共患難，是不仗義的；但是與這種人共患難，即使是死了也不合於道德。不合於道德是叛逆的行為，列禦寇能避開不義又能避開叛逆，難道不是很有遠見嗎？

魏國相公叔座病危時對梁惠王說：「公孫鞅年輕且有奇才，希望舉國上下都能聽他的話，如果您不採納這意見，就請殺掉他，千萬不能讓他出境到別國去。」惠王答應了。接著公叔應召公孫鞅道歉說：「我做事要先君後臣，因此先為君主謀慮，然後，再告訴你如何做：現在你要儘快逃跑。」公孫鞅回答：「國君不因你的推薦任用我，又怎能因你的話殺掉我呢？」他終於沒有離開。公孫鞅的話正好與列禦寇的話成對照。

智囊

列禦寇思想上崇尚虛無飄渺，生前被稱作「有道之士」。古書中有他御風而行的記載，這是他瀟灑的一面。然而現實中的列禦寇則時常處於困頓之中。但是，面對困頓的生活，列禦寇之所以能夠避開不義的行為又能夠避開叛逆的罪行，根本原因在於他能夠擺脫人世間貴賤、名利的羈絆，順應大道，澹泊名利，清靜修道，潔身自愛。

俗話說：君子愛財取之有道。有道得來的名利是正當的，也是社會所提倡的。因為任何人都必然需要物質條件來維繫生命，但是獲得物質利益應該是靠自己的誠實勞動所得。這樣獲利的名

利是社會所承認的，也是人們所擁戴的。惜時如金、甘於寂寞、澹泊自守、不求聞達，視名利如浮雲，表現了一個人高尚的精神和品格。

然而，也應當看到，在市場經濟的大潮下，大浪滾滾，江水滔滔，不免泥沙俱下，魚目混珠，沉渣泛起。今天，與澹泊名利相對立的一股「爭名」、「奪名」、「盜名」、「追名」、「混名」、「騙名」、「買名」的歪風甚囂塵上。

在「尊重知識、尊重人才」已經成為社會風氣的大環境下，有知識社會自然會給以合理報償。但作為個人來說，澹泊名利的傳統美德還是應該提倡、繼承和發揚的。那種不顧國家、社會和他人的利益，而損人利己、損公肥私、追名逐利的舉止，應該為人們所不為、所唾棄。

## 嚴辛智交劉世塘

明代的奸臣宰相嚴嵩是江西分宜人，他的生日是正月二十八日。亭州人劉世塘是宜春縣令，恰來京城拜見皇帝，就隨同眾人前往嚴府為嚴嵩祝壽。壽禮結束後，嚴嵩疲倦了。他的兒子嚴世蕃叫人關上大門，禁止出入。

這時，劉世塘因來不及出門被關在嚴府內。到了中午時分，劉世塘感到饑餓難忍。剛好有個叫嚴辛的人，自稱是嚴紀鋼的僕人，領劉世塘從一條小路來到他自己的住所並且請劉吃了飯。

飯後，嚴辛說：「以後希望台下多多關照。」

劉世塘說：「別說笑了，你的主人正當顯赫昌隆的時候，我能幫你什麼呢？」

嚴辛說：「太陽不能總是日當午，但願您能不忘今日我對您的託付。」

沒過幾年，嚴嵩破敗，劉世塘恰在袁州當政，嚴辛則因為窩贓二萬兩銀押在獄中。劉世塘想起當年的話，為他減輕了罪行，改判為發配邊疆。

　　嚴嵩父子的智慧不如僕人，趙文華、郡懋卿輩的聰明也不如這僕人，即使滿朝文武官員，聰明也都趕不上他。

智囊

　　考察人才是一個十分艱難的過程，除了要充分依據明顯的客觀存在的情況去辨別外，還須善於從細微末節之處透過表象認清本質，從初露的端倪把握發展趨勢，見微知著，抓住主流。這就需要考察者必須具備明察秋毫的慧眼，在實踐中善於以小見大地觀察、識別人才。

　　然而，在具體的考察過程中，由於一些同事目光「弱視」，在管窺人才時只知其一，不知其二，缺少一種觀察蟻穴而知千里之堤將潰的洞察力，不能從一般看出特殊，從平凡中看出偉大，使得一些「千里馬」很難被及時發現。

　　因此，我們要深入實際，從「居而視其所高、富而視其所支、達而視其所舉、窘而視其所不為、貧而視其所不取」入手，全方位、多角度、多層次進行辯證分析。同時，要把少數人反映得個別的、非主流情況與反映得只有少數人知道的重要情況區分開來，努力廓清各種迷霧，提高識人辨才的清晰度，增強識別人才的可信度。

# 陳瓘攻蔡京之惡

北宋陳忠肅公陳瓘，在一次京城朝會時，認識了蔡京。他看到蔡京可以直直地望著太陽很久也不眨一下眼，就對旁人說：「這個蔡京竟然能夠長久地看著太陽而不眨眼，真是不一般啊。他既然有這樣特殊的功能和精力，來日一定能夠顯貴。」其他大臣也紛紛附和說：「是啊，是啊，世上有這種奇異本領的人，不多啊！」

陳瓘接著說：「不過，他以先天稟賦為資本，敢和太陽相比，這個人他日得志後，恐怕會目中無人，要結黨營私，專橫霸道，恣意妄為啊。肯定是個不好對付的人啊，我們一定要小心才是啊！」

大臣們都覺得陳瓘可能把話說得太嚴重了，都不敢苟同。

隨後，陳瓘做諫省官時，曾多次揭發蔡京的惡劣行徑。不過這個時候，蔡京還是個小官，皇帝根本不知道他這個人，他的奸猾兇惡的本性也還沒有完全的表露出來，因而大家都說陳瓘是言過其實了，蔡京也依仗人們對他的維護而自我辯解。可是，陳瓘仍然堅信蔡京他日一定會成為朝廷的禍害，他就援引了唐朝大詩人杜甫的詩說：「射人先射馬，擒賊須擒王。」

從而更加賣力的揭發蔡京的惡行，但是一直都沒有得到皇帝的重視，

後來，蔡京通過左右逢迎，到處結交權貴，果然得了志，他的劣跡也就暴露無遺，他殘害忠良，污蔑與他政見不同的官員，在朝中安插自己的黨羽，好多官員和百姓因此而受了苦，這時人們才認識到陳瓘的話是對的。

智囊

　　能夠久久地看著太陽而不眨眼的人，世上真的是不多見，與太陽爭輝，證明這個人肯定是個野心極大的人，如不早早對他加以限制，他日後患無窮。

　　陳瓘就是從這一點考慮，才多次上書揭發蔡京惡行。但是卻沒有贏得人們的重視，結果真的應了陳瓘所言。

　　也許你身邊也有一些具有特殊功能或本領的人，雖然他們現在很不起眼，你甚至看不起他們，但是你千萬不要對這樣的人掉以輕心，大凡有所作為或者有所成就的人，小的時候就會表現出某種不同常人的氣度。而那些驕橫跋扈，成為亂世梟雄的人，從小也會表現出不同尋常的本領。對此，你要有清醒的認識，說不定你身邊的某個人就會成為日後的名人。

## 張公體察民情

　　張忠定公處理完公事後，回到後廳，這時看見大廳裏有聽差在熟睡。

　　張公詢問他：「你家裏出了什麼事嗎？」

　　聽差回答：「我母親久病不癒，哥哥在外鄉流浪至今未歸。」張忠定派人暗中查訪了一下，情況果真如此。

　　第二天，張忠定就派了一個人幫他照顧母親，並說：「我的後廳中怎有敢睡覺的人？這一定是因為他的心情極其鬱悶造成的，所以應當同情他。」

　　像這樣入微體察人情的人，誰不願為他賣命呢？

見微知著，以好的領導風範感化下屬。許多領導能夠讓下屬折服的一個重要原因是具有良好的領導風範，同樣，「強將」要帶好「弱兵」，同樣要有好的領導風範。

一、要博學多才。如果讓一個連政府的政策、路線、方針都不懂，專業知識一竅不通的人，去某個單位獨當一面，那結果是可想而知的，當然不是要當領導的去誇誇其談，而是要結合實際，在工作中體現才能。

二、要關心下屬。千萬不能冷漠下屬的情感，滴水見陽光，寸草知春音，要讓下屬在細微之處感受到真情，只有每個下屬都努力工作了，整個工作局面才能邁上新臺階。

三、要嚴於利己。身先足以率人，喊破嗓子，不如幹出樣子，只有領導自己嚴格要求自己，以身作則，才能在下屬中樹立起良好的形象。

四、要寬容大度。不會寬容的上司不是一個好上司，作為領導要善於原諒下屬，不斤斤計較，要從小處著手，從大局出發，絕不因小失大，得不償失。只有心中百萬兵，才能運籌帷幄，穩操勝券。

「弱兵」與「強將」是一種暫時現象，「弱兵」只是相對而言的，這種現象的存在，給我們建設培養高素質的領導幹部隊伍提出了更高的要求，值得我們在實際工作中去探索、研究。

# 第六卷
# 料人如神的智囊

明察事物的真情，探求事物的本源；福先至還是禍早來？轉眼便可得到驗證。掌握了這一條，世上一切陰謀詭計，都將預先洞察出來。因此，輯有《料人如神的智囊》一卷。

## 子貢觀禮而知存亡

魯定公十五年正月，邾隱公來朝，子貢在旁邊觀禮。邾隱公拿著寶玉給定公時，高仰著頭，神情倨傲，態度高傲；定公接受時則低著頭，態度反常的謙卑。

子貢看了，說道：「以這種朝見之禮來看，兩位國君皆有死亡的可能。禮是生死存亡的根本，小到每個人日常生活的一舉一動，一言一行，大到國家的祭祀事、喪禮，以及諸侯之間的聘問相見，都得依循禮法。現在二位國君在如此重要的正月相朝大事上，行為舉止都不合法度，可見內心已完全不對勁了。朝見不合禮，怎麼能維持國祚於長久呢？高仰是驕傲的表現，謙卑是衰弱的先兆，驕傲代表混亂，衰弱接近疾病。而定公是主人，可能會先出事吧？」

五月，定公去世，孔子憂心忡忡地說：「這次不幸被子貢說中了，恐怕會讓他更成為一個輕言多話的人。」

智囊

子貢從魯定公和邾隱公會見的場面，看出二人必將滅亡的趨勢。做臣子的應該謙恭，但是邾隱公卻高傲，這自然是不服稱

臣的表現，而做君王的沒有絲毫霸氣，這自然不能領導群臣。

　　生活中，每個人都有自己的工作，每個人都該給自己的人生定位。你把自己定位在哪裡，就朝著你的定位去努力。你的工作是什麼就應該按照自己的工作職責去做，不是你負責的，你就不要越權負責，這樣你的上司就會看出你的野心，你的下場自然好不了。人們常說，外表的東西是掩蓋不住實質的，能否透過現象看出其本質，這就需要一個人的觀察和分析能力了。

## 知子莫若父

　　陶朱公范蠡住在陶時，生了一個小兒子。小兒子長成人後，陶朱公的第二個兒子殺了人，被楚國囚禁起來。陶朱公就說：「殺人者死，這是天經地義的。然而我聽說『富家子不應在大庭廣眾之間被處決』。」於是準備千兩黃金，要派小兒子前往。

　　然而，長子一再請求前往，陶朱公不肯，長子認為父親不派長子而派小弟，分明是認為自己不肖，想自殺。母親大力說情，陶朱公不得已，派長子帶信去找老朋友莊生，並告訴長子說：「到了以後，就把這一千兩黃金送給莊生，隨他處置，千萬不要和他爭執。」

　　長子到楚後照父親的囑託去做。拜見莊生並送上千金。莊生說：「快走吧，不要留在這裏。即使你弟弟放出來，也不要問什麼原因。」大兒子假裝走了，卻偷偷住在楚貴人的處所。

　　莊生雖貧窮，卻以廉潔耿直為美德，楚王以下的大臣們都把他作為老師一樣尊重。陶朱公的長子送金子，莊生並沒有收下的意思。本想把事情辦成後，再還給陶朱公作為信守的憑據。然而陶朱公的長子不明白這個意思，沒有想到莊生有更深的考慮。莊生找了個空隙進見楚王，說某星宿不利，若楚國能獨自修德，則

可以解除，楚王向來信任莊生，立刻派人封閉三錢之府。

楚國貴人很驚奇地告訴陶朱公的長男說：「楚王將要大赦了。因為每次大赦一定封閉三錢之府。」

陶朱公長子想大赦時弟弟一定會出來，如果送莊生千金，豈不白白丟掉了。於是就又去見莊生。莊生吃驚地問：「你怎麼還沒離開這裏？」陶朱公長子說：「是的，弟弟今將大赦，我因此要告辭了。」

莊生明白他話裏的意思，就讓他自己進屋裏去取金子，陶莊生認為自己被朱公長子戲弄了，感到十分羞辱，就晉見楚王說：「楚工大赦是為了修德去凶象，可道路上許多人傳說，陶地的富翁陶朱公的兒子殺了人被關在楚，他們家裏拿了許多金錢賄賂楚王左右的人，所以說楚王大赦並非為楚國百姓，只是為陶朱公子一人著想。」

楚王聽後大怒，下令殺掉陶朱公的兒子，第二天才下赦令。因此，陶朱公長子竟然拿著弟弟亡命的通知回到了家。

他母親及鄉親都很悲哀，只有陶朱公笑著說：「我早知你一定會害死你的二弟。你不是不愛你二弟，只因為你小時候與我一同創業，知道生活艱難，所以很看重財產，不願隨意拋棄。至於你小弟，生來就在富裕家中，乘堅車，騎肥馬，怎知財產是從哪裡來的！我派他去只因為他能拋棄財產，而你卻不能。最終是你殺了二弟，事情道理在此，不是怨你。我早已日夜盼你帶喪信回來呢！」

朱公既然早有預見，就不應因婦人的話而改變主張。改派大兒子的原因，是怕大兒子自殺。只好任他去，不與他爭辯，親身經歷明白了道理，也就不需要再教誨了。莊生也是通曉天文地理的奇才，不在陶朱公之下，控制生殺予奪，易如反掌，然而寧肯有負於好友，也要在晚輩面前出氣以保尊嚴。他的道德境界是不夠寬宏吧！

　　作為一個領導者要想成功地支配自己的下屬，讓他們在最短的時間內完成最多的任務，首先就需要你對每個人都有充分的了解，知道他們每個人的優勢和劣勢，然後再優劣互補，合理搭配人員，這樣才能使工作完成好。

　　故事中范蠡就是知道大兒子與小兒子對待錢財的看法不一樣，所以才準備讓小兒子去救二兒子，這無疑是正確的做法。

　　生活中，其實也有許多這樣的例子，領導者需要瞭解自己下屬的優缺點，才能合理配備人員。學生，需要了解自己的興趣點在哪裡，才能成功地選擇自己喜歡的專業；打算找工作的人，也需要了解自己的性格特徵、愛好等，才能選擇自己適合的職業。

## 范睢深知穰侯

　　戰國秦人王稽暗中載著范睢離開魏國，車到湖關，看見大隊車騎從西邊來，說：「這是秦相穰侯東巡縣邑。」

　　范睢說：「我聽說穰侯在秦國專權，最討厭人接納他國諸侯的賓客，被他發現恐怕會羞辱我，我就躲在車裏吧！」

　　一會兒穰侯來了，見了王稽，就下車來打招呼，並詢問王稽：「關東有什麼大事發生嗎？」

　　王稽說：「沒有。」

　　穰侯又說：「你去見魏君，沒有帶魏國的賓客一起來嗎？其實這些四處遊說的賓客一點用也沒有，只會擾亂他國罷了！」

　　王稽說：「我不敢這麼做。」

　　穰侯走後，范睢出來說：「穰侯是個聰明人，他想事情想得

較慢，剛才懷疑車裏有人，卻忘了搜查，一定會後悔。」

於是范雎下車跑掉了。他走了幾里地後，穰侯果然派騎兵找王稽查人，聽說騎兵沒查到人才放心離去。以後范雎才得以和王稽一同潛到秦都咸陽。

穰侯的舉止不出范雎的意料，這就使穰侯的行動無法跳出范雎的掌心。

智囊

范雎之所以能夠深知穰侯，是因為他抓住了穰侯的心理，十分清楚穰侯的所思、所想，並能夠根據穰侯的心理，推測穰侯在不同情境下的所作所為，據此合理應對，做到心中有數，使穰侯的行為在自己的掌控之下。

在我們的現實生活中，也有許多這樣的事情。聰明的人可以通過目前現有的情況，判斷、分析將要發生的事情，進而能夠知道事物的根本所在，不被表象所蒙蔽，透過現象洞察事物的本質，做出反應，以應對即將發生的事情，因此處理問題可以得心應手，遊刃有餘。

## 死姚崇算計活張說

姚崇於開元九年病逝，年72歲。逝世前，他立下遺囑，闡明信佛之害，不許子孫為他延請僧道，追薦冥福。臨終時，叮囑諸子：「我任宰相多年，所言所行，多可傳誦後世。死後的碑文，不是著名文家不寫。當今文壇巨匠，首推張說，我和他素不相睦，若去特地求他為我撰寫碑文，他必然不從其請。我留下一

計，在我靈座之前，陳設珍貴玩物，俟張說來吊奠，細察其情。他若見到這些珍玩，不屑一顧而去，是他記掛前仇，防他報復，汝等速離此地回歸鄉里。倘他逐件玩弄，有愛慕之意，汝等可傳我遺命，悉數奉贈。即求他做一碑銘，以速為妙！待他碑文做就，隨即刻於石碑，並將原稿進呈皇帝御覽。我料張說性貪珍寶，使其利令智昏必然就範。切記照此辦理，以快為妙，他必事後追悔索回文稿。果能如我所料想的那樣，碑文中一定讚譽我的平生功業，後想尋隙報復，難免自陷矛盾之境，沒法尋釁了。」

姚崇的兒子彝、異等人謹記父命，遍訃喪文，設靈接受百官弔唁。張說入朝奏事聞姚已歿，順道往吊。姚崇諸子依父命早已擺列珍玩，張說入吊後，雙手扶摩諸物，極表愛慕之意。姚彝等人當即叩請說：「先父曾有遺命，謂同僚密友肯為撰寫碑文者，當以遺珍相贈。大人乃當代文壇耆宿，倘若不吝賜文，以記先父之履歷，當以諸物相贈。」

張說欣然允諾，彝等促其從速撰寫。張說興致極佳，當即撰文，為姚崇寫了一篇淋漓盡致的頌德文章。文一落筆，姚家就送來珍玩，取走碑文，連夜僱請石工，刻之於石，並即日將原文進呈御覽。玄宗看了銘文，連聲稱讚：「寫得好，寫得好。似此賢相，不可無此賢文。」

張說一天以後，省悟過來，暗想自己與姚崇有隙，多年不睦，如何反去頌揚其德呢？連忙派人索還原稿，托言文字草率，須加工潤色。不料使者回報已刻成碑文，並呈御覽。張說連連頓足，撫著胸歎息說：「這是姚崇的遺策，我一個活張說，反被死姚崇所算計，真覺羞愧啊！」

智囊

辦事就像看病一樣，只有找到原因和切入點，事情就好辦多

了。「死」姚崇之所以算計了「活」張說，成為千古佳話，就是因為他找到了對方「喜好珍寶」的病因，然後「對症下藥」，結果一下子「藥」到「病」除，及時治「癒」了對方企圖報復的「頑症」。姚崇看人入木三分，因而能預見未來，早做安排。就像三國時期著名的故事「死諸葛亮殺活司馬懿」一樣。

解決問題一定要抓住事物的關鍵。只要多下點功夫，多觀察了解對方在日常生活的行為方式和思維習慣，就不難從中發現對方的興奮點，然後對症下藥，最終被你制伏並控制。

在使用誘蠶作繭的方法解決問題時，要巧妙地「借敵之力攻敵」，以引誘對方一步步地走進自我矛盾的困境。使用此法，最主要的是要埋下「炮彈」，且這一「炮彈」必須具備兩個條件：一是它是炮彈，隨時可以引爆；二是它用「糖衣」包裹著，應該有點甜味，至少不應該帶著苦味。

生活中，你要想戰勝對手，首先就要對對手有充分的了解，知道他的秉性、喜好，只有這樣你才能先於對手，制定出能夠戰勝對手的政策方針，使對手永遠也不可能搶佔上風。世界上那麼多同類的企業，為什麼有的能夠不斷強大，而有的卻禁不住激烈的競爭，最終衰敗。其原因就是他們不能夠了解同類企業相關情況，制定不出有利自己，打擊對手的政策，失敗是自然的。

---

# 好凌弱者必附強　能抑強者必扶弱

東晉大將軍王敦死後，哥哥王捨要投奔王舒，而王捨的兒子王應卻在旁邊勸父親投奔王彬。王捨說：「王敦大將軍生前和王彬有什麼交往？你還要歸屬他！」王應說：「這正是投奔他的原因。江州王彬在別人強盛時能不屈從而另立門戶，這是具有不凡見識的人才能做到的，現看見我們衰敗了，一定會起慈悲憐憫之

心，荊州王舒這人一貫守舊，怎麼能破格優待我們，接納我們呢？」王捨不聽，徑直投奔王舒。王舒後來果然把王捨父子兩人沉入江中。王彬最初聽說王應要來，就祕密地準備好船隻在江邊等待，結果沒有來，他深感遺憾。

欺弱者的一定附屬於強者，能抑強者的一定會扶助弱者，作為後輩背叛叔叔王敦，本不是好侄兒，但他的一番話深明世故人情，幾乎超過老管家了。王敦生前常叫他的兄長王捨為老管家。

春秋時晉中行文子逃亡，經過一個縣城。侍從說：「這裏有大人的老朋友，為什麼不休息一下，等待後面的車子呢？」文子說：「我愛好音樂，這個朋友就送我名琴；我喜愛美玉，這個朋友就送我玉環。這是個只會投合我來求取好處而不會規勸我改過的人。我怕他也會用以前對我的方法去向別人求取好處。」於是迅速離開。

後來這個朋友果然扣下文子後面的兩部車子，拿去獻給他的新主子了。

藺相如曾經是宦官繆賢的門下食客，繆賢一次犯了罪，私下商量要逃到燕國。相如問：「您怎麼知道燕王可靠呢？」繆賢說：「我曾隨趙王與燕王在邊境上會見，燕王私下握我的手說：『我願與你結為朋友。』因此敢去他那裏。」相如勸說：「趙國強盛而燕國弱小，您以前受趙王寵倖，所以燕王才想巴結您；現在您要逃離趙國到燕國去，燕王畏懼趙王，一定不敢留您，反而會抓您來討好趙王。您不如自己向趙王請罪，也許還有機會免罪。」繆賢依計而行。

從這兩件事看，可以說他們已洞徹到了人情的細微隱蔽處。

智囊

所謂人才，應該具備兩個基本素質，即高尚品德和專業才幹。在這兩個素質中，最難辨別的是人品。不少成功的企業家反映，相對於才能，人品更加重要。這個認知與我們的社會價值觀念是一致的：德才兼備，以德為先。那麼，如何要怎樣識別人才的人品呢？

居視其所親，即看他平時生活親近哪些人。物以類聚，人以群分，現代人平常所說的「圈子」，其實也就是這個概念，興趣愛好相同或相近，有共同或相似特徵的人更容易聚集在一起。從這一點上可以得到人品的相關資訊。

富視其所與，即看他富裕時是怎麼花錢的。是貪圖個人享樂，花天酒地，還是廣散錢財，招賢納士。由此判斷一個人的金錢觀念。對財富及其功能的看法，自然能折射出一個人的品德。

達視其所舉，即看他有權有勢的時候重用什麼樣的人。是首先考慮個人的朋友、親戚，任人唯親，還是不論親疏，唯才是舉，這裏體現著一個人的用人觀念。

窮視其所不為，即看他不走運的時候不做的事是哪些。堅定的信念和毅力在一個人的品格中所占的位置非常重要，所以，從一個人落魄時的所為與所不為中，就能看到他是否能堅守信念以及堅守信念的毅力。

貧視其所不取，即看他處於貧困境地時能否潔身自好，不取不義之財。能否堅持以正當的手段獲得財富，特別是在處境困難的時候，這當然也是一個人品德的反映，在市場經濟的今天，這一點仍顯得尤為重要。

## 陳同甫與辛棄疾

宋朝人辛棄疾寄居江南時，仍不改豪俠的氣概。有一天，陳同甫來拜訪，經過一道小橋，陳同甫策馬三次，馬卻向後退三次。陳同甫生氣起來，當下拔劍斬下馬頭，豪氣十足，大步而行。辛棄疾正好在樓上看見這種情形，很驚歎陳同甫的豪氣，立刻派人去延請結交，而陳同甫卻已經上門。後來，陳同甫與辛棄疾成了志同道合的朋友，二人經常書信往來，詩詞唱和。

十幾年後，辛棄疾在淮帥兵，陳同甫還是貧窮不得志。一天，陳同甫去拜訪辛棄疾的指揮部。他們共同談論天下事，辛棄疾酒醉後說起南北佈局，軍事要略。他說南邊可這樣吞併北邊，北部也可那樣吞併南部，錢塘一帶不是帝王居住的地方，如截斷牛頭山的道路，國內無援兵，決西湖堤壩，滿城都被淹等等。喝完酒，辛棄疾留陳同甫在房內過夜。陳同甫夜間思慮辛棄疾平時穩重少言，酒後失言，醒來反悔，一定要殺自己滅口，於是半夜偷了辛棄疾的駿馬逃掉。辛棄疾醒來大驚。後來陳同甫來一封信，把那天的話稍洩漏一些，同時要求借十萬錢以解貧窘，辛棄疾把錢如數送給了他。

智囊

年少時期，陳同甫在看望辛棄疾時，曾經因為催馬跳躍三次，馬卻三次退避。陳同甫大怒，拔劍砍了馬頭，徒步前行。可見他是一個心直口快的人。於是，辛棄疾與此成為了好朋友。

後來，在與辛棄疾飲酒之際，辛棄疾酒後失言，說出了軍機。陳同甫善於料人，考慮到辛棄疾平時穩重少言，有成府，不會輕易善罷甘休，於是偷偷逃走。辛棄疾善於識別人，通過分析

人的言行斷定人的性格，預測人的行為。

·········································································

## 李泌三保韓滉

唐德宗時，有人告訴皇帝，韓滉趁天子不在京師，大規模的招募兵士整修石頭城的戰備，密謀叛變。皇帝於是對韓滉生出疑心，詢問李泌的意見。

李泌說：「韓滉為人公正忠心，清廉儉約。當時皇上離京在外，韓滉依然不改人臣的職守，一再貢獻錢糧不斷；而且鎮撫江東十五州，盜賊完全絕跡，都是韓滉的功勞。至於整修石頭城，是因為韓滉見到中原紛亂，認為皇上可能南下到永嘉避亂，為迎接護衛聖駕做準備而已。這是為人臣子忠誠無比的思慮，褒獎都來不及了，怎麼還要加以責罪？韓滉個性剛烈嚴正，不攀附權貴人士，所以招來很多誹謗，希望陛下明察。微臣保證韓滉絕對沒有二心。」

皇帝說：「可是，議論紛紛，章奏多得不得了，難道你沒有聽說嗎？」

李泌說：「微臣老早知道了。韓滉的兒子韓皋正因為誹謗的話太多了，想告假回去省親都不敢。」

皇帝說：「按你的說法，連他自己的兒子都怕成這樣，你怎麼還敢為他拍胸脯保證再三呢？」

李泌說：「韓滉的用心微臣很清楚。希望皇上公開表示信任韓滉，並由中書省白紙黑字發布，讓朝中所有官員都清清楚楚看到此事。」

皇帝說：「朕正想重用你。但你得自己知道，別人哪有這麼容易就可保證的？你自己得小心不要太違抗眾人的意見，要不然恐怕連你也被連累。」

但是，李泌下朝又上奏章，請求以百口之家來保韓滉。

過了幾天，皇上對李泌說：「你竟然送上奏章，我已把你的奏章留著未發。我知道你們之間是親舊關係，但你怎能不愛惜自己呢？」

李泌回答：「我怎敢因袒護憐惜親舊而有負於皇帝？只因為韓滉實在沒有二心。我上奏章是為了朝廷，並不是為自己呀！」

皇帝問：「怎麼說是為了朝廷好呢？」

李泌回答：「如今國家鬧旱災和蝗災，關中一帶一斗米漲到一千錢，國家的糧倉已經耗空了，但江東一帶糧食豐收。希望皇上早日發下臣的奏章，消除朝廷中大臣們的疑惑，然後要他立刻回京觀見，批假回家探親，使韓滉感激朝廷，打消疑惑，迅速運來儲備糧，這不就是為朝廷做了好事嗎？」

皇帝說：「你的深意我全明白了。」

於是皇帝下聖旨給李泌，命令韓皋回家探親，當面賜予緋衣，並告訴韓皋，別人對他父親的讒謗，如今皇上已清清楚楚，絕不相信韓滉有二心，還說關中缺乏糧食，他們父子應該火速籌辦，儘快把糧食送到京城。

韓皋到達潤州，見了父親。韓滉感激喜悅得涕淚漣漣，當天就親自到渡口，向朝廷發了一百萬斛米糧，同時，只讓韓皋在家停留五天就回京。韓皋辭別母親，嚎啕大哭，哭聲傳到了外面。韓滉大怒，叫出兒子，鞭打一頓，又親自到江邊，冒著風浪送子起程。很快，陳少游聽說韓滉進貢米一事，也很快地進貢米二十萬斛。

皇上對李泌說：「韓滉竟然也能感化陳少游，叫他貢米上來呢！」

李泌說：「豈止少游一人，各州道官員都將爭著貢米呢！」

　　李泌的聰明之處在於他看到了關中糧食歉收而韓滉所控制地區糧食豐收，可以從韓滉處調運糧草。至於韓滉的「不忠」行為可以容忍，可以用恩威並施的辦法使他徹底效忠皇上。

　　生活中我們也要善於發現問題，用廣泛聯繫的觀點來看問題。分析問題，就如故事中所說，雖然關中一帶糧食歉收表面上和韓滉「不忠」沒有關聯，但是再看看韓滉所轄地區糧食豐收，就可以想到為什麼李泌要死保韓滉。

　　所以，我們在生活中要預事，不要急於下判斷，要全盤考慮，廣泛地思索全面性的問題。

## 李泌善料敵將不料敵兵

　　唐德宗時，陝虢都知兵馬使達奚抱暉毒殺節度使張勸，奪取張勸的軍權，又要求朝廷讓他當節度使，並暗地結交李懷光手下將領達奚小俊的助力以為要脅。德宗派李泌擔任陝虢都防禦水陸運使，並準備以神策軍來護衛李泌上任。

　　李泌婉言謝絕說：「陝城這一帶的人，不敢叛亂違命，這事件只是抱暉作惡造成的。假如派很多兵到陝城，他一定會封鎖山路。陝城三面懸崖絕壁，一時難以攻下。我請求一人騎馬前往。」

　　皇帝說：「我正需要你，應當換別人去。」

　　李泌說：「別人一定進不去陝都。現在剛剛發生事變，人心還未穩定，我速去可以出其不意，破壞他的奸詐陰謀。別人一猶豫畏懼，耽誤時間，他們陰謀已成，就再無法靠近陝城了。」皇

帝准許了。

李泌去見陝州在長安的進奏官和其他官員，對他們說：「皇上因陝虢鬧饑荒，所以沒授我節度使的職務，只派我做領運使，讓我督令江淮一帶運米以救濟陝州。陝州行營駐在夏縣。假如抱暉能任用，我將使他立功，有了功勞就能得皇上賞賜的旌節。」

偵察人聽到這消息，飛快地回陝州告訴了抱暉，抱暉心定了一些。李泌因此稍等候，趁此際，把這一切計謀告訴皇上說：「我使他們的士兵想米吃，使抱暉想旌節，這樣一來我就不會受害了。」

李泌出了潼關，住在曲沃，抱暉的將官都來迎接，離陝州十五里時，抱暉親自出來拜見，李泌誇他理軍務、保城池有功，又說：「軍中有嚕嗦話，不足以介意，你們這些人的職位都照舊不變。」

李泌進陝城後開始處理公務。辦事人員中有人請求他屏退左右，報告情況。李泌說：「換元帥的時候，軍中有抱怨不服的言論，是司空見慣的。我來這裏自然就平息了。我不想聽這些話。」李泌只要了倉庫帳本，清理糧食儲備情況。

第二天，抱暉來到李泌住處，李泌對他說：「我不是顧念你哪一點而不殺你，而是因為此時此地的情勢非常混亂不安，稍稍不慎就會出事。而朝廷所派的將帥一時還進不來，所以才乞求皇上留你的一條小命。你先替我帶紙錢去祭吊張節度使，記住千萬不要入關，自己選一個安全的地方住下來，再偷偷回來帶你的家人走，我可以保你無事。」

李泌離開京師時，德宗曾將預備叛變的七十五個陝將名單交給他，授命李泌殺掉他們。李泌遣走抱暉以後，中午朝廷宣慰使正式來到，李泌奏報已經遣走抱暉，其餘的人不必再加以追究。

不久，皇上又派遣使者來到陝州，下令說必須殺掉名單上的人。李泌沒有辦法，只好繳了兵馬使林滔等五個人的兵械，押送

京師，並懇請皇帝寬免其死罪。皇帝下詔書將五人降貶到天德軍去。抱暉聽說這消息後，趕快逃走了。

有一種傳言，說鄴侯李泌好說大話，但才氣能像鄴侯這樣，才有說大話的條件。古往今來，好說大話的有二人：東方朔和李鄴侯。

漢武帝是好大喜功的國君，不說大話不能投其所好；唐肅宗非常倚靠鄴侯，不說大話不能滿足他的期望。期望不滿足，就會轉移到別人身上，鄴侯的抱負就不能施展。這都是善於投合國君的喜好。

王安石善於投神宗的喜好，卻無法幹好宰相的工作，這才真是讓說大話成為徹頭徹尾的自誇吧？

諸葛亮在隆中論天下只寥寥數語，不敢說一句大話，這也正與先主劉備的性格度量相配。

又比如商鞅與秦王的對話，先談帝道王道問題，接下來論及國家富強。這是用對方聽不進去的話，來鞏固已經聽進的道理，這同說大話又不同，而屬於另一種論辯。

智囊

李泌把主要對象放在陝虢都知兵馬使達奚抱暉的身上，認為只要「解除了抱暉的職務，其餘的人就不足問罪了」，於是在整個勸說的過程中，緊緊抓住抱暉的心理，有針對性地進行說教，令抱暉解除了惻隱之心和顧慮，順理成章地跟著李泌的思路走，從而使李泌逐漸站了上風。這裏，李泌成功運用了「料將不料兵」的料人策略，時刻站在他人的角度來考慮問題，投其所好，步步為營。

另外，在你與人交往、談話的過程中，需要仔細觀察對方的

神態變化，這樣你就可以從對方神情的變化中，推斷出對方的感覺。如果你發現對方出現不耐煩的表情，你要儘快結束你的談話；如果對方對你的談話雖然表面贊同，但臉上已經出現不屑的神情，你就應該轉變話題了……總之，要注意觀察一個人的臉色變化，從而調整自己與人交談的話題，能夠使你很準確地抓住對方的興趣點，讓交往更順利地進行。

## 王晉溪守邊智略

明嘉靖初年，北方胡人曾駐進陝西，進犯花馬池。這個鎮巡守惶恐地逃到京城，請求出兵應戰。在這種情況之下，朝廷不得不召開九卿會議。軍事總管王憲認為一定要出兵，否則會失守領土。大家不敢有反對意見。王晉溪當時做冢宰，反對說：「我自有奏章。」隨即上奏給皇帝說：「花馬池是我在邊防任職時劃規的要處，防守很嚴，胡兵肯定不能侵入，即使進入，也不過擄掠一番，那個地方的兵足以防禦堅守的。我想不久胡兵就會自動撤離。如果派京都軍隊長途行軍到邊境，勞民傷財，立刻作戰也有困難。另外，沿途騷擾百姓生活，影響地方生產，害處不小。假如到了目的地，而胡兵已退走，那等於白白往返一次，我認為不發兵為宜。」

然而討論軍事主要由王憲主持，最後決定發六千兵，軍隊到了彰德，還沒渡黃河，就有消息傳報說胡人已出境離去。

王晉溪在西北時，修築花馬池一帶防牆，命令兩個指揮官監督這項工程。兩個人非常效力，防守牆修得很堅固，而工程也沒有什麼浪費，還剩下兩千多兩白銀。指揮官帶著白銀向王晉溪彙報。王晉溪說：「這一帶城牆確實是西北重要關卡，你們能盡心盡力地完成，這些細碎銀兩何足掛齒，用來獎賞二位吧！」後來

北方胡兵來犯，王晉溪就派這兩個指揮官領兵抗敵，兩個人爭先打衝鋒，其中一個戰死在陣地上。王晉溪籌築邊防智慧正是如此高明。

　　另外，王晉溪總管陝西三邊軍務的時候，每次巡察邊境，即使吃的是中等伙食，他也花費百金，從來不打折扣。所到之處，都要陳設食具，燒數頭羊，同時對一切事情都認為是好兆頭。王晉溪每次吃不了幾小塊肉，就撤下去分給隨從，即使是最低等小吏，也得到好處。所以西北一帶只要一出警報，那裏人人都爭相效力、賣命。當時法制比較寬鬆，所以豪傑四起，人人都能按照自己的意志行事。而今時，有人揭發後，立刻被罷免。梅衡湘到播州視察軍隊，行時請求批金三千兩，準備犒賞官兵用，等辦完事只用四百兩金，登記報上剩餘部分，沒有妄用分毫。雖然每人的治政手段不同，但都是根據時宜行事的。

 智囊

　　王晉溪成功守邊的關鍵在於他善於思考，深知「重賞之下，必有勇夫」，能夠據義行事，制勝於千里之外。充分發揮人的主觀能動性是現代哲學思想的一種目標，如何發揮人的主觀能動性卻是具體的措施或手段。事實上前人已經有了許多這方面的實踐。

　　作為一個領導者，在不同的場合，應根據不同的下屬，採用不同的激勵方法。只有這樣，才能收到最大的效果。激勵是不能鐵板一塊的，它必須根據不同情況靈活實施，體現一個變字。

　　首先，應該根據需要而變。假設人有五種不同層級的需求，依次為生理需求、安全需求、所屬與相愛需求、尊重需求以及自我實現需求。當較低層級的需求獲得相當滿足，次一層級的需求便會主宰這個人的行為。激勵可根據不同的需求，可以採取自助

餐式，讓不同的被激勵者，選擇各人的需求；而激勵者也要了解不同的對象，施以不同的激勵。

其次，時間不同，激勵的方式也有差異。平常時期按照一般激勵，不必採取非常手段。除非發現原來的方法已經日久無效，必須擺脫老一套做法，這才全面更換，改採新的方式，否則不可想到就變，形成特例。忙碌時期大家難免火氣較旺，耐力較差，這時要特別加以寬諒，不必計較細節，使大家得以忙而不煩。緊張時期情緒不安，主管經驗較為老到，應該設法給予安慰，儘量疏緩大家的情緒，千萬不可以火上添油，更增加人的緊張氣氛。危急時期有時需要特別措施，應該賦予更大的信賴，使其放心去做，否則他心裏害怕，勢必下不了決心。救亡階段正是重賞之下必有勇夫的時刻，惟有重賞，才有拼死把公司救活過來的毅力，因此不可吝嗇。單獨相處，比較不容易引起面子上的難堪，可以循循善誘。主管規勸部屬，或者曉以利害，最好單獨進行。

## 假道伐虢

晉獻公和荀息商議說：「我想攻打虞國，而虢國一定出兵救援；攻打虢國，則虞國也會救援。這要怎麼辦才好？」

荀息說：「虞公生性貪婪，最愛好寶物，請您用屈產名馬和垂棘寶玉為誘餌，向虞公借路攻打虢國。」

獻公說：「宮之奇在，一定會勸諫虞公。」

荀息說：「宮之奇的為人，內心明達而性格柔弱，又是虞公從小養大的。內心明達則說話只提綱領，不夠詳細；個性柔弱則不能強諫；而由虞公一手養大，虞公就會視他、寶物珍玩擺在眼前，禍患則遠在虢國滅亡之後，這樣的危機只有才智中上的人才會想到，微臣猜想虞公是個才智中等以下的君王。」

晉國使者一到虞國，宮之奇果然勸諫虞公說：「俗語說，『唇亡則齒寒』，虞、虢互相屏障保護。這是關係兩國的存亡問題，不是誰對誰施恩。晉國今天滅了虢國，明天虞國也會跟著被滅亡了啊!」

　　虞公不聽，終於借路給晉。晉滅了虢國，回來攻打虞國，虞公只好抱著寶玉，牽著名馬來投降。

　　此計的關鍵在於善於尋找「假道」的藉口，善於隱蔽「假道」的真正意圖，突出奇兵，往往可以取勝。處在夾縫中的小國，一方想用威力威逼他，一方卻用不侵犯它的利益來誘騙它，乘它心存僥倖心理之際，立即把力量滲透進去，控制它的局勢。

　　虞國之所以被晉國滅亡，原因有很多，但與虞公貪小利，看不到危險有直接的關係。戰爭總是圍繞一定的利益進行的，因此，「利而誘之」的謀略應用在作戰過程中屢見不鮮。同樣，在現實生活中，這一策略也被各個領域的人們廣泛使用著。對貪利者，可以引誘其上當；對不貪不愚的人，很難奏效。

## 劉惔（ㄊㄢ）知桓溫之長短

　　晉朝時成漢主李勢驕奢淫蕩，不關心國事。桓溫率軍討伐，上奏章後即刻出發。朝廷認為四川道路險阻，桓溫的士卒少而深入險境，令人擔憂，只有劉惔認為必勝。

　　有人問他樂觀的原因，劉惔說：「我是從賭博來推測的。桓溫是個很厲害的賭徒，沒把握贏的絕不會下注。我擔心的只是，

桓溫攻下四川之後，一定會總攬朝廷的大權了。」

劉惔常認為桓溫有奇才，而且預知他有不忠的心志。劉惔曾對會稽王李昱說：「不能讓桓溫把守險要的地域。」李昱不聽，等到桓溫奪回了蜀地，李昱更是害怕他的威名，就派殷浩去與他抗衡。由此漸形成互相猜疑和對立的兩派。等到殷浩北伐不利時，桓溫就肆虐得不可制止了。

智囊

劉惔通過分析與桓溫交往過程中表現出的言行，來分析和預測桓溫的行為。從桓溫博弈常勝利而得知，他是一個做事情非常謹慎和穩重的人，沒有十分的把握他是不會出兵的，既然出兵了就表明他有必勝的信心和把握。劉惔通過觀察，得出結論，認為桓溫有奇才，但知道他有不忠的心志。於是，劉惔曾告誡會稽王李昱說：「不能讓桓溫把守險要的地域。」結果，會稽王李昱不聽勸告，仍然一意孤行，最終令桓溫過度肆虐，形成了互相對立的兩派。

因此，我們說，人的心智都是通過日常的言談舉止表現出來的。如何做到料人如神，入木三分，關鍵在於平時的細心觀察。如果說，眼睛是心靈的視窗，那麼臉色就是心靈的大門。臉色、眼神、表情都能反映一個人的內心活動。聰明人善於察言觀色，由表及裏去探求人的內心世界。

很多時候，一個人的話並不能代表他內心的真實想法，你要學會從他的眼神、說話的口氣、臉色、動作等分析話的真假，不要只相信自己的耳朵，要用你的眼睛、你的心、你的大腦去看問題與看人。

# 士鞅斷言欒氏先亡

晉國士鞅投奔秦國，秦伯問士鞅說：「你看晉國的大夫中誰先滅亡？」

士鞅說：「大概是欒氏吧。」

秦伯說：「因為他奢侈嗎？」

士鞅說：「是的。欒黶已經奢侈得太過分了，但一時還不會滅亡，滅亡應該會在他兒子欒盈手上吧！」

秦伯問：「為什麼？」

士鞅說：「武子生前對人民有恩澤，這就像當年召公有恩於人民，人民連他生前所種的甘棠樹都愛護有加，何況是他的親生兒子？所以儘管欒黶不成材，人民還不忍心背棄。等到欒黶一死，他的兒子欒盈不能施恩給人民，武子遺留下的恩澤又差不多消磨殆盡了，加上對欒黶的怨恨記憶猶新，所以我認為欒氏將在欒盈手中滅亡。」

秦伯認為他的言論很有遠見。

 智囊

俗話說：「前人栽樹，後人乘涼；前人種禍，後人遭殃。」種福得福，種禍得禍。如種果獲實，終不離本種，隨其所種而獲其報，其身雖滅而殃禍不朽，如影隨人。從某種意義上講，善有善報，惡有惡報，不是不報，時間未到。士鞅的分析揭示了腐敗必然滅亡的週期規律。

# 年少聰明的楚薳賈

楚王以子玉為大將打敗了齊後，想接著攻打宋國。於是命令子文在睽地練兵，練了一上午，子文沒有懲罰一個士兵。原來子文已推薦子玉代替他的職位，有意顯示子玉的才能。子玉在睽地練兵，練了整整一天，並鞭打了三個士兵，射穿了三個士兵的耳朵。這時楚王大喜，認為得了嚴以治軍的將才，國中老臣也都祝賀子文薦舉的人。

楚薳賈當時還年幼，他最後到場，也不向子文祝賀。子文問他為什麼。他說：「我不知道要祝賀什麼。你傳政權給子玉，說是為了國家安定，如果內部安定而對外作戰失敗了，那麼能得到什麼好處？子玉的失敗是薦舉的結果，薦舉了子玉而使國家遭到失敗，有什麼可祝賀的？子玉剛愎而無禮，不能治理百姓。讓他指揮三百輛以上的戰車，他都回不了國。如果他們能返國，那時再祝賀吧！」以後晉楚城濮之戰時，晉文公對楚退避三舍，這時楚軍應適可而止，然而子玉不聽勸告，仍帶兵追擊，結果戰敗自殺。

智囊

發現和識別人才，是一個「剖石為玉、淘沙為金」的過程。領導幹部要轉變作風，經常深入實際、深入基層，了解幹部，在實踐中發現人才。識別人才，不要只看一時的得失，只看表面，人云亦云，而是要觀其言，察其果，加上自己的分析和判斷，全方面、多角度識別和評價人。人才觀念正在實現歷史性的突破，人們更多地把品德、知識、能力和業績作為衡量人才的主要標準。

# 勝之易而穩之難

明朝時彭澤率兵西討流賊鄢本恕等人之前，他向楊廷和問計。楊廷和說：「以君主之命討賊，還怕不能成功嗎？唯一要留心的是：不要急著班師回朝。」

彭澤殺了鄢本恕等人後，奏報朝廷要班師回京。不料賊寇餘黨又紛紛作亂，無法控制。彭澤出發以後又留下來，於是歎息道：「楊公的先見之明，是我不如的。」

張英國三次平定交州，終於沒能保住交州，就是因為張英國離開了。假使叫張英國一生做交州太守，那麼即使到今天也能留下交州這個郡縣。所以說平定叛亂取得勝利容易，穩定局勢難，最忌過早班師回朝。必須在戰後進行一番安撫和整治、鎮壓的善後工作。這絕非是依仗兵力的威脅就能達到的。

智囊

俗話說：「攻城容易守城難。」只要條件成熟，時機到位，要想獲得成功是非常容易的，但是要想永遠地守護勝利的果實就比較難了。同樣，「創業易，守城難。」靠智慧而取得是容易的，但要保持就很難了。一般性的保持也還可以做到，要進一步用莊嚴的態度去治理，用禮法去約束、指揮，那就更難了。因為這已經不是消極被動地守成，而是積極主動，是以攻為守了。

在市場經濟中，不少人抓住了時機，又憑藉著自己的知識和智慧優勢，一「下海」就適逢其時，春風得意地「撈」了一把。但是由於不能「見好就收」，貪心不足，該剎車的時候沒有及時煞車，結果一夜之間又成了一無所有的窮光蛋。

# 曹操料事如神

東漢末年何進與袁紹計畫誅殺宦官，何太后不同意，何進只好召董卓帶兵進京，想利用董卓的兵力脅迫太后。曹操聽了，笑著說：「太監古今各朝各代都有，只是國君不應過於寵倖，賦予太多權力，使他們跋扈到這種地步。如果要治他們的罪，只要誅殺元兇就行了，如此，一名獄吏也就足夠了，何必請外地的軍將來呢？若想把太監趕盡殺絕，事情一定提前洩漏出去，這樣反而不會成功。我可以預見他們會失敗。」果然，董卓還沒到，何進就被殺了。

東漢末年官渡之戰以後，袁熙、袁尚兩兄弟投奔遼東，手下尚有數千名騎兵。

起初，遼東太守公孫康仗著地盤遠離京師，不聽朝廷轄治。等曹操攻下烏丸，有人勸曹操征討，順便可以擒住袁尚兄弟。曹操說：「我正準備讓公孫康自己殺了袁尚兄弟，拿他們二人腦袋來獻呢，不必勞動兵力。」

九月，曹操帶兵從柳城回來，果然，公孫康就斬殺袁尚兄弟，將首級送來。諸將問曹操是何緣故，曹操說：「公孫康向來怕袁尚等人，我逼急了他們就會聯合起來抵抗，我放鬆，他們就會互相爭鬥，這是情勢決定、必然的。」

曹操東征時，眾人擔心軍隊出盡之後，袁紹會從後面襲擊，如此一來，前進了也無法放手一戰，想後退又失去根據地。曹操說：「袁紹的性情遲鈍而又多疑，不會迅速來襲擊我們。劉備是新起來的，人心還未完全歸附他，我們抓緊快攻打他，他必敗。這是生死存亡的關鍵，不可丟失時機。」於是向東攻擊劉備。

田豐果然勸袁紹說：「老虎正在捕鹿，熊去佔有虎穴而吃掉虎子，老虎向前得不到鹿，退後又失去虎子。現在曹操親自去攻擊劉備，軍隊盡出，將軍您有雄厚的兵力，如果直接攻進許都，

搗毀他的巢穴，百萬雄師從天而下，就像點一把大火來燒野草，倒大海的水來沖熄火炭，哪有不瞬間消滅的道理。只是用兵的時機稍縱即逝，形勢的變動比鼓聲還傳得快，曹操知道了，一定放棄攻擊劉備，回守許都。然而，那時候如果我們已經佔領他的巢穴，劉備又在外面在外夾攻，曹操的頭顱，很快的就高懸於將軍您的旗杆上了。可是如果失去這個機會，等曹操回國的話，他就可以休養生息，儲糧養士。如今漢室日漸衰微，萬一等到曹操篡逆的陰謀成了氣候，即使再用各種方法攻擊，也沒有辦法挽回了。」

袁紹卻以兒子生病為由推辭。

田豐氣得拿手杖敲地說：「得到這種千載難逢的機會，卻為了一個小兒而放棄，真是可惜啊！」

曹操明白要得到天下，一定得消滅劉備。但是漢中之役，卻因急著佔有隴地，而讓劉備有機會佔有蜀地，不用司馬懿、劉曄的計策，是什麼原因呢？或者是天意吧？

曹操打敗張魯後，司馬懿說：「劉備以詐擒得劉璋，蜀人尚未依附；如今攻破漢中，整個益州都震動。如果乘勢進軍一定可徹底擊潰劉備。」

劉曄也這樣說。

曹操卻不肯。

過了七天，聽到投降過來的蜀人說，蜀中一天數十起變故，守將雖不惜殺人鎮壓，都控制不下來。曹操問劉曄說：「現在出擊還來得及嗎？」劉曄說：「現在蜀地已經差不多安定了，沒辦法打了。」

曹操於是撤退大軍，劉備佔領了整個漢中。

安定郡和羌人很接近，太守毋丘興上任時，曹操警告他說：「羌人假使想與中原交往，應當由他們派人來，你千萬不要派人去。因為好使者不容易找，派去的人一定為了個人的私利，教羌

人對中原做種種不當的請求。到那時，如果不應允便會失去當地羌人的民心，如果應允又對我們沒有好處。」

毋丘興假意許諾，到了安定，卻派遣了校尉范陵到羌，范陵果然教羌使自己請求做中原的屬國都尉。曹操笑著說：「我預知你一定這樣做，我不是聖人，只是經歷的事情太多罷了！」

「料事如神」，用來比喻某人對未發生的事情猜測得準確，像神仙一樣。曹操之所以能夠料事如神，最主要的原因在於其經驗豐富，經歷的事情多，對問題有自己的思考和把握。

「料事如神」，反映了人們對某一社會現象具有較強的洞察分析能力，能夠根據實際情況預測事物的發展趨勢，從而大膽決策，制定長遠的發展規劃。在制定發展規劃的過程中，必然會考慮一些可能發生的事情和可能遇到的問題，然後做到心中有數，有的放矢，以不變應萬變，從而水到渠成。

## 郭嘉料孫策必亡

三國時，孫策佔領整個江東地區之後，遂有爭霸天下的雄心，聽說曹操和袁紹在官渡相持不下，就打算攻打許都。

曹操部屬聽了都很害怕，只有郭嘉說：「孫策剛剛併合了整個江東，誅殺了許多原本割據當地的英雄豪傑，而這些人其實都可以為他拚命的人物，這些人的手下對他一定恨之入骨。孫策的性格又輕率，對自己的安全一向不怎麼戒備。雖有百萬大軍在手，和孤身一人處身野外其實沒什麼兩樣。若有埋伏的刺客突然

而出，一個人就可以對付他。以我看，他一定死在刺客手中。」

　　孫策的謀士虞翻也因孫策好騎馬遊獵，勸諫說：「您善於使用烏合之眾，指揮零散歸附的士兵，使他們為您拼死效力，這是因為您有漢高祖的雄才大略啊！但您輕易私下外出，大家都很憂慮，尊貴的白龍化作大魚在海中邀游，被漁夫捉住；白蛇自己出來，被劉邦殺死。希望您稍微留意一些吧！」孫策說：「先生說得對。」可是他始終不改老毛病。後來，孫策本決定襲擊許昌，還沒有過長江，就被許貢的門客刺殺死了。

　　孫策不死，曹操不能安睡，這也是一二分天意吧。人間的事哪裡能一一預料。

 智囊

　　有史學家說，郭嘉是幸運的，只有曹操這種雄才大略的人，才敢於使用郭嘉這類藐視禮法的人，並把他引為「知己」。每逢軍國大事，郭嘉的計策從無失算。曹操更是對年輕的郭嘉寄予了無限的希望，打算在平定天下後，把身後治國大事託付給郭嘉。

　　在這裏，郭嘉抓住了孫策性格中的弱點，認為孫策自恃武藝高強，獨來獨往，滿天下的人都知道。此外他輕敵而無防備，雖有百萬大軍，卻無異於一人獨自行走。如果有埋伏的刺客突然而出，一個人就可以對付他。因此得出結論，孫策必死在匹夫的手裏。其悲劇性的結局，也給我們敲響了警鐘，恐怕不僅善於觀察和分析的郭嘉能夠預料到這個結局，虞翻不能進行諫阻，許貢得以實施謀殺計畫，而且是任何稍有頭腦的人都可以想像到的。

# 黃權諫阻劉璋迎劉備

漢獻帝建安十六年，曹操派兵征討漢中，別駕從事張松向益州牧劉璋進言：派人迎接劉備到益州來，以此來牽制曹操。於是，劉璋決定派法正去迎接劉備，主簿黃權氣憤地說：「把柴放在炭火上，一定要燃燒起來，等到被水淹時，再叫船來，後悔也晚了。左將軍素來驍勇善戰，如今迎他來，如果他為你的部下，這樣委曲的待遇會使他內心產生不滿。如果用國賓的禮儀對待他，那麼，一國之中又容不下兩個國君。假如客人感到像泰山那樣安穩，那麼，主人就會有破蛋的危機；應當暫時封鎖關口，等待國內安定。」從事王累倒懸在州門門上，進諫說：「兩個高峻的山不能重合，兩條大河不能相容，兩個顯貴不可同時存在，兩種勢力不能兼併，二者合在一起，一定要爭個分曉。」劉璋對他們的話都不聽。

從事鄭度好出奇計，從容地說：「左將軍的軍隊如果想襲擊我們，論軍力，士兵不滿一萬名，論軍心，眾心尚未依附，論糧米，只有野外的穀物可以供給他們。對付沒有後勤補給的軍隊，最好的計策是趕盡巴西、梓童兩郡的人民，從涪水以西，所有的倉庫和野生的食物，一概燒毀，並加高堡壘，挖深護城河，以逸待勞，以靜制動。他們到了以後，不要和他們正面作戰，左將軍的糧食不足，不超過一百天，他們就會自己撤走，然後我們再從後面追擊他們，很簡單就可以捉到左將軍。」

劉備聽到這個消息很是擔心，遂對法正說：「鄭度的計畫如果實行，我的大事豈不就完了。」

法正說：「劉璋不會採用的，不必憂慮。」

果然，劉璋對部下說：「我聽說驅趕敵人以安定人民，沒聽說驅趕人民來躲避敵人的。」於是罷黜鄭度，不採用他的策略。

等劉備拿下成都，特別召來鄭度，對他說：「先前如果劉璋

採用你的計畫，我的頭就只有掛在蜀國的城門上了。」

於是用鄭度為賓客謀士，對人說：「這是我的廣武君。」

## 智囊

歷來對劉璋的評論，以貶責、鄙薄之詞居多。其實劉璋並不是糊塗得一無是處，他至少知道自己無德無能，力不從心，不能進入群雄的角逐。當時天下大亂，戰亂紛紛，殺人盈城；爭地以戰，殺人盈野。益州局面非常尷尬，即使不給劉備，必然也會被別人所取。與其被人攻取，家破人亡，生靈塗炭，不如讓賢給劉備。況且劉備也是他的本家，又有仁慈的名聲，不會太虧待於他。站在劉璋的立場上，設身處地的想像一下，讓賢劉備恐怕是沒有選擇的選擇。許多官僚勸阻他迎劉備，但是劉璋都沒有聽從，必定是抱了讓賢的決心。可笑的是，黃權不知道劉璋的心思，又明知劉璋成不了大事，還是要枉費心機，空費口舌。

## 陸遜識人，孫登論火

陸遜向來深思熟慮，所推測的事沒有一件不應驗。他曾經對諸葛恪說：「地位在我之上的人，我一定尊重他；在我之下的人，我一定扶持他。如今您以氣勢侵犯地位比您高的人，又輕蔑地位不如您的人，恐怕不是安德的基礎。」

諸葛恪不聽，最後果然被殺。

嵇康跟隨孫登求學三年，問老師對自己的看法，孫登始終不回答。嵇康臨走前說：「先生沒有什麼話要告訴我嗎？」

孫登才說：「你知道火嗎？火產生的時候就有光，如果不曉

得利用它的光亮，跟沒有光亮有什麼差別；就如同人天生有才華，卻不懂得運用自己的才華，如此，跟沒有才華也沒什麼兩樣。所以想要利用火光，必須有木柴，來保持光亮的延續；想運用才華，就要了解外在的客觀世界，才能保全自己。你才華高而見識少，在當今這樣的亂世很難保全自己。」

嵇康不肯聽，最後死於呂安之難。

## 智囊

是人才，必須有外在的育才環境；是人才，要懂得保護自己，適應周圍的環境，不可鋒芒畢露。

俗話說：「滿招損，謙受益。」一個人即使並不自滿高傲，而只是才華橫溢，鋒芒畢露，也都容易受到別人的攻擊，受到損傷。因為你的光彩奪目使周圍的人相形見絀，黯然失色，所以，你越能幹，事情做得越完美，就越容易得罪人。

所以，凡事應當留有餘地，不那麼咄咄逼人，使人家感到需要你卻不受到你的威懾。要做到這一點，有時需要裝「傻」了。有時要學會明知故問，給別人一個表現的機會，明明知道他不如自己，也要虛心向他請教；明明自己懂得很多，但把它埋藏在心底，表面上做出一副什麼都不懂的樣子。當然，這樣做的結果，你可能會失去一些東西，至少是謹小慎微，不會出大的亂子。要裝「傻」，也需要掌握「傻」的拿捏分寸才行。

在社會黑暗的情況下，一個人要保持獨立的人格，不同流合污，就只能是有光無薪，有才無伯樂，而懷才不遇。現代社會，雖然不公平的現象依然存在，但是只要你有真正的才識，只要你能鍥而不舍，是金子總有發光的機會。

# 第七卷
# 明辨是非的智囊

社會的謠言像波濤一樣洶湧而來，世俗的偏見像錢幣一樣不易化開；人們睜眼所見的都是迷津，人世上所彌漫的全是毒霧；沒有火眼金睛般的慧眼，誰又能在謊言密佈的荊棘中開闢坦途？當火紅的太陽高高升上天空時，牛鬼蛇神魑魅魍魎自然就會遁形銷跡。因此，輯有《明辨是非的智囊》一卷。

## 漢昭帝善辨是非

漢昭帝即位不久，燕王劉旦心中懷恨，圖謀反叛。而上官桀對司馬大將軍霍光又很妒忌，於是就和燕王劉旦暗中勾結，趁霍光休假時，令人以燕王旦的名義給昭帝上書說：「霍光在出離都城時，那些見習的御林軍官們在路上用對待天子的禮儀，戒嚴、清道來迎送他；他還擅自調動幕府校尉，專權放縱，臣懷疑他有圖謀不軌之心。」但昭帝遲遲不肯下令處理。

霍光聽說這件事後，在他上朝時就停留在畫畫室中，不入金殿。昭帝問道：「大將軍在哪裡？」上官桀說：「因為燕王告發了他的罪行，不敢上殿。」昭帝召見霍光，霍光摘下自己的烏紗帽，叩頭謝罪。

昭帝說：「將軍把帽子戴上，朕知道這封奏書內容有假，將軍是無罪的。」霍光問：「陛下是怎麼知道的？」昭帝說：「將軍調幕府校尉還不到十天，燕王離此很遠怎麼會知道呢？」

當時昭帝年僅十四歲，尚書及左右大臣都很驚奇，而那個上書人嚇得逃之夭夭了。

　　人，寓強於智，智在善辨是非。有是非之鑒，才能正確處事，果斷行事；人，行高在潔，潔於不忘廉恥，有廉恥之鑒，才能立身不汙，持行不鄙。因此，善辨是非之智和不忘廉恥之潔，是人立身處事的根本所在，是持行為業，有所作為的先決條件。

　　世界是充滿矛盾的世界，是與非、正與誤、善與惡、曲與直、優與劣同寓其中。任何事物自然的、社會的、物質的、精神的，其存在和發展都是紛繁複雜、交織多支、雜蕪多質、曲折多變的。這就決定了人們處理任何事情，都不是簡使易從，信手可舉，一蹴而幾的。只有善於觀察、分析事物，明辨是非曲直、鑒別善惡優劣、明察正誤利弊，把握事物的本質和規律，才能選擇正確的行為方式，正確而果斷地處理各種矛盾和問題。

## 李泌杜患於微

　　唐德宗貞元年間，張延賞在西川，與東川節度使李叔明有仇。德宗入駱谷時，正逢雨季，道路又險又滑，大部分術士都逃走，朱泚、李叔明和兒子李升等六人，恐怕有奸人危害天子，於是互相立誓，護衛聖駕一直到梁州。

　　回到長安後，德宗任命六人皆為禁衛將軍，寵倖有加。張延賞知道李升常常進出郜國大長公主的府第，就密告德宗。

　　德宗對李泌說：「大長公主已經老了，而李升還年少，這到底是怎麼回事？」

　　李泌說：「這一定是有人想動搖太子的地位，是誰對陛下說這些的？」

德宗不耐煩地說：「你不要管誰說的，只要為朕留意李升的舉動就行了。」

李泌說：「一定是張延賞說的。」

德宗說：「你怎麼知道？」

李泌詳細說明張延賞和李叔明的仇怨，又說：「李升承受聖上恩典掌管禁軍，延賞本來無心中傷他，而郜國大公主乃是太子蕭妃的母親，所以想以此陷害他。」

德宗笑著說：「說得極是。」

又有人上告大長公主淫亂，而且厭煩祈禱儀式。德宗大怒，將大長公主幽禁在宮中，並狠狠責備太子，太子因此請求與蕭妃離婚。德宗召見李泌告訴他這事，並且說：「舒王近來已有很大的長進，孝敬、友愛、溫良、仁義。」

李泌說：「陛下僅有一個兒子，為什麼要將他廢掉而另立一個侄兒呢？」

德宗怒道：「你為什麼要離間我們父子關係？是誰告訴你舒王是我的侄兒呢？」

李泌回答說：「是陛下自己說的。大曆年初，陛下告訴我，今日得數子，我請問是何緣故，您說：『昭靖諸子，主上要我以兒子對待。』您對自己所生的兒子尚且懷疑，哪裡還能把侄子當兒子對待呢？舒王雖孝順，可陛下應首先自己努力治國，不要寄希望於子侄的孝順。」

德宗說：「你竟敢違背我的意志，為何不愛惜你的家族？」

李泌說：「我正是因為愛自己的家族，所以不敢不把話說完，如果怕陛下大怒而勉強屈從，陛下將來反悔，必定怨我：『我任你為宰相，竟不力諫，把事情弄到這個地步。』一定又要來殺害我的全家。我老了，殘年不足惜，如果枉殺我兒子，立我侄子為後代，我不能歡喜這樣的後代來祭祀。」於是痛哭流涕。

德宗也流著眼淚說：「事已至此，要我怎麼做才可以呢？」

李泌說：「這是一件大事，願陛下審慎行事，我始終認為陛下要樹立自己的聖德，應當使海外蠻夷都能對您愛戴如父。這樣怎麼能無端地懷疑自己的兒子呢？自古以來，父子相疑，沒有不亡國覆家的。陛下還記得過去在彭原時，建寧為何被殺嗎？」

　　德宗說：「建寧叔實在冤枉，肅宗性急，進讒言者的詭計太騙人了。」

　　李泌說：「我過去，因建寧被殺的緣故辭去官爵，發誓再不到天子左右當官，不幸得很，今日又當了陛下的宰相，又親眼看到這些事。我在彭原時，深得皇恩，竟不敢說建寧之死是個冤案。直到辭去官職時才說這件事。當時肅宗也後悔哭泣。代宗先帝自建寧死後，常懷危懼。我也曾為先帝誦黃台瓜辭，以防止有人用讒言製造事端。」

　　德宗說：「這些我都知道。」此時德宗的神色已稍微安定些了，又說：「貞觀、開元時，也都曾換過太子，為什麼沒有滅亡？」

　　李泌說：「從前承乾多次監督國事，依附他的人很多，又私藏很多兵器，與宰相侯君集關係密切。謀反的事被察覺，太宗派太子的舅舅長孫無忌和數十位朝中的大臣一再勘問，謀反的事蹟都很明顯，然後集合百官商議。當時還有人進言，希望太宗能不失慈父的本心，使太子能終其天年。太宗答應了，一起廢了太子和魏王泰。陛下既然知道肅宗性急，認為建寧王是冤枉的，微臣非常慶幸。希望陛下以此事為前車之鑑，暫緩三天，仔細想想事情的來龍去脈。陛下必然可以發現太子沒有異心。如果真有叛逆的跡象，應召集兩三名知義理的大臣，與微臣一起勘問事情的真相，陛下如果實行貞觀的方法，棄舒王而立皇孫，那麼百代以後，擁有天下的人，還是陛下的子孫。至於開元時，武惠妃進讒言，害了太子瑛兄弟，全國人都同感冤枉憤怒，這是後代所應警戒的，怎麼可以效法呢？而且從前陛下曾命令太子在蓬萊池和微

臣見面，微臣觀察太子的容貌儀表，並沒有兇惡之相，反而擔心
他過於柔順仁慈。而且太子從貞元年間以來，曾住在少陽院，就
在正殿旁邊，未嘗接近外人，干預外事，從何產生叛逆的謀略
呢？那些進讒言的人，用盡各種欺詐的手法，雖然像太子瑛帶著
兵器入宮，尚且不可相信，何況只是因為妻子的母親有罪而受到
連累呢？幸好陛下告訴微臣，微臣敢以宗族的性命來保證太子不
會謀反。今天如果是楊素、許敬宗、李林甫這些人承接聖旨，已
經去找舒王計劃立太子，告宗廟的事了。」

德宗說：「為了你這番話，我就把事情延緩到明天，再仔細
想一想。」

李泌取出大臣見皇帝所持的手板，叩頭跪拜而哭著說：「如
此，微臣知道陛下父子慈愛孝順如初。然而陛下回宮後，自己要
留意，不要把這件事透露給左右的人，如果透露出去，那些人
想在舒王面前立功，也許會有新的詭計使出來，太子就很危險
了。」

德宗說：「我明白你的意思。」

隔天，德宗命人開延英殿，單獨召見李泌，淚流滿面，撫著
李泌的背說：「沒有你一番懇切的話，今天朕後悔都來不及了。
太子仁慈孝順，的確沒有異心。」

李泌跪拜道賀，立刻請求辭官歸鄉。

李鄴侯保全廣平太子，及勸德宗與回紇和親，都顯露出回天
的力量；只有郜國公主這件事，在初露徵兆時就予以防範，宛轉
激切，使猜忌的君主也不得不相信，強悍的君主也不得不柔順，
真是讓人採納忠言的萬世不變的好方法。

防微杜漸，指在壞人壞事或壞思想剛剛冒出頭的時候，及時防止，消滅，免得其逐漸發展，到最後無法收拾。俗語道：「消滅在萌芽狀態」，就是說一定要當心，要謹慎，千萬不可忽視以至麻痹大意。

其實，近年來「防微杜漸」也經常出現在報端或某個領導人的講話之中。然而腐敗仍在進行，「前腐後繼」大有人在，不時就有一個「大人物」被提溜出來，大有「野火燒不盡」之勢。究其原因，無疑是多方面的，很難道出個子丑寅卯來，但有一點是肯定的，那就是小瞧了「防微杜漸」，忘記了「謹不可忽」，如此，讓某些人尤其是一些長字型大小人物的貪心財欲不斷發展，加劇膨脹，最後不但使自己走上了犯罪的道路，也給國家和他人財產造成了難以彌補的損失。到頭來身陷囹圄，怨天尤人，悔之晚矣！

## 寇準除暴

楚王趙元佐是宋太宗的長子，因為援救趙廷美失敗，於是得了精神病，性情變得很殘忍，左右的人稍有過失，就用箭射殺。

太宗屢次教訓他都不改過。重陽節時，太宗宴請諸王，趙元佐藉口生病初癒不參加，半夜發怒，把侍妾關閉於宮中，並縱火焚宮。

太宗大怒，想要廢了他，另立太子。這時寇準恰巧到鄆州當通判官，被太宗召見。太宗對他說：「你試著替我決斷一件事。東宮的行為破壞了王法，日後必然會做出像桀紂那樣的惡行，我

想廢了他，但東宮中也有甲兵，恐怕因此招來亂子。」

寇準說：「請陛下在某月某日命令東宮到某處舉行禮節儀式，並要他的左右侍從一同前往。這時再派人搜查他的宮中，如果真有違法的罪證，等東宮回來拿給他看，那麼廢除太子，只須用一個太監的力量就可以了。」

太宗採納了這個計謀，在東宮出外後，搜出許多兇殘的刑具，有剮肉、挑筋、摘舌等器物。元佐回來後，拿給他看，東宮認罪，於是被廢。

搜查太子東宮，如果沒有違法的事情，東宮太子的地位不變，如果不是這樣，也不能令他心服口服，而江充李林甫不懂這個道理，又怎能與他共商這種事呢？

智囊

證據是正確認定案件事實的客觀依據。司法機關要對案件做出正確的處理，必須從案件的具體情況出發，以本案的客觀事實作為基礎。辦理案件的司法人員對與本案有關的各種情況，原來並不了解，即使有所傳聞，也不過一知半解。他們在承辦案件以後，要全面查明案件的真實情況，對案件事實做出符合客觀實際的結論，就只能依靠證據，借助那些反映了案件事實的痕跡、物品、檔記載和知情人的陳述。

雖然對於眾所周知的事實，法律推定的事實以及其他依法不需要當事人舉證的事實，司法人員可以不依靠證據而直接認定，但就任何一個具體案件來講，它們都是局部的。要查明整個案件的事實真相，不僅仍然需要證據，而且必須有充分的證據。所以司法人員辦案的首要工作，就是採取各種法定措施搜集證據，依靠證據進行推理，以便正確地認定案件事實，為依法處理案件奠

定基礎。

司法人員認定案件事實，只要有了充分的證據作為根據，所做的結論就是建立在客觀依據之上，具有無可辯駁的說服力，經得起檢驗。如果沒有證據，就根本無法正確認定案件事實，不能完成證明的任務。

················································

## 雋不疑智辨假太子

漢昭帝始元五年的一天，長安城中發生了一件大事：一個中年男子身穿黃色短衣，頭上戴著黃色小帽，乘著一輛黃色小牛拉的車子來到皇宮門前，打算進皇城，被侍衛們攔住。只見那中年男子在車上大喝：「大膽奴才，敢攔我的車駕，你們可知罪。」

守門的人不禁哈哈大笑，說：「呵呵，你是何許人也？我們在皇城門口站了這麼多年的崗，還從來沒看到過你啊，你是從哪裡冒出來的田野村夫？你再不走可別怪我們不客氣了！」

那男子厲聲說道：「大膽奴才，我乃是先皇的兒子，衛皇后乃是我親生母親。我是前朝太子，現在的皇帝還得管我叫一聲哥哥啊！」

當年，漢武帝劉徹晚年，曾發生了遺禍無窮的蠱惑之亂。那時長安流行瘟疫，死者極多，人心不安，民間及貴族皆信巫術。武帝突然生病，方士傳說宮中有巫蠱，並牽涉到衛皇后及太子劉據。武帝病重下變得昏聵，懷疑皇后、太子不忠，因此搬去甘泉別宮居住。巫蠱一事，牽連極廣，諸邑公主、陽石公主皆因巫蠱獲罪處死，京師三輔連及郡國，前前後後共數萬人受牽連被殺。

武帝更是聽信方士讒言，說是宮中有蠱氣，所以他才害了重病，下令水衡都尉江充入宮，四處掘地求蠱。江充帶人一直挖到皇后、太子宮中，衛皇后和太子劉據連站的地方都沒有。太子忍

無可忍，忿怒之餘殺了江充，於是長安紛稱太子謀反。原來武帝常用嚴刑峻法，太子劉據仁慈，常有平反。執法大臣深怕太子一旦嗣位，對他們不利，所以在武帝面前多有誹謗。武帝在別宮養病，即皇后和太子想給皇帝請安，也是不得見。

太子擔心父皇遭了毒手，矯詔起兵，要誅奸臣方士。武帝聽說太子謀反，開始並不相信，派人去召太子，使者不敢進城，回去向武帝謊言說太子要殺他。武帝大怒，令左丞相劉屈氂與太子戰於長安，因之兩方都召集軍隊，保皇黨與太子黨在京城大戰了五日，死者數萬。太子兵敗自殺，皇后衛子夫也自殺。

聽說是衛太子，這些守門的侍衛一時都糊塗了，他們聽說當年「蠱惑之亂」時，衛太子已經自殺了，難道說，衛太子又復活了？於是，他們慌忙向昭帝稟報。昭帝下詔命公卿以下的官員都去城門口辨認此人的真偽。文武百官趕到後，看那自稱衛太子的人信心十足，頗有幾分當年太子的神情，於是他們都站在那裏低聲議論，不敢說明其真假。

京城的雋不疑聽說了這件事，慌忙趕來，他看了一眼那個人，當即命令隨從將那人捆綁了起來。文武百官對他這一突如其來的行動感到迷惑不解，紛紛問：「真假尚未分出，是不是先別抓他啊！」雋不疑解釋說：「就是真太子來了，也沒有什麼可怕的。當年衛國的蒯聵逃往國外，晉國派人把他送了回來，衛公拒絕接受他。這在史書《春秋》中是受到稱讚的；衛太子得罪了先帝，亡而不死，還來此招搖，理應擒獲問罪。況且衛太子已死，死人又怎麼能夠復活？」說著就把他關進了監獄。

昭帝與輔政大臣霍光聽說了這件事情後，都稱讚雋不疑說：「公卿大臣，應當用那些懂得經學而深明大義的人來擔任。」

自此以後，雋不疑在朝廷中的聲名大振。後來，在廷尉的審訊下，那個自稱衛太子的人承認自己是假冒的。於是，他被宣布犯了欺騙朝廷罪，將他腰斬於鬧市。

一國不能有兩個君主，此時欲要統一人心，杜絕各種議論的流傳，如此斷決是正確的。有的說春秋史書有不足之處。然而推重經術，不斷章取義，也不足以取信。公羊以衛輒拒父為尊祖，想當時的儒生，也是這種觀點。

 智囊

對於這個突如其來自稱是太子的人，一時間誰也無法證實他是真是假，可也必須採取某種措施，使事情真相大白。如果他是真的，因為衛太子當年是被漢武帝判為有罪的，那麼現在雋不疑抓他就是名正言順了。而如果他是假，冒充皇親國戚，當然是要問罪的了。所以，雋不疑不問他真偽，抓了就是，反正不管真假，都有罪。

當你不知道一件事情該如何辦理的時候，最好從其他方面想想，看看有沒有其他的方法，不要總用一種思維去考慮問題，試著用多種思維，多個角度去思考，這樣會得到意想不到的效果。

## 他該不該處死刑

明朝大司農張晉任職刑部時，有個與父親分居的人很有錢，有一晚這富人的父親翻牆進入他家竊取財物，此人以為是竊盜，遂予以撲殺，等拿蠟燭出來一照，才知道殺的是父親。承辦案件的官吏認為兒子殺父親，大逆不道，不應有任何寬待；但實際上官吏也了解，這個富人只是抵抗竊賊，從這個角度來看又罪不至死。於是拖延很久，無法決定。張晉奮筆疾書，寫道：「殺死盜賊可以寬恕，不孝應當處死。兒子的家裏有餘財，竟然使自己的

父親貧困為盜，這種不孝太明顯了。」最終把這個兒子處死了。

## 智囊

在現實生活中，許多人有心把事情辦好，但由於在複雜的事物面前，是非不清、善惡不辨，卻反悖初衷，適得其反，這就是「好心做了壞事」。有的人處事遲鈍，優柔寡斷、謹小慎微，收穫甚微，根子就在於不明事理，是非迷頓。還有的人處事不可謂不果敢，但由於有膽無識，甚至以是為非，以非為是，其敗局不可謂悲慘，果敢卻成為魯莽。可見，處事須以明事立，成事須立斷事功。

明事、斷事，就是要善於透過事物的現象看到事物的本質，因為現象只是事物之間暫時的、偶然的、表面的聯繫，只有本質才是事物之間穩定的、必然的、內在的、固有的聯繫。看到和抓住了事物的本質，也就把握了事物存在和發展的是非曲直、優劣利弊，也就能處事有方、成事有路。

從法律上看，此案中的那個人似乎不宜判為死刑，但是從維護社會穩定的禮教角度來看，此人又必須判處死刑，因為他的影響波及到了社會上。如果不殺此不孝之子，那麼，就不能警醒更多的類似不孝之子，張晉把刑事法庭變成了道德法庭，其行為雖然與今日的法官判案有所不同，但其蘊涵其中的智慧足以讓當時的老百姓拍手稱快了。

## 杜杲、蔡京明斷父母案

宋朝時，六安縣有個人很寵愛自己的妾，臨終前在頭腦清醒

時留下遺囑說：將妾給兩個兒子均分。兩個兒子說父親的妾沒法分。杜杲在木簡上批示說：「書傳上講：『兒子要服從父親的命令。』戒律上講：『兒子不得違背父親的旨意。』兩者都是說要以父言為令。父令子違，是不對的。因此，妾守寡是可以的，如果想離家出嫁，或因故死去，這一切當歸兩兒子負責。」上邊派來的部使季衍看到這個批示之後，興奮地說：「他是全國三十三縣令中最出色的呀！」

宋朝人蔡京在洛陽時，有一名女子曾先後嫁給兩家，分別生了兒子，後來兩家的兒子都地位顯達，爭著迎接母親去奉養，而告到官府。執政官不能決斷，拿來問蔡京。

蔡京說：「這有什麼困難？只要問那個母親想到哪個兒子家不就好了。」一句話就解決了。

智囊

杜杲、蔡京的過人之處，在於他們能夠把看似複雜的問題，用最簡單的辦法解決。簡單與複雜，這是一個相互對立又相互轉化的矛盾體。這個故事告訴我們，處理一件事情，最有價值的往往就是透過繁雜的表面找到最簡單的處理問題的辦法。

## 西門豹治鄴

魏文侯當政時，西門豹做鄴地方長官。一次，他召集父老鄉親，尋問百姓疾苦。父輩們說：「我們苦的是為河伯娶媳婦。」西門豹問原因何在？鄉親們說：「鄴地的三老廷掾年年向老百姓徵稅收錢數百萬，用二、三十萬為河伯娶親。其餘的錢與祝巫平

分。到給河伯娶親時，巫婆看到誰家有漂亮女子，就說她應當做河伯的媳婦，接著命令她洗澡，更換新衣服，同時在河上建一個小房子，佈置床帳，讓此女住在裏面。幾天之後把齋戒的房子浮在河上，漂數十里連人帶房子就沉下去了。民間傳說，如果不給河神娶媳婦，就會發大水，把老百姓淹死。為此，許多人家都帶著女兒遠逃，所以城中的居民越來越空。」

西門豹說：「到那時，望你們來告訴我，我也想看看給河神送妻。」到了約定時間，西門豹去了河邊，三老、官屬、富豪們、官員們、老百姓都聚在這裏，圍觀者幾千人。那個大巫婆是個老婆子，有女弟子十人，跟隨在她身後。

西門豹說：「叫河伯的媳婦過來。」見過要嫁的女子後，他四下回頭對三老、祝巫和百姓說：「這個女子不漂亮，麻煩大巫婆向河伯報信，換一個漂亮女子，後天送去。」於是立即命令隨從抱起大巫婆扔到河裏。去了一會兒，說：「她怎麼去了那麼久？那麼讓她的弟子去催催吧！」又把一個弟子扔到河裏。

過了一會兒，又說：「弟子怎麼去了那麼久？」又讓另一個人去催，共把三個弟子投入河中。過了一會兒，西門豹說：「去的這些都是女人，不能稟報事務，麻煩三老為他們稟報事務。」又把三老投入河中。

西門豹頭上插著筆，彎著腰恭敬地對著河水站立了好長時間，旁觀者都很驚恐。西門豹回過頭來說：「巫婆、三老都不回來報信，有什麼辦法？」又想讓廷掾與一個富豪去催。他們都叩頭至流血，面如土色。西門豹說：「那麼就再等一會兒。」一會兒，西門豹說：「廷掾起來吧，河伯不娶媳婦了。」鄴地的官員民眾驚恐萬分。從此再不敢說給河伯娶婦之事。

為河神娶妻，讓神保佑自己不被淹死，是個大問題。愚昧的百姓習慣於此事已經很久了。若直接指明這種做法的虛妄，人們肯定不信，只有親自看到那次聚會，看到西門豹頭插著筆，彎著腰那恭敬的樣子，才能使眾人明白河神本無靈性，而那些欺詐百姓的人，由於怕死，投他們去河中為河神娶婦，他們也不敢。因此這種弊端，永遠被革除了。

在這裏，西門豹用了一個高明的招數：以其人之道還治其人之身。他的高明之處是，並不直接斥責河神娶婦為迷信，否則在當時的歷史條件下是不能令人信服的。相反，他將計就計，以對河神更選美女為藉口，以必恭必敬的姿態，巧妙地懲治了為害一方的巫婆、三老等惡棍，以事實教育了百姓，從而達到了完美的效果。

以其人之道還治其人之身，千百年來能夠屢試不爽的原因，在於它能使對方處於無法防守之地，逼對方於無法退讓的絕境。說穿了，所謂「一報還一報」的策略，就是胡蘿蔔加大棒的原則。它堅持永遠不首先背叛對方，因此是十分「善意的」。它會在下一輪中對對手的前一次合作給予回報，從這個意義上來說它是「寬容的」。但它會採取背叛的行動來懲罰對手前一次的背叛，從這個意義上來說它又是「強硬的」。正所謂│「人不犯我，我不犯人；人若犯我，我必犯人」。而且，它的策略極為簡單，對手程式一望便知其用意何在，從這個意義來說它又是「簡單明瞭的。」

## 趙凰當眾驗「佛牙」

後唐明宗時期，有一僧人從西域回來，得一枚佛牙，把它獻給了明宗。明宗拿出來給大臣看。學士趙凰進言：「世上傳說真佛牙水火都不能損害，是否可驗明真偽。」明宗同意後，使人舉斧砸牙，佛牙應聲而碎。當時宮中得到這類的施物為數千件，都這樣被一一砸碎了。

明武宗正德時，太監張銳、強尼等人用佛事迷惑武宗。到世宗嘉靖十五年，有人建議拆毀大善殿，發現殿中收藏的佛骨佛牙，不下千百斤。佛牙佛骨多到這種地步，假使都是出自佛身，則佛也不值得珍貴了。誣蔑虛妄，褻瀆神明，沒有比這種情形更嚴重了。這些人真是佛教的罪人啊！

智囊

有贗品就有善辨真偽的專家。在是非對錯面前，我們要辨別是非，旗幟鮮明地表達自己的立場和態度，以大局為重，堅持原則，做出正確的選擇。這就要求我們以冷靜的頭腦，科學的方法樹立正確的是非觀念，用正確的價值取向、勇氣和智慧辨別是非。切忌人云亦云，在眾人面前失去獨立判斷和思考的能力。

## 程顥識破石佛發光的邪說

程顥，北宋哲學家、教育家，與其弟程頤均受學於周敦頤，同為北宋理學的奠基者，世稱「二程」。神宗時為太子中允監察御史里行，反對王安石新政。程顥在洛陽講學十餘年，弟子有

「如坐春風」之喻。曾提出「天者理也」和「只心便是天，盡之便知性」的命題，認為知識、真理的來源，只是內在於人的心中。為學以「識仁」為主，認為「仁者渾然與物同體，義禮知信皆仁也」，識得此理，便須「以誠敬存之」。他和弟弟程頤的學說後來為朱熹所繼承和發展，世稱程朱學派。

這一年，程顥剛剛到某處上任，就聽說南山寺廟裏有一個會發光的石佛。這件事請引起了百姓的極大關注，人們紛紛來到南山，想看個究竟。可是和尚們說石佛發光每年只有一次，而且一般都在冬天，而具體的時間就不定了，因此要耐心地等待。他們還說，在石佛發光的時候許願，願望就一定能夠達成。人們都十分相信和尚們的話，都想看看石佛到底如何顯靈。當然南山寺也因此門庭若市，原本冷清的寺廟，一時間成了最熱鬧的集市。和尚們所收的香火錢更是比往日多了好幾十倍。

當地的官員也害怕石佛真的如此神靈，因此不敢制止這件有傷風化的事情，害怕惹怒神靈。程顥來到這裏後，聽說了這件事情，當即趕往南山寺，找到領頭的和尚說：「我聽說這石佛頭上年年都要發光，真的有這件事嗎？」和尚恭恭敬敬地說：「回大人話，真的是這樣。」程顥就若無其事的說：「哦，那等佛像頭髮光的時候，你一定要來通知我啊，如果我公務繁忙不能前來，你就把石佛像的頭砍下來給我看看。」

和尚一聽這話，頓時傻了眼。什麼石佛發光，這些都是這班和尚胡亂說的，他們之所以說石佛能夠發光，無非是想賺幾個百姓的香火錢花花，改變目前南山寺清冷的局面。聽到程顥這麼說，他當然心虛，從此以後再也不敢說佛像能夠發光的事情了。

智囊

破案之力，貴在「推敲」。其實，有的案件並不複雜，由於審案人過於草率，妄斷是非，結果將很容易看出的問題，也忽略過去。所以審案之時，既要重視智慧，更要重視心力。所謂「心智」，就是「心」與「智」的結合。程顥作為著名理學家，其「治心」功夫，在中國歷史上影響很大。這一案例，只是顯示其「治心」效果的一個典型而已！

只要你識破了對方心理，就能輕而易舉地將對方打垮，這個道理無論在古代還是在現代都是適用的。因而，掌握一定的心理學知識，將其應用到自己的工作、生活中，可以幫助你解決很多問題，為你的成功奠定堅實的基礎。

## 狄仁傑不懼妒女祠

狄仁傑，武則天時期宰相，傑出的政治家。狄仁傑先後任大理丞、侍御史等職務，一生破獲無數冤案、奇案，他剛正廉明，執法不阿，兢兢業業，在剛剛升任大理丞的一年中竟然判決了大量的積壓案件，惠及到一萬七千個無辜者，一時名聲大振，成為朝野推崇備至的斷案如神、摘奸除惡的大法官。為了維護封建法律制度，狄仁傑甚至敢於犯顏直諫。因而，後人對他的評價極高，而關於他的傳說、記載也有很多。

狄仁傑任度支員外郎的時候，有一次，皇帝將要巡視汾陽，狄仁傑奉命前去籌辦皇上旅途中的供應。古代皇帝出巡，沿途需要不斷供給各種食物、水果等。正當狄仁傑忙著準備的時候，並州長史李玄沖前來報告，說：「狄大人，我們事先安排皇上所走

的路線要經過妒女祠。」狄仁傑不明白這有什麼不妥，疑惑的問：「怎麼，有何不妥？」李玄沖繼續說：「民間傳說凡是穿著華貴衣服的人和大隊車馬路過妒女祠的，一定要遭到雷轟風襲的。所以以往如果有結婚的隊伍，或者達官貴人回鄉省親的大隊都會繞過這妒女祠，以防不測啊。如今不如我們趕快通知皇上的衛隊，改路而行吧！」

狄仁傑聽到這，知道這民間傳說不足為信，肯定是不懷好意的人們為麻痺百姓而做的謠言，以嚇唬人們。於是，就對李玄沖說：「天子外出巡幸，千車萬馬，聲勢浩大，皇上乃是上天的兒子，天上的神仙都要對他十分尊敬，風伯要為皇上清除前行的灰塵，雨師要為皇上清撒前行的大道，這妒女只不過是個普通的小仙，哪敢跑出來加害皇上，所以皇上根本不需要迴避什麼啊！」李玄沖聽後，也覺得狄仁傑說的有道理，就不再堅持己見了。後來皇上巡幸經過此地的時候，果然平安無事。

智囊

狄仁傑的智慧首先體現在他不相信妒女祠的無稽傳說，其次在於他對李玄沖的巧妙解釋。李玄沖既然相信妒女祠的傳說，說明他是個迷信的人，如果在這麼短的時間內說服李玄沖，放棄他腦中根深柢固的迷信思想，是不可能的。所以，狄仁傑就以彼之道還之彼身，再用迷信的說法來說服李玄沖，不費吹灰之力就達到了自己的目的。

生活中當我們面對像李玄沖這樣的對某種思想堅信不疑的人，採用直接的辦法說服他可能不容易，這時你可以用間接的方法說服他，這樣不但不會損害你和他的關係，也能達到說服的目的，可謂一舉兩得。

# 新娘子哪兒去了

明憲宗成化年間，鉛山有人娶親到家後，揭開轎簾一看，只有空轎子。男方認為女方騙婚，就告到縣府；女家又認為女兒受害，於是互相纏訟。媒婆及隨嫁的人都說：「女子確實上了轎，不知道為什麼不見了。」縣官無法決斷。

慈溪進士張昺新上任，偶然為了勘察田賦到郊外，一直走到縣界，看見一棵大樹，樹身約十人環抱，樹蔭占了二十多畝地，栽什麼作物都不生長，不能作為耕地。張昺想砍了這棵樹以增加耕地，隨從都勸他，說這棵樹有神明降臨，百姓稍有不敬，便會生病死亡，不可忽視。張昺不聽，發公文給鄰縣縣令，約定共同砍伐大樹。鄰縣害怕惹禍，不同意。這時父老鄉親及大小官吏都紛紛勸阻，而張昺更為堅決。

到期的那日，他率領數十人全副武裝，吹吹打打前往伐樹。在離大樹還有幾百步時，張昺獨自看見三個衣冠楚楚的人在路左側拜見他，並說：「我們幾人是樹神，棲息此樹已有多年。還望先生慈悲為懷，捨棄此樹。」

張昺叱責他們，三人忽然不見。於是張昺命令手下揮斧砍樹，樹身有紅色血一樣液體流出來。大家都害怕，想停手不幹。張昺就親自執斧砍伐，從人不敢違抗，也跟著他砍。最後砍了三百餘下樹才被砍斷。

樹頂有一個巨大的巢穴，巢中有三個婦女跌落在地，昏迷不醒。張昺叫人扶起，用湯藥灌服，過了很久她們才慢慢甦醒。問他們為何來到這棵樹上，三女子回答：「幾年前被一陣暴風颳起，吹到高處，以後一直同三個少年吃喝玩樂，吃的都是鮮美的佳餚。她們常常俯視低處的城市風貌，景物歷歷在目，卻無樓梯可下。三個少年男子來去都是從空中飛騰。我們從不知道是住在樹巢中。」

張杲一一家訪，送還女子。其中一女正是在轎車上被裹走的。訴訟糾紛這才解決。張杲用大樹的木材修建了幾處官府公寓，原來被大樹蔭遮蓋的土地，重新闢為良田。

　　又有一道士，擅長隱身法，常常用來姦淫良家婦女，張杲設法捉到他，並狠狠地鞭笞他，那道士卻一點不感到痛苦，一會兒連體型也不見了。張杲於是託辭外出，騎快馬直奔道士的住所，再次用繩捆著押了回來。這次，他用燒紅的鐵烙印在背上，然後鞭打，於是道士大聲呼號，終於被鞭杖打死了。

智囊

　　一個好的習慣的養成需要時間，一個陋習的改正更需要時間。首先要以學習為主，努力學習科學文化知識，積極實踐，用所學的知識和豐富的經歷來提高自己辨別是非的能力。

　　其次，要善於控制自己的情緒，遇到事情仔細分析，不感情用事、不衝動、不輕率，凡事都要問個為什麼，還要有良好的道德情操、培養自己堅強的意志品質，約束自己的一言一行。因為個人對是非的選擇是和個人平時的行為習慣分不開的。俗話說：「不以善小而不為，不以惡小而為之。」

　　第三，要生活中的小事做起，該做的做好，不該做的不做，努力做到知行統一。規範自己的行為。

　　除了自身對自己嚴格要求以外，還要注意辨別社會上的不良風氣對我們的侵蝕。比如不健康的DVD片子、黃色書刊雜誌，瀏覽不良內容的網吧，再加上家庭教育的欠缺，缺少家庭的關懷、教育和理解，很容易走向歪路。

## 隨俗媚神者之戒

黃震在廣德任通判時，廣德有種風俗，人們將自己捆綁起來，帶上枷鎖，自我拷打，以此到神廟中祈禱贖罪。

黃震在廟中見到一個人這樣做，召見來問，原來是一個士兵。就命令他自己坦白罪狀，這個兵說：「我沒有罪呀！」黃震說：「你的罪一定很多，只是不敢對人講，所以向神報告，乞求免受懲罰。」接著，把他打了幾十大棒，趕出廟門，從此，廣德一帶拜神贖罪之風絕跡。

楊山有個太尉廟，在東城，傳說極靈驗。專能消除人的瘡癤病，因此，太尉廟香火不斷。每年六月二十四日是廟中太尉的生辰，香火非常旺盛。明萬曆年間，辛丑月壬寅日，閶門思靈寺有個老僧，夢見一個神仙，自稱是周宣靈王，說自己如今住在齊門徽商的一個地方，前來乞求募捐，建一個殿以便安身，同時表示事成後，將盡力保佑老僧多福多壽。

老僧醒來，心裏認為這是妄想的夢境，沒在意這事。三天後他忽然又夢見這個神大怒，用杖打他的左腳。第二天起來果然腳痛得不能走路。於是老僧派他的徒弟到齊門走訪，果然看到神像，這個神像在徽郡的一個寺中，傳說最能顯靈。

有個女子半夜和人私通而懷孕，預料事情一定敗露，就騙她父親說半夜有神來找她作伴，此神相貌雄偉，衣冠整齊，父親信以為真，囑咐她說：「神再來時，用繩子綁在神腳上以作證。」

女子將這句話告訴情人，於是用草繩繫在周宣靈王木偶腳上。女子的父親到處找尋，找到周宣靈王，非常生氣，將神像丟進髒水溝裏。商人見到了，撿起來洗乾淨，帶回吳縣，尚未選好安置的地方。

當天夜裏，夢見神來告別，又從和尚的夢得到證驗，就集合同伴捐贈建材，在思靈寺建築殿宇，老和尚的腳未幾即痊癒，於

是楊山太尉的香火都遷移到周宣靈王殿來，遠近的人都趕著來進香拜拜。

周太守想阻止這件迷信，於是在太尉生辰日把太尉廟和周宣靈王殿一併封閉，不許人民禮拜，一個月後才打開，此後周宣靈王殿不再有人奉拜，而太尉廟的香火仍然一如從前。

周宣靈王的神靈能加害老僧，卻不能報復那個女子的父親；能叫商人夢見卻不能違背郡守封殿的旨令，並且也能一時奪走太尉寺的香火，卻終究不能很久地分走人心。難道說神靈的盛衰也有定數嗎？或者說神仙鬼魂能借本事顯靈，在贏不了人間官吏時只好逃之夭夭？因而附上這段故事，給隨俗媚神的人引以為戒。

智囊

明代的大思想家王廷相，曾經用偶然性與必然性的關係，來駁斥一些迷信算命觀念，有機率思想的萌芽。他認為算命的即便偶然能夠說中，也不過是說多了之後必然會有的巧合而已，只不過一旦說中，人們便以為神奇，紛紛傳揚開來，如果沒有說中，則被人們忽略和忘記，不加以傳揚罷了！

在現實生活中，人們要科學地看待事物，不迷信，不捕風捉影，不牽強附會，不隨意誇張偶然事件與必然規律之間的關係，而應該做到尊重客觀規律，按照規律辦事。

## 席帽妖和白頭老翁

宋真宗當政時，京城流傳謠言，說有妖物形狀如草帽，夜晚飛入民家，又變為狗狼的模樣，會傷害人。民間對此非常恐懼，

每晚臨睡前都關緊房門，全家老少住在最裏面的屋子，拿著兵器準備自衛。

有一天，百姓又傳說帽妖到時，通宵怪叫。於是皇上出詔示，懸賞能治妖的人。應天知府王曾命令大家夜間打開巷裏大門，有大聲喧嘩的人立即逮捕。從此妖怪便不再出現了。

張詠任職成都時，民間謠傳有白頭老翁會吃人。張詠命部屬到市場上去查訪，有人談論這件事最起勁的，要他立刻查證逮捕。第二天抓到一個人，張詠命令立刻公開處死，當天就謠言止息了。張詠說：「謠言一起，妖氣就乘機而作。妖怪有形，謠言有聲。止謠之法，在於明斷，靠詛咒是難以取勝的。」

明隆慶年間，吳中地區受狐狸精驚擾。妖怪形象變幻多端，還有許多惡病流傳。居民們自發地鳴鑼守夜，偶見一貓一鳥就都狂叫起來。有個道人自稱能收狐狸精，誰買他畫的符掛起來，就能靈驗。太守命令捉拿道人進行審訊。原來是他用妖法剪紙變成狐狸精。太守令人用刑杖將他擊斃，從此妖精頓時消失。這就是祖先王曾、張詠的智慧啊！

智囊

王曾知道帽妖並不存在，只不過是人們自己嚇唬自己，所以，他下令夜間不關門，表示不相信有帽妖。即使有帽妖也不足為怪，他要防止和遏制的是流言。因此，他下令逮捕那些喊叫帽妖的人，目的是要除掉人們頭腦中對帽妖的恐懼感。張詠的手段比王曾更為厲害，不僅逮捕了謠言惑眾的道士，而且還殺了他。或許張詠認為自己鎮守一方，不殺不足以樹立自己的威嚴。

第七卷 明辨是非的智囊

221

# 陸貞山不信五聖

明朝人陸貞山住的房子前面有一座小廟。吳縣的習俗很多人敬拜五通神，稱之為五聖，又稱為五王。有一次，陸貞山病重，為他占卜的人說是五聖在作祟，家人於是請陸貞山去祭拜。

陸貞山生氣地說：「天地之間有號稱是正神，爵位稱侯稱王，卻帶著母親妻子去別人家吃飯的嗎？而且威脅詐騙人民的財物，連在人間都不允許，更何況是神？這一定是山妖之類作怪罷了！現在我就和這神約定，如果能降禍給人，就降在我身上；如果三天害我不死，一定拆毀他的廟。」

家人都很恐懼。到第三天，病情稍微好轉，陸貞山就命令僕人拆除神廟，燒毀神像，而陸貞山竟然沒事。於是他的家人至今都不祭祀五聖。

孔子說：「有智慧的人不受迷惑。」接著他又回答什麼叫智，他說：「尊敬鬼神但離他們遠遠的。」迷惑人最厲害的就是鬼神，這是巫家用來欺騙人和動搖人心的原因。現在人和鬼共同佔有這個世間，鬼看不見人，就像人看不見鬼一樣。陰陽是完全不同的兩個世界，它們互不干涉。當其興旺時也兩不相傷。到了雙方氣衰時，又互相制約著。唯有在你充滿了疑惑而接近他時，等於你自己處於衰位而給他以旺位。

所以，人不顯靈鬼就顯靈。西門豹等人，可稱做大丈夫。近世巫風盛行，瘟神一個跟著一個而來，在欽差大臣面前放肆，白蓮教之類的會道門，繁多得很，將來不知它們如何結束？有見識的人用什麼辦法挽救這種局面呢？

　　生老病死，是不可抗拒的自然規律，本與神鬼不相干；貴賤禍福，是富翁窮人的生活際遇，本與佛道不相干。另一方面，人類社會產生的宗教信仰、神仙佛道，不可簡單地斥之為迷信，因為它是一種特定的文化遺產，其中包含諸多的社會學、哲學、民俗、藝術等方面的問題。恰如小說，並不能因為其虛構而否定其存在的價值。

## 魏元忠家狗異鼠怪

　　唐魏元忠還沒有發跡時，他家的婢女在外面打水，回來後看到一個老猿在廚房灶下代她燒火。婢女吃驚地將此事告訴魏元忠，魏元忠慢條斯理地說：「老猿可憐我家無人幹活，特來為我們燒火，這太好了。」

　　又有一次，魏元忠喊僕人，沒人答應，他家的狗竟然代主人呼喊起僕人來。魏元忠說：「它真是一頭孝順主人的狗，所以能幫我辦事。」

　　一日，魏元忠正獨坐冥思，忽見一群老鼠一個個拱手站在他面前。他說：「老鼠們大約是餓了吧，牠們向我求食呢！」於是讓家人給老鼠餵食。

　　有一天正半夜時，鵂鶹在魏元忠家屋頂鳴叫，家人要用彈弓打牠們，魏元忠制止說：「鵂鶹白天看不見東西，所以夜間飛行。牠們是天和地養育的飛鳥，不能讓牠們往南飛向越地，往北飛向胡地。你們打牠，牠就沒有住所了。」以後，魏元忠家再也沒有發生什麼怪異的事情。

世上本無事，庸人自擾之。以平常心看待身邊不平常的事情，就能化干戈為玉帛，化險為夷。換一種眼光看問題，我們會看到截然相反的景觀。學會用不同的眼光對待問題，善於抓住事物的本質。

換一種眼光，會有新奇的發現；站在別人的立場，我們會發現自己的不足。

換一種眼光是創新意識的表現。打破傳統的思維定勢，是當前資訊社會的需要。只有創造，我們才能不斷擺脫舊觀念的束縛，不斷地走向進步。

不是任何問題都可以換一種眼光來看，比如學習、事業、奮鬥、拼搏等，它們的含義是相對固定的。為了求新，而盲目地換眼光來看，會失去判斷問題的依據，陷入相對主義和虛無主義的泥淖。

換一種眼光需要有對生活的敏銳觀察和深入思考。西進淘金的路上，交通不便，旅店缺乏，看到這些情況的人最後也淘到了「金」，但他們不是單純用手而是用頭腦來「淘金」的。

經常能換一種眼光看問題，能夠使我們心胸開闊，不拘泥於事物。當我們對走上社會心存畏懼時，我們要想那是鍛鍊我們的好天地；當我們做某件事情成功後，我們要想到它其實也可能會走向失敗……

## 李德裕破聖水

唐敬宗寶曆年間，亳州一帶傳說出產聖水，有病的人喝了以

後會立即痊癒。於是從洛陽到江西等數十郡的人，爭著捐錢取水，獲利上千萬錢。消息傳來傳去，被渲染得跟真的一樣。

李德裕在浙西當政時，命令大家都聚集在市中心，用一個大鍋裝上聖水，把五斤豬肉放進去煮。他說：「假如是聖水，那麼肉就應煮不熟。」不大一會兒，肉就煮爛了。從此以後，人心稍稍安定了些，妖道不久也敗破了。

 智囊

李德裕，是唐武宗時的宰相，他善於鑒水別泉。有一位老僧拜見李德裕，說相公要飲惠泉水，不必到無錫去取水，只要取京城的昊天觀後的水就行。李德裕大笑其荒唐，便暗地讓人取一罐惠泉水和一罐昊天觀水，做好記號，並與其他各種泉水一起送到老僧處請他品鑒，找出惠泉水來，老僧一一品嘗之後，從中取出兩罐。李德裕揭開記號一看，正是惠泉水和昊天觀水，李德裕大為驚奇，不得不信。於是，再也不用「水遞」來運輸惠泉水了。

李德裕之所以能夠辨別山泉，破除聖水，是因為他善於思考，敢於用事實說話，擅長用各種巧妙的方法靈活應對突發事件，有理有據地讓人心服口服。

# 廖縣尉火眼智識假仙姑

宋神宗元豐年間陳州有個叫「蔡仙姑」的老太婆，據說這個老太婆神通廣大，能將自己變化顯現出一丈六尺高的金身。百姓們紛紛來參拜，祈求她能夠給自己帶來好運氣。後來，參拜的人越來越多，連附近幾個州縣的百姓也紛紛來參拜。既然是參拜佛

像就少不了要給佛捐錢，所以這「蔡仙姑」得了不少的錢財。

看到過神像的人們都對此深信不疑，因為他們的確看到一尊一丈六尺高的金佛，發出耀耀光彩。於是，百姓們稍微有點難處，就來參拜金佛，不管是為自己、家人祈福還是有什麼不愉快的事情，都來找金佛說，而不去官府。一時間，金佛堂前成了州裏最熱鬧的地方，連集市都冷清了。賣香火的小販自然也狠狠地賺了一筆。

在金佛的堂前，放著一大盆淨水，每個去參拜的人都必須先用淨水清洗眼睛，才能有資格進去看金佛。當時的人們都很迷信，當然對「蔡仙姑」的話言聽計從，否則得罪神靈可不是小事情啊。關於「蔡仙姑」能變金佛的事，也傳到了州裏廖縣尉的耳朵裏。他覺得這件事情有點蹊蹺，一個普通的小老太婆怎麼能變成一丈多高的金佛呢？於是，廖縣尉就帶了幾個人，打扮成香客的樣子前去看個究竟。

當他看到堂前放著的那個大盆清水，不禁起了懷疑，於是就和手下人相約，進去的時候只洗一隻眼睛。進入大堂後，他們驚奇地發現，清洗過的眼睛的確可以看到寶蓮臺上巍然屹立著一尊金光閃閃的大佛，而沒有洗過的眼睛卻只看到一個大籃子裏坐著一個乾瘦的小老太婆。於是，廖縣尉明白了一切，當即派人把老太婆揪了下來，並將其押送到官府去治罪。

智囊

世間本無神怪，這一點我們必須明瞭。可是古代由於人們的愚昧，很容易相信這些迷信鬼神之說。廖縣尉之所以對金佛一事有懷疑，原因就在於他是個不相信鬼神的無神論者。這一點非常重要。

其次，他善於觀察，仔細分析問題，既然用蔡仙姑準備的水洗了眼睛就能看到金佛，那肯定是水有問題了，所以廖縣尉想出只洗一隻眼睛的辦法，從而證實了自己的懷疑。

現代社會，科技發達，但仍然有不少的人相信這些鬼神之說，更有人因此而招搖撞騙，我們要時刻保持高度的警惕性，不要被壞人利用。有的時候可能我們的生活中有一些事情無法得到合理的解釋，人們就會用鬼神的說法來解釋，其實這是不合理的，我們暫時無法解釋的東西，是因為我們的科學發展水準還不夠，隨著時代的發展，我們終將能夠解決這些問題的。

# 會自己旋轉的妖鼓

有一天，范仲淹帶著兒子范純仁到民間察訪。民房裏有鼓成妖，沒坐多久，鼓自己滾到庭院裏，不停地打轉，看見的人都害怕得發抖。

范仲淹對兒子純仁說：「這只鼓好久沒人敲了，見我們來了就自己到庭院來找鼓槌。」於是，讓純仁削製一副鼓槌用勁地敲，這只鼓立刻就被敲碎了。

智囊

鼓被擊碎，說明大鼓並沒有妖怪作祟，要是有，妖怪是不會讓鼓破碎的。或許鼓原來就沒有放穩，稍有震動，失去平衡，滾開是完全有可能的，至於鼓能放在院子裏旋轉，大概是院子裏面的地面經人的踏踩，四邊稍高且有些粗糙，中間稍低而光潔，這便為鼓的旋轉提供了運動的力學條件。

# 第八卷
## 理財安邦的智囊

假如江中翻了船，那麼，對船上的人來說，一個平時看不上眼的葫蘆就價值千金了；做人寧願像鉛刀那樣鈍拙但實用，而不能像紙衣那樣光是外表好看卻毫無用處；只有迅速斬斷盤根錯節的病樹，才能展示出刀斧的利鈍高低；只有懂得時務的人，才能稱得上俊傑。因此，輯有《理財安邦的智囊》一卷。

## 理財能手劉晏

唐代宗時劉晏曾任轉運使，當時正值安史之亂以後，國家的各種開支、各項費用都要靠劉晏去籌辦。劉晏為人精明，聰明機智，善於隨機應變，不拘常規，靈活掌握，凡事處理得都十分妥當。他曾用高價招募騎馬騎得快的人，設置了驛站傳遞消息，讓他們在各地觀望，專門打聽和上報各地的物價，即便是很遠地方的物價，用不了幾天就可以傳到劉晏的耳朵裏，這樣，就使得權衡物價輕重的主動權，全部掌握在劉晏的手裏，低價買進，高價賣出，國家獲得了利益，而各處也沒有產生物價過高或過低的毛病。

劉晏認為君王愛護百姓，不在於賞賜的多少，而應當使他們安心耕耘紡織。在稅賦方面，正常的年景，公平合理的繳納，饑荒時則加以減免或用國家的財力來濟助。劉晏在各道分別設置知院官，每十天詳細報告各州縣天氣及收成的情形。荒年歉收剛出現徵兆，就按照歷年官倉積餘情況，首先命令減免各種稅款，借貸給百姓，各地的百姓尚未因歉收而受困，各種救災的措施已報准朝廷施行了。

有人譏諷劉晏不用錢糧救濟災民，而大多以賤價賣糧的方式來接濟百姓，這種看法是不對的。善於治病的人，不會讓病人到

了危急的程度才去救治；善於救災的人，不會使百姓淪落到只有靠救濟供應才能活下去的地步。因為國家用來救災的錢糧要是給得少了，就不夠來養活災民；想要救活更多的災民，就要調撥更多的錢糧，這樣，國家的財政就會匱乏；國家財政匱乏，就又得向百姓徵收重稅，這樣就會形成惡性循環。

此外，各地在發放救濟供應上常常發生不公平的事，官吏們往往會勾結起來，乘機做不法的事來牟取私利，這樣，勢力大的人得到國家的救濟多，力量弱的人得到的救濟少，這種弊病即使用斧砍刀鋸這樣的嚴刑也不能禁止。因此這種辦法於國於民都有害的雙重災難。其實，受災的地區，所缺少的只是糧食罷了，其他出產還是有的，國家用低價賣給他們糧食，來換取他們手中擁有的雜貨，這些雜貨通過人力轉運到豐收地區去賣，或者官府留作自用，這樣國家的財政也不會匱乏。國家多拿出糧食，聽憑災區的百姓來買、來運走，這些糧食就可以散入村、里之中，貧苦農民沒有能力去集市上買的，就可以在買到糧食的人的手中轉手買到，而不必由國家把糧食運到各村去。這樣，老百姓就自己出力解決了饑荒的災難。因此這是於國於民都有利的雙重好事。

在劉晏就任之前，運送關東的穀物進入長安城，因為河水湍急，通常十斗能運到八斗就算成功，負責的官員也就可得到優厚的賞賜。

劉晏認為長江、汴水、黃河、渭水，這四條河流的水力各不相同，因建造適合不同水情的運輸船隻。長江的船抵達揚州，汴水的船到達河陰，黃河的船到達渭口，渭水的船到達太倉。再在它們之間沿著河邊設置倉庫，逐段相遞轉運糧食。從此，每年運穀量多達一百多萬斛，沒有一斗一升糧食沉入河中。

此外，各州縣原來選富人來監督漕運，稱他們為「船頭」；選富人來主管物流，稱之為「捉驛」；在正當的稅收之外還強制索取，叫做「白著」。很多人為了逃避這些額外的課徵和勞役，

乾脆群聚為盜賊。劉晏將船運和物流事務全收歸政府負責，並廢除不正常的徵斂，人民的困苦才得到解脫，戶口也逐漸增加。

劉晏經常說：「戶口增多，那麼國家的稅賦也就自然多起來。」所以他理財常常是先養民，可以說劉晏是懂得根本的道理。他比漢代理財專家桑弘羊和孔僅高明多了。王荊公只知道理財，而實際上沒有理財的方法，他也自認為在養民，結果反而多方殘害人民，所以比上不如劉晏，比下也不及桑、孔。

劉晏將鹽收歸政府專賣，充實軍隊與國家的費用。他認為官吏多會騷擾人民。所以在產鹽的鄉邑免除總理鹽務的鹽官，直接把鹽戶所煮出的鹽，賣給商人，任隨他們賣到其他地方。其餘的州縣也不再設置鹽官。

在江嶺間離鹽鄉遠的地方，劉晏則將官鹽轉運到當地貯藏起來。有時商人惜售，鹽價昂貴，劉晏就將官鹽減價賣給人民，叫做「常平鹽」，官府得到利益而人民也不困乏。「常平鹽」的方法所以好，是因為在供應短缺時，它彌補了鹽商的缺乏，方便了百姓的緣故。如果在當今這種正常的時候推行，一定會造成政府和商人的爭利。

智囊

治國必先理財，理財必先善民。民力豐則財力富，財力富則國家強。股今政治家深諳此道的人很多，但是在具體的措施上，他們又各因時、因地、因條件而異。劉晏的做法在當時是有創造性的理財措施，對今天的人來說，也無不有參考借鑒的價值。

眾所皆知，當今社會資訊發達，而資訊對於經商的人來說尤其重要。無數成功者的經驗和失敗者的教訓都證明，資訊掌握的多少，取決於經營者的經濟效益如何。而這些早在一千多年前的

道理就為劉晏所知，因此他設置的這套商業情報網，如流水般迅速通向全國各地，使各地的物價，即便是遙遠地區的物價，也能作到回應，進而入賤出貴，國家獲利，避免了四方沒有什麼貴賤的問題。劉晏繼承和發展了古代平准思想，以制萬物低昂，常操天下贏資，不靠徵收租稅，就部分地解決了當時中央政府在財政上的困難，成效是顯著的。

需要指出的是，劉晏之所以認為江、汴、河、渭，水力不同，是因為他經過了親自認真的觀察，這種實事求是的科學態度和親身實踐的科學做法，既收到了良好的效果，又為後人樹立了榜樣，是值得後人學習和推崇的。

## 李悝（ㄎㄨㄟ）的巧安排

戰國時，李悝對魏文侯說：「善於實行平價法的人，必須小心地注意到年成有上中下三等。上等收成是農民自己留四成，還餘剩四百石糧食；中等收成的自己留三成，餘三百石；下等收成是自己留一成，餘一百石。小的災年就只能收一百石，中等的災年收七十石，大的災年只收三十石。所以上等年成時，政府就用平價收購農民糧食的四分之三。給農民留四分之一；中等年成平價收購二分之一，下等年成收購四分之一。使得百姓正好夠吃，糧價平穩，就不再收購了。小災之年就發放下等年成時所收購的糧食；中等災年就發放中等年成時所收購上來的糧食，大災之年就發放上等年成時所收購的糧食，用平價賣給百姓。這樣做，即便是遭受水旱災害或鬧饑荒，糧價也不上漲，百姓不流亡，這是由於取了有餘之年的收成補了不足之年的收成。」李悝的主張在魏國實行之後，魏國因此富強起來。

這是「常平義倉」的始祖。後世一些迂腐的儒者，卻以竭盡

地力來責罪李悝。不竭盡地力難道要竭盡民力嗎？難怪這些不敢
談富強之道的腐儒，最終也沒能力能讓國家富強起來。

## 朱熹巧設義倉

宋孝宗乾道四年，江南遭受災害，百姓鬧饑荒。當時朱熹任
地方官，他向州府請求借糧，得到了政府用來調節糧價的六百石
常平米，作為賑濟災民之用，借給百姓。他規定：老百姓夏天缺
糧時從官府糧倉中借糧，冬天等秋糧收完後要附加利息償還；但
是如果歉收了，就減免一半利息；要是遇上大災，就把利息全部
免去。這樣有借有還，連本帶息，經過十四年的周轉，他把原來
借州府的六百石糧食都還了後，還餘下三千一百石，他用這些糧

食設立了儲糧備荒的義倉，百姓借糧食不用再加利息。從此即便遇上歉收的年頭，當地百姓也不缺吃的。皇帝下令讓各地都採用朱熹設立義倉的辦法。

給百姓方便，這就是朱熹採用的義倉法；強迫百姓聽從，這就是王安石的青苗法。這是由於前者主要出發點是為了利民，後者主要出發點是為了利國。現在官員們採用的儲糧的方法，也是朱熹設義倉留下來的制度。然而所謂儲糧只不過是紙上的空談，所積儲的糧食一半被當地官員牟取，一半被上級官員拿走，與地方上救災用的錢糧毫無關係。一遇到災荒或歉收之年，地方官員就只好關在屋裏私下裏仰頭歎息。這樣還不如把糧食留在民間更好了。

何良俊在《四友齋叢說》中說：「當今的巡撫有第一等急需實行的好政策，就是要督促和命令各州縣的官員們，將各種罰款全部買糧食。州縣裏要是有了罪犯，只要是犯了該判服勞役或流放以下的輕罪的，允許他們用糧食來贖罪。這一來，大概大縣每年約得糧食一萬石，小縣約得五千石。南直隸、北直隸兩個直隸省和巡撫的屬下，總共擁有一百個縣，這樣做每年就可擁有糧食七十餘萬石，積存上三年，就有二百餘萬石了。如果遇到哪個縣有水旱災害，就讓沒有受災的縣通融一下，借貸糧食給受災的縣，等到第二年受災的縣糧食豐產了再償還。這樣的話，當地的百姓就可以免於流亡，而朝廷對自己可以收得財賦的地方，也永無後顧之憂了。這是無過於此的大善政。」

 智囊

朱熹巧設義倉，用來彌補地方政府在大災之年由於中央政府賑濟災民的財力不足而造成的糧食缺口，它的效果是顯而易見

的。所謂正倉，即為國家糧食，所謂義倉，即為民間糧食。如果不是平時未雨綢繆，恐怕設再多的義倉，當時中央政府和地方政府的日子都不會好過。

## 合理收稅的周忱

周忱在江南做過巡撫。當時蘇州欠交的稅糧達七百九十萬石，他在翻閱公文時感到十分奇怪，就向當地的父老詢問原因，父老們都說是由於當地的豪富大戶都不肯交「耗米」（注：當時江南百姓除按規定交納稱「正米」的稅糧外，還要另交「耗米」，每石多加幾斗，以抵南糧北運途中的損耗），把這筆額外徵收的賦稅全部轉嫁在貧民身上。貧民無力支付，就都逃亡了，於是稅糧欠交。

於是，周忱就首創了「平米法」，規定官田、民田一律加徵運送折損的數量。蘇州原定耗米的稅額為二百九十多萬石，周忱同知府況鐘進行折算，上奏疏請求減免了八十多萬石。

依照慣例，各縣收的稅糧不放在團局，負責收糧的糧長就把它存放在自己家裏，有的就從中剋扣私吞。周忱命令各縣在河邊建立便民倉，每個鄉、囤、里推舉出一個富裕又有勢力的人，稱之為糧長，負責收本鄉、囤、里中的夏稅和秋糧，所收的耗米不能超過正米的十分之一。

同時，又在糧長中選派能力大、產業多的做押運，督運糧食進京，根據押運路途的遠近和勞逸程度的不同，酌情劃付給押運的人耗米。運糧到北京和通州糧倉的，凡運到正米一石就劃付給他三斗耗米；到臨清、淮安、南京等糧倉的，按所運的遠近來確定劃付耗米的量，以作為船隻運糧過程中的各種開銷。百姓所交納的耗米的積餘部分，儲存在各縣的糧倉中，稱之為「餘米」。

餘米多了，就減收耗米。第二年，徵收的耗米為原來的十分之六，又過一年，徵收一半，就這樣每年還有富餘。

英宗正統初年，淮陽有災害，鹽稅虧損。文襄公巡視時，奏請朝廷詔令蘇州等府撥付餘米，每縣撥十二萬石，運到揚州鹽場，可抵第二年的田租，聽任製鹽人家繳私鹽來換取米。當時米價貴，鹽價廉，官府可以存鹽，而人民有米吃，公私雙方都得到好處。

文襄公在江南二十二年之間，每遇凶災荒年，就相機行事，用餘米來補救。除了田賦之外，沒有徵收任何額外的稅，凡是有進貢、修理官署、學校、先賢的祠廟、古墓、橋樑，以及疏浚治理河道等事項時，一切開支都從餘米中取得。

在周忱之後，戶部說救濟農民用的餘米，失於考核查點，上奏疏請求皇帝同意他們派屬官把餘米都收上來，歸官府所有。從此以後，地方上各種課捐雜稅名目繁多，而欠交的糧稅也一天比一天多。餘米備用，目的主要是為了寬緩百姓的危急，一旦歸於官府，官府不感到增加了多少，而百姓們就沒有賴以自救的了。

試想今天在上交夏秋兩季稅糧時，所收的耗米僅只是正米的十分之一嗎？官府能只徵收規定耗米量的十分之五、十分之六嗎？過去為什麼徵收得少卻還有餘糧，現在為什麼加派了耗米卻還是不夠用呢？江南地區的百姓，怎麼能不祭拜周忱，並且追念不已呢？

何良俊說：「周文襄巡撫江南十八年，常常撐著一條小船，沿村逐巷，到處去徵求意見、了解情況。要是遇到一個樸實厚道的老農民，就帶著他，同他躺在一條床榻上，向他了解地方上的情況。對於當地的民情風俗，他沒有一件不了解得清清楚楚，所以他能確定按租糧來加收耗米的政策，並且還允許極貧戶以交納金花銀、粗細布等來折合稅糧，允許民間將交納的馬草折合成銀子等方法，來彌補重額的田稅，對於賦稅，他斟酌情況來增減，

把事情辦得盡善盡美。顧文僖認為：按周文襄的辦法做就可以大治，攪亂了他的做法就出亂子。這不是虛妄之言。現在為歐石岡一變為按農田多少加耗米的辦法，使國家的稅收虧損，遺禍無窮。擔負著地方上的責任的官員們，能不對這類事格外小心嗎？」

智囊

周忱是明朝少有的循吏之一，他自從明宣宗宣德五年開始，任江南巡撫長達二十餘年。在任期間，他以極大的氣力，排除了各種干擾，革除了不少的財政積弊，他創立的「平米法」，目的在於使民眾的負擔合理化，這樣就不至於將負擔全部壓在老百姓的身上。所設置的濟農倉，既可以在豐收時節調製餘缺，又可以在春耕之前借貸缺種者；進而使國家的賦稅得到了保證，同時，也支援了地方上的公益事業。充分展現了一個善於理財者所堅持的取財有道、用財有方的財政管理原則。而這一切都是與他平易近人的公僕心理和注重調查研究的工作作風分不開的。

周忱為官深入民眾，訪察實情，根據情況採取有效的措施，使得一些重大問題及時得到了妥善的解決。這種認真負責的為官精神和嚴謹踏實的處事之道，是值得後人稱頌和學習的。

## 陳霽岩調查深入

陳霽岩在開州任知州，當時是明神宗萬曆己巳年，該年發大水，政府沒有免除租稅徭役，而只發救濟糧。州府中的官員們對如何救濟進行了討論。陳霽岩提議：最貧困的救濟糧食一石，次

貧的救濟五斗，一定要力求讓百姓享受到實際的好處。發放救濟糧時，人們都編了號，拿著寫有編號的旗，一個接一個地進來，雖然前後來了有一萬人，但沒有一個敢吵吵嚷嚷的。陳公親自坐在穀倉門口的小棚子裏，拿著筆點名，一方面觀察來領救濟的人的服裝和容貌，在那些最貧苦的人的名字上，暗自做下記號。

到了第二年春天，上級又下公文，讓第二次救濟最貧困的人。書吏稟報陳公，準備再出告示，讓大家另報接受救濟人的名單。陳公說：「不必了，只要把我上次在名冊上暗自做了記號的那些人的姓名開列出來，你們就直接叫他們前來領取救濟糧吧！」老百姓都以為陳公不必調查就能得知實情，認為他是神明。其實是上次人們來領救濟糧時，由於著急，都顧不得修飾打扮，全都顯露了真實面貌，所以陳公得以了解到真情。

陳霽岩在開州時，己巳年的冬天，府裏的糧倉幾乎全都空了，撫台大人命令各州縣動用府庫中的兩千兩銀子去買糧食，充實糧倉。當時糧價飛漲，每石要六錢銀子。各縣按撫台的意見去買糧，指派大戶人家帶頭買糧，官府給的價格是每石五錢銀子，大戶人家賣糧時每石已虧損一錢銀子，官府買糧又要折損消耗費用，又減了一錢銀子，每石糧食裏外算來得少給二錢銀子，當時正是在受災之後，大戶人家怎麼經受得起這樣的經濟損失！等到運入官府的糧倉時，兩千兩銀子只買來了四千石糧食。這樣做，官府和百姓都受害。陳公堅決不這樣做，竟因此而受彈劾，因為正值災年，總算是免於處分。

到了第二年秋天，開州和高鄉大豐收，附近地方的收成也都很好，糧價下降到每石三錢多銀子，這時陳公才報告撫台大人，動用了兩千兩銀子，指派大戶人家分頭賣糧給官府，大戶人家報價三錢一石，官府就如數照付。以後糧價越來越賤，到了每石糧食才值二錢五，大戶人家請求扣除多要的糧價，陳公笑著答道：「我寧可你們多賣糧食給官府，不必減價。」

同其他州縣在上一年所買的糧食相比，他的兩千兩銀子多買了三千多石糧食，而且大戶人家不覺得賠本。這些糧食除了報上司外，還餘下七百多石，就都給了重新從事勞動生產的流民。在這以前，開州土城十五處，由於連年大雨的沖刷，崩塌了幾十處。庚午年秋天，正商量如何填修這些崩塌的土城牆，州府的官員們請求讓當地的百姓出徭役，陳公不同意。正好有前兩年受災後流亡到別的州縣去的百姓，聽說政府已經減免了災區的糧稅，想回到家鄉裡來。

　　陳公於是到處貼告示，招撫他們說：「馬上回來種麥，官府將賑濟你們。」於是就拿出先前從大戶人家買來的糧食中的多餘部分，限期發放給他們，另外拿出四、五個小牌，放在各裏門的一里以外，命令流民們各自將準備裝糧的口袋先裝上土，運到土城上去填崩塌的城牆，總甲在他們裝土的口袋上打上印，官府的糧倉驗了印就發給他們救濟糧。這樣，到第二次發救濟糧後，城牆就已經修好了。

　　北方的州縣以審核徭役的均等與否當作是處理政事的根本。每三年審核一次，聚集一州八十八里的人民於一處而校勘。從極富到極貧定為九等，賦役都依這個標準來定。由於每區的首領有里長，老人與文書，官府都依據這三種人所定的為標準，因此這三種人大權在握，往往借此向人民索賄。

　　陳霽岩到任後，徭役的審查工作還有一年，他就把舊的紀錄拿出來，查出從上上等到下下等七級中，依照各裏分寫兩冊。每天上公堂，都隨時帶在手邊。有時人民來申告，有時審判案子，有時整理雜務，看到有懂事而樸實的人，就出其不意地把他叫到案前。問他是哪一里人。選出那一里中的大戶，問他大戶的家道如何？近年來有哪一戶驟然富裕？哪一戶漸漸沒落？再隨手把他的回答記在簿子上。如此這般，經過幾次驗證之後，所得的答覆大致相同。

又有一天查點農民，州內有大概有二百多人，就把他們關在後廳，發給各人一張紙，命令他們寫出本里中擁有萬金到百金的人家，並嚴厲地警告他們不可欺騙。

陳霽岩也借著皇帝的生日，事先宣布要要查點徭役，節日來到，大家行禮完畢，就把里長、老人、文書叫到都察院來，分為三處，個別給他們紙和筆，命令他們寫出近年來逐漸沒落的大戶，依舊富有的不必寫。就把這些採訪到的事，編成冊子，留作以後的根據。

等到審查的時候，一甲人都跪在堂下，陳霽岩親自檢視，選擇其中兩三個忠厚誠實的人作為代表，與里長等人一起舉出大戶，哪些人該升級，哪些人該降級，他們都知道冊子裏記錄得很詳細，於是都誠實地舉出來，簡單的加以斟酌驗證，很快就編定出來。一天之中可以審核四、五里，而且在審核過程中，往往是官府萬事齊備等百姓來，而不同於以往百姓苦候官府緩慢冗長的審核作業。

智囊

陳霽岩深入群眾，認真觀察，廣泛調查，在調研的基礎上根據實際情況來斟酌處理和進行驗證，力爭及時有效地採取策略。

「沒有調查就沒有發言權。」沒有研究也沒有發言權，更談不上決策權。當然，此所謂「發言權」、「決策權」不是就權利而言，而是指發言和決策的真理含量。

在全球經濟合作日益升溫的今天，國內各行各業都加快了國際化的步伐。「隔行如隔山」，每個人都需要謹慎使用自己的「發言權」和「決策權」。

## 趙清獻巧降糧價

宋神宗熙寧年間，趙清獻在越州當知州。當時浙東浙西一帶發生了旱災，又鬧起了蝗災，米價暴漲，餓死的人隨處可見。各州都在通衢大道上張貼佈告，嚴禁商人抬高米價，對於揭發私自提高米價的商人者給予獎賞。只有趙公與眾不同，他在大路上張貼佈告，讓有米的人提價賣出。於是所有的米商都紛紛前來，米價反倒是更賤了。大凡東西多了價格就賤，少了就貴。趙公不求價格賤而求物多，真正是一個通曉事理的人。

有一年，撫州鬧饑荒，黃震奉命前去救災，他只是同富人和耆老約期聚會，說好在某天大家都來。這些人按照約定的時間來到之後，就寫了八個大字：「裝糴者藉，強糴者斬！」意思是說，禁止買進糧食的抓起來；強迫買進糧食的斬首。他叫人把這八個大字用杆子豎在集市上，米價於是就平穩了。

智囊

趙清獻和黃震的做法，按照時下的說法，叫做遵守了商品社會的市場規律，所以才取得了非常好的效果。相反，其他州縣企圖以「行政干預」的辦法奏效，卻事與願違，這中間的經驗與教訓，有很多發人深省與深思的地方。

當然，市場規律是死的，但執行的人卻是活的，趙清獻的成功，在於他成功地靈活運用了這一規律。當一個地方出現了大面積不可抗拒的自然災害，糧食缺乏，老百姓陷入水深火熱的饑餓狀態時，政府為了穩定社會秩序，一方面應該千方百計地調集糧食，另一方面，當政府還無能為力的時候，就應該動員該地區的大戶中有存糧食者，平價賣出自己的餘糧，而不能乘人之危，雪

上加霜。

　　為了保證這一點，有的時候也需要採取極為嚴厲的應急措施，通過強硬的行政手段有效地制止投機，以及趁火打劫的犯罪行為。

........................................................................

## 富弼賑災

　　富弼救活五十萬名災民的故事，在今山東青州一帶流傳很廣。當時，黃河以北大水災，大批災民流離失所，外逃他鄉。有逃到青州的，富弼就加以妥善安置。於是，災民之間互相轉告，聚集到青州的竟達六、七十萬人。

　　早在幾年前，即慶曆三年時，富弼與范仲淹、歐陽修等共同主持「慶曆新政」，觸動了大官僚集團的利益，被貶出京師。富弼救災民之舉，有些同情他的人勸告他不要收容災民，萬一弄不好，會成為守舊派誣蔑的藉口。富弼卻不屑一顧，對勸他的人說：「我哪能為了保全自己，而不去拯救幾十萬人的性命啊！」

　　在這以前，所謂救災都是把災民聚集在城裏，煮粥供應他們吃，聚集的人多了就流行瘟疫，有的人嗷嗷待哺了好幾天，沒有吃到粥就倒斃在路上，這種辦法名義上是救災民，實際上是殺害災民。富弼看到了舊辦法的弱點，他籌劃開闢出公私房屋十餘萬間，讓災民分散居住，並優先照顧老弱病殘者。他還組織當地官吏，包括「前資」、「待缺」或寄居青州的官員，發給薪俸，分區去管理災民，並約定事後要按照各人救災的業績，上奏朝廷，論功行賞。每隔幾天，富弼派人去慰勞救災的官員，大家精神振奮，都盡力救災。

　　對救災所需資費，富弼除了動用了官倉的儲糧，還勸說本地富戶捐獻糧食。並發出佈告，凡是山林陂澤中可以供食用之物，

任憑災民採集。這樣，使災民平安度過了一冬一春。第二年的夏天，青州獲得小麥大豐收。夏收後，富弼開始遣送災民了。災民歸家路程有遠近，富弼根據路程發給他們不同數量的糧食。就這樣，五十餘萬饑民平安地返回家鄉，其中有一萬多名青壯年當了兵，為國出力。

皇帝知道後，派使臣來褒獎富弼，升富弼為禮部侍郎，富弼堅持不受，只讓使臣轉告皇帝：「救活災民，是我的職責。」後來，富弼回憶這段經歷時說過：「在青州二年，偶能全活得數萬人，勝二十四考中書令遠矣！」中書令即宰相。這句話反映了富弼救活災民的自豪心理，為民出於公心，並非以此來升官。

富弼離開青州後，人民緬懷他在石子澗側築亭紀念，稱富公亭。舊青州十三賢祠內也祀有富弼。

智囊

富弼的辦法簡單完備，天下都傳以為模式。富弼能在極其貧弱的州縣中，創出一個富強的局面來，真是治理國家的高手。

富弼創舉的核心是以愛心為基礎。他從內心熱愛這些災民，善於設身處地地為災民著想。有了這份愛心，他的舉措更是名正言順。

所以，獻愛心現在也成了很多商業奇才施展才能的手段。在一些成功的創意活動中，品牌推廣不僅要達到企業的商業目的，追求到商業利潤，更重要的是在贏取利潤空間的同時，能夠樹立自己的正面品牌形象。眾多都市裡的希望工程，也是選取一個獨特的視角，以獻愛心為主題來喚起人們對弱勢群體的關注。

# 圍海造田

元代的虞集，在元仁宗時被任命為國子祭酒。有一次在給天子講完經書後，提到京師地區的糧食要靠船從東南海運來供應，這樣做不反消耗了民力，航行時還時常有不測之禍。虞集就進言道：「北京以東瀕臨海的地方有土地幾千里，都是蘆葦場，北邊到遼海，南邊靠近青、齊，這塊地方由於每天漲潮，淤積的泥沙形成了肥沃的土壤，這種情況已經很久了。假如用浙江一帶人的辦法，築上堤壩擋住海水來造田，接受那些想做官的有錢人，分給他們土地，按照他們所接受的田地的範圍大小來授予職務，能率領一萬人圍海造田的，就給他一萬人種的田，任命他做萬夫長，同樣按此來任命千夫長、百夫長。三年以後看他們的成績，按他們所圍墾土地的品質和數量，由朝廷確定徵稅數額，陸續向他們徵稅，五年後如有存糧，就任以官職，按其儲存糧食的多少給予俸祿。十年以後就讓他們佩帶官印，使他們能將爵祿傳給子孫後代。那麼京師的東南地區就有民兵幾萬人，近可以保衛京師，遠可以寬緩東南海運之力；對外可以抵禦外敵，對內既可使民富足，又可找到合適的官員。靠積淤地區謀生的百姓，因為有了自己的歸宿，自然也不願意做強盜了。」對此事大家意見不一致，最後也就擱置不提了。

在這以後，元代大臣康里脫脫提到京畿地區靠近水源有地利，應當招募長江以南水鄉的人來耕種，這樣每年可以收穫糧食一百多萬石，不必麻煩海運，京師地區的糧食就夠吃了。元惠帝聽從了他的意見。於是建立了分司農衙門，任命右丞悟良哈台、左丞烏古孫良楨兼大司農卿，給他們分司農衙門的印，西邊從西山，南到保定、河間，北到檀順，東到遷民鎮，所有的官地和朝廷所管轄的各處屯田，都聽從分司農衙門立法佃種，把用工價、牛、農具、種子糧合計在一起，由朝廷發給五百萬錠銀子。又略微吸

取了原集賢學士虞集的意見，在江浙地區招募善於種水田和修築圍海堤壩的人各上千名，成立了農師，發下了十二道沒有填寫上名字的添設辦事人員的命令。凡是能招募一百個農民開墾的，授予正九品；能招募二百人的，正八品；招募三百人的，正七品，就讓這些官員管轄自己所招募的人員。所招募來的農民，每人給十錠銀子，滿一年後就解散，讓他們回家，於是墾區大豐收。

 智囊

樊升之說：「賈誼的治安策，晁錯關於戰事的主張，江統的徒戎政策，這些都是關係到萬代大計的重要謀略。李泌的屯兵政策，虞伯生的圍海造田，平江伯的漕運措施，這些都是關係到整個朝代的利益的重要謀劃。李允則的修菜園、讓和尚遷徙。范文正公、富弼的救荒，這些都是關係到一時的重要方針。謀劃達到了最高水準時，人們會心悅誠服地去接受它，制定成法律時就像上天造就的那樣合適，發佈為命令時人們跟從它，就象水往低處流一樣。」

制定政策的時候，要考慮本地區的實際情況，因時因地制宜，立足於人民群眾的切身利益，綜合衡量利弊得失。同時，要善於整合資源，深化改革，與時俱進，開拓創新。

## 劉大夏辦糧餉

明孝宗弘治十年，朝廷命令戶部劉大夏到邊境掌理糧餉。有人說：「北方邊境上的糧草，大半歸宦官的子弟經營，您一向與這些親貴不合，恐怕免不了因為剛直而招來禍害。」劉大夏說：

「做事要講求合理而不能硬來，等我到那裏以後自然會想得出辦法。」劉大夏到任後請來邊境上的地方父老，早晚和他們研究，於是完全掌握了處理的要領。

有一天，他在通衢大道上張貼佈告說：「某糧倉缺少糧食若干石，每石官價若干，凡是境內外的官員、百姓、來往客商，只要願意賣糧的，糧食從十石以上、秣草從百捆以上，都准來賣，即便是中貴子弟也不禁止。」

不到兩個月，糧倉、草場都滿了。原來過去這裏規定出售糧食要在一百石以上、秣草一千捆以上才准辦理，因此宦官子弟爭相前來做買賣，他們轉買邊境地區百姓的糧草，陸續運到這裏，來牟取暴利，可以取得五成利，自從劉大夏的這個辦法實行後，有糧草的人家自己就可以直接前來出售，宦官子弟即使想收購糧食，也無處可得。

這樣一來，公家有了更多的糧食，百姓家裏有了餘財。劉大夏的辦法的確很好，然而如果他不召集邊境上的父老日夜研究，又怎麼能掌握？一個人能這樣虛心地調查研究、徵求意見，真心真意想做好事，那麼有什麼樣的官不能做好？有什麼樣的事情不能辦成？

從前唐代人把三公、宰相的坐席看成是「癡床」，說是一坐上這個位置，人就傲慢得像得了癡呆症。現在大官們處理公事時所坐的座位，都已成了「癡床」了。百姓的利與害，通過什麼人才能讓皇上知道呢？

智囊

所謂巧理，其實也並不神祕，只不過是劉大夏避免了一般封建官吏的官僚主義，而是以實事求是的謙虛態度，以調查研究的

科學方法，獲得了處理問題的依據；同時，劉大夏的辦法還依據了一個時常原則──公平競爭。試問：如果仍然依據舊規，小戶人家不能入市而被大戶所控制，弊端也就在所難免了。

## 劉本道巧運軍糧

明朝時，先前漕運京師的糧食，只有通州倉庫臨近河邊比較方便。自通州到京師的倉庫，陸運四十多里，運費昂貴，而運送過程的損耗也無法獲得補充；因此各地徵調來京師操練的軍隊，往往得不到足夠的補給。

劉本道考慮到運糧過程中費用大、損耗多這兩個方面的弊病，上奏請求：在部隊沒有軍事活動的兩個月內，讓停止操練的軍隊把通州倉裏的糧食轉運到京師，每運三十石，賞給一兩銀子。從水路運送的糧食，一律改在通州繳納，在那裏就地增設三百間糧倉，以便收貯原來直接運到京師來的糧食。一年後積餘糧食五十多萬石，從而增加了京師的糧食儲備。皇上賜給劉本道二品官服來表彰他。

劉本道是常州江陰人，在當椽吏時受到靖遠伯王驥的賞識，把他請到自己的幕府中，並向皇帝上奏要求給予劉本道以刑部照磨的官職。劉本道跟隨王驥征雲南，王驥採用了他的很多計策。

明英宗正統年間，他跟隨尚書金濂討伐福建的賊人。救活了一萬多名脅從者，升官為戶部員外郎。景泰初年，西北方多戰亂，民不聊生，劉本道請求撥款買兩千頭牛，並買穀種給他們。貴州邊境上倉庫的糧食被侵佔的事揭發，輾轉牽連很多人，朝廷派本道前往處理，不滿一個月，所有的積弊都清除。英宗嘉許他清廉賢能，賞賜他五彩絲緞。

明英宗天順初年，晉升為戶部右侍郎，總管京畿和通州、淮

安地區的糧食儲備。劉本道固然是憑著才能被進用的，但先輩也能不拘資歷選用賢才。我們祖宗在用人上不局限於科舉取士，這些都是今天應該效法的。

智囊

中國古代歷史上有許多巧運軍糧的故事。在這則故事裏，劉本道巧運軍糧的戰略思想是儲糧備戰。他下令，在部隊沒有軍事活動的兩個月內，讓停止操練的軍隊把通州倉裏的糧食轉運到京師；從水路運送的糧食，一律改在通州交納，這種巧運糧食的方法，一方面解決了運糧過程中費用大、損耗多的弊病，另一方面達到了儲備糧食的目的，可謂是「一箭雙鵰」。

這就告誡我們，做什麼事情都要養成善於思考的習慣，從實際情況出發，有的放矢，以及針對性地採取對策，力求做到求真、務實，富有成效。

## 蘇軾貶官開西湖

蘇軾任杭州太守時，正碰上大旱，收成不好，饑荒和瘟疫同時發生。蘇軾為民請命，請朝廷免除本地租稅的三分之一，所以米價沒有因荒災而飛漲。同時又得到朝廷頒發的百張「度僧牒」，用來換取米糧救濟饑餓的百姓。第二年春天，減價賣出平常倉的存米，人民才沒有因大旱而受苦。

杭州本來是長江和大海會合之地，河水味道鹹苦，居民很少。唐代杭州刺史李泌開始疏引西湖水，開鑿了六口井，所以老百姓有了足夠的水，市面才一天天繁華起來。後來等白居易任太

守時，再次疏浚西湖，把西湖水引入運河，由運河流入農田，得到灌溉的農田面積達到上千頃。然而湖中多水草，從唐代到五代，每年都要花費大量的人力、物力和財力用於疏通治理，所以西湖水足夠應用。

到了宋代，西湖荒廢，疏於治理，到蘇軾來到杭州時，湖中水草大面積聚集，面積達十五萬多丈，湖水幾乎乾涸。運河由於缺水也就失去了灌溉、航運之利，不得不從錢塘江潮中取水來補充運河水的不足。但江潮渾濁多淤泥，運河水流過城區，每三年就得疏浚一次，成為城市的一大禍害，原來李泌所修的那六口井也幾乎荒廢了。

蘇軾剛到杭州，就疏浚茅山、鹽橋這兩條河，讓茅山河專門接受錢塘江潮水，鹽橋河專門接受西湖水。又造了堰閘，分別用來蓄水和排水，這樣以來，錢塘江潮水不再流入城內。同時，他還用剩餘的水量供應六口井，百姓漸漸獲得了西湖之利。

有一次，蘇軾來到湖邊，環視了很久，說：「如果現在要除掉湖中的水草，將把這些水草放在哪裡呢？西湖南岸和北岸相隔三十里，兩岸的人環湖往來，走一天也走不到。如果把水草和淤泥堆積在湖中，修成長堤溝通南北，那麼，既除掉了水草，人們往來也方便了。江浙的百姓善於種麥子，春天就收割，不留寸草。如果除掉了水草，馬上招募人來種麥子，收取種麥所得之利來準備修湖，那麼西湖就不會再淤塞了。」

蘇軾於是清理救災餘款，總共得幾萬石錢糧，又再次向朝廷請奏一百件「度僧牒」，用這些錢糧來招募工役修堤。堤修成以後，他又讓人在堤上栽上芙蓉、楊柳，遠遠望去，好像圖畫一樣美麗，杭州人高興地把這堤命名為「蘇公堤」。

蘇軾與杭州結下了不解之緣，起因於他曾經先後兩次被貶官，第一次是在宋神宗熙寧四年，他因反對王安石變法而被貶到杭州任太守，第二次是在宋哲宗元佑四年，他又因反對完全廢除新法而再次貶到杭州任太守。

蘇軾開浚西湖就發生在他第二次被貶官之時，他最初想開浚西湖，是在賑災救民之後想出來的。他在給朝廷上奏的《乞開杭州西湖狀》中，從風景、飲食、農業、交通和酒業等五個方面提出了西湖不可荒廢的理由；在《申三省起請開西湖六條》中，還提出了包括設備、修理、分界、遠禁、經費和管理等一套開浚西湖的具體方案。蘇軾親自指揮了杭州人民開浚西湖的水利工程，還修築了景色幽美的「蘇公堤」。

看似難以解決的困難，只要肯轉轉腦筋，難題往往就能迎刃而解，看起來「山重水盡疑無路」的事，常常就能「柳暗花明又一村」，甚至取得意想不到的效果。學習型組織提倡以組織學習的新方法「做中學」來訓練員工，每週讓員工找時間學習，讓他們動腦筋，了解問題所在，並想出解決的方法，運用在實際工作上。

## 恩威並施制伏韃靼

明朝時，韃靼酋長俺答的孫子巴漢那吉，同他的奶公阿力哥率領十萬多騎兵來降。

總督和巡撫尚未向皇帝稟報，張居正就已經知道了這件事情，就寫信給總督王崇古，調查此事確實與否，並且與王崇古反

覆籌劃這件事：「這件事關係重大，降服韃靼的機會就在此一舉。剛接獲報告說韃靼酋長到邊境上來要人，我們正怕他放棄不要。如果這樣，我們就空有人質，而且還與俺答結下仇怨。現在他既然來要人，就對我們有利。只要告誡將士們，堅固壁壘，肅清郊野以防範敵人。並且派人向韃靼好言相勸，如果他們肯屈從降服，或砍下我方叛逆趙全等人的首級，並且保證數年之內不侵犯我國邊境，我們必當稟奏皇上，依禮遣送回去。

「但我聽說老酋長這回到邊境上既不搶劫，又不明言要索取自己的孫子。這一定是叛將趙全等人教他誘騙我方邊將，想向我方挑戰，乘機從我方抓人質，想找我們防守上的薄弱環節，乘我方不防備時進行偷襲。我方只當合力堅守城堡，不要輕易同對方作戰，即便對方顯露出自己的弱點時，也不要乘機襲擊他們。要多派暗探，使他們起疑心，或派遣精銳的騎兵另走別的路直搗其巢穴，要使敵人在我方戰場上什麼也擄掠不到。這樣，到不了十天，他們勢必會自行撤離。總之，一定要堅守，絕不能把斬首或俘獲對方的將士看成是功績。

「此外，根據巡撫方金湖差遣的鮑崇德親自看到俺答的情況未必都是事實，但是俺答對孫子的舐犢深情，看來似乎是真的，他不用本朝叛將來換自己的孫子，大概認為用卑賤換取貴重是可恥的，並非是捨不得那些叛將。像那吉那樣的吃奶的小狗，低劣的小馬駒，我們養著他有什麼用處？我們只想挾之以為重器，來對付俺答，使朝廷獲得益處。現在應當派遣使者宣布朝廷厚待其孫之意，來使俺答安心，再讓那吉穿上朝廷所賜的緋袍金帶的官服，來向韃靼使者誇耀。他們見我方對那吉如此寵愛和看重，想得到那吉的心就會更加迫切，然後我們重新跟他做交易來換取我方想得到的，這樣做，一定可以成功。

「俺答的話雖然說得悲傷懇切，但他在邊境上仍還擁有大批軍隊，這種態勢像是在要脅我們。並沒有看到他真誠的和意。一

定要讓他將趙全這批叛逆先全數送入邊境，撤回流動的騎兵，然後我們才派官吏依禮送回他的孫子。如果他帶兵來要回人質，我們就應允談判，而戎狄之人不可信賴，恐怕中途發生變卦。就算俺答不搞花樣，就光憑他帶兵恫嚇，我們就馬上答應和議放人，豈不是嚴重損害國家的威望？

「至於是不是封俺答爵位，是不是開關貢市，這兩件事都在可否之間。如按我的意見，則認為關係到邊防利害的，不在於是不是把那吉歸還俺答，而在於俺答求和之心是否真誠。如果他真是出於一片真情，那麼可以封爵，可以允許開關貢市，我們能爭取時間來修築邊境上的防禦工事，進一步發揮屯困的好處，邊境上不緊張，農民可以安心生產。他如果重申以前的盟約，我方就可向他表示願意聯絡感情、維繫昔日友好關係的善意；倘若他背棄盟約，我們就興師問罪。無論出現什麼情況，制勝他的主動權掌握在我方，這關係到幾代人的利益。

「叛逆的人入境後，立刻送到京師處死，然後把他們的首級送到邊境示眾，使那些心懷背叛的人知道畏懼。在雙方交換時，先把那吉移送到邊境，叛逆的人送回來後，再讓那吉出發。

「他們如果劫持人質，我們就斬那吉的首級給他們看，同時關起城門來與他們作戰。如果出現這種情況，由於他們毀約理曲，我方理直，那就一定戰無不勝了。阿力哥本來是帶領那吉來歸順的，要是交給俺答，必定要遭迫害。現在俺答既然留住了我方的周、元兩員叛將，那麼我們可以留住阿力哥與之抗衡，千萬不可把阿力哥給他。留下這個人，將來大有用處，望您仔細考慮。」

後來總督王崇古派使者馳馬前去告訴韃靼人，俺答想讓我方先放出那吉，我方想讓俺答先放出他俘獲的人，俺答就放出被擄掠的男女八十多人。韃靼人性急躁，他見那吉還沒有放回來，就來攻打我方的雲石堡。總督王崇古立即命令守備范宗儒，用自己的嫡子范國圍及弟弟宗偉、宗伊到韃靼軍營中做人質，換取趙全

等叛將。俺答高興了，收捕了趙全等人，把他們反綁著、帶上枷送到大同左衛。這時周、元二人聽到情況發生變化，便飲毒酒自殺。到此時，總督才放出那吉，派康綸送他回去，由於周、元二人已死，阿力哥也被送回，那吉等人哭著與總督分手。巡撫方逢時告誡韃靼使者火力赤猛克，叫他們不要加害於阿力哥。那吉走後，韃靼人在黃河邊暫停，俺答祖孫二人嗚嗚地用韃靼語互相慰問，向著南邊拜了五次。

俺答還派中軍打兒漢等人來道謝，上奏疏說：「皇上赦免了我方的逃亡者，遣送我的後裔，而且給他官職，您的恩德無量。我願意做您的國外之臣，進獻土產，希望天子封我為王，成為北方諸部之長。」

後來，張居正又寫信給總督說：「封爵、進貢，是控制夷狄，安定邊塞的重要方略。現在有人懷著嫉妒的心理，堅持庸俗無知的建議，只看到眼前的小問題，完全不顧國家久遠的利益，於是想擾亂甚至阻止和議，這不只是不忠，更是愚昧至極。

「議論的人認為議和是向夷人示弱，答應和韃靼人開放馬匹交易一定會引發戰亂，這實在是不了解所謂和平的意義。例如漢朝的和親、宋朝的奉納，彼時要戰要和完全控制在夷狄手中，不在中國。所以賈誼認為是本末倒置，寇準堅決反對和議。如今韃靼對我國稱臣求封，和議與否控制在中國手裏，不在夷狄，比起漢朝、宋朝，絕不相同。

「至於過去有人上奏章建議開關馬市，韃靼人就領兵壓境，仗著他強大的兵力，強迫我們買他的馬，用行動遲鈍、疲劣的馬，向我們索取比實際價值高出好幾倍的利潤，交易還沒有做完，就進行搶掠，所以先帝下令禁馬市。現在乘著他入朝進貢稱臣，由官府出面來開關貢市，讓他們同邊民做買賣，集市限期二至三天，按照遼代開原舊例，又怎能與過去的馬市混為一談？至於保衛家園、考慮邊防，這自然是我們的常事，不能因韃靼人的

進貢與否而有所增減，即便是在我們國家，親父子、親兄弟之間相互定約，還尚且不能保證他們不背約，何況外族呢？因此訂立盟約不是萬全之計，現在只是作為我們制伏和駕馭對方的策略，而且我們還必須如此做。

「再說這幾十年來他們沒有一年不搶掠，沒有一處不騷擾，難道都是因為違背盟約的緣故嗎？即便將來發生了違背盟約之禍，又難道比現在這種情況更壞嗎？議論這件事的人還以邊將不能安家，家丁不能趕馬，作為反對的理由，這是只計算個人的害處而忘記了公家的利益，以至放棄了這次議和的機會，所以我認為這不僅是不忠，也是極不明智的。」

不久，張居正親自在文華殿請求皇帝下詔書施行這一政策。又以明成祖封和寧、太平、賢義三王的舊例，挑選出來交付給兵部作參考，謀劃出八條建議交給王崇古。王崇古得到他的信後，就答應了韃靼人進貢稱臣的要求，同時向皇帝奏明有關封爵、進貢時應辦的事宜，皇上下詔書同意他的意見。俺答進貢名馬三十匹，皇上封俺答為順義王，其餘的人各有封賞，直到今天，當時開關的貢市也沒有間斷。

除掉趙全等人後，朝廷上下為之大喜。這時張江陵對總督巡撫說：「這個時候最好假裝不知道，否則讓俺答得知消息，以此邀功，不僅又得一番濫賞，而且會使那些叛國者更加堅定投靠虜庭的決心。這些人就讓他們在北虜之地，不必號召他們回來，他們回來也沒用。只要不時訓諭他們放下兵器，專心務農，使其成為我中原的一道屏障，不能生反叛之心；一旦有反叛之意，我們就會傳話給順俺答把他們抓起來。」

但是面對北虜使者時，又要這樣說：「『這些人是叛國者，我朝已經不再管他們了，只要他們耕田種穀就好。如果他們犯法產生歹心，任憑你們殺，不必來報告。』以此來向韃靼人表示這些人的無足輕重。」

　　張居正在制伏韃靼的過程中，堅持「恩威並施，柔中有剛」的原則。一方面，他指出上封進貢這類事，正是制伏韃靼、安定邊境的重大事務、重要謀略。「稱臣求和」，議和的主動權在我方而不在外族，這同漢代的和親、宋代的獻納完全是兩回事。這一點充分體現了「恩」的戰略思想。另一方面，他又指出只是要經常傳話給他們，告訴他們：放下兵器，致力於農業生產，做中國的藩籬和掩護，不要產生反心，若起歹心，我們就傳話給順義王俺答，讓他把你們綁來獻功。然而對韃靼使者卻又得說這些人背叛我中華，我們已把他們置之度外，只看他們耕田種穀的態度。要是犯法產生歹心，任憑你們殺，不必來報告，以向韃靼人表示對這些人我們感到無足輕重。這一點又體現了「威」的強大力量。正是依靠「恩威並施」的處世原則，才能夠有效地做到韃靼心甘情願稱臣，舉朝皆喜。

　　同樣，在現實教育中，需要家長、學校、社會要正確對待教師在正常正當教育中的不足或失誤，同時也要公正對待教育過程中教師「恩」與「威」的實施和運用。由雅克・德洛爾任主席的國際二十一世紀教育委員會向聯合國教科文組織提交的報告《教育——財富蘊藏其中》指出：「教育的確是一種促進更和諧、更可靠的人類發展的主要手段，人類可以借其減少貧困、排斥、不理解、壓迫、戰爭等現象。」

　　這就賦予了教育既尊重個人和群體的多樣性，又維護人類共同生活的準則；既培養學生形成良好自我意象，又引導他們健康積極的生活態度和行為方式；既鼓勵學生學習知識發展創造心理，又增強他們的社會適應性以及滿足交往和參與社會生活的需要，使個體與個體、群體與群體以及個體與群體之間的競爭、團

結、協作在協調統一的基礎之上健康地生存與有序地發展。

## 井然有序的流民村

滕元發曾任鄆州知府。有一天，鄆州地區發生災荒，民不聊生，人民處於水深火海之中。為了救災備荒，滕元發從淮南要來了二十萬石米。當時附近的淮南和京東地區都相繼鬧災，滕元發便把城裏的富戶找來，同他們商量說：「如果流亡的災民擁入我們這一帶，找不到合適的地方妥善安置他們，就會有人因饑寒而死亡，這樣一來，瘟疫將因此而流行，你們的安全也將岌岌可危。我已在城外找了一塊廢棄的營地，打算用席子蓋些房子讓災民們暫時居住，希望你們能夠集資。」富戶們紛紛表示同意。

於是滕元發馬上召集人力，僅用了一個晚上，就蓋起了兩千五百間房子。過了沒幾天，流亡的災民們果然來了。滕元發就按照流民到來的先後順序，依次分給災民土地、炊具和日常用品，並明確紀律，嚴格按兵法對他們進行管理，規定少年人做飯，壯年人打柴，婦女們汲水，老年人休息。災民們到了這裏就像回到家裏一樣，感到分外溫暖。

皇上派工部郎中王右來視察，王右看到那裏的房舍、道路井然有序，整齊得就像軍營一般，十分驚喜，便把那裏的佈局繪製成圖，呈給皇上，皇上下詔書表彰了滕元發。滕元發前前後後共救活了一萬多災民，功不可沒。

祁爾光說：「滕元發處理災民的辦法同富弼差不多，富弼是讓災民散居各處，以求不擾民；滕元發是讓他們聚居在一起，使他們井然有序。這些辦法都可以效仿。」

量體裁衣，看菜吃飯。只有具體問題具體分析，妥善安排，才能成功。世界萬物無時無刻不處於變化之中。聰明的人是隨著自然的變化和社會的發展而因勢利導，並因之成就自己的事業，實現自己的理想。

可是在生活中我們卻常常發現，一些人不顧外在的條件，比葫蘆畫瓢，自作聰明，不懂得具體問題具體分析，往往適得其反，徒增煩惱，有的甚至走上相反的道路。

## 巧設義船

先前，朝廷設置了置使司，每年抽調明、溫、台三州的民船，防守定海，保衛淮東。京口民船凡是登記在冊的，大多損壞了。每當官府按簿冊登記的來抽調船隻時，各級官員又都乘機敲詐勒索，老百姓為此十分痛苦。

吳潛到那裏後，訂立了義船法，他讓三個州的各個縣，各自選出本地有才能的人，來主管攤派船隻的事。比如，一個縣要是每年要抽調三條船擔負防守任務，而有船隻登記在冊的，有五、六十戶人家，那麼就由這些人家備辦六條船，這些船一半時間應付官差，另一半時間可以為船主人賺錢謀利。其他沒有攤派任務的船隻，就讓船主人好好保養維護，以備來年使用。這些船的大小有統一的規格，船上烙著統一的標誌，使用船隻的時間也有統一的規定，這些都形成了制度。被抽調的船隻集中在江邊，不時地輪流出海巡防。負責巡防的船戶，每個人都有保衛家鄉的要求，因此，都爭相派出大船來聽從調遣，個個情緒高漲，還說：

「要在三江口集合兵船、民船，一起舉行聯合演習，大家比試比試。」這一來，整個海域安然無事。

吳潛又在夜飛山設立了永平寨，派出偏將、校官統一領導，發給守寨軍民謀生的餉銀，撥給護航的軍艦，使漁戶們有了依靠，而旅客們不再受侵害。他又設置了向頭寨，對外防禦倭寇，對內保衛京師。又設置了烽火，分為三路，都以招寶山為起點，一路通到大洋壁下山，一路通到向頭山，一路通到本府的看教亭。從看教亭傳遞一道權杖，竟然可以直接送到軍隊的大本營，只見沿路、沿海，作為號令的烽火飛馳而過，看到這一景象的人都感到心驚膽戰。

海上如此聯絡佈防，使得指揮官對鯨蛟出發的海上情況，也能一一瞭若指掌。防守得這樣嚴密的邊境，又有什麼樣的敵人敢來侵犯？

### 智囊

領導者制定政策和制度一定要從實際出發，從大局出發，求真務實、系統配套。政策和制度制定一定要有利於大局的發展，有利於長遠的發展，有利於各方面利益的公平協調，有利於調動各方面的積極性。因此要注意處理好尊重歷史和著眼未來的關係，國家利益、集體利益和個人利益三者關係，長遠利益與眼前利益的關係，嚴守政策法規和從實際出發的關係，改革與穩定的關係，要注意改革中各種關係的協調平衡。同時要根據不同地區、不同發展水準、不同歷史情況採取具體的處理措施。

# 丁謂修復皇宮

宋真宗大中祥符年間，皇宮中發生火災，當時丁謂主管修復工程。在修復宮室時，民工們往來取土的地方很遠，丁謂就讓他們挖路取土，沒過幾天，大路被挖成了大壕溝。於是，他又使汴河決口，把河水引入壕溝中。這樣，各地送來的竹木料被編成了竹排木筏，連同用船運來的各種建材，全部通過這道水溝運進宮來。等到修繕工程全部完工後，他讓人們把拆毀的碎磚瓦和火燒過的灰土，全都填入這道溝中，把它重新修復成大路。這一來，一舉三得——挖路，解決了取土的困難；形成了水溝，解決了建築材料的運送問題；修復道路，解決了殘磚斷瓦等廢棄物的堆放問題。估計這一來所節省的費用要以億萬來計算。

此計最早見於《隋書‧長孫晟傳》，書中記載，南北朝時期北周有一名武將長孫晟特別善射。有一次他看見兩隻雕爭一塊肉，就一箭射過去，兩隻大鵰一起掉了下來。後人概括為「一箭雙鵰」，比喻採取一種措施，得到兩種好處，或者做一件事收到兩方面的效果。

一箭雙鵰又稱一石二鳥，就是指出一個招數，擊倒兩個或兩個以上的敵人。行使這個計謀並不簡單，也不容易，因為面臨的是幾個對手，稍一不慎，就要惹禍招災。故在事前事後，不要暴露自己，更不能操之過急，否則會不可收拾。

# 精打細算修皇城

明世宗嘉靖三十六年四月，宮中的奉天、華蓋、謹身三座大殿、十五道宮門都遭到了火災。文武大臣集合在一起商量修建方案。海鹽人鄭曉時協助辦理軍務，他帶領三萬名士兵，打掃被火煅焦的磚木土石。他稟告黃司禮說：「火災現場的磚瓦木石不必全部運出皇城。比如石料中那些完整的、半塊的、一尺見方以上的，應該各自分開，就近堆放；白玉石經大火煅燒成石灰的，也應另行堆放；磚瓦之類都應這樣辦。」

沒過幾天，工部想改建端門外的廊房，把它建成吏部、戶部、禮部、兵部、刑部、工部六部的辦公用房，以及供百官上朝前休息用的朝房；在午門以內，想修補燒壞的柱子和殘缺的牆，此外還要在謹身殿後邊、乾清宮前邊，在隆宗、景運兩座宮門之間，砌上一道高牆，把內外攔斷。內監工部提出要從宮外往宮內運送磚、石灰與和灰的黃土，一下子就要抽調五千輛小車，消息傳出後，在百姓中引起騷動。

此時，鄭曉時稟告黃司禮說：「午門外堆放的舊磚石和石灰，不計其數，可以全部交給工部，供修理改建端門外的房舍之用；堆放在戶門以內的磚石、石灰，可以交給內監去修補午門以內的柱子和殘牆，還可以粉砌乾清宮的前牆。」黃司禮十分高興。

鄭曉時又說：「另外修砌牆柱，必須用黃土。現在工部要調用五千輛小車來運黃土，一時恐怕難以湊齊。再說，東西長安門、承天門、端門、午門，本來就只能供車輛和民夫出入，要是再加上這些小車，就必然會發生阻塞，難以通行。現在我察看了施工情況，發現在宮門樓外，有一片空地，可以從中取黃土。那裏的黃土挖走了，再派士兵們把宮內的焦土運出來，填上，上邊再蓋三尺黃土，這一來，黃土不用從宮外往宮裏運，宮內的焦土也不用運到宮外去，這豈不是兩全其美？」

黃司禮說：「這個主意甚好。」

鄭曉時說：「午門以內，那些台基中燒壞了的石料，要是運送到東西長安門，路途就太遠了。現在厚載門正在修砌斷裂剝落的石臺階，如果派士兵們把這些石料搬出右順門、右啟明門前，往北走一點路就是厚載門，就可以用來修砌斷裂剝落的石臺階，這樣做，姑且不說省了工部估算的料錢，僅就節省士兵們的勞力這一點來看，也是值得的。」黃司禮又說：「這個主意好。」

鄭曉時又說：「按老規矩，火燒過的木料，要由軍隊搬運到玻璃黑窯二廠，往返約有四十里路。再加上這些燒焦的木料都很長，不准在皇城各門中進出，而宮外房舍稠密，道路狹窄，士兵們在搬運木料時難以行走，更難以拐彎。再說現在經過火災後各宮門內太監們住的小房，不是燒毀了，就是斷裂倒塌了，必須修理或翻蓋，才能容身。我們不如把這些燒焦的木料運出左右順門外，放在東西寶善、思善兩門前後，還有啟明、長庚這兩條長街上，聽憑太監們把木料外殼的焦皮掰下來當炭用，留下的木心如果還有能用的，就聽憑他們隨便拿，讓他們用來各自修理自己的住房。用皇城內的材料，修理皇城中的房子，這是允許的。這樣做，燒焦的木料就不必運出皇城的四道宮門了，而且還節省了財力。」黃司禮又說：「這個主意好。」

錦衣衛的趙千戶，拿著錦衣衛陸長官的信來說：「士兵們搬運出去的燒焦的磚石，全都堆放在東西長安門大街的兩旁，要是讓外族或外國進宮朝貢的使者們看到了，很不雅觀。慶壽寺西夾道有一個大深坑，可以把這些燒焦的磚石填在裏邊。」

鄭曉時說：「三座宮殿遭火災，朝廷已因此向天下詔書，誰不知此事，怎麼能說不雅？慶壽寺是因犯罪而被廢的太平侯的故宅，誰敢拿朝廷中雕有龍紋的磚石，去填有罪之人的故宅？何況過去壽宮遭火災，九廟遭火災，當時燒焦的磚瓦都是運出來堆在長安門外的。士兵們在長安大街上運磚石，滿車去，空車回來，

一點也不影響交通，行人可以並排走，官員可以照常管理。如果讓我們運到慶壽寺西夾道去，那就必須從狹窄的西夾道進，從東夾道出，路得多走一半，五萬士兵只能幹出一萬五千人的活。

「此外，哪有讓官兵給私人填坑之事？再說燒焦的磚木石，工部還另有他用，等其中那些有用的材料挑選完後，我們還要取餘下來的燒焦的去鋪路呢，得從長安門牌樓下，填到奉天殿前，每填五寸，就得打碎砸實，再加五寸，一直到三尺左右，這樣才可以在上邊走運送建築材料的大車、旱船和軋平地面的石滾子，要不然街道都得壓壞了。這午門外，東西長安街上的幾萬擔火燒土石，你現在看著是個累贅，豈不知，要是把它運走了，恐怕不久又得考慮怎麼把它運回呢！」

趙千戶還是嘮叨個沒完，鄭曉時站起身來就走了。

官員們聚集在一起，商量怎麼處理被火燒壞的午門台基，奉天門殿樓等的台基、臺階、柱下的基石和雕花石板，大家議論紛紛，拿不出一個確定的方案來。鄭曉時想提出自己的看法，又怕大家不相信。於是他特地拜訪了管理和監督百工的徐杲，向徐杲請教。徐杲雖是個精通技術的人，但也很佩服鄭曉時，見他來後，知道是有重要事要與自己商量，因此馬上讓自己身邊的人離開。

鄭曉時對他說：「現在有三件事要向你請教：第一件是午門台基的修復問題。大家提出要把台基靠前的三面拆掉一丈深，從新砌上石料。這樣做，只怕現在匠人的手藝達不到。本朝建國初年所修的工程比現在的要牢固，如果按大家的意見辦，萬一城樓修好後，原有的那面台基紋絲不動，而新修的三面發生傾斜，那就得耗費幾萬兩銀子去重建。我認為不如只處理台基下龜腳束腰墩板等石板，那些沒有被火燒壞的部分可以留下，燒壞的部分可以把燒成灰的部分鑿掉，大約得鑿到二尺五寸深，按此尺寸做成新石料，鋪在原處，再填上土，使它安放牢靠，然後再按原樣，用大杉木板子擋上，絕不能把舊台基拆毀了，只能分三步來修繕

它。這樣用不了一個月，就可以完工。只是左右掖門兩旁雕有須彌山花紋的座石又厚又大，很難更換。必須等其他部分石料都更換齊了後，再按前邊所說，鑿進去二尺五寸深，做成新石料後先墊進去，再把舊石料取出，空出原來的地方，大家一齊用工具扛上去，這樣也容易做到。」

徐杲說：「這主意好。」

鄭曉時又說：「第二件，奉天門的階沿石，每塊連著三個臺階，殿上的柱下石，大的有兩丈見方，又重又大。現在同先前建皇宮時不同，當時皇城中沒有門檻阻擋，大石料可以用繩子拽進來，現在則有一道道門檻。前幾年九廟遭火災，木料石料就運不進來，只得拆掉承天門的東牆，才能運進來。現在所需的材料，比當年修九廟時還得多進三道門，更難辦到。我看不如把燒毀的宮殿裏的焦土刨開，把原來的階沿石、柱下石、鋪地面的花板石，一塊塊地翻轉過來，進行檢查，要是有堅固厚實還能使用的，就把它翻轉過來，把原來埋在地下的那面朝上，加工製作以後，再使用。第三件，殿上的三級台基，還有樓門的台基，都可以像戶門那樣挖掉壞的部分，補進新的石料就可以了。您要是能力主此議，就可以節省幾萬萬民夫，節省的銀兩、糧食更何止幾百萬！省下來的驢騾車輛，更不知有多少。這是莫大的一件功勞啊！」

徐杲聽了十分高興。三天以後，上朝再商量這些事時，徐杲完全照鄭曉時所說的提出了自己的意見。

智囊

修皇城用的了如此絞盡腦汁嗎？但是，細節決定成敗，正是一點一滴的精打細算，才使得修築皇城變得科學合理，省錢省

力，富有效果。

網路經濟是先進生產力的代表，電子商務是未來社會的財富之源，但這不等於一家公司只要投身電子商務就能大發其財。年輕的創業者們捧著風險基金和通過銀行融資，誤以為這就是他們時髦的商務模式帶來的利潤，殊不知他們離真正的贏利還遠得很。一個企業不經過一次又一次地錘煉和磨礪，僅憑一個方案、一項技術就能飛速發展有如天方夜譚。這在傳統經濟時代是不可能的，在新經濟時代更是不可能的。

一個企業憑藉某項技術突破，可能在一定的時間內在市場上大出風頭，但是今天的市場競爭是如此激烈，技術進步是如此迅猛，隨時都有被淘汰的可能。因此，電子商務網站必須做好打持久戰的心理準備，努力培養自己抗禦未來風險的能力。其中最關鍵的就是要建立一套可持續的資金運用策略，增收節支，努力讓花出去的每筆錢都收到應有的效果，為下一步的發展提供可靠的保障。

事實證明，「先壯大，後贏利」的思想是錯誤的、是投機的。它是建立在投資人會慷慨地不停扔錢的幻想之上的，而投資人的真實性格在這次納斯達克股市震盪中已經表現得一清二楚了。不論是傳統企業也好，電子商務網站也好，自己不能贏利，生存都成問題，談何壯大？要生存就要贏利，要贏利歸根到底靠的還是扎扎實實的經營和管理能力，靠的是硬功夫。

## 有心計的賀盛瑞

在明代萬曆二十四年重建乾清、坤寧兩宮的工程中，主持的官員中有一名營繕司郎中賀盛瑞。當時要修兩宮的大階石，御史又打算動用五個城的人力來運送。工部郎中賀盛瑞採用了主事郭

知易的意見，造了十六個車輪的大車，用一千八百頭騾子拉車運送石料，共計二十二天，就把石料運進了京城，費用不到七千兩。賀盛瑞又造了一百輛四輪的官車，招募大富人家出錢把車領走，讓他們用車運送木料、石料，每天按照所使用騾子的頭數付給運費。每輛車的價錢是一百兩銀子，每年扣掉每輛所需付的二十兩銀子做運費，賣車所得可以支付五年的運費。官府不必另外調撥銀子付運費，同時也沒有打擾一個百姓。

修慈寧宮時，需要二十多塊基礎石，賀盛瑞讓人從工部衙門的舊石料中選出合適的，運進宮去。宦官們紛紛抱怨說這些石料太舊了，賀公說：「石頭怎麼能說是舊的？一鑿就是新石料。要是有事，我來承擔，不會連累你們的。」

獻陵中水溝的兩岸，過去用的是磚砌，每年山洪暴發時，這些磚抵擋不住，因此每年修每年坍塌，耗時耗功。當時賀盛瑞任督工主事，他建議用石頭來代替磚，然而由於皇帝身邊受寵倖的宦官們每年可以從中漁利，所以主張按原來的辦法施實。賀盛瑞就把管理工地的小吏找來，對他說：「這條水溝的岸，用什麼來砌才耐久？」那人回答說：「應當用黑色的城牆磚，再灌上灰漿。」賀盛瑞說：「黑色的城牆磚皇陵中有的是，宦官們為什麼不拆三兩萬的派用場呢？」那人回答說：「他們因為怕拆皇陵的東西犯法，所以不敢這樣做。」賀盛瑞說：「你只管告訴他們，我不查這些磚的來路。」

那小吏把這些話都告訴了內監宦官，那宦官有些懷疑，不知賀公葫蘆裏賣的什麼藥，但內心還是被利所打動，就拆了兩萬塊皇陵中的黑色城牆磚。過了很久，也沒見賀公再提起這件事。

有一天，賀盛瑞約那宦官一同到溝岸的盡頭，他對那宦官說：「這裏過去砌的是黑色城牆磚吧？」那宦官說：「是的。」賀盛瑞說：「山洪暴發時，磚不能擋，砌它有什麼好處？不如用石頭。」那宦官說：「皇陵上的石頭，哪個敢動？」賀盛瑞笑者

說：「山間水溝中漂浮來的那些石頭，我動用它，不正是為了去掉它，以疏通水溝，使皇陵的流水通暢嗎？」

那宦官由於在此前中了他的圈套，私拆過皇陵的城磚，這時也就不敢再說什麼了。於是，賀盛瑞每天五更天點名，讓民夫、工匠每人每次從山上帶回一塊三十斤重的石頭，沒過幾天，石頭就堆成了山了，他用這些石頭，修砌了溝岸。原來估計用磚要耗費二十萬，現在用石頭砌以後，整個費用沒有超過五萬。

神宮監需要翻修，按規矩頂部要用板瓦。當時官窯燒的瓦顏色黑，品質差，每片竟賣一分四釐；民窯燒的瓦顏色淺，而且結實，每片只賣三釐。可是，很久以來，那些宦官們私下裏通過賣官窯的瓦撈取好處，因此都不讓買民窯的瓦。賀盛瑞督管這個工程，他親自到神宮監，才得知這神宮監才蓋了三十多年，就漏到這等地步，根本原因在於瓦石太薄，品質不好。賀盛瑞就暗地裏要了官窯和民窯燒的各一千片瓦，在上邊做下記號，然後摻雜著堆放在一起。

這時，他便邀請了監工太監、木陵掌印和守陵的太監們，帶他們到堆放瓦的地方，賀盛瑞對他們說：「這些瓦完全聽憑你們選擇，你們說哪種好用？」大家都說：「顏色淺的好。」賀盛瑞當著他們的面，拿過來一檢查，原來是民窯燒的瓦。他說：「民窯的瓦既然品質好，價錢還便宜，那麼何苦要用官窯產的質次價高的瓦呢？」監工太監說：「這是祖宗留下來的制度，哪個敢違背？」賀盛瑞說：「祖宗留下來的制度說要用官窯瓦，這是因為當時官窯燒得比民窯好，哪裡想到現在官窯白白耗費了國家的錢糧，燒出來的瓦竟這麼糟糕！我想向朝廷上書反映此事，今天請你們來，只是想請你們當個見證人罷了！」說完就走了。

那監工太監跟著他，到了他的住處，低聲下氣地對他說：「這事要是開了頭，官窯的瓦就沒人要了，請您還是按老規矩辦吧。」他不答應。那太監又請求官窯民窯各用一半，他還是不

同意。那太監知道他是不會改變主意了，就說：「完全按您的意見辦，只是希望您不要把這個情況洩漏給其他主管工程建設的人。」於是，他就用了二十萬片民窯的瓦，來翻修神宮監，為官府省了二千多兩銀子。

金剛牆需要填土，但只有二十幾個在編的民夫，兩人合抬一筐，這點事至少三、五天才能完工。賀盛瑞下令說：「誰要是多抬一筐土，就加二文錢，我用紅木屑來做記號，登記下來。」話音剛落，民夫們一個個跑得飛快，一天不到，活就幹完了。

錦衣衛上奏章，要求修理皇帝外出時的車駕儀仗，總共要花費一萬兩銀子，賀盛瑞嫌他們用錢不加節制，監工的太監就把需要毀了重做的都運到工部衙門來。賀盛瑞檢查了這些東西後，對他說：「您的下屬們在上奏章時多報了損耗，由於害怕您的為人精明，所以使了這些手段來進行欺騙，目的不過是為了證實他們奏章中的話罷了。不然的話，皇帝外出坐的車，存放在庫中，也沒聽說有過什麼閃失，怎麼現在車上的銅帶搖晃了，燒焦了？儀仗用舊了，應當變得朽爛，怎麼現在都是從中間斷裂，就像有人切過似的呢？」

監工太監按照他所說的話去責問儀仗隊的軍官們，還對他們說，要把這件事告到上邊去，這些人都跪下了，哭著求饒，表示再也不敢搞鬼了，直到整個工程完工，也沒有人敢鬧事。結果，用了不到一千兩銀子，皇帝的車駕儀仗就已煥然一新了。

在明代萬曆二十四年重建乾清、坤寧兩宮的工程中，賀盛瑞由於在工程中節餘九十萬兩白銀，既沒有給掌權太監行賄送禮，也沒有和工部官員私分，其結果是被加上一個「冒銷」（虛報）工料的罪名而罷官。他寫了一個「辯冤疏」向皇帝申訴，說明他確實沒有貪污，而是想方設法為皇家效勞，但萬曆皇帝不理政事，有二十多年沒坐朝，這位官員便憂鬱而終。

他的兒子賀仲軾根據父親的筆記及生前口述，寫了《兩宮鼎

建記》一書，詳述他父親主持施工的經過，並把那辯冤疏附在後面。這本《兩宮鼎建記》並不是關於營建技術的著述，文字水準也不高，實際是一部表功狀和喊冤錄。從這本著作中也反映出明代晚期營建皇宮極端腐朽的內幕。貪污勒索、侵吞盜竊——無所不用其極，成為當時社會政治的一個縮影。

智囊

和以往凡有大工多靠徵發徭役以解決物料勞力的做法相比，明清時代，尤其是萬曆中葉以後的官辦工程，還有一個新的特點，就是適應商業資本主義的發展，更多地依靠廠商買辦包工頭之類來解決問題。大處著眼，可以更多地迴避政府與民眾的直接衝突，且有大幅度地降低成本、提高效率的經濟效益；從小處著眼，這些環節的增加，又為「表裏衙門」在徑直侵吞工款之外，增加了敲剝索賄的管道。

明神宗時，乾清、坤寧兩宮重建，項目負責人之一、工部營繕司郎中賀盛瑞因為缺乏「表裏衙門」通同舞弊的協作精神，比預算節省了九十萬兩白銀，反而以「虛報」罪名罷官，去世後留下一部由其口述、由他兒子賀仲軾整理的《兩宮鼎建記》，頗有一些這方面的細節披露。比如工程中需用銅料，太監掌管的內庫裏堆積如山，但是賀盛瑞如不額外給他們塞好處就領不到，只能轉而提出品質標準，要銅料供應商限期限價去買。銅商計算一下，若是千里迢迢去南方採買，不僅賠錢，而且肯定誤期，還不及按工部官吏的教導，代替他們把這筆好處費繳了。果然，管庫太監收了賄賂，銅料便順利領來了。

另據《工部倉庫須知》記載，像這種收受「鋪路費」的勾當並不限於掌管內庫的太監們，凡是現金或物資從工部發出，都要

先扣除兩成的「使費」，連書吏衙役把門秤手的好處都包括在內，此乃全國皆知的祕密。有關人員還在做如何節省財政支出的課題研究時，放在臺面上公開討論過。有人認為這是約定俗成的「陋規」，要革除也不宜操之過急，應當在第一年徵收「使費」時減收百分之三十，明年再少收百分之二十，後年再少收百分之十，直到完全革除。太監們的「鋪路費」也照這個方式去辦。

楊聯教授說，這個主張是否真的見諸實行並不清楚，不過它很容易使人想起《孟子》裏的一則故事：有人慣偷鄰居的雞，鄰居當面批評他——「非君子之道」。他說：請容我慢慢改正，先從以後每月只偷一隻雞做起。

## 沈晦借五郡牽制敵人

宋朝人沈晦任信州知州時，宋高宗駕臨揚州，將召他任中書舍人。侍御史張守談論他為平民時的往事，高宗說：「不久之前，朕在金營見到他，顯得意氣激昂。讀書人的細節，哪值得成為他終身的牽累呢？」

紹興四年，沈晦受命為鎮府兩浙西路安撫使，他曾在皇上面前提出，可以使用地方割據勢力的軍隊。他認為：現在沿著長江一千多里，如鎮江、建康、太平、池、鄂五郡，都各自擁有一兩萬軍隊，可以拿出本郡的賦稅收入買官田，以官田的生產，供應這些地方部隊所需的糧餉，以堅定他們守土作戰的決心。

如果敵兵進攻五郡，則用水師守長江，用步兵守隘口，敵軍很難衝破這道防線；就算能衝過，則由五郡的駐軍聯合攻擊，敵人再怎麼善戰，也不可能一天之內拿下全部五郡的城池。如果敵軍分兵圍攻五郡，則必然造成軍力分散而戰力削弱，要對付他們就容易了。如果敵人用一部分軍隊牽制我軍，然後向南進攻，那

麼這五個郡可以從後邊攻打敵人，使敵人不能遠去。但他的意見當時沒有被採納。

智囊

　　沈晦富有洞察力，具有戰略的眼光，懂得審時度勢，不計一時的得失，希望借助財力支援五郡的發展，依靠五郡的力量牽制敵人，求得朝廷的平安。從得失比較而言，朝廷犧牲一時的利益，贏得長遠的發展，何樂而不為？

　　現代社會，競爭激烈，資訊時代，網路發達。面對眾多的商品，顧客將通過什麼方式選擇自己想要的商品？為了吸引顧客，提升商品的價值，不少商家從長遠打算，不惜高額代價做廣告宣傳、市場推廣；或者對某一大型活動進行資助，通過網路、電視、報紙等媒體打造品牌，提升自己的知名度，贏得更多的顧客，取得更大的收益。雖然商家為了擴大規模，製造影響，花費了不少心思，動用了巨幅資金，但是對比產生的良好效益而言，是值得的。

# 第九卷
# 洞察真相的智囊

花言巧語者信口雌黃，大權在握者指鹿為馬；壞蛋群魔亂舞，好人冤魂夜哭；果有洞察真情，片言便可斷案；只有曾參與冉求，才被尊奉為人師。因此，輯有《洞察真相的智囊》一卷。

## 御史明辨誣告信

唐朝初年，李靖任岐州刺史，有人向朝廷告他謀反，唐高祖李淵派一名御史調查這件事。御史明知告發的人是誣告李靖，便有意邀請告密者一起去歧州進行調查。走過了幾個驛站之後，御史假說丟失了檢舉信，表現得異常驚恐，鞭打隨從的典吏。接著又請求告密者重新寫一份檢舉信。待那人寫完後，拿來和原先的信進行比較，發現內容出入很大。御史即刻趕回京城將此事稟告給唐高祖，高祖大驚，於是把誣告人殺了。

智囊

在大量的刑事案件中，存在其他案件與此案、他犯與此犯、同一證人的口供前後不一致等比較的東西。通過比較，便可發現其中可疑之處，偵破此案的犯罪線索也就由此產生了。這位御史非常聰明，當接受了皇帝的詔令，前去調查李靖的謀反案時，他知道僅僅因為自己對李靖的為人十分了解而懷疑他人的誣告還是不夠的，要澄清李靖的案情，必須找到有力的證據，讓證據為李靖辯護，幫李靖解脫。

當時，他固然可以到事發地點去查訪，而最直接有效的方

法，莫過於從誣告者本身那裏找到證據了。事情說來也挺簡單的，如果李靖真的想謀反，那麼，證人提供的證詞無論在怎樣的情況下都應該是一樣的，結果證詞前後矛盾，這就證明了其中有詐。御史正是根據比較證人的前後供詞不一致而為李靖辨誣的，事實證明他的論斷是正確的。

## 張楚金陽光破案

武則天當政時，湖州佐史江琛，拿了刺史裴光寫的一些書信，剪貼拼湊成一封和徐敬業共同謀反的信件，以此向朝廷告發了裴光。武則天就派了一名御史去查這案子。裴光申辯說：「字是我寫的，話不是我說的」，從而否定了原告。這件事前後三次派人去查過，都不能給裴光定罪，武則天又指命張楚金接辦此案件。

張楚金得出的結論仍和以前的相同，感到無法交差，心裏十分煩悶。一天下午，他躺在靠西窗的床上休息，陽光從外面照射進來，他拿起那封「謀反信」就著陽光看，因為光線是從紙的背面照射過來，他從正面發現，信上的字竟是經過修補黏貼的。他心裏馬上明白了，立即把湖州的官吏們都召集來，又讓人端了一個大水甕，然後他命江琛自己把那封書信放進水裏。不一會，信上粘貼的字一個個都脫落了。江琛見陰謀敗露，嚇得跪下叩頭認罪。

智囊

面對這樣一個沒有絲毫進展的案子，所有人都無計可施，可是張楚金卻利用這麼一個偶然的機會把它給破獲了，也許這裏面存在很多的偶然因素，但是我們還是要為張楚金的靈機一動和善

於發現問題而喝彩。張楚金破案，看似偶然，但也是必然，因為他善於通過微小的細節而發現問題，善於抓住每一個疑點，這是難能可貴的。

古人云：「窺一斑而見全豹」。很多事往往都是通過多細節的分析而解決的。從細小或者司空見慣的事物變化中，發現事物之間的聯繫，從而解決矛盾，這是出奇制勝的關鍵。

阿基米德在洗澡的時候無意中發現了浮力定律；倫琴在試驗中發現了x射線；牛頓在樹下休息的時候看到落下來的蘋果，而發現了萬有引力……他們都是善於發現問題，而成就了自己的事業。生活中有許多這樣的事情，它看起來沒有問題，可是心裏總是不舒服。這時，你就要仔細觀察，你要學會生活，從生活中汲取經驗，這樣你才有可能發現問題。如果你不懂得生活，對生活中的常識一無所知，相信你也不會有什麼大的成就。

## 食客帶來的麻煩

崔思竟在武則天當政時，有人向朝廷密告他的堂兄崔宣謀反。朝廷立即派御史張行岌調查此案。

密告者預先把崔宣的妾誘騙到自己家藏起來，再向官府告發說：「崔宣的妾本想揭露他的陰謀，結果被崔宣殺了，屍體被投到洛河裏了。」張行岌經調查，沒找到證據，罪名不能成立。武則天很生氣，命令他重新調查，也沒有查出什麼新的線索，結果還是同樣。武則天發怒了，說：「崔宣如果真的把妾殺了，他謀反的罪行就是明擺著的事。如今你找不到崔宣的妾，你將怎樣洗白自己呢？」張行岌十分緊張，就逼著崔思竟趕快設法找到崔宣的妾。

崔思竟在城裏中橋南北一帶，出很多錢招募能找到藏妾者的

人，但幾天過去都沒有什麼消息。但是，他發覺家裏每次祕密商議的事，告密者總是會知道，他估計家人中一定有那人的同謀者。一天，崔思竟假裝對崔宣的妻子說，要用三百匹絹，去收買刺客殺掉告密者。第二天天快亮時，他就偷偷地守候在告密者家門口的臺階旁。崔宣家有個姓舒的食客，是婺州人。他為崔家幹活，崔宣倚重他，就像自己家的子弟一樣。不一會，崔思竟就看見那個食客來到臺階前，買通看門人，叫他進去向告密者報信。果然，後來告密者就公開宣揚崔家要刺殺他了。

崔思竟明白了真相，就約那個食客到城裏的天津橋。見面後，崔大罵道：「無賴險惡的畜生！崔家如果敗了家，肯定要指認你為同謀，到那時，你有什麼辦法洗白自己？你如果能找到那個妾，我可以給你五百匹細絹，這樣你回鄉去，終身都可以受用不盡。否則，你必然是死路一條！」那個姓舒的食客聽了，害怕極了，後悔不已，便認了錯，然後就帶著崔思竟去到告密者家裏，搜出了那個藏著的妾。這樣，崔宣謀反的罪名才得以免除。

一個食客尚且能造成這麼大麻煩，那些養了三千食客的人家，該會怎樣呢？雖然食客們都有點雞鳴狗盜的技能，有時也能派上用場，但他們都不會是心甘情願在別人門下服役的。所以，鑒別人才時，一定要以知廉恥、能自愛為重。

智囊

崔思竟的謀略是：引蛇出洞。他先透過家人幾次密商要事，卻總是被告狀者事先知道的事實，斷定家裏有「內奸」。但這時他還難以準確判斷出誰是「內奸」，於是，採取引蛇出洞的策略，故意釋放了一道煙霧，果然「內奸」不打自招，被引誘出來了。

# 善於分析的邊郎中

宋代開封府有個胡屠夫的妻子，行為素來不檢點，名聲也不好，經常受到丈夫和公婆的打罵。有一天，她去井邊打水，去了之後就再也沒回家，胡屠夫就去官府報了案。這時，正好安業坊的一口枯井中發現一具女屍，官府就讓胡屠夫去辨認。胡看後說：「我老婆有一隻腳缺小趾，這屍首的腳趾全有，她並不是我老婆。」

胡屠夫的老丈人向來恨女婿，這時他就伏在女屍身上邊哭邊說：「這就是我的女兒！她一直得不到公婆的疼愛，一定是他們把她打死後，扔在井裏想逃避罪責。」

當時正是盛夏，兩三天後，屍體已腐爛，官府權且把屍首埋在城外，並把胡屠夫下了獄。屠夫在獄裏經受不住拷打，只得屈打成招。

宋朝法律有一項規定，每年都要派遣官吏復審獄中各種刑事案件。這年，刑部郎中邊某審查胡案，一眼就看出此案有破綻，說：「這個胡屠夫的老婆肯定沒死。」

但宣撫使安文玉卻堅持不肯改判。

邊郎中就派人去查看張貼在各城門口的捉拿逃亡人口的告示，發現其中提到，一個姓胡的商人家裏逃走了一個婢女，她的特徵大致和女屍相同；而且商人家正好也在枯井那一帶，但那個商人已到外地去了。

於是，邊郎中派人找來原來埋屍的人，去起出原屍。埋屍者領人出了曹門，過河到了河東岸，指著一個新墳說：「這就是那座墳。」待把墳挖開，裏面埋的卻是一具男屍。邊郎中說：「埋屍的時候正值盛夏，河水上漲，這些人擔心過河不安全，可能把屍體扔到水裏了。埋著的這個男人用黑絲巾紮著頭髮，必定是江淮一帶新來的奴僕。」經過調查，情況果然如此。

宣撫使安文玉心裏明白胡屠夫受了冤枉，但是他以沒抓住逃走的女人為由，不肯釋放胡屠夫。剛巧這時開封一名官吏到洛州去上任，他的僕人在來迎接的妓女中，發現了胡屠夫的老婆。經過詢問，才知道她當初出去打水時，和別人私奔了，後來又流落到了妓院。胡屠夫冤案這才得以昭雪，事實就此真相大白。

## 智囊

邊郎中善於分析，勇於挑戰以前的判斷，不人云亦云，在案件面前有自己的分析和洞察。

現實生活中，人們也要養成善於思考，認真分析的良好習慣。在大是大非，是非對錯面前擺明自己的立場，對於自己的論斷要實事求是地分析和論證，理論與實踐有機相結合，有理有據，才能有真正的說服力和影響力。

## 李崇設計探真情

定州流浪漢解慶賓兄弟，因犯法獲罪，一起被流放揚州。

弟弟解思安躲過看守的士兵逃回去了，解慶賓怕看守追查，就冒認了城外一具死屍，謊稱是自己的弟弟被人所殺，並讓家裏人把屍首運回老家安葬。因為死者相貌和解思安頗有點相像，所以見到的人都分不清真假；加上一個姓楊的女巫又說，她見到了解思安的鬼魂，鬼魂曾向她訴說被害的痛苦和饑渴的感覺，事情就更是弄假成真了。解慶賓一不做二不休，又向州府誣告士兵蘇顯甫和李蓋，說懷疑是他們殺了弟弟。經審訊，這兩個士兵經不住拷打，只得招認，被打入監牢，等待處決。

在案子即將判決的時候，吏部尚書李崇覺得疑問重重，下令停止執行。並暗中派了兩個大家都不認識的部下，扮成外地人去見解慶賓，說：「我們是在北方做事的，曾遇見一個人來投宿，夜裏和他聊天時，發現他有點可疑，經過追問，他才說，他是從流放地逃跑的，叫解思安。當時我們要把他送交官府，他苦苦央求，說：『我有個哥哥解慶賓，現住在揚州相國城內，嫂嫂姓徐。您如果可憐我，請幫我報個信，訴說我的處境，我哥哥知道後，一定會重重報答您的。』今天我們倆是來核對這件事的，如果找不到他哥哥，再把他送官府也不遲。所以我們來拜訪你。你如果願給我們一些好處，我們一定會放你弟弟的；你如果不信，現在就可以跟我們去見他。」

解慶賓聽後很煩惱，臉色蒼白，悵然失色，請求來人稍等兩天再答覆。

這兩個人把上述情況報告了李崇，李崇把解慶賓抓來審問，解慶賓立即招認了實情。當問到蘇顯甫和李蓋的問題時，解慶賓又承認是自己誣告的。

幾天之內，解思安也被人抓到，綁送回揚州。李崇又召那個女巫來，讓她看活著的解思安，然後打了她一百鞭子。

智囊

這裏運用了「無中生有」的計策。此計的關鍵在於真假要有變化，虛實必須結合，一假到底，易被敵人發覺，難以制敵。先假後真，先虛後實，無中必須生有。指揮者必須抓住敵人已被迷惑的有利時機，迅速地以「真」、以「實」、以「有」，也就是以出奇制勝的速度，攻擊敵方，等敵人頭腦還來不及清醒時，就將之擊潰。

無中生有，就是真真假假，虛虛實實，真中有假，假中有真。虛實互變，擾亂敵人，使敵方造成判斷失誤，行動失誤。此計可分解為三部曲：第一步，示敵以假，讓敵人誤以為真；第二步，讓敵方識破我方之假，掉以輕心；第三步，我方變假為真，讓敵方仍誤以為假。這樣，敵方思想已被擾亂，主動權就被我方掌握。

　　在審判案件的過程中，當證據還不確鑿的情況下，經常會看到警方使用「無中生有」的「詐」術，誘導嫌疑人自亂陣腳，一步步走進邏輯的「圈套」，說出對自己不利而對審理案件有價值的事實。當該人說出事實真相的同時，他也許才會猛然醒悟是自己失控說露了嘴。

# 誰是罪人

　　有個貪圖侄子家財的人，把侄子灌醉後在家裏把他殺了。這人的大兒子和妻子感情不和，想利用這件事，假造姦情，殺掉妻子。他提刀進屋，把妻子的頭也砍下來，然後拿了兩個人頭去報了官。

　　當時，知縣尹見心正在二十里外迎接上級官員，等接到報案時，已經是夜裏三更時分了。尹見心在燈下看這兩個人頭，一個的皮肉已上縮，一個還沒有縮。他問報案人：「兩人是同時殺死的嗎？」回答說：「是。」尹見心又問：「這女人有子女嗎？」回答說：「有一個女兒，才幾歲。」尹見心說：「你暫且住在牢房裏，等天亮再審問這案子。」接著，他馬上發了一張傳票，派人迅速把被殺婦人的女兒帶到衙門。尹知縣拿果子給女孩吃，輕聲細語地盤問了她，終於了解到真情。殺人的父子只得認罪。

兒童們大多經驗不足，不會撒謊，或者說撒謊之後也很難自圓其說。尹見心正是利用了孩子的這一弱點，從孩子的身上開始找證據，老翁和兒子謀財害命的罪行便輕易地得到了，這是那老翁和他兒子萬萬沒有想到的，於是只好俯首認罪了。

明惠帝建文年間，揚州有戶人家，半夜裏被強盜入室，殺了家人，強盜臨走時，在屍體的旁邊丟下了一把凶刀，刀上刻有標誌，表示是死者鄰居家的。官府於是就把那鄰居逮捕審問。鄰居大叫冤枉，說：「刀的確是我家的，但是已經丟失很久了。」他後來忍受不了嚴刑拷打，就被迫承認那把刀是自己的，人也是自己殺的。

當時，劉季虎任刑部侍郎，他覺得此案有點怪，便暗自派人拿這把到刀拿一帶去調查，有一個小孩指著這把刀說：「這是我家的東西啊！」這樣，一句話就查出了真正的兇手。這也是透過孩子之口偵破一起兇殺案的典型案例。

## 借豬斷案

張舉當句章縣官時，曾有一家人家的妻子殺死了丈夫，又放火燒房毀屍滅跡，然後詐稱丈夫死於於火災。死者的弟弟到縣裏報了案。

張舉就找來兩頭豬，殺死一隻，存活一隻。然後把牠們一起放進柴堆裏燒。火熄後，張舉發現死豬口中沒有灰，而原來的活豬口中則有很多灰。

接著，他查驗了死人的口腔，裏面果然沒有灰，這說明那丈

夫在房子著火前就已經死了。根據這情況，他審問那女人，女人不能自圓其說，只得供認自己的罪行。

## 智囊

　　大凡被自己親人謀害的人，由於謀害者出於一己私欲，蓄謀已久，被害者防不勝防，加之死無對證，謀害者是唯一的見證者，因此，偵破此案件是有一定的難度。但是，也不是絕對沒有辦法的。

　　如此例中的張縣令，儘管那個女子的小叔子懷疑是自己的哥哥死於火災有詐，可是，法律是要講求證據的，不能單靠推測和假想。張縣令選擇了兇手萬萬沒有想到的焚豬這一細節為證據，迅速地摧毀了淫婦的心防，查明了案情，揭露和證實了女子的犯罪行為，淫婦不得不低頭認罪。張縣令這一破案奇招，對於偵破當代的類似案件是有借鑒意義的。

## 細心推敲的楊評事

　　湖州商人趙三和姓周的書生很要好。一次，他們相約去南都做生意，趙三的妻子孫氏卻不想讓丈夫出門，於是兩人吵鬧了好幾天。

　　到約定的日子，趙三大清早就先上了船。因為天色還早，趙三就在船艙裏打起盹來。船夫張潮貪圖趙三的錢財，偷偷把船撐到僻靜處，把趙三殺死沉入河底，然後又把船划回原處，假裝熟睡。等姓周的書生來後，張潮說沒有見人過來。書生等了很久仍不見趙三，就讓張潮去趙家催請。

張潮到趙家敲門，喊叫三娘子，問趙三為什麼這麼晚還不出門。孫氏聽了很驚奇，說：「他出門很長時間了，哪能還沒上船呢？」張潮回去告訴書生，書生感到很驚異，就和孫氏分頭去找人，但找了三天，趙三仍無蹤影。書生怕受連累，就寫了封書信呈交縣衙門，縣官懷疑是孫氏因其他緣故害了自己的丈夫。

　　過了很久，大理寺有個姓楊的評事看了那封書信，分析說：「張潮去趙三家敲門時，叫的是三娘子，可見他一定知道屋裏沒有她的丈夫。」根據這一點，官府認定了張潮的罪行，張潮只得低頭認罪。

智囊

　　凡屬此類作奸假案，兇手總會留下一些蛛絲馬跡，斷案人沒有細心的體察是難以偵破的。楊評事的高明，在於他一眼就從張潮去敲門時，叫的是「三娘子」這個細節，而判斷出張潮一定知道趙三已經出門了，這樣，張潮即便不是殺人兇手，至少也是一個知情人。

　　楊評事的成功證明：仔細地審視案件中的每個細節，由此及彼，由表及裏，去偽存真，去粗存細，不論多麼複雜的案情，都是有可能偵破的。一個小小的細節破了一椿疑案，楊評事的觀察力和分析判斷能力實在叫人佩服。生活中常常有些細節能反映大的問題，如果我們細心觀察，就能提高判斷分析的能力。

## 金元寶變成了黃土塊

　　唐朝李勉鎮守鳳翔府時，該地一個農夫在耕田時挖到一甕馬

蹄形黃金，就送到縣府去。知縣擔心公庫的防守不夠嚴密，於是就放在自己家裏過了兩夜，知縣去看馬蹄金，都變成了土塊。這一甕馬蹄金剛出土的時候，鄉里的人都來觀看過，一眨眼工夫金元寶突然變成了土塊，大家都非常驚異，知縣趕緊將此事向鳳翔府報告。

知縣無法為自己辯白，只得承擔將黃金掉包的罪名，雖然供詞都有了，卻沒有辦法追究黃金的下落，因而將此案報告李勉。李勉看了以後，非常生氣。不久，李勉在宴席上談到這件事，大家都很驚異。當時的相國袁滋也在場，低著頭不說話。

李勉問他：「為什麼不發表意見？」

袁滋說：「我懷疑這件事是冤枉的。」

李勉說：「你一定有高見，此案一定要請你查明真相。」

於是袁滋接受了此案。他將此案的資料證物調到鳳翔府，觀察甕中共有二百五十多個土塊，就在市場店鋪間蒐集同樣體積的金子，但才找足其中的一半，就已重達三百斤。詢問那天挑擔子的人，只有兩個農夫用竹擔抬到縣府，計算金子的全部數量，不是兩個人所能抬得動的，表示在路上的時候，金子就已經被換成土塊了，至此案情大白，知縣獲判無罪，洗清了冤情。

智囊

金元寶為什麼變成了黃土塊？在人們看來，很簡單，是知縣使用了「調包計」，知縣成為第一號嫌疑人。但是，在實際判案過程中，有些判官經常被一些假象所蒙蔽，根據表面現象非常武斷地下結論。

古往今來，因為這種表面現象被人誣陷的人不計其數。但是，當大家都人云亦云，認為順理成章的時候，相國袁滋敢於質

疑，提出自己的看法，表示要嚴肅查處。最後，經過一番調查和分析，用證據說話，最後才使知縣得以昭雪。

俗話說：「事實勝於雄辯。」在分析和判處案件，對案件下結論的過程，應該結合事實進行理性分析和論證，依靠證據來證明。只有論證合理，證據確鑿，才能有理有據，才能真正地做到公正、公平。

## 善於敦促和睦的縣官

宋朝人呂陶任銅梁縣令時，城中有龐氏三姊妹，共同吞沒了幼弟的田地。弟弟長大以後，向官府控訴，但都敗訴，因而生活非常貧困，淪落為傭奴。

呂陶到任後一審問，三個人都服罪且交出田地，弟弟感動得哭泣跪拜，願意賣出一半田地做佛事來報答。

呂陶開導他說：「三個姊姊都是你的同胞，在你幼小時，如果不是她們為你做主，難道你不會被他人欺凌嗎？與其捐一半田產做佛事，還不如分給三位姊姊。」

弟弟誠服聽命，感動得流淚，向呂陶表示了尊敬和從命。

分送田產而不傷姊弟之間的和睦，可說是善於敦親，可如依法令來決斷就不妙了。

智囊

元人吳亮的《忍經》中說：「清河縣有兩個叫乙普明的兄弟，為了一塊土地的歸屬打了十來年的官司。太守蘇瓊教導他們說：『普天之下，難得的是兄弟；而容易得到的是田地。不論你

們之中的哪一個人得到了田地，最終卻失去了兄弟的情義，這又有什麼好處呢？』」

乙普明兄弟叩首致謝，請求到外邊去想一想，於是，分開了十來年的兄弟又和好如初，一起回家了。蘇瓊與呂陶一樣，都是善於調解民事糾紛，主張以和為貴的官吏。

呂陶的執法既合理又合情，由當事人自己把田地分贈三個姊姊，使姊弟不因打官司而傷了情分，這種處理辦法，可以說是很善於促進和睦的。如果是由官府出面做出這種決定，效果就不好了。

## 裴子雲計斷偷牛

唐朝時新鄉人王敬被派戍守邊境，留下六頭母牛在舅舅李進家，養了五年後，生下三十頭小牛。王敬從邊境回來，想討回牛，李進說死了兩頭母牛，只還他四頭老母牛，其餘不肯歸還。

王敬很生氣，到縣府投訴，縣令裴子雲以偷牛的罪名命人將王敬監禁，然後派人去追捕李進，李進很惶恐地來到縣府，裴子雲責罵李進說：「偷牛賊說同你偷三十頭牛，藏在你家。」並叫賊來對質，用布衫籠罩在王敬頭上，站在南牆下，李進急得吐露道：「三十頭牛都是外甥的母牛生的，實在不是偷來的。」

裴子雲叫人拿走王敬頭上的布衫，李進見了說：「他是我的外甥。」

裴子雲說：「這樣就立即還他牛。」但念在李進養牛五年的辛苦，命令王敬用數頭牛作為答謝。全縣的人都叫好。一說是武陽令張允濟事。

唐懿宗咸通年間，楚州淮陰縣東鄰的百姓以田契向西鄰借貸一千緡錢，約定第二年加利息贖回。到期後他先還八百緡，約定次日還足後拿回田契，兩姓一向是世交，而且只隔一夜，認為一

定沒有問題，因而沒有寫契據。

第二天，剩餘的錢送到後，西鄰人卻不認賬。於是東鄰人就向縣府提出控訴，縣府認為沒有證據，判東鄰人敗訴，東鄰人又向州府控訴，也得到同樣的結果。

東鄰人非常憤怒，聽說天水人趙和任江陰縣令，只要一句證詞就能決斷訟案，於是渡江向南控訴。趙和認為縣令官位低，而且不屬於自己管轄的地區，一再推辭，東鄰人不停地喊冤，趙和只好說：「你暫且留在舍下。」

趙和想了一整夜，才想出辦法來，於是招來幾名捕盜的能手，送公文到淮墟口，說是捉到江洋大盜，供出有同夥某某，請求加銬鎖送來。

唐朝法律規定，持刀阻江的惡徒，鄰州不能庇護。果然把西鄰人捕到，然而西鄰人仗著是農家，又沒有參與其事，應對時有恃無恐，趙和威脅說要動用嚴刑，西鄰人才不停地叩頭哭泣。

趙和說：「你所盜取的幸好都是些金銀寶物絲錦之類的物品，不是農家的產物，你將家中所藏的財物拿出來辨認。」

西鄰人便放心了，根本沒想到東鄰人會越境訴訟，於是詳細開列錢谷金帛的數目，並注明從哪裡得來，而東鄰人贖田契的八百緡也寫在裏面。趙和看了以後笑著說：「你果然不是阻江大盜，但為什麼吞沒東鄰人的八百緡呢？」趙和把東鄰人傳出來對質，於是西鄰人惶恐地認罪，押回淮陰，命令他拿出田契然後處罰他。

智囊

裴子雲的判案非同一般。當王敬狀告他的舅舅李進不還小牛時，裴子雲想：如果當即把李進叫來公堂對證，李進只會百般狡

賴，無形中增加了判案的難度。為此，裴子雲想到了一個奇特的破案謀略，即將李進作為盜牛賊擒來，並以李進盜王敬三十頭牛的「罪名」欲以法辦。李進全然沒有想到這是一個圈套，當時只是想到趕快洗刷自己偷牛的罪名，交代出這三十頭牛時他外甥寄養的牛所生。到此，裴子雲令站在一旁頭蒙布衫的王敬解開布衫，李進這才恍然大悟，但是此時想反供已經不可能了。所幸，裴子雲與上文中的呂陶一樣，令王敬以數頭牛謝李進，這樣判斷公正、合理，當然受到了時人的稱頌。

要注意的是，這種出奇制勝的謀略不宜屢屢使用，因為它畢竟是一種詐術，又有風險，頻繁地輕易使用，必然會失敗。

裴子雲深知李進的心理，所以就嚇唬他說他的同黨已經招供了，與他一同偷了三十頭牛，李進當然害怕吃官司，只得說出真話，以還自己清白。其實，這是裴子雲設的計，故意引李進上鉤。

一般人都害怕惹官司，害怕被人冤枉，裴子雲就是因為了解這個道理，才能順利地破案。生活中，我們也可以利用人們的這個心理，以便順利解決問題。其實，生活是一門大學問，你可以從中學到很多東西，它會教你如何為人處事，如何洞察人心，這樣，你才能成為擁有快樂生活的人。

## 張齊賢快刀斬亂麻

北宋時，皇帝的一些親戚因財產分配不均，曾輪番跑到朝裏告狀。丞相張齊賢對皇帝說：「這些糾紛不是官府所能解決的，我請求由我親自處理。」

張齊賢就坐在相府裏，把告狀的人都找來，問道：「你們不是都認為對方的財產多，而自己所分的少嗎？」雙方都回答說：「是的。」於是張齊賢把他們的意思都記錄下來，讓他們簽了

名，然後召來兩名官員，命令甲家的人搬到乙家去，乙家的人搬到甲家去，人換地方而一切財產都不得移動，然後相互交換分財產的文書。這一來，雙方都無話可說了。

第二天，張齊賢把處理的情況奏明皇上，皇上說：「我早就知道，只有你才能平息這件事。」

 智囊

遇到困難時，如果我們能抓住時機，果斷行動，就能有效地克服不必要的猶豫和顧慮，勇往直前。有的人面對困難，左顧右盼，顧慮重重，看起來思慮全面，實際上毫無頭緒，不但分散了同困難做鬥爭的精力，更重要的是銷蝕了同困難做鬥爭的勇氣。在這種情況下，果斷則表現為沿著明確的思想軌道，擺脫對立動機的衝突，破除猶豫和顧慮，堅定地採納在深思熟慮的情況下擬定的克服困難的方法，並立即行動起來同困難進行鬥爭，以取得最大效果。當情況發生突變時，果斷使我們能夠很快地分析形勢，當機立斷、不失時機地對計畫、方法、策略等做出正確的調整，使其能迅速地適應不斷變化的情況。

面對突然變故，有些人手足無措，而那些偉大的人物卻鎮定自若，他們都是果斷決策的高手，審時度勢後，該出手時就出手。那些優柔寡斷者，簡直就是無可救藥。他們不敢決定任何事情，因為他們不知道決定的結果究竟是好是壞，是吉是凶。有些人能力不小，人格也好，但因為優柔寡斷，他們的一生都給糟蹋了。

# 冒牌的父親

北宋年間，富翁張三死了不久，有個老頭到他家對他兒子說：「我是你的父親，來和你一起生活。」張三的兒子又驚又疑，就到縣府請求幫他分辨真假。

縣官程顥問老頭是怎麼回事，老頭從懷裏取出一個記事的冊子遞了上去，冊上記載著：「某年某月某日，某人抱兒子去張三翁家。」程顥詢問了張三的兒子和張三的年歲，然後對老頭說：「這個孩子出生的時候，他父親才四十歲，那時你就稱他為『三翁』了嗎？」老頭聽了一驚，只好承認作偽。

智囊

凡是弄巧成拙的，必然會露出破綻，推究稽查事實，奸詐欺騙勢必水落石出，這不過需要斷案人的細心罷了！

組織內部和外部存在著多重關係結構，並且相互作用，構成組織系統。這一系統是隨時可能變化的，從穩定到不穩定，從不穩定到穩定，各種變化衝突都是難免的。作為領導者既可能是衝突、變革的直接參與者，也可能是協調員、調停人。不管身處何處，成功的領導者應具有對環境的敏感性，隨時關注衝突發生的可能，洞察其內在及潛在原因，預測可能發生的結果，控制和減少不良衝突的產生、激化，解決衝突所暴露的問題；同時，力圖掌握衝突可能帶來的組織不均衡，並利用衝突所激發的創造力，強化正面作用，降低負面損失。

# 孩子究竟屬於誰

西漢穎川郡有一家富戶，兄弟倆住在一起，他們的妻子都懷了身孕。但嫂子傷了胎，流產了，弟媳婦則生了個男孩。嫂嫂很嫉妒，就把男孩偷偷抱走了。為此，兄弟間打了三年官司，州郡一直無法斷案。

黃霸任穎川太守後，聽說此事，就讓一個當差的抱著小孩，離兩個女人各十步遠，然後喝令她們走過去抱孩子。兩人都急忙撲了過去。嫂嫂急於奪走孩子，弄得孩子大哭大叫；弟媳婦怕傷著親骨肉，只得鬆手，讓對方抱去，但心裏非常悲傷。黃霸看此情景，立刻斷定：「這是弟弟的孩子。」經過責問，兄嫂這才服了罪。

北魏時，壽春縣人苟泰，有個孩子三歲時被人拐走，尋找多年仍不知下落。後來，他終於發現孩子在同縣趙奉伯的家裏，於是他就去縣裏告狀。縣衙審訊的時候，兩人各說那是自己的孩子，而且都有鄰居出來作證，結果無法判定孩子究竟屬誰。

當時在淮南都督軍事的李崇受理這個案子以後，下令把兩個父親和孩子分別關在三處，故意拖延了很長時間都不過問他們。一天，李崇突然祕密派人分頭告訴兩個父親說：「您的兒子很不幸，昨天得急病突然死了！」

苟泰一聽，傷心得號陶大哭，悲痛欲絕；趙奉伯聽了，只是歎息而已。李崇了解到這些情況，就把孩子還給了苟泰，並追究了趙奉伯騙走孩子的罪狀。趙奉伯在供詞中說：「因為先前死了一個兒子，所以就冒認了苟泰的孩子。」

李惠判斷燕窩的故事，也是運用上述道理所推出的。北魏雍州府的廳堂處，有兩隻燕子爭窩，相互格鬥已有好幾天了。刺史李惠試著派人保護燕窩，讓僕人阻隔並驅趕牠們走，又讓兵卒用小竹枝打兩隻燕子。

不久，燕子一飛一留。李惠笑著對下屬的官員說：「這隻留下的，是自己覺得做窩功勞大，捨不得離開；那隻飛走的，是因為挨了打，自然無心再占這個窩了。」手下的人聽了，對李惠洞察事物的能力十分佩服。

人為萬物之靈，極富有感情。不過，對於成人而言，這種感情平時為理智所控制，交往不會輕易地流露出來。一旦碰到突然事故，理智的閘門再也抵擋不住感情的洪峰，這種母子、父子之情就會從內心深處流露出來，這時的感情才是最真實可靠的。黃霸、李崇、李惠都是借用了這種親情，使得親子得到了公斷。

## 傅琰細心解糾紛

南朝傅琰曾在齊國當過山陰的縣令。

城裏有兩個老太太，一個賣針，一個賣糖。她們為爭一團絲，告到傅琰那裏。傅琰接過那團絲，用鞭子抽打，然後仔細觀察，發現掉下來一些鐵沫子。這說明，絲團是賣針人的，所以傅琰責罰了賣糖的老太太。

還有一次，兩個農民爭一隻雞，傅琰碰上了，就分頭問他們是用什麼餵雞的。一個人說用小米餵雞，另一個人說用豆子餵雞。於是傅琰把雞開膛一看，雞嗉中全是小米。傅琰就把那個說餵豆的農民教訓了一頓。

《南史》中說：「世人傳說，傅家有管理縣政的『理縣譜』，子孫相傳，不告外人。」傅琰的兒子傅劻，曾代劉玄明當

山陰縣令。劉玄明素來也被認為是能幹的官吏，他的政績堪稱天下第一。

傅鷟向他請教，劉玄明說：「我有奇特的辦法，是你們的『理縣譜』裏所不記載的。」傅鷟特別好奇，忙追問是什麼辦法。劉玄明回答說：「每天吃一升飯，但不喝酒，這是最重要的一條了。」後來，傅鷟的兒子傅歧又當過如新縣令。傅家世代都是遵理守法的官吏。

## 智囊

人們常說：天才和愚蠢僅一步之差。這一步之別的主要原因與其說是智力不同，倒不如說是思維方式不同，以正確的方法進行思維，即使智力平平，也可以常常能夠順利達到自己的目的。思維靈活不一定表現在發明創作上，只要你肯動腦筋，隨時都可以享受靈活思維帶給你生活上的便利。

## 蜂蜜中的老鼠屎

三國時吳王孫亮出遊西苑，那時正是吃黃梅的時節。孫亮讓一個宦官到內庫去，取來蜂蜜淹漬梅子。

孫亮發現，蜂蜜中有老鼠屎，非常生氣，立即將掌管內庫的官吏傳來問道：「這個人是從你那裏要的蜂蜜嗎？」

官吏回答說：「過去他向我要過，我實在是不敢給他。」

宦官聽了不服，左右的人就請求把宦官送到獄中去審查。

孫亮說：「這事很容易搞明白。」他命人把撈出的老鼠屎破開，發現裏面還是乾燥的。孫亮說：「如果它早就泡在蜜裏，應

當濕透了；現在它裏面是乾的，可以肯定是你剛放進去的。」於是，那個宦官低頭認罪了。

智囊

客觀世界裏充滿了矛盾。我們只有掌握了科學的思維方法，才能在錯綜複雜的矛盾面前立於不敗之地。有些人為了達到個人的目的不惜造謠生事、無限誹謗，作為領導者，只有具有靈活的思維和準確的分析判斷能力，才能夠避免被蒙蔽，做出正確的決定，贏得別人的敬佩。

對於形勢複雜難以判斷的事物，只要全面加以分析和推理，動動腦筋想辦法，不被表面所迷惑，不被事物的複雜性所嚇倒，這樣就能正確地認識事物的現象和本質。

## 明查秋毫的韓紹宗

樊舉人是壽寧侯張巒的門客。壽寧侯地位顯赫，名震朝野，連皇帝也要讓他三分。於是，樊舉人依仗自己的勢力，善於趨炎附勢，結交權貴，得到了壽寧侯張巒的信任。壽寧侯府中一切奏章都交給樊舉人替他寫。樊舉人開始還能夠實事求是，遇事都和壽寧侯商量，後來壽寧侯越來越相信他，就告訴他不必再事事請示，小事由他自己做主就成了。這下，樊舉人像得了聖旨一般，可以想寫什麼就寫什麼了。

他的一些奏摺出現了沒有事實根據的情況，後來就被仇人告發了，朝廷將案子交給刑部處理。刑部郎中韓紹宗在詳細調查了樊舉人的全部情況後，就下令把他抓起來。當時，樊舉人躲在壽

寧侯府裏，十分隱蔽，再加上壽寧侯千方百計地阻撓，想保住樊舉人，但是韓紹宗費了九牛二虎之力還是把樊舉人給抓住了。

樊舉人被捕入獄後，一天早上，韓紹宗正要出門，突然有人報告說在門口發現了一封匿名信。韓紹宗打開一看，紙上面詳細列舉了樊舉人的種種罪狀。控告他罪大惡極，死有餘辜。

韓紹宗看後，笑道：「這是樊舉人寫的。」大家不明白，紛紛問：「大人，您怎麼知道這是樊舉人寫的，世上哪有自己檢舉自己，自己說自己死有餘辜的人啊！」韓紹宗說：「第一，我認得樊舉人的字跡，一看便知道這是他寫的。第二，樊舉人所幹的事，只有他自己最清楚，他的仇人也只是對他的所作所為略知一二，試問又怎麼可能列舉出這麼詳細的罪狀呢！」於是，韓紹宗馬上提審樊舉人，樊舉人果然承認這封信就是他自己寫的。

同僚們都很納悶，便問樊舉人為什麼要把自己置於死地，他回答說：「韓公這個人，是不能用權勢和金錢使他改變態度的。向他求生，他一定會讓你去死；而現在我說自己該死，則有可能得到一條生路。」韓紹宗則笑著對他說：「不是這樣的，其實你的罪責根本不至於判死刑。現在你老實交代了自己的問題，我會請求皇上對你寬大處理的。」果然，最終韓紹宗判樊舉人去戍守遼地。

智囊

在這裏我們不想說審判者韓紹宗有多麼的聰明，而是想說說樊舉人。樊舉人最聰明的地方就是他了解韓紹宗這個人，韓紹宗是個不怕權貴，不受賄賂的好官。如果你這時向他行賄，或者拿壽寧侯的勢力來壓他，他肯定不會屈服，反而會更加痛恨，還不如老實交代錯誤，爭取寬大處理。這是樊舉人的聰明之處。如果

換了一個貪官，說不定樊舉人用錢賄賂他，就可以解決問題了。

其實，有很多事情，解決的辦法不只有一個，這個時候，你就該考慮一下當事人的情況，了解當事人的心理，從他們的角度考慮，他們會願意接受哪種解決的辦法，你就用哪種辦法。總之，你要因人而異。

## 王佐由酗酒案查獲姦情

王佐任平江太守的時候，為政名聲好，深得民心，最擅長審判訴訟案件。

有一天，一個男人來控告一個叫朱安國的進士酗酒。王佐就命令役卒抓來朱安國，審問他是否有這件事情。朱安國毫不猶豫，爽快地說：「大人，確有此事。但是我並不知道這樣做就冒犯了刑法。我老母親患病服藥時，必須要用一點沒有灰塵的酒。作為不孝子我就先替母親嘗了嘗，這難道也犯法嗎？」王佐聽了很受感動，更欣賞他的一番孝心，就放他回去了。

可是，後來那個告狀的人又來告訴王佐說：「大人，您千萬不要相信朱安國的謊話，他母親根本不需要什麼沒有灰塵的酒下藥，我知道朱安國的酒藏在哪裡，就在他家床腳的書箱裏。」

王佐聽後，悔恨自己當初只聽了朱安國片面之詞，可是又一想，表示懷疑，這告狀的人怎麼知道朱安國的酒藏在哪裡，而且還知道得那麼清楚。於是就繼續問前來告狀的那個人說：「你與朱安國很熟嗎？」那人回答說：「不熟。」王佐又問：「難道你去他家喝過酒嗎？」那人趕快搖頭說：「沒有，沒有，大人，小人滴酒不沾啊！」王佐越想越覺得奇怪，既然你和朱安國不熟悉，怎麼能知道他藏酒的具體位置呢？於是又問道：「你和朱安國家的奴婢們熟不熟。」告狀的人又支支吾吾地說：「不熟。」

王佐看那告狀人神色發慌，就找來朱安國家的小奴婢，問她告狀的人和朱安國熟不熟，那小奴婢說：「不熟，從來沒來過老爺家。」王佐又問她說：「你家老爺藏的酒在哪裡你知道嗎？」小奴婢膽怯的說：「知道。可是老爺不讓和人說。」王佐又問你和告狀的人熟不熟，她吞吞吐吐地說：「不熟，不熟。」朱安國從中發現了破綻，就追問說：「既然不熟，那你家老爺藏酒的地點他是怎麼知道的？」

小奴婢嚇得不知所措，一時回答不上來，王佐嚴厲地說：「你還不說實話，到底和告狀的人熟不熟，你們之間到底有沒有什麼見不得人的勾當？再不說我就用大刑了。」小奴婢被嚇壞了，只好招認，自己和那告狀的人曾經通姦的事實，而告訴告狀人朱安國酒藏在哪裡的人，也是這個小奴婢。

這樣，王佐不但懲罰了酗酒的朱安國，更懲治了通姦的這對男女。

智囊

王佐從一個案子，發現另一個案子，一下子破了兩個案子，真是讓人拍手稱快。他從告狀人的狀詞中發現了破綻，從而不斷深入，終於發現了更大的隱藏的案子。其心思縝密讓人佩服。

人是個複雜的動物，一個再聰明的人，再心細的人，其說話、辦事的時候也必有破綻，只要你善於發現，就一定能抓住破綻。所以，要想人不知，除非己莫為，既然你做錯了事情，即使你隱瞞得再好、再深，也遲早會被人發現。與其這樣，還不如老老實實做人，踏踏實實幹事，用自己的努力換取你的成功，而不要靠小聰明，耍小把戲。

# 第十卷

# 辯誣詰奸的智囊

國家大法不正，執法官吏瀆職；狼狠為奸互庇，淫亂邪惡環生；要像老農除害，翦除社會蠹蟲；揭發邪惡壞蛋，重振聖上威德。因此，輯有《辯誣詰奸的智囊》一卷。

## 趙廣漢設計分化豪族

西漢宣帝時期，趙廣漢曾任穎川太守。先前，穎川一帶的豪門大族之間相互聯姻，又和官府結黨營私，風氣極壞。

趙廣漢對這種狀況很憂慮。他就在這些人中間物色了一個可用的人，面授機宜，讓這人出庭受審，根據他的口供定下罪名後，依法懲罰了他。然後，趙廣漢故意將他供出的有關豪族罪行的話洩漏出去，引起他們之間的怨恨；趙廣漢又讓手下官吏在衙門設置接受告密信的缿筒（用瓦做的筒子），一收到告密信，就隱去投信人的姓名，假託是豪門子弟所告。在採取了上述種種措施後，穎川各宗族大戶之間，家家仇怨，奸黨瓦解，於是風氣大大改觀。

趙廣漢尤其善於使用「鉤距」的方法，即輾轉推問，以究其實情。比如，你想知道馬的價錢，則先打聽狗的價錢，再問羊的價錢，又問牛的價錢，然後再談及馬。由於了解了三五種價格，以類相推，有了比較就能夠知道馬的貴賤行情，不會有差錯了。只有趙廣漢最精於這種策略，別人效仿都不能及他。

 智囊

廣漢很有工作能力，待他的部下周到細緻。有功勞或者有獎賞，都歸到他的部下的身上，並且不是故意做作，而是至信至誠。因此部下都樂於受他差遣，打擊奸惡，寧死也不逃避。

趙廣漢聰明過人，完全了解部下的能力，知人善用，盡其所能。如果有人欺騙他捉弄他，就立即逮捕入獄，審訊結果，證據確鑿，馬上定罪。他還特別了解人情的真偽與事態的變化，就連街上的一銖錢或者一兩銀子那麼小的糾紛，他都能洞察個一清二楚。

## 周忱以日記破案

周忱巡撫江南時，帶了一個小本子，親自記錄每天所做的事情，即使是很細小的事情，他也都不遺漏。每天的陰晴風雨，也一定詳細地記錄下來。對他的做法，起初人們並不理解。

一天，某縣有人來報告說，運糧船因江上起風，被吹跑了。周忱就問他丟船是在那一天的午前還是午後，當時颳的是東風還是西風，那人所答的全不對頭。周忱就用自己的日記和他對證，那人聽了，驚歎佩服不已。周圍的人目睹這情景，才知道周公記日記，不是漫無目的的。

生活中也許有不少人有記日記的習慣，因為，日記可以幫助自己日後的記憶，也可以照見自己生活中的軌跡，但像古代的周文襄公這樣事無巨細，甚至「每日陰晴風雨，亦必詳記」的，恐怕在生活中是很難遇到的。一些人會說，這豈不是成了流水賬了嗎？也許是吧，但是作為一名巡撫江南的封疆大臣，他這樣記日

記的特殊效用在日後破案中得到了證明。

這件事情說明，對有些表面上似乎是天衣無縫的證詞、物證等，辦案人如果能從自己平時掌握的天象等情況，仔細推敲其證據的可靠程度，從這些疑點入手向對方發起攻擊，往往很快就能突破對方的防線。

## 陳霽岩懲辦舞弊

陳霽岩任楚中督學時，剛到任，江夏縣就送來了文書若干餘件。書辦先把它們分作兩類：要向上陳報請示的公文和由督學查驗批示的公文。陳霽岩曾聽先輩說過，在衙門裏，前任官員如有不採納而又難以退回的文書，必乘繼任者初到職時，買通主管的小官吏，把它重新混進送批的文書中。

陳霽岩想起這話，就花了半天工夫，親自把送批的那類文書，逐件檢查，果然發現其中有一件是已經被駁回的，又被那個書辦混在檔案中了。陳事先暗中做了記號，然後命書辦仔細檢查有無不該接收的文件，並警告他不要草率從事。書辦因為受了賄賂，所以直接報告說，沒有查出舞弊的問題。陳霽岩就當場把那件文書挑出來，質問書辦，並嚴厲地責罰他，把他開除了。從這以後，下屬送批文件，再也不敢欺騙陳霽岩了。

智囊

一個看得透、斷得準的人可駕馭事物而不為事物所駕馭。他可以洞察最深處的東西，摸清他人才華的底細。不論什麼人，他一看就能了解並能把握其本質。他有罕見的觀察能力，隨便多麼

隱祕的東西，他都能加以破解。他觀察嚴謹，思考微妙，推理明晰，天下沒有什麼東西他不能發現、留心、把握和理解。

## 「以毒攻毒」掃滅盜匪

西漢時，長安城裏一度小偷、強盜很多，商人們叫苦連天。後來張敞出任長安令，向城裏的父老做調查，從而掌握了幾個盜賊頭目的情況。據說這些人在家都顯得很溫良忠厚，出門時總有很多人騎馬隨從，鄰里們都以為他們是德高望重的長者。

張敞把幾個頭目傳來，責問有關情況，表示可以赦免他們，但他們過去對老百姓欠了賬，所以要讓盜賊們到官府來，自贖罪過。一個頭目說：「現在一旦召他們到官府來，恐怕會打草驚蛇。希望把這事全交給我們來安排。」

張敞就讓他們都在官府當了差，然後打發他們回去了。頭目們回家後，各置辦了酒席，小偷們全來祝賀，而且一個個喝得酩酊大醉，頭目們就乘機用紅色在小偷們的衣袖上做了記號。差吏們則坐在裏巷門口看著，一見出來的人衣袖上染了紅色，就捆綁起來。這樣一天就抓到了好幾百人。官府徹底追查，懲治了他們的罪行，長安城裏的盜賊就此絕跡了。

東漢安帝時，朝歌一帶的土匪寧季等糾集數千人，一度攻佔朝歌縣城，殺了縣長，屯聚連年，十分猖獗。州郡都不能禁絕，於是就任命虞詡去當朝歌縣長。

虞詡剛到朝歌時，先去謁見了河內太守馬稷，表示希望能給他自主的權力，讓他放手行事，不要有所限制、阻礙。到了任所之後，他下令設三個等級招募壯士。縣屬各官員，都推舉了自己所知道的人選，其中善長攻擊、劫掠的為上等，能夠傷人、偷盜的為二等，遊手好閒、不務正業的為下等，共收得壯士百餘人。

虞詡辦了酒宴款待這批人，而且全部赦免了他們過去的罪行。

　　按照虞詡的計畫，這百餘人設法混進了土匪之中，並誘使土匪出動去打家劫舍，而官兵事先已設下埋伏，這樣一舉消滅了土匪數百人。虞詡又祕密派遣了會裁縫的貧苦人，受僱去為土匪做衣服。按約定，裁縫用彩色線在袖口上縫了標記。凡是穿了這種衣服到街市上去的，官府就把他們抓起來。這麼一來，沒多久土匪都被整得心驚肉跳，終於潰散了。

智囊

　　張敞擒賊先擒王，虞詡以盜治盜緝拿盜賊的措施是成功的。這是由於盜賊在明處，司法機關對盜賊活動的習性、作案的特點、伎倆了解得畢竟有限，這樣採取的措施針對性就比較差，效果也不夠理想。而如果選用一些已經改邪歸正，或者能控制的盜賊去識別其他盜賊，使之成為捕盜顧問，幫助設計抓獲其他盜賊，那就如同甕中捉鱉，手到擒拿了。長安「市盜遂絕」，朝歌「盜由是駭散」，便是這種「以盜治盜」的策略的結果。


## 王世貞辦案故事

　　王世貞當青州守備時，當地百姓雷齡藉口捕捉盜賊，在山東萊州、濰州之間的海道上橫行霸道，胡作非為。因當地官府急於懸賞捉拿他，他便躲藏了起來。官府就把捉拿雷齡的事，託付給了王世貞。

　　一次，王世貞摸到了雷齡的行蹤，剛打算乘其不備去抓他，沒想到，因為事先曾在王捕尉面前露過一點口風，結果下面報告

說，雷齡又逃跑了。王世貞感到很可疑，他假裝說：「先把雷齡的事擱起來，現在沒有工夫理他了。」

又過了一個月，王捕尉來報，捉到了別的盜賊，王世貞心裏明白他是在為雷齡賣力。他突然摒退左右，把王捕尉招到跟前盤問說：「你是怎麼隱藏雷齡的？上回站在臺階下聽見說要去捉拿雷齡的不就是你嗎？」王捕尉聽了大驚，趕快謝罪，而且表示願立即飛馬去抓雷齡以自贖。很快地，雷齡被捉來了。

王世貞對雷齡說：「你是應當被處死的。但你如能把和你友好的某某強盜捉來，就可以免你一死。」王世貞命令王捕尉和他一起出發，他們果然抓到了那個強盜。於是王世貞向官府講了雷齡將功折罪的情況，使雷齡得到了寬大處理。

 智囊

左傳記載說，引進他國人才，外來人才，為我所用。在偵破盜匪的過程中，運用這一謀略，司法機關可以選擇願意為我工作，並有一定活動能力的罪犯或者他們的親友，經過教育使其在發現犯罪線索，查明犯罪事實，收集犯罪證據方面產生重要的作用。王世貞在緝拿雷齡時，是通過內線王捕尉幫助；在捕獲某某盜賊時，是通過雷齡幫助，這些都是由於運用了將外來人才，為我所用的謀略而得以成功的。

## 范櫃ㄐㄧㄚˋ破賊

會稽人范櫃曾鎮守淮安。當時正值景王出遊，范櫃得到報告說，有大盜陰謀劫持景王，他們的黨羽分佈很廣，從天津起到鄱

陽，比比皆是。范樞就佈置了警戒，派了五百步兵往來巡邏。一天晚上，范樞剛辦完公事，門卒報告說：「有一個樣子很尊貴的客人進城來了，已租了潘氏園安置妻子住下，是否要傳他們來問話？」范樞說不用，但下令要注意偵察。

後來，范樞又接到報告說：「那貴客的隨從人員很多，在潘氏園輪流出出進進。」范樞心裏懷疑這是夥強盜，就暗中挑選了幾十個身強力壯的士兵，給他們換上莊戶人的衣帽，指示他們說：「你們出去，如果看見那夥人有進酒樓飯館的，就假裝去和他們一起喝酒，邊喝邊想法挑動他們打架，然後把他們扭到衙門來。」他又警告說：「千萬不要提起捕捉盜賊的話頭。」

等那些化裝的士兵走了之後，范樞立乘車到西門拜謁客人。當馬車經過街市的時候，就有打架的人相扭著前來告狀，范樞立即讓人把他們收押起來。到他出訪回來時，已經抓到十七人。范樞裝作生氣的樣子，責備這些人說：「景王的舟船剛到這裏，事情那麼多，我連正經的官司都沒時間受理，哪有工夫過問你們打架的事啊？」說著，就下令把這些人囚禁起來。

到了晚上，范樞傳令加強警戒，並讓衙門裏的官吏差役隨時準備出發。沒等天亮，他突然提審捉來的十七人，厲聲呵斥他們，讓他們老實交待。這些人供出的實情與范樞所預料的一樣。范樞立即下令前往潘氏園捉拿強盜。到那裏時，強盜頭子已經逃跑了，所留下的妻子，實際上是個妓女。於是，范樞派人騎馬飛速到徐州、揚州等地報告各位將官。已捉住的十七名盜賊在獄中被處決，其餘的賊人聞風喪膽，全部潰散了。

智囊

范樞破賊，沒有大肆宣揚，製造聲勢，而是製造種種假象，

令賊人疏於防範，然後發起猛烈進攻，一網打盡，破賊於無聲之中，這是一種策略。

　　商場如戰場。面對激烈的商業競爭，如何能夠順利地取得勝利，一方面需要商家大肆宣傳，打造一流的商業文化，創造一流的品牌效應；另一方面則需要商家各顯其能，本著求真、求實的原則，出奇招，以品質求生存，以信譽求穩定，以創新求發展，牢牢地把握市場的脈搏。

## 總轄察盜

　　臨安有一人家地窖被盜，現場沒有留下任何蹤跡。總轄聽說後，對他手下的人說：「這事恐怕是街市上耍猴人幹的。你不妨去試著咋唬他一下，不承認的話，就把他抓起來。還不承認，就讓他往手心上吐點口水。」試的結果，正像總轄所說，耍猴人半天都吐不出口水，於是臉色大變，不得不全部招認了。

　　原來，他是讓猴子從天窗爬進地窖去偷東西的。有人問總轄是根據什麼知道這一切的。總轄說：「我也不敢說必定就是這樣。但我知道，人如果處於極度驚恐時，必然沒有唾液可吐。所以我姑且這樣猜測，幸而是猜中了。」

　　有個總轄坐在壩頭的茶館裏，賣茶人使用的茶具中，有兩隻銀盃。這時，一個茶客，穿著考究，像個大商人，進來喝茶，用的正是那銀盃。總轄遠遠看著，忽然大聲向那人說：「我在此地坐著呢，別想在這裏耍手段，留神我抓你！」那茶客聽了又慚愧又害怕，趕緊道歉後就走了。

　　人們覺得很奇怪，問總轄是怎麼回事。他回答說：「這個盜賊體格很魁偉，但剛才喝茶時，卻要用兩隻手捧著杯子，實際上他是在偷偷地測量杯子的大小，準備回去做只假杯子來換走這個

銀盃。」

一次，韓王府中忽然丟失了幾件銀器。據說，掌管這些器皿的婢女發現有賊，大聲呼叫時，還被賊傷了手。當時治理京城的趙從善，就派一總轄到韓王府調查此事。

總轄在王府調查了很長時間之後，抓了一個親隨僕人，經過審問，他馬上就承認了。總轄回去向趙從善說明了情況：「到王府後，剛好看見那個婢女的傷口是在左手，一般人都會用右手還擊的。因為她和那親隨僕人有私情，就偷了銀器給他。為了轉移目標，她自己用刀傷了手，然後假裝說有賊。在調查過程中，又發現那僕人表情、態度和別人不一樣，這樣就捉住了他。」

## 智囊

這三個總轄破案都有自己的絕招。一般來說，長期從事緝拿罪犯工作的人，都具有一種高度的警覺性和靈敏性，久而久之，便成為一種「職業病」。因此，他們往往能迅速地看透一個人的五臟六腑，擒拿罪犯命中率自然也就高。究其實，源於他們平時善於觀察和思考，掌握大量的生活常識，積累了豐富的生活經驗。

企業經營管理者每天都面臨不同的決策。如是否接受別人推薦的一個投資專案，是否接受別人的一次會議邀請，如何安排工作計畫，人員如何分工，工作進度如何控制，部門內部矛盾、部門與部門之間矛盾如何協調……面對如此眾多的決策，由於決策者資訊的不完備、不真實、時間的緊迫性、環境的壓力、經濟成本等因素的制約，管理者不可能對每一個具體的決策都進行科學的量化分析。

很多情況是一種直覺，是一種憑感覺判斷進行決策。管理者通過親自觀察，捕獲各種實物、環境的第一手資訊，與口頭資

訊、書面資訊交叉印證，可以過濾部分間接來源資訊的不真實成分，從而得到最為真實資訊。從這一角度講，觀察是管理者理性思維的前提。

因此，管理者需要明確目標，勤於觀察。觀察是一種有目的、有計畫的認知活動，只有目標明確，才能聚精會神，持之以恆，形成良好的觀察習慣。如同一個將軍在指揮一場戰役時要觀察地形地勢一樣，企業的管理者首先要學會觀察環境形勢。對企業而言，這一「勢」主要指的是宏觀形勢，產業形勢、微觀形勢。通過不同層次的觀察與學習，進而發現經營管理中存在的問題。

## 太平公主失盜

武則天曾經賞賜給太平公主許多珍玩寶物，它們裝滿了兩個食盒，價值幾千兩黃金。公主把它們收藏在府庫裏，但到年底時，卻發現全被盜賊偷走了。公主報告給了武則天，武后大怒，召見洛州的長史說：「三天之內不捉住盜賊，就問你死罪！」

長史嚇壞了，立刻對下屬兩縣主管捕盜的官員說：兩天之內抓不到賊，你們就活不成了！他們領命回縣後，馬上向手下負責巡查緝捕盜賊的吏卒說：「一天之內必須抓到賊，如抓不到，先把你們殺了！」吏卒們害怕極了，可是一時又拿不出辦法破案。

正巧，這天他們在大路上遇到湖州的別駕蘇無名。因為一向知道他很有本領，就一起邀請他到縣府。縣尉聽說蘇無名來了，連忙跑下臺階迎接，向他請教抓賊的辦法。蘇無名說：「我請求和您一起去宮中面見陛下，到那時再說吧。」

於是他們來到宮中。武則天問道：「你有什麼計策能抓到賊呢？」蘇無名回答：「如果責成我捉賊，請不要限定日期，並希

望能寬饒州、縣所有人員，不再追究他們的責任，然後仍舊把兩縣負責緝捕盜賊的吏卒，全交給我調遣。不出幾天，就可以為陛下抓住這些盜賊了。」武則天允許了他的這些要求。

蘇無名告訴吏卒們，抓賊的事，緩到下月再辦也不遲。到了三月的寒食節那天，蘇無名把吏卒們都召集起來，簡明扼要地佈置說：「你們分成十五個一批，分別到東門和北門守候。凡是見到有一夥十幾個胡人，都穿著孝服，相跟著出城往北邙山去的，就可以跟上，看他們幹什麼，並且趕快來向我報告。」

吏卒們分頭守候在預定地點，果然發現有這樣一群人出城，就跟在後面觀察。當看清他們的活動後，立即趕回城裏報告蘇無名說：「胡人到一座新墳前祭奠，雖然在哭，但並不悲傷。撒下祭品後，他們就圍著墳堆邊走邊看，還不時相視而笑。」蘇無名聽了，非常高興地說：「找到那些賊了！」於是他指示吏卒們把那群胡人全抓起來，而且挖開他們那座墳，把棺材劈開，一看，果然裏面裝的全是各種珍寶。

當把結果上奏之後，武則天問蘇無名：「你怎麼這樣才智過人？是怎麼抓到這夥強盜的？」蘇無名回答說：「我也沒有什麼高招，只是能識別盜賊罷了。在我到達都城的那天，正是這些胡人『出殯』之時。我一看，就知道他們是小偷，但當時不知他們埋贓物的地方。我估計，到寒食節掃墓時，他們必然還要出城。所以，如果找到他們去的地方，就足以知道是哪座墓了。再者，他們雖然去祭奠，但哭的時候不哀傷，說明裏面所葬的並不是人；他們繞墳察看，相視而笑，這是慶幸墳墓沒有被損壞。先前如果陛下急於讓府縣捉拿盜賊，他們看到風聲緊，必然會馬上取出珍寶逃掉。現在不急著追查，自然他們就會放寬心，所以還沒有把珍寶取出來。」

武則天聽了這一番分析，就說：「很好！你講得很有道理。」並下令贈送蘇無名許多黃金、絹帛，還給他加官兩等。

　　蘇無名之所以能夠巧破疑案，在於他有獨特而仔細的觀察事物的能力，欲擒故縱抓住了盜賊。欲擒故縱，「擒」是目的，「縱」是手段，手段是為目的服務的。所以說，「縱」不是放虎歸山，而是有目的地放鬆一步，網開一面，以防敵人狗急跳牆，做垂死掙扎。

　　古人說：「窮寇勿追，示敵以一線生路，使其失去決一死戰的決心，而抱僥倖逃跑，不戰而求生的思想，就會造成有利於我的戰機。」

　　孫子早就告誡人們：窮寇勿追。看過《三國演義》的人都能記起，諸葛亮對孟獲七擒七縱，達到降服其他少數民族，逐次擴大地盤的目的，最終使孟獲心悅誠服表示誓不復反。

　　逼得敵人無路可走，他就會反撲；讓他逃跑則可以減弱敵人的氣勢。追擊時，跟蹤敵人不要過於逼迫他，以消耗他的體力，瓦解他的鬥志，待敵人士氣沮喪，潰不成軍，再捕捉他。待敵人心理上完全失敗而無心抵抗，就能贏得光明的戰爭局面。

## 浮浪少年蒙冤記

　　先前京城裏有戶人家被小偷打劫了，小偷臨走的時候似乎是在無意間丟下了一個小本子。第二天，這家的主人發現了這個小本子，只見上面記載的盡是一些城裏一些富家子弟們的名字，還寫著這樣的話，「某日，某甲在某地邀請某某等人喝酒商量什麼什麼事情」，或者「某日在某地聚眾賭博，玩弄娼妓」等等，一共有二十幾項。

於是，這家的主人就把這個小本子交給了官府，希望官府能夠以此為據，找到搶劫他家的人。官府按照小本子上提供的名單把這些人一一抓了起來。因為這些人都是有錢人家的公子哥，平時裏總是橫行霸道，不幹好事，大家都相信這種打家劫舍的事，他們幹得出來。

其實，這次真的是冤枉了這些小混混了。這小本子上所記載的這些少年公子哥們飲酒作樂、聚眾賭博等事情，全是那真正的小偷平時在暗中觀察而記錄下來的。為的就是要栽贓陷害。可是這些嬌生慣養的公子哥哪裡受得了大堂上的刑具，沒打幾下就連哭帶嚎，好不痛苦，只得委屈地承認是他們打劫了那家。而當縣官問他們把搶來的贓物放在哪裡的時候，他們有的說放在西郊，有的說放在東郊，總之眾口不一，縣官很生氣，就大拍醒木，厲聲說：「你們還在狡辯，快從實招來，否則我就要動大刑了。」

那幾個公子哥一聽動刑，不禁又害怕了起來，其中一個像是頭領的公子哥就搶先說：「大人，我們說實話，其實那贓物是我埋的，在西郊的某個地方。」

縣官這才甘休，其實，這都是他胡亂編造的，他們是怕再受刑法罷了。他們心想既然自己沒有偷，而胡亂所說的藏金地點自然也不會有贓物，官府找不到贓物，也就會放了他們了。可是當官府派人去挖時，竟然找到了贓物。這下人證物證均在，這些公子哥可傻了眼，不禁暗自叫苦道：「這下子是老天爺要咱們的命啊！」就這樣，案子明瞭了，他們就等候裁決了。

但是，京師指揮對這件案子仍有懷疑，儘管一時還找不到其中的緣故。但是，他總覺得這件案子有什麼不妥的地方。一天，他沉思了很久，心想：「我左右的人中，有一個留著落腮鬍子的差役，他的職責是負責養馬，為什麼每次提審他們時，這個養馬的都站在旁邊呢？」

於是，他先後四次提審了這批少年犯，發現那個養馬的差役

都要來，而他審問其他案子的時候，那個養馬的都不來。有一次，在審完那幾個公子哥後，京師指揮突然叫住他，問他為什麼來聽審。他推說沒有什麼，只是閑來無事過來看看，京師指揮又繼續追問說：「那為什麼我審其他的案子時，你不來聽呢？」他吞吞吐吐不知如何回答，只說：「湊巧，湊巧吧！」說著還不住地擦汗，顯然是心虛所致。

京師指揮立刻下令手下人拿出炮烙的刑具來，那差役一看嚇得立刻癱軟在地上，這才老實交代說：「開始，奴才並不知道這案子的來龍去脈，後來小偷賄賂奴才，讓奴才在您每次審理這案子的時候，必須記住您和那些少年所說的話，並馬上向他報告。他答應事成之後，給奴才一百兩金子做報酬。」

京師指揮這才明白官府之所以能挖到那些被盜的財物，都是因為小偷事先得到了情報，而連夜趕到那裏埋下的。那差役請求指揮給他一個立功贖罪的機會。京師指揮同意了，於是命令幾個士兵換上普通百姓的衣服，跟隨他一起來到一個偏僻的地方，把隱藏在那裏的小偷一網打盡。這樣，那些無辜的公子哥們才得以釋放。

明代成化年間，一次盛大的祭祀典禮結束，收回祭器時，發現丟失了一個金瓶。有個廚師曾在放金瓶的地方幹活，所以就把他逮捕下獄了，這廚師經受不了刑訊拷打，竟屈打成招了。當追問他金瓶的下落時，他胡亂供說埋在祭壇前的某個地方了。當派人按他說的去尋找時，卻沒有找到。於是廚師又被關起來，折磨得死去活來。

不久，真正的盜竊犯拿著原來瓶子上的金鏈子到市場上出賣。市上的人看到這東西不同尋常，就報告了官府。官府把那人捉到，原來是宮中的一個衛士。衛士招供說：「我把金瓶偷到手之後，急切中沒地方可藏，就把它埋在祭壇前，只把金瓶上的金鏈子扭下來了。」人們去祭壇前的地上一挖，果然找到了金瓶。

這地點和廚師胡亂供的地點，相差才幾寸的距離。假使上次挖的地面稍稍寬出幾寸，那麼廚師的冤案，就是到死也無法昭雪了。

事後看起來，破案似乎很簡單，哪裡必須有養馬的大鬍子站在旁邊才引起懷疑呢？但實際上，審訊盜賊是多麼難啊！

智囊

乍一看，判斷這群富家子弟為盜賊是有根據的。平時這夥人聚賭狎妓，胡作非為。因此，他們的父母也頗為疑惑，認為他們有作案的動機；特別是審訊中供認贓物「埋郊外某處」，有其作案的鐵證。據此，作案的真實性是不容置疑的了。但是，這位京師指揮卻對此產生了疑惑，也許是他感到此事有點太過巧合了，真實反倒使人疑為偽，沉思良久，最終看到了破綻，然後將養馬的差使提之審訊，終於抓住了真正的盜賊。既沒有冤枉一個無辜，也沒有放過一個罪犯。

有些時候，一個人的直覺往往是很靈敏的，京師指揮就是覺得案子有些不妥，雖然一時還想不出什麼地方不妥，當他的直覺使他相信一定有什麼地方有問題。於是他就仔細回想審案時的情景，終於想到了養馬的差役。

古今中外有許多關於直覺的例子，直覺的力量在我們的生活中是非常重要的。它可以廣泛地應用在斷案或者人生的重大關頭。相信直覺的力量，它可以給你帶來意想不到的收穫。同時，不可過分依賴直覺，輕易下結論，正確的結論是建立在認真細緻的科學分析基礎之上的。

## 幹練機智的小吏

宋朝的向敏中在西京做官的時候，有個和尚在天將晚時，到村裏一戶人家請求留宿，但主人不同意，他只好湊合著睡在這家外面的一輛車上。

半夜，和尚發現，有小偷從這家的牆頭上扶出一個女人，還有一袋衣物。和尚心想：這家主人昨晚不肯收留我，等天亮後，他發現家裏丟了女人和財物，必然要懷疑我，把我抓起來。想到這兒，和尚就連夜離開了。天黑路又不熟，和尚不小心掉進了一口枯井。可巧的是，而那家的女人已經被小偷殺死，先前就被扔在這井底了。

第二天，那家主人順著腳印追到井邊，找到井底的和尚和女人，就把和尚抓住送到縣府。和尚無法辯解，只得冤屈地承認，是他引誘那家的女人一起逃跑，因為怕人追來，所以把她殺了扔進井裏，天黑沒留神，自己也失足掉下去了；偷的財物則扔在井邊，不知讓什麼人拿去了。

案子了結，報到府裏。府裏的官員都認為查處得公平適當，唯獨向敏中因為財物還沒找到而表示懷疑。他就又提審和尚，堅持要問個明白，終於得到了真實口供。

向敏中祕密派一個小吏出去查訪真正的兇手。小吏來到一村店吃東西，店裏的老太太聽說他是從城裏來的，就問：「和尚的案子怎麼樣了？」小吏騙她說：「昨天已經被處死了。」老太太說：「現在再抓到賊會怎麼樣？」小吏說：「這個案已經判決，即使錯了，再抓到真的小偷也不會問罪了。」

老太太聽後就對小吏說：「這話現在說出來沒關係了：那家的女人，實際上是村裏的一個年輕人某甲所殺的。」說著還指他的家給小吏看。小吏來到年輕人家裏，乘他沒防備，一下子就把他捉住了。

經過審問，年輕人都招認了，而且從他家裏起獲了贓物。這樣，和尚才得以出獄。

智囊

前代那些能夠洞察事理的官員，他們之所以能成事，往往得力於手下的小吏。過去，這些小吏都是公開選拔出來的，所以有許多有用的人才；如果是自己出錢做差吏，這是以差吏做金錢交易。讓這些人去辦案，他們當然就利用案子為自己撈錢了。況且大官們的心思，就像這些差吏一樣，老百姓哪能不受冤屈呢！

## 小偷的把戲

吉安州有個富豪家娶媳婦，一個小偷乘這家人多雜亂之際，悄悄混進新房，潛伏在床底下，想等到夜深人靜時出來偷東西。沒想到，這家人接連三夜都通宵達旦地點著燈燭，到處都是喜慶的樣子，小偷也就一直不敢出來。到了第三天，小偷餓壞了，突然從床底跑了出來，卻一下子就被人抓住送了官府。

小偷受審時聲稱：「我不是小偷，是個醫生。這個新媳婦有種怪病，久治不癒，所以讓我跟隨在她身邊，經常為她用藥。」主審的官員再三盤問，那小偷說起媳婦家的事情時，說得都很詳細。原來，這些全是他藏在床底下時，從新婚夫婦枕席間的談話中聽來的。主審的官員沒想到這一點，竟然相信了他，並且要傳新媳婦到官府來對證，以便結案。

富豪家感到這樣做有失體面，就懇求官府別讓新媳婦上公堂，官府不允許。富豪就去找衙門裏一老吏商量，請他幫忙。老

吏對主審官員說：「新媳婦剛剛過門，這場官司不論是贏是輸，讓她出堂對質這件事，對她說來都是莫大的恥辱。我想，小偷是偷偷摸摸進屋的，又是突然跑出來的，他肯定不認識新媳婦的模樣。如果讓其他的婦女出來和他對證，他要是還堅持原來的說法，則可見他是騙人的。」

官員說：「好吧，就依你說的辦。」

隨後找來一個妓女，讓她穿上華麗的衣服，乘車來到衙門。小偷一見就嚷著說：「你是邀請我來治病，為什麼把我當小偷抓起來呀？」

主審的官員聽了，不禁大笑，小偷的把戲被戳穿了，最後只好認罪了。

在證人不便出面的情況下，吉安老吏所獻的「冒名代替」的謀略，對辨明這個盜賊的身分有著重要的作用。在現代偵破案件中，偵察人員也常用此法接近案犯或者打入犯罪集團的內部，查明案件的真相。

## 不同尋常的周新

明永樂年間，天下初定，成祖皇帝為了整肅綱紀，重用了一些有才幹、有魄力的監察官員，其中就有擔任浙江按察使的周新。周新明察秋毫，不僅經常彈劾貪官污吏，還善於審獄斷案。他到浙江一上任，當地百姓便欣喜異常，紛紛奔相走告，說：「我們有活路了！」

一天，他騎著馬外出巡視，走到城外偏僻的地方，突然成群結隊的綠頭蒼蠅迎面撲來，繞著馬頭飛來飛去，怎麼趕也趕不走。周新心裏一驚，馬上憑著敏銳的直覺似乎嗅到了某種血腥的味道。他急忙下馬，循著飛蠅的蹤跡尋找，果然在榛木叢中發現了一具男屍。屍體已經腐爛，很難辨認，發出陣陣惡臭。吏卒們把屍體抬走，發現屍體下面有一塊木印章。周新細細驗查，印章上的字清晰可見，便暗暗記了下來，隨後他叮囑吏卒把現場保護好，不要聲張此事，就打道回府了。

回到府中，他暗想：這木印章是唯一的線索，要想破案，必須知道它的主人到底是誰。這印上的字……突然，他恍然大悟。原來木印章是布商用來做憑證的，從這兒可以斷定，死者必定是一位販布的商人。他眼珠一轉，計上心頭。於是，他派人打扮成買布人，到集市上去四處打探，只要發現與死者的印章相符的布匹，就可以認定賣布人有重大嫌疑，因為這些布匹肯定是從死者那裏搶劫來，又拿到集市上去賣的，這樣就很容易找出兇殺案的線索。不出他所料，果然在市場上找到了與這印章相符的布，經過審訊這些販布人，所有參與前屆殺人的盜匪，都被一一捉拿歸案了。

此案發生後不久，又出了一樁離奇的事情。一天一位商人出外做生意，歸家途中，他見天色已晚，害怕遭人搶劫，便把賺來的金子埋藏在祠堂外草叢的石頭底下，想第二天天亮了再去取。可是第二天，金子卻不翼而飛了。商人心如刀絞，便到周新處來投告。周新仔細詢問了他昨天埋金子及回家後的情景，便讓他回去等候。

周新先派人到這商人家的四鄰去打探，得知有一個陌生男人經常趁商人不在家的時候出入他家。這是一條非常重要的線索，一定與失金案有關係！周新想：商人常年在外，讓他的妻子獨守空房，她若是個不本分的婦人，難免會惹上什麼私情，二人串通

一起竊取商人的金子，是完全有可能的。那陌生人一定與此有重大關係！想到這裏，周新馬上派人拘來商人的妻子。

大堂上，這婦人百般抵賴，拒不承認她參與偷金事件。當周新說出只有她一個人知道埋金地點的時候，她才招認與情夫私通的事情，但發誓與竊金無關。周新一看時機成熟，又派差役拘來姦夫嚴刑拷問。那姦夫經不住大刑，終於說出實情。

原來，昨天夜裏商人回家時，他妻子正在與情夫通姦，商人突然回家，姦夫來不及逃走，只好藏在商人家中，偶然間聽到商人對妻子說其藏金的事情，便起了賊心。晚上，他趁商人和妻子都睡熟了，就偷偷的跑走，並連夜竊走了金子。案情水落石出，商人的金子失而復得，那對姦夫淫婦也得到了應有的下場。

周新是廣東南海人，由鄉科選為御史。一向剛直敢言，人們稱讚他是「冷面寒鐵」。周新在浙江做官時，處理政事有許多不尋常的地方，當時錦衣衛的紀綱自作主張，驕縱無度，曾派了個千戶去浙江搜捕犯人。千戶在浙江作威作福，接受賄賂，使周新十分氣憤，就把他抓起來要加以懲治，但他設法逃跑了，並到紀綱面前申訴。紀綱為此羅織了周新的罪狀，把周新殺害了。

嗚呼！周新能夠解除別人的冤情，而自身卻含冤而死。

任何推理都應該建立在周密的調查基礎上，經過調查分析，來證明自己的假設，從而做出符合事實的判斷。周新就是從案發現場的蛛絲馬跡入手，深入調查，縝密分析，從而做出了令人信服的推理。

我們在推理的時候，一定要建立在掌握充分證據的基礎上，沒有事實根據的胡亂猜疑，是站不住腳的。這樣不但不利於你與

周圍朋友的相處，而且還會讓人覺得你是個膚淺的人，對人對己都不利。

············································

## 屠刀的主人是誰

劉宗龜鎮守海南時，曾破過這樣一個奇特的案子：有一天，當地富商的正當少年的兒子，當他把船停靠江岸時，看見岸上一個大戶人家門裏有個女子非常漂亮，楚楚動人。她見了生人也不迴避，大方得體。少年就用言語挑逗她，並說：「黃昏的時候，我要到你家裏去。」女子聽了微微一笑，默許了。

這天晚上，她果然開著門等候少年，但少年還沒有來時，有個小偷見屋門沒關，溜進來想行竊。因沒點燈，女子不知是小偷，就迎上前去；而小偷以為對方是來抓他，竟用刀刺了過去，然後丟下刀逃跑了。不一會兒，少年進來了，一沒留神，腳踩上了血，滑倒在地。他伸手一摸，發現了屍體，就急忙跑出屋子，回到自己船上，解開纜繩，離岸而去。

第二天，女子家發現人被殺，就順地上的血跡追蹤到了岸邊。岸上的人說：「這裏原來停過一條客船，昨天夜裏突然開走了。」後來，官府派人追尋到少年，對他施用了各種刑罰，他不得不全部招了供，但唯獨不承認殺了人。劉宗龜察看了那把殺人刀，原來是把屠刀。

劉宗龜就下命令說：「某日要操練武藝，要準備犒勞軍士，讓全境內的廚師，都到操場上集合待命。」當從事屠宰、烹飪的人集中起來之後，劉宗龜又傳話說：「今天已經晚了，等明天再來吧！」於是他們都把各自的刀具留下後，就解散了。劉宗龜暗中將那把殺人的屠刀混雜在其中，換下了另一把刀。

於是，第二天，那班屠夫、廚子都來取走了自己的刀，只有

一個屠夫來晚了，他不肯拿剩下的那一把刀。劉宗龜就問他是怎麼回事，他回答說：「這不是本人的刀，而是某某人的刀。」宗龜馬上下令去抓那屠夫，但發現他已經逃竄外地。劉宗龜就用另一個死囚冒充少年，在天快黑時，拉到市上去處決了。

少年被處死的消息，傳到逃亡者那裏，自以為平安無事了，一兩天後，果然又回到了海南。官府立即把他捉拿歸案。至於富商家的那個少年，則以通姦罪論處，打了一頓完事。

 智囊

劉宗龜偵破此案的確費了不少工夫。劉宗龜從當場丟下的那把兇器作為追查的方向。為了找到刀的主人，即殺人兇手，他別出心裁地說是要舉行一場比試，要廚師們都來獻藝，途中又故意叫他們留下刀來，然後又混放一把刀進去，這樣才找到了真正的殺人兇手。

沒有想到殺人兇手已經從劉宗龜的動機中看出了問題，早已經逃之夭夭，劉宗龜又想出了一條引蛇出洞的計策，以一死囚代替那個少年處決了，殺人犯自以為事情已經過去，帶著僥倖心理大膽地回來了，劉宗龜立即下達命令將他捉拿歸案，就地處決。

整個案子偵破得驚天動地，迂迴曲折，顯示出劉宗龜不破此案絕不甘休的決心和勇氣。諺語常講「道高一尺，魔高一丈」，在解決問題的過程中，你有決心、有毅力、不怕難、不怕苦，持之以恆，就一定能夠取得成功。

# 無賴現形

臨海縣迎接新秀才到學校的那天，有個少女偷偷地看見其中一年輕秀才長得眉清目秀，十分俊美，便動了芳心。一個賣東西的老婆子在一旁看到了，說：「這是我鄰居家的兒子，我來給你們做媒，成了，你們自然是天生的一對。」老婆子有個無賴的兒子，他聽說這些情況後，夜裏就假冒秀才溜進了少女房裏。黑暗中，少女沒能認清面目，竟把無賴小子當成了意中人，而獻出了自己的貞操。

一天，有一對夫婦來少女家留宿，少女就臨時睡在別的房間，讓客人睡自己的房間。萬萬沒有料到的是，半夜有人砍掉了這兩人的頭。天亮以後，案子報到了官府。縣令一開始認為是女家謀財害命，然而客人的珍貴物品並沒有損失。那麼，為什麼要殺他們呢？縣令就問：「這床以前是誰睡的？」下面的人回答：「是他們家的女兒。」縣令一聽，說：「我明白了。」他立即下令逮捕少女，威嚇她，讓她老實交代：「你的姦夫是誰？」少女忍不住逼問，羞答答地回答說是某秀才。

秀才被抓到以後說：「老婆子確實跟我說過和少女幽會的事，但我哪裡去過她家呢？」縣令又問少女：「秀才身上有什麼記號？」少女說：「他的胳膊上有塊痣。」經檢查，秀才手臂上並沒有痣。縣令沉思了一會，又問道：「那老婆子有兒子嗎？」回答說：「有！」當把那無賴小子抓來後，一看他的胳膊上正有一塊痣。縣令說：「殺人的，就是你了！」於是就對他動刑，無賴知道事情敗露而認罪了。

原來，那天夜裏無賴又溜到少女房中，一下摸到床上有一男一女兩個人，他以為少女又和別人有姦情，就把兩人一起殺了。因為捉到了真正的罪犯，秀才得以獲釋。

《朱子語錄》說：「隨語生解，節上生枝，更讀萬卷書，亦無用處也。」竹子節外生出了枝條，比喻問題之外又出現了別的問題。在一個案例中，往往又會出現別的作案人，辦案人員如果不認真調查研究，而僅僅局限於形式，那麼，很可能就會冤枉好人，釀成錯案。如此文中的殺人案，如果讓一個不太負責的官吏來裁斷，很可能就會斷定兇手是臨海秀才。而臨海縣令沒有滿足已有的成績，而是打破砂鍋問到底。這樣，終究緝拿了真兇，而沒有釀成一起冤案。

## 不淨的佛地

廣西南寧府永淳縣的寶蓮寺，設有「子孫堂」，祈求子孫很靈驗，因此這裏收到的佈施簡直堆成了山。寺裏規定，凡是前來求子的婦女，必須是年輕力壯沒有疾病的。她們要先實行齋戒，沐浴更衣，得到菩薩的「聖筶」後，才允許進入淨室去住宿。那些去住過淨室的婦女，有的說在那裏夢見了神佛送子，有的夢見羅漢，有的則閉口不言；有的人住過一次就再也不去了，也有的屢住屢去。因為淨室修建得嚴密無縫，而且男人們都住在院門外，所以人們都相信這是個佛門聖地。

福建人汪旦剛到永淳縣任職時，就懷疑這件事。他讓兩個妓女裝作求子的婦女去寶蓮寺住，並囑咐她們：「夜裏如果有人到你們房裏，不要拒絕，但是要偷偷地用紅黑墨汁塗來人的頭頂。」

第二天黎明，汪旦指揮許多兵卒埋伏在寶蓮寺外面，然後親

自到寺裏視察。和尚聽說縣官來了，都慌忙出迎，到了有一百多人。汪旦讓和尚脫帽，見到頭頂有紅記和黑記的和尚各兩人，就命令兵卒把這四個和尚揪出來捆上，兩個妓女便出來作證說：「夜裏，當寺裏的晚鐘敲過之後，兩個和尚就輪流進入淨室。最後贈送一包『調經種子丸』。」汪旦又命令把其他求子的婦女也拘留起來進行訊問，她們都說沒有這種事情，但搜查時，從她們身上都搜到了妓女得到的那種『種子丸』。

汪旦把她們放走不再追究，而把埋伏在外面的士兵召進寺來，和尚見這種陣勢，都嚇得不敢亂動，一個個老老實實讓捆綁起來。經過審問，寺裏的問題搞清楚了。所謂淨室的地面或床底下，都有暗道口可以通外面。和尚們利用這種手段姦污的婦女，真不知有多少啊！

官府把和尚全都送進了監牢，一時獄裏人滿為患。寺裏的住持僧佛顯，對名叫凌志的看守說：「我掌管佛寺已經四十年了，積攢下的金銀不計其數。這次我知道自己必死無疑，如果你能私下把我們幾個暫時放回寺裏，我們就把金銀取來，分一半給你作為報答。」凌志貪財，就私自允許三個和尚跟住持佛顯一起回寺，他自己和另外八個獄卒跟隨在後面。到寺裏以後，和尚打開地窖，裏面滿藏的金銀燦然耀眼。和尚讓凌志和獄卒們隨便拿取，他們自己則裝著捆紮臥具，暗中卻把寺裏的刀斧之類兵器，卷在行李中帶回了監獄，打算到半夜三更時，好破門而出。

這一晚，汪旦剛點上燈燭，以起草向上陳報此案的公文稿，忽然心中一動，想到一百多和尚關在一起，萬一突然發生變故，將無法控制局面。於是他祕密召集武藝強的役卒，帶上兵器，想讓他們住進關押和尚的牢房。他剛把人召集來，和尚就已經開始作亂了。和尚所用的都是短兵器，兵卒們用長槍對付他們，和尚不能抵擋，很多人被殺。

佛顯覺得事情不妙，就揚言：「我們這些人好賴不一樣，相

公不一一仔細審查，區別對待，所以引起激變。然而造反的不過只有幾個人，現在都已經被殺死了，我們要求直接反映情況。」

汪旦就讓管刑獄的官吏向和尚們宣布：「知道你們不全是造反的。既然造反的已經死了，你們就應該把刀斧之類的器械都交出來，明天將在公堂上審查，分別進行處理。」和尚聽了，就把刀斧等都交了出來。於是官府把和尚每十個人作一批，連夜分批進行審訊，實際上是依次把他們殺掉。到天亮時，一百多和尚就全部被消滅了。接著，汪旦追查那些刀斧是怎麼進入獄中的。這時，才了解到凌志等人作弊的情況，而凌志等人已經死於夜晚的廝殺中了。

明朝萬曆乙未年，西吳的許孚到福建巡撫時，所審理的某寺廟「終衣真人」在佛殿蒲團下設暗道的案子，和上述情節大略相同。

封丘人費紞任四川的參政時，一次路過崇慶，忽然他的車前起了一股旋風。費紞說：「倘若是有冤屈，暫且先散去，我來為你審理。」旋風果然立即止息了。費紞到州府之後，即沐浴更衣，向城隍祈禱。費紞在夢中，似有神靈揭示，州西有座寺廟。於是他私下到州西查訪，在離城四十里處，果然有座寺廟，面對大道，背靠山坡。

一天，費紞清早即起，率領吏卒急速趕到寺廟，把和尚全部捉拿起來。其中有一個和尚很年輕，而相貌很兇惡，經盤問，這人沒有出家的證件；用醋塗刷這人的額頭，讓他在太陽底下曬過，待洗淨後，其額上隱約可見紥過頭巾的痕跡，費紞斷然說：「這人是強盜！」於是審訊各和尚，他們無法再隱瞞，只得如實交代。

費紞全部掌握了他們姦淫虜掠的罪行。原來，寺廟西側有一大池塘，和尚常將夜時投宿的過路人殺掉，把屍體沉入塘中，然後分他們的財物；如果他們有妻女同行，則又將他們的妻女藏在

地窖中，長期恣意進行蹂躪。費紱按照法律把和尚全部處決，並平毀了那座罪惡的寺廟。

智囊

質疑問難是發現問題的必由之路，是開啟創造性思維的一把金鑰匙。因為創造性思維是一個發現問題、明確問題、提出假設、驗證假設的過程，而發現問題和提出問題是解決問題的前提和起點，一個人沒有發現問題的能力，就不可能有創新思維和創造活動。

為此，首先要激發大家創新思維的積極性和主動性。對於學生而言，可以通過宣傳古今中外一些名人善於質疑問題的事蹟，樹立榜樣，引導質疑。譬如，哥白尼對「地心說」的質疑，才提出「日心說」；愛因斯坦對經典物理的質疑，才提出「相對論」；沈括對古人採藥方法的質疑，才寫下了《採草藥》這篇富有科學精神的文章……

創造性思維是一個多層次的思維系統，其主要特徵是：積極的求異性、洞察的敏銳性、想像的創造性、知識結構的獨特性、靈感的活躍性。培育創造性思維的方法多種多樣，其中，培養良好的洞察能力和分析能力，質疑——析疑——解疑，是解決問題、促進事物發展的關鍵。

# 魯永清巧審通姦案

成都曾發生一起姦情案，男方招認是通姦，女方則說是強姦，執法的官吏一時也不能判決，就把這個案子交給了成都太守

魯永清處理。當兩個當事人被帶到官府後，魯永清指示一個力氣大的衙役，去脫光女方的衣服。外面的衣服都脫掉了，唯獨內衣，女抵擠死護住，衙役也拿她沒辦法。根據女方的行為，魯永清當即判決道：「應當取通姦的口供。因為女方總算還能守貞，衣服尚且不能脫下來，何況強姦她呢！」

魯永清是湖北薪水人，判決訴論案子像流水那樣順暢。在他的門外有幾間屋子，裏面鍋灶齊備，告狀的人來了就住在這裏。但他們往往見一次魯永清，問題就得到了解決，連飯都不必做就可以回家了。所以民間有歌謠稱頌魯永清，大意是說，找他告狀，問題解決得快，來不及放下行李擔，魯太守就已經公斷。

智囊

兩個相互對立的判斷不能同真，至少有一個人的是假的。在審訊犯人、偵破案例的過程中，犯罪份子為了掩飾其罪過，或者誣陷他人，經常會編造一些虛假的事實情節。既是編造，就難免有自相矛盾的地方。偵訊人員要善於從他們的證詞中發現破綻，「以子之矛，攻子之盾」，揭穿謊言，迫使其繳械投降。

如此例中，只有這麼兩個當事人在場，而他們的說法又是如此地矛盾，在這種「公說公有理，婆說婆有理」的案例、撲朔迷離的情節中，一般而言，弱者，即女方的說法較為人們接受。魯公別出心裁地「令隸有力者去婦衣」，那婦女當時就懵了，不明白魯公的用意何在，就其防身本能「以死自持」，由此反證自己說「強姦」是站不住腳的。

# 楊武破案有奇招

都察院僉都御史楊北山，單名楊武，是關中人康得涵的姐夫。楊武在擔任淄川縣令時，很善於用出人意料的辦法破案。

縣城裏有人偷了居民的稷米，官府沒能捉到小偷。丟米那家人的鄰居共有幾十個人，楊武就把他們統統拉來，讓他們跪在院子裏；楊武自己則漫不經心地處理其他事情，不理睬這些人。過了一會，他忽然嚴厲地說道：「我找到偷米的人了！」他這一喊，其中有個人，臉色蒼白，神情漠然，好一會兒都顯得很不自然。接著，楊武又喊了一次，那個人的神色就更緊張了。楊武指著他說：「跪在第幾行的第幾個人是偷米的！」於是，那人就只有承認過錯了。

風雨之夜一個人偷了園子裏的瓜菜，而且連根蔓都給拔出來了。楊武懷疑是園主人的仇家幹的，他讓手下人取了偷菜人留下的腳印。回到縣府之後，楊武叫人在院子裏撒了一層灰，又把村裏年輕力壯的人都拉來，讓他們都去灰上踩一踩。當輪到最後一個人時，這人顯得惴惴不安，面有難色，而且直喘粗氣。

楊武就抓住他進行了審問。果然，他就是園主人的仇家，瓜菜正是他偷的。因為他的腳印跟菜地裏的相同，他就是小偷了。

一個過路人，走累了，就在路邊枕著一塊石頭睡熟了，他口袋裏裝的一千錢，在這時被人偷走。事發後，楊武讓人把那塊石頭抬到院子裏，鞭打了幾十下。

在這之前，他曾交代，允許人們隨便進來觀看，不得禁止；同時，他又暗中安排人在門外守候，一見到在門外偷看而又不進來的，就馬上抓起來。不一會，果然就抓到了一個人，正是偷錢的賊。

原來，這賊聽說衙門裏在鞭打石頭，感到稀奇，不看不行；而又不敢進去看。這樣，他就被抓住了。當讓他交出所偷的錢

時，他才花掉了十文，其餘的錢，就全還給那個枕石頭睡覺的那個路人了。

智囊

出人意料的成功往往最能使人們心悅誠服。過分明顯的事既無用也無趣。不急於表態可使人們揣測不已；如果你的地位重要到能夠引起人們的期待心理，則此種情況更是如此。神祕就是靠其神祕性來贏得敬重的。即使你必須道出真相，也最好避免什麼都和盤托出，不要讓人人把你裏裏外外都一覽無遺。小心謹慎是靠小心緘默來維持的。你決心要做的事一旦披露，就很難獲得尊重，反倒常常招致批評。如果事後他們結局不佳，那麼你就更容易遭到雙倍的不幸。

精微奧妙的天才，在小心謹慎使其冒險不致有誤的條件下，總是以獨出心裁，另闢溪徑的辦法取得成功。聰明的人善於標新立異，終得以躋身豪傑之林。

# 第十一卷
# 威制敵人的智囊

敢於踩老虎尾巴者，老虎卻不能吃掉他；敢於鞭打臥龍頭部者，臥龍卻獻給他珠寶。之所以如此，這並不是因為老虎和臥龍就那麼愚蠢，而是因為制伏牠們的人很有奇謀。因此，輯有《威制敵人的智囊》一卷。

## 侯嬴獻計殺晉鄙

　　戰國時，各諸侯國之間連年戰事，此起彼伏。魏國都城大樑城東門有一個守門人叫侯嬴，已七十多歲了，因為善於出奇計而富有名氣。魏安釐王二十年，秦國攻打趙國，趙國處境危急。由於魏國同趙國一向關係友好，魏王便派遣大將晉鄙率兵援助趙國。可是又由於魏王畏懼秦國，所以他又警告晉鄙不要同秦軍交戰。

　　趙國平原君是魏安釐王弟弟信陵君的秭夫，兩人又是知己。平原君看到晉鄙來到趙國按兵不動，便馬上給信陵君寫信，譴責魏國不守信用。信陵君接到來信，立即召集門客，出擊秦軍，誓與趙國共存亡。他把這個想法告訴了侯嬴，侯老先生等信陵君說完自己的打算之後，先把信陵君身邊的人支走，接著向信陵君獻計說：「我聽說晉鄙的兵符，藏在魏王的臥室裏。你知道魏王眾多的妃子中如姬是最受魏王寵信的，她經常出入魏王臥室，這樣她就有能力暗中把兵符偷出來。從前如姬的父親遭殺害，是您派門客斬了兇手的頭，進獻給如姬。如姬為了報答您的恩情，以死相報也在所不辭，只是她至今還沒有機會罷了！現在，您只要張口求她，她一定會答應的。這樣，您就可以獲得那個刻著虎頭的符節，以此奪到晉鄙軍隊的指揮權。掌握了軍隊的指揮權，您就能在北部援救趙國，在西部打退秦國。這是如同春秋五霸一樣偉

大的功業啊！」

信陵君聽從了侯老先生的計謀，請求如姬幫忙，如姬果真偷出了兵符，交給了信陵君。信陵君準備出兵上戰場，侯老先生又向他獻了重要一計：「將在外，君令有所不受。公子一到就馬上與晉鄙驗合符節，要是晉鄙不相信您，要求向魏王請示以後再決定是不是把兵權交給您，那事情就危險了。我上次拜訪過一個客人是屠夫，叫朱亥，是個大力士，可以讓他隨同您一起前往。晉鄙如果聽從您的命令，那當然好；要是不聽從您的命令，您就讓朱亥馬上殺了他。」

信陵君又請求朱亥幫忙。朱亥笑著說：「我不過是個在市場上操刀宰殺牲畜的屠夫，而您卻屢次親自來看望我。我之所以沒有報答您，主要是覺得微薄的禮物對您來說沒有什麼價值。現在您有急難事來找我，這正是我出死力相報的機會啊！」於是朱亥與信陵君同往。

信陵君到達晉鄙軍駐紮的鄴城，假託魏王的命令要求晉鄙交出兵權。晉鄙與信陵君把符節相合驗證後，果然生起疑心，不想聽從信陵君的指揮。信陵君見情勢不妙，便令朱亥下手，朱亥立時掄起事先藏在袖中的幾十斤重槌，重槌落下，晉鄙便肝腦塗地了。信陵君接著就率領晉鄙的軍隊向前挺進，打敗了秦軍。

信陵君在趙國都城邯鄲大破秦軍，解了邯鄲之圍，所取得的勝利，取決於用鐵錘打死了擁兵不前的晉鄙。項羽在巨鹿大破秦軍，解了趙國的巨鹿之圍取得的勝利，決定於痛斬不引兵渡河的上將軍宋義之頭。晉鄙、宋義作為大將，因為擁兵滯留不前，尚且要被殺，那麼全軍將士哪個不是被嚇得兩腳發抖，而決心去拼死作戰呢？這樣做，不必等到與敵人交戰，敵人的敗局就可以料知。書生儒子總愛把刑罰說成是濫用殺戮，這怎麼算是懂得謀略的要旨呢？

智囊

虎狼之秦，噬趙窺魏，覦覬天下，一國之命，懸於一人，從莫之所救的草莽行事到問計侯生的理智回歸，從定計到竊符，從竊符到椎殺矯奪終至卻秦存趙，看似偶然，險象環生，實則必然，步步有據。可謂善播仁義之種者，必獲忠義之實。舉一人可以興式微之邦，得一士可以紓亡國之禍。可見，人主之要，在於辨才用人。

從故事中我們知道，能夠在無論是情節還是人物都處於絕境之下得竊符之計，直接原因是信陵君問計於侯嬴。而我們從信陵身上，分明看到了項羽所沒有的從善如流的勇氣與睿智，更感到了劉邦所沒有的用人不疑的氣度胸懷。思維的品質一定程度上取決於人格品質。所以，我們可以這樣認為，從本質上說，是信陵君的人格品質，使他絕處逢生、峰迴路轉。

## 班超智勇服鄯善

東漢時大將軍竇固率軍打匈奴，任命班超為代理司馬，讓班超帶領軍隊走另外一條路來攻打伊吾，追到蒲類海，雙方交戰，班超率軍殺了很多敵人，凱旋而歸。竇固認為班超很有才能，就派遣他和從事郭恂一起出使西域。班超到了鄯善國，鄯善王對待班超的禮節非常隆重周到，必恭必敬，可是後來忽然對他疏遠、怠慢起來。班超對他的部下們說：「你們難道沒有發現鄯善王對我們的態度冷淡了嗎？這一定是北方匈奴的使者來了，鄯善國王對於自己究竟歸附漢，還是歸附匈奴這一點還猶豫不決。聰明的人應當能夠在事情的眉目還未顯露出來的時候，就能看到事物的

本質，更何況實情已顯露得很清楚了呢？」

於是班超就召見鄯善國派來侍候他們的人，詐他說：「匈奴的使者來了好幾天了，現在住在哪？」這一問，那人驚惶失措，十分害怕，把匈奴使者來後的種種情況都如實說了。之後，班超馬上把這位侍從關起來，接著就召集自己的三十六名部下，同他們一起喝酒，喝到興頭上，班超就鼓舞大家說：「你們這班兄弟和我一起到西域，就是想建立大功，求得富貴。現在匈奴的使者才到了幾天，鄯善國王對我們的禮敬之意就減退了，如果坐等鄯善國把我們抓起來交給匈奴，那麼我們的屍骨就會被遺棄在匈奴餵豺狼了。對這件事該怎麼辦呢？」他的部下們都說：「現在我們已經陷進了危難的境地，不論是死是活，我們都跟從您。」

班超說：「不入虎穴，焉得虎子。現在只有一個辦法，就是乘著黑夜用火攻擊匈奴人，使他們不知道我們有多少人，他們一定會驚恐萬狀，這樣就可以把他們消滅殆盡。消滅了這股敵人，那麼鄯善國的人自然會被嚇破膽，這樣就可以功成名就了。」眾人說：「這件事應當和從事郭恂商量一下。」

班超生氣地說：「是吉是凶就取決於今天，郭恂只是個見解一般的文職官員，如果讓他事先聽到這件事，他一定會感到害怕，從而把計謀洩漏出去。這樣，我們死了，不能建立什麼功業，也不能被稱為壯士了。」

當天夜裏，班超就帶領部下奔向匈奴人所在的營地。這時恰逢天空颳起了狂風，班超叫十個人拿著鼓，隱匿在匈奴人營房的後邊，同他們約定說：「你們見到大火燒起，就一面擂鼓一面大聲呼叫，其餘的人持箭埋伏在門兩旁。」班超順著風勢放火，接著鼓聲喊聲響成一片，匈奴人驚惶失措，亂作一團。班超和部下砍掉了匈奴使者及其隨從三十多人的頭，剩下的一百多個匈奴人都讓火燒死了。

第二天，班超才把事情告訴從事郭恂。郭恂聽後十分驚怕，

後來臉色才漸漸好起來。班超看出郭恂的心思，便拱手作揖說：「您雖然沒有參加此次行動，但我班超怎能做出獨佔功勞的事情呢？」郭恂聽了這話很高興，臉頰露出狡黠的笑容。

班超於是約見鄯善王，把匈奴使者的頭顱拿給他看，鄯善國君臣大為震驚。班超對鄯善王曉之以理，並用好言撫慰他們，後來鄯善國王就把兒子進獻到漢作為人質，與漢朝結好。

班超回朝向竇固彙報情況，竇固大喜，並把班超的功績向皇帝稟報，同時請求皇帝另選使者出使西域。皇帝讚許班超的氣節，下詔書給竇固說：「有像班超這樣的官吏，為什麼不派遣，而卻要另選他人呢？」因而就命令班超為軍司馬，讓他繼續完成先前的功業。班超再次擔任使者，朝廷按照慣例可以給他增加些兵馬。班超說：「我只要帶領上次跟隨我出使的三十多人就夠了。如果發生了意外，多帶了人馬反而是累贅。」

這時于闐王廣德剛剛打敗了莎車國的軍隊，在南邊稱雄，而匈奴又派遣了使者去監護于闐國。班超往西行，首先到了于闐國，國王廣德對班超的態度十分疏遠和冷淡。于闐國的風俗是迷信巫師，巫師對於闐國王說：「神明發怒了，問你們為什麼想歸順漢朝？漢朝使者有一匹黑嘴黃馬，立即把牠牽來祭祀我。」

于闐王廣德就派遣使者來到班超外要那匹馬。班招私下裏已經了解到了這件事情的來龍去脈，回答說：你們的要求可以答應，然而要讓巫師親自來牽馬。不一會兒，巫師到了，班超立即斬了他的頭，呈送給廣德，並以嚴詞責問了他。廣德早已聽說班超在鄯善國斬殺匈奴使者的事，因而特別恐慌，於是立即殺了匈奴使者，歸順了班超。班超重賞了于闐王和他的下屬，就這樣威懾並安撫了于闐國。

只有像定遠侯班超那樣，才算得上是滿腹皆兵，渾身是膽。

遼東管家莊，有個高大的男子，有一次他外出不在家時，建州地方的敵人掠走了那男子的妻兒，擄到敵方當奴隸。幾天以

後，那壯年人回到家裏，發現家裏人財兩空。他無法謀生，想給別人當雇工，可是沒有人僱他，於是就想方設法潛入敵人的營地，在那裏等待機會。有一天，他見到自己的老婆出來打水，就和她祕密約定：在夜深時把柴禾堆放在門外，放火燒柴禾，同時在屋角也照這樣做。大火燒起來以後，那些賊人驚醒了，光著身子從床上跳下來，跑到門外，等在門外的那個壯年人，用箭把跑出來的這些人都射死了。接著，那壯年人帶著妻子，取走了賊人的所有財產，回到了自己家中。在這以後，其他賊人都畏懼那勇敢的壯年人，連他所在的村子也不敢經過了。

這壯年人的膽量和勇氣，在特定的那段時間裏，哪裡比班超遜色呢？但是假如他的家庭安然無恙，或者他想當雇工又當成了的話，他就會安然於他的處境，而不再打算採取這種勇敢的舉動了。常言說「急中生智」，從這幾件事情看，確實如此。

智囊

在幾何學中，兩點之間的直線是最短的。但在戰爭中，最直接的方式不一定最有效。軍事鬥爭中最難的，在於通過迂迴曲折的途徑，達到近直的目的，化不利為有利。班超採取以迂為直的途徑，轉而攻擊自己的對手匈奴使臣，及時扭轉了不利的局面，挽救了瀕臨危機的漢鄯友好關係。

「以迂為直」之計用在社會競爭上，往往能變劣勢為優勢，以弱制強，戰勝對手。例如，我們時常看到某活動得到某公司的贊助，這是透過一些慈善活動，一些運動專案的方法，來間接推廣他們的產品。也就是說，當我們推廣產品的時候，直接去銷售，成功機率會是比較小的，假如我們繞一個圈，不銷而銷，反而顧客接受的程度就比較好。

# 耿純智殺劉楊

東漢時真定王劉楊圖謀造反，漢光武帝派耿純拿著符節去逮捕劉楊。耿純接受了命令後，裝作到州郡出使的樣子，到了真定，住在客棧裏休息，劉楊自稱有病不肯前來見他，還給耿純寫了封信，想叫耿純到他那裏去見他。

耿純回信說：「我是接受皇帝的使命來見諸侯王和州郡長官的，我不能前往，你即使有病也應該勉強支撐著前來見我。」

當時劉楊的弟弟劉讓、堂兄劉紺，都擁有萬餘人的隊伍，劉楊認為自己兵力強大，而且耿純看起來安詳寧靜，不像要以武力相待的樣子，於是就帶了官員來到耿純下榻的客棧，他的堂兄和弟弟帶著少量的軍隊在門外護衛。

劉楊進入客棧，耿純以禮相待，接著邀請他的兄弟都到客棧入座。等他們都進來以後，耿純關上門，命令部下把他們都殺死了。然後帶兵而出，整個真定的軍隊都大為震驚，沒有一個人敢輕舉妄動。

智囊

耿純善於製造假象，誘敵深入，用智慧來擊敗敵人。這裏運用了「上屋抽梯」的策略。即誘敵深入，阻敵援兵，斷其退路，然後殲之的一種戰術。此計用在軍事上，是指利用小利引誘敵人，然後截斷敵人退路，一舉殲滅。

現實生活中，安放梯子，有很大學問。對性貪之人，則以利誘之；對情驕之人，則以示我方之弱以惑之；對莽撞之人，則設下埋伏以使其中計。因此，一方面要根據情況安放梯子，使對手中計；另一方面，自己也不要貪得無厭，見錢眼開，見光就沾，

隨意上了別人的梯子。

## 溫造公鎮壓叛軍

唐憲宗時，西北戎族和羯族進攻中原地區，皇帝的詔書下到南梁，讓那裏派兵五千人前往京師。剛要起兵，眾人叛亂，趕走了統帥，於是就聚集起來抗拒王命。這種狀況持續了一年多，唐憲宗深為此事感到不安，京兆尹溫造請求單人匹馬前往處理此事。

到了南梁境內，南梁人看見只是來了一個儒生，都暗自竊喜，認為不會有什麼大礙。等到溫造到了以後，僅僅宣讀了皇帝的詔令，安撫和問候大家，對作亂這件事隻字不提。而南梁軍隊中那些挑頭作亂的人卻全副武裝，進進出出，溫造也裝作毫不在意。

有一天，溫造在球場中設置了樂隊，演奏樂曲，全軍戰士都前往球場聽奏樂，溫造讓將士們在長廊下就坐，飯桌正對著長廊的臺階，南北兩行設置了兩根長繩，讓軍人各自在面前的長繩上掛上他們的刀劍，然後飲酒吃喝。酒宴剛剛開始，忽然響起了一聲鼓，溫造手下的人站在長廊的臺階上，從兩頭齊力平舉那兩根繩索，於是南梁軍人們帶來的刀劍一下子離開地面有三丈多高。這些軍人拿不到自己的武器，一下就亂了起來，沒有辦法施展他們的勇武。這時，溫造把門關上，命令手下的人斬了這些叛軍。南梁地方的人，從此以後再也不敢謀反了。

智囊

京兆尹溫造在南梁叛軍眼中不過是一介書生，三尺微命，哪裡會被人放到眼裏？而溫造運用韜晦之計，給南梁叛軍一副「不

過如此」的軟弱無力的印象。就在他們紛紛解除戒備，高枕無憂的時候，災難卻悄悄地降臨，兩根繩索，巧妙地給他們解除了武裝，士兵離開了武器就沒有戰鬥力了，溫造的伏軍擊殺叛軍就如同殺雞那麼容易了。

## 哥舒翰、李光弼剛正不阿制奸邪

　　唐代哥舒翰任西安節度使，派遣都兵馬使張擢到京師長安奏事，張擢完成了任務後，在京師逗留，向楊國忠進獻財物，與楊國忠結交。哥舒翰正巧也來京師，要入宮朝見天子，張擢怕哥舒翰問罪，心裏膽怯不安，請求楊國忠任命他為御史大夫，兼劍南西川節度使。任命的詔書下達後，張擢來到哥舒翰家拜見他，哥舒翰命令部下把他揪到庭中，列舉了他的罪狀，用杖刑打死了他，然後向皇帝報告，讓皇帝曉知此事。

　　唐玄宗知道此事後，便下詔書褒獎哥舒翰堅持原則，再讓哥舒翰對張擢的屍體鞭打一百下。

　　太原節度使王承業軟弱無能，優柔寡斷，不能很好地管理軍政事務，於是皇帝命令御史崔眾把軍隊交給河東節度使李光弼。崔眾平時欺侮看輕王承業，有時甚至全副武裝衝進王承業辦公的地方，而且還開玩笑戲謔他。李光弼早就聽說這些情況，一直為王承業打抱不平。後來，崔眾率領部隊到來，李光弼出來迎接，兩軍相遇，而崔眾不率眾迴避李光弼帥旗。李光弼對崔眾的這種無禮行為非常生氣，又加上崔眾沒有馬上交出軍隊，所以李光弼就下令把崔眾拘禁了起來。

　　不久，皇帝宮廷中派出的使者到了，要提升崔眾為御史中丞，使者把皇帝的詔書藏在懷中，問崔眾在哪裡。李光弼說：「崔眾有罪，囚禁起來了。」使者就拿出皇帝的詔書給李光弼

看，李光弼說：「現在我只是斬御史，如果你宣讀皇帝的詔令，我就斬御史中丞，如果任命他為宰相，我也要斬宰相。」使者害怕了，他休息了一宿之後，就被李光弼派人送回來了。第二天，李光弼派軍隊押著崔眾到碑堂下，斬了他。殺了崔眾，李光弼威震全軍。

有人問，張擢和崔眾誠然有罪，然而已經被任命為西川節度使和御史中丞了，殺了他們將怎樣對待皇帝的命令呢？實際上，軍事行動講究的是快，在戰爭情況下逗留在後方不回去，掌握著軍隊不交出來，這些按軍法都是要處死的，提拔這兩個人的命令，必定都是憑藉著關係、靠鑽營得來的，而不像是出自天子的本意的樣子。所以哥舒翰和李光弼這兩位將領能夠施展他們的權威，而沒有人在事後議論他們。

智囊

哥舒翰和李光弼這兩位將領有膽有識，剛正不阿，才能夠施展他們的權威，制服奸邪。在這裏，剛正不阿是一種剛強、堅毅、崇高的品格，是做人之本；阿諛逢迎則是卑下、庸俗的奸佞小人的醜行。

在生活中，有的人為了升官發財，絞盡腦汁，極盡阿諛逢迎之能事；有的人在與人交往中不亢不卑，不失人格，他們好則言好，差則言差，表現出剛正不阿的精神。

法國作家雨果說過：「我寧願靠自己的力量打開我的前途，而不願求有力者的垂青。青雲得意的道路是很多的，如果我用阿諛奉迎的辦法換取有力者的垂青和提拔，我早該得志了，但這不是我的道路。」雨果就是憑著自己的勤奮躋身世界大文豪的行列的。在事業上，只有像雨果這樣剛直不阿「靠自己」，才能有光

輝燦爛的前途。

做人，應該做一個剛正不阿的人，只有這樣，才是一個高風亮節的人，才能做出一番轟轟烈烈的事業來，受到人民的敬重；而那些阿諛逢迎的人，只不過是給人以茶餘飯後的笑料而已！

## 柴克宏以威制奸

後唐的柴克宏，有大將的才略，他奉命去救常州時，樞密李徵古妒忌他，派給他的幾千名士兵都很虛弱，鎧甲兵器也都是朽爛、蟲蛀了的。他快到常州時，李徵古又派朱匡業來代替他帶兵，派使者召柴克宏回去。柴克宏說：「幾天之內，我即可打敗敵人，你來召我回去，你一定是和敵人站在一頭的壞人。」他立即命令部下斬使者之首。使者說：「這是李樞密的命令。」柴克宏說：「即使是李樞密來，我也要把他斬首。」斬了使者之後，柴克宏讓部下用布幕把兵船蒙蓋起來，讓全副武裝的戰士藏躲在船中，偷襲敵營，打敗了吳越軍隊。

朝內有奸臣，柴克宏如果接受了別人的取代而回去了，怎麼知道奸臣不會以「出師無功」的罪名查辦他呢？他沒有聽從奸臣的命令，打敗了敵人，保全了城池，這樣，即便是妒忌者有嘴也無法施展進讒言的本領了。

智囊

司法公正觀念是隨著國家而誕生的。戰國時的荀子說：「公生明，偏生暗。」意思就是說公正就政治清明，偏私則政治黑暗。公正廉明是儒家提倡的一種政治理想，它是建立在仁愛誠信

基礎上的，強調作為一國之君，首先要以德服天下，這樣才能處事公正，明辨是非。

同時代的韓非子在《有度》中說：「法不阿貴，繩不撓曲，刑過不避大臣，賞善不遺匹夫。」這與我們今天所說的法律面前人人平等有點相似。到了漢代，偉大史學家司馬遷則提出了「奉公如法，則上下平」的思想，他是在描述了廉頗藺相如的故事後發出感歎的。

由於歷史的局限性，中國古代文人未能對公正作出確切的解釋。歷史上有許多剛正不阿的仁人志士。包拯、海瑞直言犯君，蔑視皇親國戚，他們那種為民請命、不怕風險的精神，的確是難能可貴的。

---

## 呂公弼、張詠威制悍吏

呂公弼是呂夷簡的兒子，他治理成都時，在處理政事上提倡寬政，但別人卻嫌他缺少威嚴和決斷。一次，他屬下的一個士兵犯了法，應當受杖刑，那士兵頂撞著拒不接受杖刑，他說：「我寧願你們用劍把我刺死。」呂公弼對他說：「對你用杖刑，這是國法規定的，用劍斬首，這是你自己請求的。現在先用杖刑，然後再斬首。」這件事使得軍府肅然起立，誰也不敢放肆了。

張詠在崇陽時，有一個小吏從官府的倉庫中出來，張詠看到他的鬢髮下藏著一個銅錢，追問他以後，才知道是府庫中的錢。張詠命令對他用杖刑，那小吏勃然大怒說：「一個小錢哪裡值得一提，竟然要對我用刑嗎？你也只能對我施杖刑，總不能砍了我的腦袋吧！」張詠提筆判決說：一天一個錢，一千天一千個錢，這就好比用繩子鋸木頭，日久天長木頭也會斷，又好比滴水能穿石。寫完後，親自提著劍走下臺階斬了那小吏的腦袋，同時向州

府稟報了此事，彈劾自己。崇陽人久久傳誦著這件事。

張詠任益州知州時，有個小吏得罪了張詠，張詠在他的脖子上戴上了木枷。小吏不服，生氣地說：「這木枷你戴上容易，摘下就難了。」張詠說：「要摘下又有什麼困難呢？」說完就斬了小吏的頭，木枷也就隨之落下來了。其他小吏都嚇得心驚膽戰。

如果沒有這樣的膽量和決斷，強橫的小人們何所不至？

袁了凡說：「宋代對州縣一級官員管得很鬆，他們辦事常常都不按一定的規矩，在法律規定之外殺人。所以，不好的官吏有時就可以肆意做壞事，但才智出眾的傑出人物，也往往能憑藉這一點實現他們治國的志向。現在州縣一級官吏的權力逐漸削弱了，只有在執行笞刑十下到執行杖刑百下這個範圍內，才能獨立判決。刑罰涉及到勞役一年以上的時候，就必須申報上級，等待審批。這樣，一件案子來來回回地做申報審批，往往就要用十天到一個月的時間。於是，公文案卷就越來越多，而監獄中長期關押著等待審判的人就多了起來。」

子猶說：「現在是從雕琢辭句的文人中選取官員，這樣做怎麼能不減少地方官員的權力呢？從中我越發感到漢朝的管理制度的好處。」

智囊

故事中蘊含的小可變大和大可以質變的深刻警示不容忽視。這樣的因小失大的事情在現實生活中並不少見。

善惡在一念之間。很多時候，善是一種循環，惡也是一種循環。君子坦蕩蕩，小人常戚戚。小人為我們所不齒。在自己看來微不足道的對他人利益的侵犯，也許將在我們身上留下擦不去的污漬。「千里之堤，潰於蟻穴」──是永遠的忠告。

從點滴做起。一次關燈，一句善語，一次讓座，一個微笑，都是對公共利益的貢獻，都是對生態營建的貢獻。小小的善舉，舉手之勞，並不需要我們付出很多，卻能換來諒解、和睦、友誼與一夜的安眠。為社會做點事，為他人做點事，為自己做點事，美好生活就在你我的點滴中創造。

## 黃蓋整治惰官，況鐘巧裁狡吏

黃蓋曾經做過石城縣縣令，石城縣的下屬官吏們特別難駕馭。黃蓋到任後，安排了兩個屬下官員協助自己，這兩個人分頭主管各曹事務，黃蓋下令說：「我這個當縣令的沒什麼文德，只是憑藉著武功得到的官職，對於文官的公務我不熟悉。現在外來的敵人還沒有平定，軍務比較繁忙，縣裏的一切公文案卷，全部都交給這兩個下屬官員幫助我處理，他們替我約束管理各部門，糾正和處分有錯誤的人和事。如果他們兩人中誰做了欺騙不法的事，我也最終不會把鞭抽杖打之類的刑罰加在他們頭上。」

命令下達後，開始時下級官吏們都感到畏懼，各自恭謹地奉行自己的職務。時間久了以後，下級官吏們認為黃蓋不管公文案卷，於是就懶怠、放肆起來。黃蓋暗中調查到了這一點，並查清了這兩個幫他處理政務的下屬各自所做的幾件違法事。於是就召集所有官員，就幾件違法事來追究兩個下屬官員，那兩人叩頭向黃蓋道歉。黃蓋說：「我早已有過話了，最終不把鞭抽杖打加在你們頭上，我不敢欺騙你們。」說完以後，竟然把這兩個人殺了。許多屬官嚇得兩腿發抖，整個縣從此就變得政治清平起來。

明朝人況鐘，從小吏提拔為郎官，由於楊士奇、楊溥、楊榮的推薦，做了蘇州知州。皇帝召他到朝堂，賜給他皇帝自己簽署的文書，授予他不待上奏、自行處置事務的權力。他剛到蘇州，

管事人拿著公事案卷來上呈，他不管下吏對事情處理得是否得當，便判個「可以」。這樣，下吏們便藐視他，認為他沒有能力，接著衙門中發生的弊病、漏洞就越來越多。通判趙忱千方百計地欺凌況鐘，他也只是嗯嗯而已！

一個月以後，有一天況鐘命令手下人準備好香燭，把掌管禮儀的禮生也叫來，所屬官員全都聚集起來。這時，況鐘才提到：有一封皇帝的詔書沒有來得及向大家宣布，今天就來宣布這道詔諭。當官員們聽到詔書中有──「所屬官員如做不法之事，況鐘有權自己直接捉拿審問」這一句話的時候，全都震驚了。宣讀詔書的禮儀結束後，況鐘升堂，召來了州府中掌管文書的小吏，宣布說：「某天有一件事你們欺騙了我，偷了多少財物，對嗎？某天你們又這樣做了，對嗎？」

那些掌管文書的小吏們都十分驚慌，被況鐘的才智所懾服。況鐘說：「我忍受不了煩瑣的審判手續。」說完以後，他就命令一個小吏脫光了衣服，讓四個有氣力的衙役把他抬起來扔到空中，掉下來便摔死了，這樣一個接一個地很快就摔死了六個小吏，並且命令把屍體放在集市上示眾。這件事使全城上下恐懼萬分，蘇州地方的人民從此改變了惡習，面目為之一新。

黃蓋是一個武夫，況鐘是一個小吏，然而他們有這樣的作為，可以使那些口齒伶俐的文人和矜持威嚴的大官們感到羞愧。

王晉溪說：「掌權的人，要能夠識別有真才實學的人並且任用他。考中進士的不一定都比中舉人的強，考中舉人的也不一定就比秀才強，而且在進士、舉人、秀才之外，未必就沒有奇才或者獨特本領的人，一定要用政事去實地考察他們的能力，然後才能發現真正的人才。比如，黃福就是憑著每年從各府、州、縣學中選拔人才的歲貢制度，挑出來做官的，楊士奇是憑著儒士的身分做官的，胡儼是憑著舉人身分做官的，這些人都是傑出的名臣。明代建立初年，馮堅憑著典史的身分做到都御史，王興宗憑

著直廳的身分一直升為布政使。我們只能根據官職的需要，選擇適當的人才，而不能為了安排人而去設官職，這樣才能發揮人才的巨大作用。

況鐘擔任太守期間，太守府發生火災，公文案卷都燒掉了，造成這場火災的是一個小吏。大火撲滅以後，況鐘坐在現場，面對一堆瓦礫，喊來了小吏，痛打了他一百杖，喝令他馬上回屋去。之後，況鐘便迅速起草奏疏，把罪責全部歸在自己身上，而沒有歸咎和牽連那個小吏。開始，引起火災的小吏認為自己罪當判死刑，但況鐘歎了口氣說：「這本來是太守的責任，一個小吏哪裡能夠擔當呢？」

況鐘的奏疏呈給皇帝後，皇帝判定扣除況鐘的部分俸祿。況鐘能夠為小吏開脫，表現得如此寬大，所以他實施權威時，大家並不怨恨他。假如讓現在的人處在這種境地中，即便是自己的罪過，還想推給自己底下的人，更何況替別人受過呢！況鐘的品德如此高尚，是一般人不可及的。

智囊

東吳的黃蓋不僅是一個難得的武將，而且也是一個有謀的文官，他以治軍的鐵腕整頓下屬的腐敗作風，取得了立竿見影的效果。衝鋒陷陣是其特長，而治理政務則是其短。為了揚長避短，他運用了兵法中「兵不厭詐」的辦法。聯想到赤壁之戰中的苦肉計，他可算是兵不厭詐這一戰術思想的大師。

況鐘不同於一般官吏的可貴之處，在於他不只有鐵腕的手段，同時，還有體恤下屬的慈悲心腸。一場火災的肇事者是一個小吏，況鐘只對他給予「痛杖一百，喝令歸舍」的處分。然後，況鐘上一封奏摺，把全部責任自己承擔下來，一位封建官吏，能

## 宗汝霖平穩物價

北宋末年，金兵侵犯京師，大宋皇帝南遷，敵人撤退後，朝廷任命宗汝霖主管京師開封。宗汝霖剛到開封時，當時開封府物價飛漲，怨聲載道，京師衙門裏的官員對此十分擔憂。宗汝霖對部下說：「城裏人大多把吃飯問題看作是頭等大事。只要把吃飯問題解決了，就不必擔心其他次要的物價不平穩了。因此，這件事容易處理。」

他祕密派人去詢問米、麥的價格。與先前開封府未經戰亂時相比，價格沒有增加多少。於是讓廚房召集遭戰亂的難民，讓他們仿照市場上賣的饅頭的大小來做饅頭。他又取了一斛糯米，讓監軍派奴僕按市場上賣的酒那樣釀酒，然後各自估算出它們的成本價，一結算，饅頭每個六文錢，酒每觚七十文就夠了。他再派人出去調查市場價格，原來饅頭每個二十文，酒每觚二百文。

於是，他先把作坊做麵食的師傅叫來，問他說：「我從當舉人時就來到京師，現在已有三十五年了。饅頭價格一向每個七文錢，而現在賣到二十文，這是為什麼？難道麥子的價格成倍地上漲了嗎？」做麵食的師傅說：「自從京師經受戰亂以後，糧食價格起落，當初並沒有固定的價格，因此饅頭的價格也就漲上去了。現在是按當時的價格沿襲下來的。」宗公立即拿出軍廚房所做饅頭給他看，並告訴他：「這些饅頭同你賣的分量一樣重，而按目前市場上麥子價格計算，每個成本不超過六文錢，如果賣八文，還有兩文錢的利潤。我將下令每個饅頭只許賣八文，誰敢擅自提價，就處以斬刑，而且我要從你開始來行使我的法令了。」於是，馬上斬了這個做麵食的師傅，並拿他的腦袋在市場

上示眾。

第二天，所有的鋪子都開始賣起了饅頭，饅頭價格恢復到從前。又過了一天，他把賣酒的管理官任修武叫來，問：「現在京師糯米價格沒有增加，然而酒價卻提高了三倍，這是為什麼？」

任修武嚇得直冒冷汗，顫巍巍地說：「我負責賣酒時，想不漲價也不行。因為京師地區自從遭敵入侵以來，居住在宮外的皇族，權貴的親屬，私人釀酒的很多，都來和我們搶買賣。官酒出售得少了，不這樣提價就沒有辦法支付釀酒用的酒錢，和工匠役夫們的燈火費了。」

宗汝霖說：「我替你禁私人釀酒，你把酒錢少一百文，這樣你還有利可得嗎？」任修武忙叩頭說：「如果能這樣，買酒的人多了，薄利多銷取得利潤，也足夠開銷一切費用了。」宗汝霖仔細地審視了他很久，說：「我暫且把你的腦袋寄放在你的脖子上，你出去後帶著你的那些人馬上換下酒店的招牌，一觚只賣一百文，這樣你就不必憂慮私人釀酒搶了你的生意了。」

第二天，他發布命令：凡是敢私人釀造酒的，抓到以後，無論釀酒多少，全都處以斬刑。於是開封府中倒掉私釀酒，砸碎釀酒器皿的，不計其數。

幾天後，酒和饅頭的市價，完全恢復了原樣，其他東西的價格，不用官府下令，也陸續一天天地下跌。這樣一來，既沒有傷害市民，還把四面八方的買賣人都招到開封府來做生意。軍民歡呼，稱讚宗汝霖的治理方法是神明之政。當時杜充防守北京，也治理得很好，人們號稱「南宗北杜」——南面有宗汝霖，北面有杜充。

借麵食師傅的腦袋來推行法令，這件事聽起來雖然似乎很殘忍，然而在禁止私人釀酒、平定物價等一系列問題上，宗汝霖之所以能順利地施行法令，而全不費氣力，都是由於有上邊的這種做法。看來，這也可以說是用來救急的權宜之計吧！

當湖人馮汝弼在《祐山雜記》中提到：甲辰年大災荒之後，當湖縣城裏的人，有十分之二流落在街頭靠乞討為生，拖欠政府賦稅的，占全縣人數的十分之九。

第二年，府裏的趙通判到縣裏來催賦稅，他到縣裏後，讓人挑選了七斤重的竹板，三寸長的拶子——一種夾犯人手指的刑具，準備對欠稅不交的人用重刑，縣裏的人十分害怕。有人就哄騙那些靠乞討為生的人說：「趙通判從府庫裏領來了三千兩銀子，要來救濟你們，為什麼不去領取？」

這個消息在行乞的人中間傳開了，一下子就聚集起幾百人，相繼來見趙通判。趙通判不許他們進縣衙門，他們就又號又叫，一擁而入，那些拖欠賦稅的人，也跟著他們擁進衙門，他們趕走公差，砸壞刑具，喊聲震天動地。趙通判十分恐慌，不知怎麼才好。

我和上莘等人，聽說發生動亂，馬上來到縣衙門，趙通判見了我們才稍稍鎮定了些。他邀請我們進後堂。這時，那群亂民又是打門，又是推門，想闖進後堂來，氣勢越來越囂張。問他們想幹什麼，行乞的說：「要求救濟。」欠稅的說：「要求免去欠稅。」趙通判想詢問挑頭的人的姓名，我說：「別問了，要是知道了他們的姓名，他們怕有後患，就會鬧得更凶，還是順著他們吧！」

於是衙門口掛出了免繳賦稅的牌子，同時又由縣裏準備了幾百張豆餅，供應行乞的，但豆餅還沒拿到衙門口，就被別人一搶而空，行乞的人大多沒能吃上。到了傍晚，我們離開了縣衙門，那時，亂民們的喊叫聲更大了，他們闖入了後堂。趙通判怕有其他變化，趕忙翻牆連夜逃走。從這以後，當地的百姓更加驕縱無所顧忌。

過了兩個月，太守郭平川把為首的幾個亂民法辦了。當地百姓提心吊膽，互相告誡，不敢再作亂了。假如趙通判不想施加嚴

刑來催賦稅，就不一定會導致變亂。他倆一個因嚴而失敗，一個因嚴而成功。由此看來，怎麼掌握寬嚴這一點，只有識時務者才能懂得。

智囊

選擇時機，把握時機，是我們需要認真對待的問題。善於利用時機，容易取得成功，喪失時機，就會終生遺憾。審時度勢，認識時務，把握機遇，是處世謀略的重要組成部分。

人們的命運各不相同。有人富貴，有人貧窮；有人顯達，有人沉淪；有人常交好運，一帆風順，有人厄運纏身，常陷困境。這到底是為什麼？人生的命運遭遇決定於客觀條件，也決定於主觀因素，有必然性，也有偶然性。機遇只是成功的有利條件，能否成功，取決於人們的主觀努力。主要靠選擇行動的方向和目標，制定行動的計畫和方法，以及根據情況變化採取應變的措施。

## 楊守禮在野謀政

明朝嘉靖年間，安州發生大地震，州人趁亂殺人搶奪財物，無視官府律法的存在。州官害怕暴亂擴散，竟然棄職逃逸，不知去向。

楊守禮不居官職已經二十多年，但是這次專門出面疏導暴民，並且向暴民解釋朝廷律法。過了兩天，暴亂仍然有增無減，楊公於是架起牛皮帳，率領家丁，會同地方知事者，在城中斬殺為首暴動的四名歹徒，並把他們的腦袋分別懸掛在四個城門上，終於平息了暴亂。

楊公雖有雄才偉略，但如果心中存有一絲死生利害的念頭，以當時他身無任何官職卻行官員之事，那麼那股代表正義的浩然之氣也就難以顯現了。然而像楊公這等英雄豪傑式的做法，很難和固執不知變通的儒生談論。

## 智囊

老子，可以說是達到了天下為公的最高境界了。天地是多麼偉大，養育人民卻不把他們作為自己的子孫，成就萬物卻不占為己有，萬物都受到他的恩澤，得到他的好處，然而卻沒有誰知道這些從哪裡來。因果循環不斷更替，因而無法說清哪是你的，哪是我的。從天地至公的觀點來看，確實如此。不管這個人在世時是轟轟烈烈，還是沒沒無聞，但他最後還是要回到自然的天地中。

現實生活中，來去匆匆的人們，為了名利，不顧辛勞，不擇手段，把個人利益看得高於一切，整日為名所累，為利所惑，有著無數的迷惑和茫然。如果從天地至公的角度來看，這樣做又何苦呢？

# 蘇不韋含辛茹苦報父仇

東漢人蘇不韋，父親蘇謙曾經做過司隸校尉。後來李皓懷著個人的私憤把蘇謙判了死刑。當時僅僅十八歲的蘇不韋，把父親的靈柩運回家鄉，淺淺地埋在地上，沒有正式下葬。他仰天長歎說：「伍子胥算什麼人！」接著他又把母親隱匿在武都山裏，自己改名換姓，把全部家財用來招募刺客勇士，在眾山陵之間迎候李皓，準備半路攔截他，但沒有遇上。

過了一段時間以後，李皓升遷為大司農，掌握國家財政大權。當時堆積軍用秣草的右校芻廥在大司農官署的北牆下，蘇不韋同他的堂兄弟，暗中潛入堆積秣草的房中，夜裏挖地洞，白天就躲藏起來，這樣持續了一個月時間，終於把地洞打到了李皓的臥室。

　　一天，李皓上廁所出去了，蘇不韋兄弟們從李皓的床下出來，只好殺了他的妾和小兒子，留下了一張紙條就走了。李皓回屋後大驚失色，從此就在臥室內設置了屏障，用木板鋪地，在木板上睡覺，而且一個晚上要換好幾個地方。蘇不韋知道李皓已有防備，便日夜兼程驅馬前往魏郡，挖了李皓父親李阜的墳，取出頭來祭拜自己的父親蘇謙。

　　之後，又把李阜的頭拿到集市上去示眾。還寫上——「李皓父親的頭」幾個字。李皓聽說這些情況以後，心如刀絞，又不敢說，心裏十分氣憤，沒過多久，便吐血而死。蘇不韋這才發喪，重新埋葬了父親。

　　郭林父評論說：「楚國的伍子胥能夠被強大的吳國所用，還要憑藉吳王闔閭的威力，這樣才能報楚國的殺父之仇；而蘇不韋從力量上看只是一個普通人，他建立的功績卻比一個小諸候國的國君還大，蘇不韋同伍子胥相比，遠遠超過了伍子胥。」

　　子猶說：「李皓不約束自己的私憤，結果蒙受的恥辱波及到父親的遺骨，老婆孩子被殺，自己也氣憤而亡，被天下人恥笑，可以稱得上是大愚。然而李皓能憑著私憤殺了蘇謙，竟然不能憑著官法來懲治蘇不韋，這又是為什麼呢？大概是因為俠士們善於隱藏自己。即使像秦始皇有這麼大威力的人，也在波浪沙遭到張良的襲擊，何況其他人呢？只是張良行事神祕，所以他行刺未遂而逃走後，秦王不能得知他的形貌。而這位蘇不韋行刺後又留下字跡，寫明是自己幹的，沒有人像他這樣，不僅超過伍子胥，而且也超過了張良。東漢時代崇尚氣節忠義，或許有人憐愛他的志

氣節操而在暗中庇護他，從而使他能夠不被人發現，也未可知。總而言之，一個人要是忍受著痛苦，不報仇誓不甘休，把生死置之度外。蘇不韋真是一個豪傑之士啊！

楚悼王死時，王后的親屬及大臣製造內亂，攻擊實行變法的吳起。吳起跑到了楚悼王的屍體前，遭到伏擊，但是刺殺吳起的那夥人用箭射吳起，同時也射中了楚悼王的屍體。楚悼王下葬以後，楚肅王登上王位，派令尹把作亂的人全都殺了。結果因為這件事，被滅絕宗族的達七十多家。

戰國時齊國的一個大夫和蘇秦爭寵，派人殺蘇秦，沒有刺死，只是刺傷了蘇秦，刺客便逃跑了。齊王搜捕不到刺客，蘇秦臨死前就對齊王說：「我要是死了，您把我的屍體分成碎塊拋到街上，並說：『蘇秦在齊國造反』——要是照這樣做，那麼殺我的刺客就一定能抓到了。」後來齊王按蘇秦的話做了，刺殺蘇秦的刺客果然出來邀功，齊王乘機把他捉住殺了。像吳起和蘇秦，能以自己的死來達到報仇的目的，他們的智慧就更值得稱讚。

智囊

中國古代是一個非常重視禮教和孝道的社會，因此父親被冤枉死後，兒子不惜一切代價誓報父仇的故事連綿不斷，這便使得封建社會的統治者陷入十分尷尬和為難的境地。因為如果要提倡孝道，子報父仇者，應當大張旗鼓地予以旌表；如此一來一往的互相仇殺，而不加以懲罰，勢必會影響對社會的安定和團結。

但是，古今中外，有多少功成名就的傑出者，莫不是通過幾番艱苦奮鬥，才得以走向成功的殿堂。如果要探究其背後深層次的動機，保家為國、出人頭地、報答親情、濟世拯民、報仇雪恥等，不一而足。

現代社會，建功立業，靠什麼來強烈地支撐著你含辛茹苦、忍辱負重、發憤打拼呢？是美好的希望與願景，是執著的追求與信念。

## 竇建德制夜盜

夏王竇建德當初還是平民時，有一次強盜半夜進入他家裏。竇建德察覺後，便馬上隱藏在門後，連殺了三個企圖闖進屋裏來的強盜，其餘的強盜就不再敢進來了，只是在門外喊著要那幾個人的屍體。竇建德對他們說：「你們可以把繩子從牆上投下來，我把屍體捆綁好，你們再拉走。」

強盜把繩子投了下來，竇建德就親手把屍體捆好，讓強盜們拽出去。與此同時，他持刀跳到牆上，又殺了幾個強盜。從此以後，竇建德就出名了。

智囊

一夥強盜闖入了家門，這對一般人來說是一場災難。但是獨獨是碰到了武藝高強、膽大包天的竇建德，那些強盜便是自己送命來了。而且，竇建德勇敢地殺了三個翻牆進來的強盜之後，又用智謀——拉屍體的繩子巧用賊刀，揮刀而下，又殺了屋外的幾個強盜。如此有勇有謀，有膽有智，難怪竇建德後來會在亂世中脫穎而出，成為一時之選的英雄豪傑。

# 陳星卿仗義解救弱寡婦

陳星卿這個人年輕才高，但出身貧窮，未能被官府使用。他在嘉定、青浦之間的一個小村莊村中教書，別人並沒有感到他有什麼奇特之處。

村裏有個寡婦，家裏有幾間房子，一百多畝地，有個兒子正在懷抱中。她的侄子欺負她，背著她把她的家產獻給了有勢力人家的子弟，自己得了一點蠅頭小利，就逃走了。那有勢力人家的子弟選了個好日子，前來察看新添的莊園，事先還派了僕人，拿著告示，來到村裏驅趕寡婦。寡婦不知這件事情的來龍去脈，抱著孩子在門口哭泣。對這件事，他全鄉的人都十分氣憤，但又愛莫能助。

陳星卿正好經過這裏，打聽清楚了事情的原委，便對村裏的人說：「請大家按我說的去做，保證不會出什麼問題。」村民們同意了，陳星卿又讓寡婦躲到別的地方。

第二天有勢力人家的子弟乘著遊船，帶著幾個門客，鼓樂喧天地來到村頭。登岸之後指揮他的手下人灑掃道路、房屋，在寡婦家門口掛上匾額，還召集了眾佃戶，講了一番話，做完這些事情之後，又前往田間陳設下了酒席，在野外飲酒歡宴。陳星卿帶領強壯有力的村民，像急風驟雨似地趕到了村頭，舉起棍棒就來砸他的船。船上的人見事情不妙，馬上跑到田間去報告主人，主人快步來到船邊，船已經沉沒了，遠望他設置的新莊園，懸掛的匾額已經打碎，村民們氣勢洶洶地要跟他搏鬥，他嚇得趕緊逃跑了。

轉天，他正召集能寫狀子的人打算去告狀，然而縣裏的判決書已經發下來了。原來嘉定的新縣令韓公，以扶弱抑強為己任，陳星卿帶領他的鄰人們當天就前往縣裏控告。狀子寫得文詞優美，又感情淒慘激切，縣令收到狀子後，派捕役前去村裏調查，

那匾和船還都在村中，所有這一切證明陳星卿講的都是實情。

後來，那有勢人家的子弟派人居中調停，但陳星卿等不聽從，最後終於把那些僕人和寡婦的姪子法辦了。官司打勝之後，那寡婦變賣了她的產業，搬到別處去了，而陳星卿就在那裏出了名。

郡裏要是有幾個陳星卿這樣的人，有勢力人家子弟就不敢再橫行不法了。保全了弱民，也是為了保全大家。陳星卿敢於奮臂而起，利用新縣令扶弱抑強的機遇來救人於急難，也是因為他使用了他的膽氣。陳星卿也可以稱得上是有聰明才智了。

智囊

身涉紛繁的社會生活中，我們難免會在歲月長河中，碰到這樣那樣的困難。當身臨險境時，總會期待著有人能伸出一雙援助之手。

人一生，路很長，互幫互助是歲月旅途中一盆旺盛的火，照亮你也照亮我；見義勇為是一杯熱茶，能驅走人間的困難、逆境。

如今社會，人們早已把見義勇為和互幫互助遠遠拋諸腦後。在街上常常見到這樣的一幕：有劫匪做案，人們卻冷眼旁觀，甚至在一旁看熱鬧。如果人人都這樣，當別人有危險時，視而不見，那麼當自己成為受害人時，當自己需要別人幫助時，你又有何感想？也許你那時才後悔自己過去的袖手旁觀。

見義勇為——永遠是社會中不可缺少的一種精神與行為。

# 惡少沉江

唐朝尚書李福鎮守南梁時，境內有許多朝中官僚的田莊，他們的子孫寄居在那裏，其中那些不肖子弟互相效仿，為非作歹。前任太守不敢管束他們，鄉里人吃了這些惡少的許多苦頭。李福處事果斷，為政嚴明，他指派手下人編製了許多隻竹籠子。然後，李福叫來了那些作惡多端的官僚子弟，詢問他們的家世、族譜、門第，以及在朝做官的親戚的姓名，詢問結束時，李福說：「你們的祖籍門第如此有名望，可是你們竟做出如此惡劣的行為舉止，恐怕是辱沒了家聲，難道不感到活得太可恥了嗎？現在我將要懲處你們，你們有才有德的長輩和親屬知道你們受到懲處，一定會感到痛快的。」

於是，立即下令把他們裝在竹籠裏，沉到漢江中。從此以後，這些人的同夥全都嚇得不敢喘氣，開始收斂自己的行為了。

智囊

惡少沉江的故事，一方面體現了李福的果敢和善斷，另一方面也表明他善於利用法律的公正與威嚴做人，處事，才達到了管理惡少的目的，有利於維護社會秩序，實現穩定和諧發展。

包拯《論星變》中提到：「發號施令，在乎必行；賞德罰罪，在乎不濫。」意思是說發號施令，關鍵在於一定施行；獎賞善行、懲罰犯罪，關鍵在於不隨意擴大範圍。治理國家，必須有固定的規章制度。

中國的春秋以前強調以道德禮義來治國，後來開始有了成文法典，秦代建立大一統的中央集權制度後，強調按法律、制度辦事。當然，在專制制度下不可能有真正的法治，但在傳統美德中

仍有加強法律和制度建設的思想。

司馬光《進修心治國之要箚子狀》中說道:「有功則賞,有罪則刑。」意思是說只要有功就賞賜,只要有罪就處罰。這句話旨在強調維護法律的公平和執法的公正,行賞論罰,以「有功」和「有罪」來衡量,不能憑一時的喜怒,也不能憑與自己關係的遠近親疏。

春秋時晉國的祁奚先後舉薦仇人和兒子接替自己的官職,被當時的人譽為——「外舉不避仇,內舉不避親」。

---

## 薛元賞嚴懲頑軍

唐代會昌年間,李石任宰相,京兆尹薛元賞曾經到李石的住宅去拜謁他。按照先例,百官將要到相府時,前邊的儀仗就不能再呼喝開道,所以薛元賞到了李石的宅第,下了馬,李石還不知道他來了,好像正在廳堂裏同別人爭吵。

薛元賞問:「與李石爭吵的那人是誰?」有人回答說:「是羽林軍中的一名將領。」薛元賞推門走進廳堂,說:「宰相是朝廷大臣,是天子委任的,軍隊中的一個將領怎敢對他這樣無禮!朝廷的綱紀,還要靠宰相來整頓,難道能容忍這種削弱朝綱朝紀的無禮事情出現在宰相府嗎?」說完立即拂袖離去,並對手下人說:「馬上把那軍官抓起來。」

當時宦官仇士良正專權,又是羽林軍的中尉,他那夥人中已經有人向他訴說了這件事。不一會兒,就有宦官來到薛元賞處,連聲傳達仇士良的命令說:「中尉請您屈駕光臨。」薛元賞不回話,只是立即命令手下人用杖刑打死了那個與宰相爭吵的軍官。仇士良大怒。

薛元賞就脫掉官服,換上平民穿的白衣,請求謁見仇士良。

仇士良出來問道：「你為什麼擅自殺死軍中的大將。」薛元賞把那人無禮的情狀全告訴了他，並說：「宰相是朝廷大臣，中尉您也是朝中大臣。他既然可以對宰相無禮，也可以對您中尉無禮。國家的法律，中尉您也應當維護，一旦破壞了法律，就太可惜了。我已經穿了平民白衣等著您治罪了。」仇士良認為他說得有理，因此就讓手下的人取來酒，請薛元賞飲。這件事就這樣了結了。

　　狐假虎威，狗仗人勢。奴才在主子面前點頭哈腰，唯唯諾諾，但是對待他人，其威風卻比主子還要厲害。一個神策軍的將領，竟然把當朝的宰相都不放在眼裏，在宰相家裏大吵大鬧。至於對待其他的一般平民，就可想而知了。值得稱道的是，薛元賞不畏強勢，甚至不怕丟掉烏紗帽，冒著殺頭的危險，對於宦官置之不理，命人杖之。這充分展現了正直官吏的強大勇氣和嫉惡如仇的膽識。

## 楊素治軍

　　隋朝大將楊素帶兵攻打陳朝時，打算派三百名士兵守營房。士兵們害怕強悍的北方軍隊，很多人願意留下來守營房。楊素聽說後，立即把留下的一百名士兵叫來，把他們都斬了頭。接著又下令讓大家選擇是否留下，這時，沒有一個願意留下的。另外，在與敵人對陣時，他先命令一二百人捨身衝向敵人，要是把敵人的陣地攻佔下來便罷，要是不能攻下敵陣返身回來的，全部處

斬。接著，他又命令二三百人再次發動攻擊，退回來的，也還按原來的辦法處置。將士們見他下命令，都嚇得大腿打哆嗦，但臨戰時都抱著拼死作戰的決心。因此，他指揮打仗總是戰無不勝，攻無不克。

楊素使用的軍法似乎過於苛刻，然而用它來駕馭懈怠成性的軍隊，也是必要的，不這樣做就不能振作士氣，假如上司執法嚴厲，下屬知道事情辦不成就一定得處死，那麼即使把下屬放在閒散的崗位上，他們也會像背水一戰那樣地拼命。

智囊

人之常情，沒有不害怕死的。眾所皆知，戰爭是殘酷無情、流血犧牲的行為。因此，古之善為將者，必欲使士卒畏己而不畏敵。

領導者要清楚，下級在心理承受能力方面是有一定限度的。壓力適度，則能轉化成動力。壓力超過了一定的度，即壓力過度，就容易產生恐懼、憤怒、焦慮情緒和攻擊、反抗行為。當然，如果領導者所給的壓力達不到一定的程度，也不能使下級將其潛力充分地發揮出來。

因此，壓力既有有利的一面，也有有弊的一面，問題在於壓力的量和限度，即權力作用對象的心理承受能力。在達到最佳量之前，工作效率、權力效益會提高；超過了這個最佳量，工作效率、權力效益就會下降，甚至可能會導致領導者和被領導者之間的對抗和衝突。

# 第十二卷
# 果敢識斷的智囊

智慧產生膽識，膽識產生決斷。當斷不斷，反受其亂。因此，輯有《果敢識斷的智囊》一卷。

## 用人大度不計小過

寧戚是衛國人，他在車旁餵牛，敲著牛角唱歌。齊桓公認為他非同尋常，打算起用他管理國政，群臣說：「衛國距離齊國不算遠，可以派人打聽一下他的情況，如果他真是有才德的話，再用他也不算晚。」齊桓公說：「之所以要派人去打聽，就是怕他有點小毛病而對他不放心。因為一個人的小毛病而拋棄了這個人的大才能，這正是世人失去天下士的原因啊！」接著就提拔了寧戚，讓他做上卿。

韓范已經知道張、李二人是有用之才，他不敢用兩個人，只是因為他沒有膽量罷了。諸葛孔明十分了解魏延的才能，但又知道他倚仗才能必不肯屈居他人之下，因此對魏延未免顧慮太多、束縛過嚴，寧可讓他有餘才而不讓他把全部能力都充分發揮出來。魏延提出經過子午谷去攻打長安的計策，諸葛孔明沒有聽從，就是因為他的膽量被他的見識所掩蓋了。唉，膽量本來是難以說清楚的啊！

魏國讓夏侯鎮守長安，丞相諸葛亮要討伐魏國，魏延出主意說：「夏侯這個人膽子小又沒有謀略，現在您給我精兵五千名，我直接從褒中出發，沿著秦嶺往東去，到子午谷就向北進軍，不超過十天就可以到長安。夏侯聽到我突然到來，一定會拋棄城池逃走，等到他與東方的魏軍會合，還需要二十來天，而您從斜谷

來長安，也有足夠的時間可以到達。要是這樣做，那麼一下子就可以平定咸陽以西的土地了。」

王登任中牟縣縣令時，向趙襄子推薦一個叫瞻胥已的人，趙襄子讓他做了中大夫。執政大臣提意見說：「您恐怕是只憑耳朵聽到了他的情況，沒有用眼睛觀察他的情況吧？」趙襄子說：「我選取王登時，既打聽了，也親眼觀察了他的情況；對於王登選擇的人，我還要打聽，還要親眼觀察，這樣做就要無休無止地去耳聞目睹了。」這也是同齊桓公相近的聰明才智啊！

智囊

俗話說：「金無足赤，人無完人。」這是世上萬事萬物都是如此。即使像上古堯、舜、禹那樣的聖王，還有人用不慈愛自己兒子的名聲來詆毀舜，以不孝順父親的惡名來詆毀舜，以內心貪圖帝位的名聲來詆毀禹，由此可見，人怎麼可能是十全十美的呢？

因此，用人者主觀上也就不應該追求完美無缺的人，而要權衡以後，略其小疵，取其大體，用其所長，既不能以小疵而掩其大美，也不可以小而蔽其大過，這是用人的根本原則。齊桓公是懂得這個原則的，因此不以小惡而用甯戚。事實證明，當甯戚擔任了上卿以後，主管農業，果然政績斐然，為齊桓公以後稱霸打下了堅實的物質基礎。

## 良臣一計化險為夷

曹操打下了荊州後，順著長江東下，派人送戰書給孫權，說自己已操練了水軍八十萬，要同孫將軍在吳國「會合打獵」。張

昭等人說，「敵人已經和我們一樣佔有了長江天險，而敵人兵多我們兵少，寡不敵眾，我們不如迎接曹軍，表示友好、屈服。」魯肅卻別有見解，他勸孫權從鄱陽地區把周瑜召回京師，幫助出謀劃策。

周瑜被召回以後對孫權說：「曹操假託漢朝丞相的名義，實際上是漢朝的奸賊。將軍您割據著江東地區，軍隊精銳，糧草充足，正應當為漢朝天子除掉這種兇暴卑鄙的小人。何況曹操這次又是自己來送死，難道可以迎接他，對他友好屈服嗎？請允許我為您分析一下敵情：現在北方的土地還沒有平定，馬超和韓遂還在關西，成為曹操的後顧之憂；而且曹操又是放棄了陸上作戰的鞍馬，要依仗水上作戰的戰船，來同善於水戰的吳國軍隊對抗；此外，現在天氣正十分寒冷，戰馬沒有糧草；中原地區的士兵涉長江大湖，不服當地的水土，必定會生病，這幾件都是用兵中最憂慮的事。我請求您撥給我精銳部隊五萬人，保證為您打敗他。」

孫權說：「我同老賊曹操誓不兩立。」說完就拔出刀來砍掉几案的一個角，說：「眾位將領中如果有誰再敢提出迎接曹操的，就將同這個几案的角一樣。」後來同曹操在赤壁交戰，終於打敗了曹操的軍隊。

契丹進犯澶州，邊境上來信告急，一個晚上連續接到五次告急文書，朝廷內外一片震驚恐懼。寇準扣住文書不發，喝酒談笑自如。宋真宗聽到這件事，召見寇準，向他請教退敵的辦法。寇準說：「陛下您想要了結此事，用不了五天。希望您御駕親征澶州。」皇帝對此感到為難，想回內宮。寇準請求他不要回宮而是應馬上入朝，召集群臣商量這件事。臨江人王欽若請求御駕幸金陵。閬州人陳老皇請求御駕幸成都。寇準說：「皇帝陛下神明威武，朝中武將文臣團結一致，如果皇帝御駕親征，敵人就會自動敗退。為什麼拋棄了國都的宗廟，而跑到楚、蜀這樣偏遠的地方

呢？到了那裏，要是人心渙散，敵人乘機深入國土，天下還能夠保住嗎？」皇帝最後決定去澶州。

聖駕剛剛出發，又有人提到去金陵的主意，皇帝的意思漸漸又有所改變，又向寇準請教怎麼辦。

寇準說：「陛下您只可以進一尺，而不能夠退一寸，河北的各部隊日日夜夜在盼望您的車駕到達，軍隊士氣百倍；如果您坐的車往回走幾步，軍隊的士氣就會整個瓦解，敵人就會乘機襲擊後方，那麼金陵也就去不成了。」

到了澶州南城，遠遠望見契丹的軍隊氣勢很盛，眾人請求皇帝的車駕在中途暫停，寇準則堅決請求車駕過黃河。

皇帝接受了寇準的意見，繼續前進，遠近的人望見了皇帝車駕的黃蓋，各路軍隊都歡呼跳躍著高呼萬歲，聲音傳到幾十里以外。契丹軍隊聞聲士氣大降，他們前來攻城，結果大敗而退。於是雙方就議和了。

金主完顏亮向南進犯。南宋將領王權的軍隊在昭關潰敗，形勢十分危急。宋高宗命令太傅楊存中去找左僕射陳康伯商量，想走海路躲避敵人。陳康伯請楊存中入內室，兩人解去外衣備下酒，若無其事地喝酒。宋高宗聽說此事後，自己也就放寬了心。

第二天，陳康伯入宮啟奏皇帝說：「聽說有人勸您從海路到福建去，要是這樣做，國家大事就毀了，這一點是很清楚的。您何不沉著坐等局勢的變化？」又有一天，宋高宗忽然下一道親手寫的詔書說：「如果敵人還不退兵，就解散百官。」陳康伯把詔書燒了，然後啟稟皇帝說：「百官要是解散了的話，主上就孤單無助了。」聽了這話以後，皇帝的思想才堅定起來，陳康伯就勸宋高宗親征。

推遲魏稱帝的，是周瑜；保全宋的帝位的，是寇準；延長宋的帝位的，是陳康伯。

　　好的判斷力是理性的要素，謹慎的基石，有了它你才能輕鬆地獲得成功。它是上天的恩賜，它是第一位的，也是最好的。出色的判斷力是我們的甲冑，缺了它，人們會說我們腦袋不靈；沒有它，我們會失去很多。我們生命中的一切行動都要靠它的指導和認可，因為一切都依賴於智力。它天生就傾向於一切最符合理性最得體的事情。

　　在任何情況下須具超凡智慧，這是言行舉止的最高準則。你的職位越高，這條準則就越有必要。一盎司審慎抵得上一磅才智。穩步前進比贏得粗俗的喝采更為重要。審慎的聲譽是你能贏得的最高讚譽。如果你使審慎的人感到滿意，那就夠了，他的贊同幾乎就等於成功的試金石。

## 修築大蟲巇城堡

　　北宋時，當初原州的蔣偕建議修築大蟲巇城堡，宣撫使王素聽從了他的意見。可是役夫還沒有準備好，敵人便伺機從小道攻打他們，工程沒有能成功。蔣偕害怕了，回來接受死刑。王素說：「如果處罰蔣偕，就是中了敵人的奸計。」他責令蔣偕竭盡全力完成工程，以證明自己報效國家之心。總管狄青說：「蔣偕要是去的話，只會再失敗一次，不能派他去。」王素說：「蔣偕要是失敗了，那麼總管您去，您要是也失敗了，那麼我馬上就去。」狄青不敢再說什麼。蔣偕終於完成了修築城堡的任務，凱旋而歸。

執法出錯帶來的危害還不如行事猶豫不決帶來的危害大。靜止不動的事物比運動中的事物更容易損壞。有的人總是打不定主意，需要別人敦促。很多時候這並不是由於他們缺乏明斷，而是由於他們辦事拖拉，他們實際上是相當明察的人，能夠看得清困難所在，可以算得上精明，但如果他們避難有方，才算是真正的精明。

另有一些人絕不會為任何事物所阻礙，他們具有高超的判斷力和堅強的決心。他們生來就是要做高尚事業的，他們明察善斷，使他們能輕易獲得成功。他們總是言出必行，事情做完還有餘裕。他們對自己的運氣很有把握，所以能以更大的信心再創輝煌。

## 穿石見泉

北宋將領種世衡在寬州修築了城池，苦於城中沒有泉水，於是令人鑿井。鑿了有一百五十尺，發現了石頭。鑿井的工匠們都縮手感到為難，向種世衡拱手報告說：「這裏打不成井了啊！」

種世衡說：「穿過石頭一直往下打，還會沒有泉水嗎？你們要把石頭粉碎了運出井外，凡運出一筐石頭，就獎賞你們一兩銀子！」於是，這些工匠們又努力往下挖，挖穿了好幾個石層，果然有泉水奔流而出。朝廷因此把寬州城命名為清澗城。

# 智囊

　　常言道：「行百里路半於九十」，意思是說事情越接近尾聲，困難越大，希望也就越大。如果鑿井者在石頭面前卻步，那麼前面的一百五十多尺就算白費功夫了。幸虧種世衡富有遠見，信心堅定，意志頑強，以重賞的方法鼓勵士兵鑿磐石打水，重賞之下，必有勇夫，果然，石穿水出，大功告成。

　　「滴水石穿非一日之功」也是同樣的道理，一滴小小的水滴從上滴下來，正好滴在屋簷下的一塊石塊上，假設我們視作每一次小水滴是在同一個點上做功，如果說每一次小水滴在石板上做的功加起來，一天、兩天、一年、兩年，就這樣一年一年地過去。試想一百年過去，這小小的水滴在此石塊上做的功有多大？這一塊的石頭會不會被這小小的滴水滴穿？這就是「冰凍三尺非一日之寒，滴水石穿非一日之功」在物理上的解釋。

　　水之所以能夠凍結成三尺冰，滴水之所以能夠穿石，是因為在漫長的歲月裏，從未停止凍結停止穿石的努力，始終有一股堅韌不拔的精神。在今天，我們在學習或是在工作上更應該如此，只有發揚「冰凍」和「滴水」的精神，持之以恆，奮力拼搏，鍥而不舍的精神，這樣才能征服世界上任何一座高峰，取得最後的成功。

　　如果你的工作或學習是三心二意，做一天和尚撞一天鐘，「三天打魚，兩天曬網」，缺乏持之以恆，積極進取的精神。這樣，再崇高的理想也只不過是「紙上談兵」而已！

　　做人就當具備這種「冰凍」和「滴水」的鍥而不舍精神，一旦確定目標就持之以恆，並努力促使其實現的堅韌品格。行為上表現為對自己目標的執著追求，堅定不移的信心和堅持不懈的奮鬥精神。能取得最後的成功，何樂而不為呢？

## 韓浩怒斬劫持者

　　三國時，魏國大將夏侯惇鎮守濮陽，呂布派將領假裝來降，乘機卻直截了當地劫持了夏侯惇做人質，來索取財寶，眾位將領都束手無策。

　　韓浩率兵駐紮在軍營門外，他要求眾將領按兵不動，所有的軍營安定下來後，韓浩便進入綁架夏侯惇的地方，他叱責劫持人質的人說：「你們這些人兇殘頑劣，竟然敢劫持我們的大將軍，你們還想活命嗎？我接受了命令來討伐賊人，難道能因為一個將軍被劫持，就放縱你們胡作非為嗎？」

　　接著，他又哭著對夏侯惇說：「事關國法，我能有什麼辦法呢？」

　　說完，他迅速召集軍隊攻打劫持人質的人。劫持者惶恐驚懼，磕頭乞求財物，韓浩竟然把他們揪出去砍了頭，夏侯惇才免於禍患。

　　曹操聽說這件事後，十分肯定韓浩的行為，於是發佈命令：從今以後，再遇到劫持人質的人，就一定要全力攻打他們，不要顧忌被動持的人質。

　　從此以後，劫持人質的事情就不再發生。

智囊

　　劫持人質的人，以人質為要脅，從古到今都不乏其有。韓浩的智慧在於：一方面義正辭嚴地指責非法行為，另一方面暗示反擊不怕投鼠忌器。假意的渲染，使得劫持者手中的人質變得毫無價值，使得劫持者喪失了信心而前功盡棄。而曹操的一道命令，更顯示出鐵血精神，同時，也是根治劫持的妙法。

# 寇恂攻堅妙計

高峻據守高平，久久不能攻下，漢光武帝派遣寇恂手捧蓋上皇帝玉璽的詔書前往去招降他。寇恂到了高峻的府第，高峻派軍師皇甫文出來謁見。軍師說話強硬，態度傲慢，寇恂生氣了，要殺他。眾位將領都來勸諫，寇恂不聽，於是就把皇甫文斬了，把他的副將放回到高峻那裏去，讓他轉告高峻說：「你的軍師無禮，我已經把他殺了。你想投降就投降，不投降就頑抗。」高峻害怕了，當天開了城門投降了。

眾位將領都去祝賀，順便問：「請問您殺了他的使者就能使那所城池投降，這是為什麼呢？」

寇恂說：「皇甫文是高峻的心腹，是給他出主意的人。皇甫文來見我時言語之間流露出不肯屈服之意，必定是沒有投降的意思。我要是保全了他的性命，他就會繼續給高峻出謀劃策，讓高峻別投降；只要殺了他皇甫文，那麼高峻就喪了膽，因此才會投降。」

智囊

有識尚需有膽方可成偉業。知識與勇氣是不朽的，因此也就可以使你不朽。你掌握了什麼樣的知識就成為什麼樣的人。你如果有真智慧，則可以為所欲為。孤陋寡聞者無異於自固一方黑暗世界。體力與判斷力好比雙手與雙眼。有識無膽者，其智慧是結不出果子的。

寇恂知道皇甫文是高峻的心腹，是給他出主意的人。當皇甫文來言語之間流露出不肯屈服之意的時候，寇恂就當機立斷斬了高峻的心腹，斷了高峻的鬥志。最終，才令高峻害怕，投降了。

因為寇恂懂得利用敵人，抓住了敵人最根本的智囊支柱。

俗話說，抓東西勿抓刀刃，刀刃傷身；但若抓刀柄，則刀可護身。此理也可以適用於競賽。智者在敵人身上發現的用處比愚人在朋友身上發現的用處更多。善意視為畏途的困難之山，卻往往被惡意輕易鏟平。許多人之所以偉大，多半是由他們的敵人促成的。

## 劉璽、唐侃不怕丟烏紗帽

嘉靖年間，戚畹、郭勳仗著得到朝廷的寵倖，經常派人去南方買貨物，還逼迫威脅漕運總督，要他們把貨物分派到官船上，由官船裝運回京師，以從中牟取財利。運輸上的公務，累得人們疲憊不堪，而所謂公務，主要就是為朝內這些受寵者運私貨。

都督劉璽，當時任漕運總督，他預先在船裏放上一口棺材，右手拿著刀，左手召喚弄權的壞人、兇狠的幹辦，對他們說：「如果你們不怕死，就來冒犯我的船，我先殺了你們再自殺，我躺在棺材裏，來揭露你們這班人對我們軍隊的損害。我的船不能因為裝運你們的貨物，而使我們軍人疲憊不堪。」眾幹辦都因害怕他而退走了，而且最終也沒能加害於劉璽。

弄權的壞人營私，漕運的大事就被破壞了。如果不像這樣發一番狠，這種弊病什麼時候才有個完！在這以前之所以順從阿諛釀成了這種弊病，原因只是由於漕運總督害怕兇狠的幹辦罷了。其實那些兇狠的幹辦哪裡敢同漕運總督為難，決一生死呢？

據查，劉璽做官時很清苦，外號叫劉窮，還有個外號叫劉青菜。御史穆相推薦他時，曾提到這些情況。等到推薦劉璽為漕運總督時，皇帝認得他的名字，高興地說：「這是先前的那個『窮鬼』嗎？」馬上批准了推薦他的奏疏。那些弄權的壞人最終未能

害他，是因為他平素有用來使他們降服的地方。劉璽晚年俸祿收入漸近豐厚，自己的生活費用也漸漸多了。有人覬覦他的官職，想取代他，便唆使諫官對他進行彈劾，要求罷免他，諫官的奏疏中說：「劉璽從前是青菜劉，現在是黃金璽。」人們都說劉璽實在是冤枉的。

我接著記下這麼一段事：尚書陳奉初做諫官時，直言不諱地議論當時政事的得失，但不彈劾別人。他說：「我父親警告過我，不要做了掌刑法的官吏而冤屈了別人；至於諫官，要是冤枉了別人，過失就更大了。所以我不敢胡說。」因此對於劉國信的事他再三感歎。

章聖太后的靈柩要埋葬在承天，送葬的儀仗經過山東德州，上級官吏從民間搜刮了很多錢財來供應沿途的需要，就這樣還唯恐儀式不夠隆重。武定知州唐侃勇敢地挺身而出說：「用一半的錢財去供應整個路程上的需要就足夠了。」等到送葬的儀仗來到他管轄的地區時，他叫人抬了一口空棺材，放在旁側的屋子裏。眾位臣官牌卒，像對待奴僕一樣唱叱眾位大臣，鞭打州縣的官員，揚言說，誰要是在供應上置辦得不得力的話，就要處死誰，想用這種手段來恐嚇官員，榨取錢財。

和唐侃一起處理這一公務的人一個個都逃走了，只有唐侃獨自留下。等到這些人催逼得緊了，唐侃就對這些人說，「我和你們一起去想辦法找有錢的地方。」接著就帶他們來到旁側的屋子裏，指著棺材讓他們看，還說：「我已經把死辦來了，錢是找不到的。」這時這些小人驚愕地相互對視，不敢為難唐侃。等到喪事辦完，眾位逃跑的官員都被罷官，只有唐侃一人受表揚。

一個人到了是非緊要關頭，就依附、阿諛、屈從別人，這只是因為對一官之職戀戀不捨的緣故。像劉璽、唐侃兩位先生，死尚且不躲避，對一個官職又有什麼留戀的呢？且不說他們所持的道理正，即使說到他們的氣概，也已經是氣吞群小而有餘了。歷

史上如藺相如在澠池之會上的表現，樊噲在鴻門宴上的舉動，都是靠氣概來戰勝對方的。

## 段秀實、孔鏞以柔克剛

段秀實憑著邠寧節度使白孝德推薦，做了涇州刺史。當時郭子儀任副元帥，住在蒲州，他的兒子郭晞以檢校尚書的身分兼行營節度使，屯兵在邠州。邠州地方的壞青年在軍隊的花名冊中掛上個名字，大白天就在集市上橫行不法，要是有人不滿足他們的要求，就要遭到他們的毒打，有次甚至還打死了孕婦，一下子就

傷害兩條人命。白孝德對這種不法之事提都不敢提。

　　段秀實從涇州用公文向邠甯節度使府稟告，自己請求做軍隊中的執法官都虞侯，白孝德立即下公文，讓他在節度府所官轄的軍隊中代理都虞侯，不久郭晞軍隊中有十七個士兵到集市上搶酒，刺殺釀酒的工人，打壞了釀酒的器皿。段秀實佈置士卒抓捕了他們，砍了他們的腦袋掛在長矛上，立在集市中示眾，郭晞軍營中整個部隊為之騷動，全都披上了甲，武裝起來。

　　段秀實解下了身上佩的刀，選了一個年老行動不便的人給他牽著馬，徑直來到郭晞軍營門口，全副武裝的士兵都出來了。段秀實一邊笑著一邊往裏走說：「殺一個老兵，為什麼還要披甲武裝起來？我頂著我的頭顱來了。」披甲的士兵為他的大膽，感到十分驚愕。

　　不久，郭晞出來了，段秀實批評他說：「郭子儀副元帥的功勞充滿在天地之間，現在您放縱您的士兵做殘暴之事，如果因此使天子的邊境地區發生動亂，這要歸罪於誰呢？如果出了這種動亂，罪過就將牽連到副元帥了。現在邠州的壞青年，在軍隊的花名冊上掛上了名，殺害了老百姓如此之多，別人都說『郭尚書憑著副元帥的勢力，不管束自己的士兵。』要是這樣下去，那麼郭家的功名還能存在多久呢？」

　　郭晞聽了這話，對段秀實拜了又拜，說：「多虧您教導了我。」說完就呵斥他的手下人，讓他們解除武裝。

　　段秀實說：「我還沒有吃晚飯，請為我備飯吧！」

　　吃完飯段秀實又說：「我的病發作了，希望在您這裏住一宿。」於是就在軍營中睡下了。郭晞十分緊張，告訴巡邏值夜的侯卒打更來保衛段秀實。

　　第二天，郭晞同他一起到白孝德處謝罪，邠州靠段秀實的整治才安定下來。

　　明孝宗時，任命孔鏞做田州知府。到任才三天，州內的軍隊

全都被抽調到別的地方去了，而峒族人突然進犯州城。眾人提議關起城門來守城，孔鏞說：「這是個孤立的城池，內部又空虛，守城能支持幾天呢？只有因勢利導，用朝廷的恩威去曉諭他們，或許他們會解圍而去。」眾人都感到這樣做很難成功，認為孔太守的意見，是書生脫離實際的迂腐之談。

孔鏞說：「既然如此，那麼我們就只能束手待斃了嗎？」

眾人說：「即便這樣，應當誰前去呢？」

孔鏞接著說：「這是我的城池，我應當獨自前去。」

眾人紛紛勸阻他，但孔鏞立即命令準備好坐騎，並命令開城門放他出去。眾人請求他帶著士兵同往，孔鏞拒絕了。

峒族人遠遠望見城門開了，以為是軍隊出來交戰，再一看，是個官員騎著馬走來了，只有兩個馬夫為他牽著馬轡繩，而且城門隨即關上了。

峒族人攔住馬問孔鏞是幹什麼的，孔鏞說：「我是新來的太守，你們領我到寨子裏去我有話要說。」

峒族人摸不清他的底細，只得帶著他向前走去。走了很遠，進入了樹林中，孔鏞回頭一看，跟從他的馬夫溜走了一個。到了峒族人居住的地方，另一個馬夫也溜走了。峒族人牽著馬進入了山林中，夾道有許多人裸露著胸膛被捆在樹上，央求孔鏞救助他們，孔鏞問他們是些什麼人，從他們的回答中方知：他們原來是州、縣學中的秀才，在去州郡的路上被峒族人半路攔截去，因為不願投順峒族人，將被殺死。孔鏞先不顧他們，徑直進入山洞，峒族人拔出刀來迎候。

孔鏞下了馬，站在他們的茅屋裏，看著他們說：「我是你們的父母官，要讓我坐下，你們大家都來參見我。」

峒族人取來了一個坐榻放在屋子中央，孔鏞坐下了，招呼大家上前來，眾人你看我、我看你地走上前來。他們的首領問孔鏞是誰，孔鏞說：「我是孔太守。」

首領說：「莫不是孔聖人的兒孫嗎？」

孔鏞說：「是的。」

這時峒族人都圍上來拜孔鏞，孔鏞對大家說：「我本知你們是良民，由於饑寒所迫，才聚集在這裏苟且求個免於一死。前任官員不體諒你們，動不動就用軍隊來鎮壓，想把你們剿盡殺絕。我現在奉朝廷的命令來做你們的父母官，我把你們看成是晚輩，怎麼忍心殺害你們呢！你們如果真能聽從我的話，我將寬恕你們的罪過。你們可以送我回州府，我把糧食、布匹發給你們，以後就不要再出來搶掠了。如果不聽從我的話，你們可以殺了我，但是接著就會有官兵向你們興師問罪，反正一切後果，就由你們承擔了。」

在場的峒族人都驚呆了，說：「要是真的像您說的那樣體恤我們，在您任太守期間，我們絕不再騷擾進犯州府。」

孔鏞說：「我一語已定，你們何必多疑。」眾人再次拜謝。

孔鏞說：「我餓了，請給我備飯。」

眾人殺牛宰羊，還做了麥屑做的飯招待他。孔鏞飽餐了一頓，眾人對他的膽量都很驚訝和佩服。

孔鏞看當時天色晚了，又對眾人說：「今天我來不及進城了，就在這裏住一宿吧。」眾人聽了，為他準備好了臥室，孔鏞從容入睡。

第二天早上，他吃了早飯之後說：「我今天回去了。你們這些人能跟隨我前去取糧食、布匹嗎？」

眾人說：「好吧。」

於是牽著馬，送他出樹林，峒族人中有幾十個騎士跟從著他。孔鏞走到山林夾道處對峒族人說：「這些秀才是好人，你們既然已經歸順朝廷，就應該放了他們，讓他們跟我一起回去。」

峒族人聽了，馬上給秀才們鬆了綁，把頭巾衣服還給他們，秀才們紛紛跑了。

黃昏時分，孔鏞到了城門下，城邊的官吏登上城樓看到了他，驚訝地說：「必定是太守害怕了，投降了峒族人，領著他們攻打城池來了。」

　　他們爭著問孔鏞為什麼帶著峒族人來，孔鏞說只要一開城門，我就有辦法處置。眾官員更加懷疑，拒絕開城門。

　　孔鏞笑對峒族人說：「你們暫且留步，我自己進城，然後再出來犒賞你們。」

　　峒族人後退了一段距離。孔鏞入城以後，命令手下人取來糧食和布帛，然後從城牆上扔給峒族人，峒族人得到糧帛以後道謝而歸。後來峒族人就不再做擾民的事了。

　　郭晞接受了汾陽王郭子儀的家教，到底還是自己愛惜自己的功名的，段秀實在執法時已經對這一點估計得很清楚了。孔太守雖然有祖先的蔭德來做依靠，然而他說話行事溫和得體，一點也沒有觸犯對方的兇惡的勢頭。所以說：「天下最柔的常常能操縱、驅使天下最剛的。」

 智囊

　　以柔克剛，恰似柔火冶鋼，總能將鋼燒熔。老子曰：「以無事而治天下，吾何以知其然哉？以此，天下多忌諱，而民彌貧；朝多利器，國家滋昏；人多伎巧，奇物滋起；法令滋彰，盜賊多有。」也就是說，忌諱之事越多，越是縛了民眾的手腳，人民就越發貧困；國家統治的工具越是先進，社會就越加混亂難治；人越是機謀奸詐，稀奇古怪的東西就越多；法律制度越是完備，犯罪的人也就越會增加。

　　所以，老子主張：「無為而民自化，好靜而民自正。」概而言之，老子所提倡的正是為職者要「無為而為」。

老子的「無為」又可以從以下三方面去理解，去領會，去幫助為職者實現目的。

　　第一，為職者應儘量少地施行命令。如果只讓其他人依令行事，勢必會打消其他人的積極性、主動性和創造性，也必然會激起別人的逆反心理。如此一來，命令越多，越是無人執行，倒不如指出方向，交由別人靈活處理。

　　第二，為職者對下屬或其他人的活動，應儘量避免干涉或介入。

　　事物沒有完全相同的，人與人的思維方法也是千差萬別，不可能千人一面。故此，為職者不應過多地干預其他人做事，更沒必要在一旁比手畫腳，這樣非但幫不上忙，弄不好還會幫倒忙。為職者應當相信別人也能將某事辦好，俗話說：「條條大路通羅馬。」達到某一目的，實現某種願望不一定就必須像為職者自己所想的那樣去做，不一定必須按照為職者的方法去解決問題。只要最終達到目的即可，為職者不必要過多地介入其他人處理的問題中，應保持別人相對的獨立和自主。

　　第三，為職者不能以過多的政策給下屬造成沉重的負擔。

　　聰明的為職者並非無所事事，撒手不管，而是細心留意員工們的心理狀態，情緒動向，把握大的方向和發展遠景。遇到困難時，在職員面前不牢騷滿腹，怨天尤人，而應是鎮定自若，自然輕鬆，恰似春風拂水，給職員百倍的信心。

　　「無為而治」為宗旨的政治哲學就是人們常說的「黃老之術」。綜觀中國歷史長廊，有不少出名的政治家為政都採用「黃老之術」，以無為而為，由無為達到有為。

## 文彥博嚴辦誣告者

潞公文彥博做御史時，邊將劉平戰死，監軍黃德和擁兵觀望不救。事後，黃德和為了解脫自己的罪責，反過來還誣陷劉平投降了敵人，並且用金帶賄賂劉平的奴僕，讓他附和著自己誣陷主人。劉平家二百人都蒙受冤屈，被囚禁起來。

皇帝讓文彥博在河中處理這樁官司。文彥博經過審訊了解到實際情況，重新做了判決。黃德和找他的同夥幫忙，想推翻這樁官司，他們想方設法讓朝廷另派別的御史來接替文彥博處理此案。文彥博拒絕別人接替，說：「朝廷上怕官司沒有審清楚，所以派您來，現在官司已經辦妥了。事情要是辦錯了，那麼我文彥博自己承擔責任，跟您沒有關係。」最後，黃德和與劉平的那個奴僕終於被殺了。

智囊

對不能定為誣告，但屬於錯告的，要區別情況進行適當處理。如對因錯告沒有給當事人造成較大不良後果的，一般不追究錯告者的責任；對造成較嚴重不良後果及影響的，則要對錯告者進行批評教育，同時對經查實屬於錯告的，要在一定範圍內對被錯告者進行澄清，公布真實情況，消除不良影響，還幹部清白，也不要讓錯告者承擔一定的輿論壓力，以免失去群眾基礎。

必要的時候一定要抓誣告典型進行嚴屬查處並廣為宣傳。出於保護群眾信訪舉報積極性的需要，對查處誣告行為一般都要相當穩妥慎重，但如果一經認定，就一定要嚴屬查處，絕不姑息。也可以採取公開審理、公開處理、召開大會通報情況、加大反面典型宣傳力度、多造輿論等辦法，依紀依法追究誣告者的責任，

殺一儆百，以敬效尤，遏制誣告和舉報不良風氣的滋生漫延，營造和諧的信訪工作秩序。

....................................................................

# 陸光祖、孫丕揚力主公道，葛公知錯認錯

　　吏部尚書平湖陸光祖當初做過浚縣縣令。浚縣有一位有錢人，受冤枉被判了重罪，幾十年下來，因為他有錢，沒有人敢替他辯白。陸光祖做縣令以後，查訪清楚了這位有錢人的案子，當天就打開枷鎖放他出獄，這件事後來被御史台派出的使者知道了。那御史說：「這個人有富的名聲。」陸光祖說：「只應當問他的案子判得冤枉不冤枉，不應該問他有錢還是沒錢。要是果真不冤枉，即使是伯夷叔齊這樣的貧寒隱士也沒有讓他活著的道理；要是果真冤枉，即使是陶朱公范蠡那樣的巨富也沒有該判死刑的法律。」那御史因此很器重陸光祖。

　　後來由於陸光祖政績顯赫，又得升遷，進京做了吏部官員，他在貶黜和提拔官員上，都自己做決定，絕不向主管檢查工作的御史台和尚書省稟報。當時吏部尚書孫丕揚還在尚書省中，以專權的罪名彈劾陸光祖，陸光祖在因此被罷官離開了朝廷之後，有一次遇到了孫公，就向他作揖，並對孫公說：「承蒙老上司您指教，很感激您成全了我。只是今天吏部的門，囑託的人太多了，不專權怎麼能伸張公道？您的這道奏疏實在是錯誤的。」孫丕揚沉思了很久，說：「原來如此啊，是我錯了！」

　　當天便起草奏疏，自己彈劾自己說錯了話，並且竭力推薦陸光祖，陸光祖因此又恢復了官職。當時人們對孫丕揚和陸光祖二人都很肯定，認為他們都是有才有德的人。

　　做陸光祖這樣的人容易，做孫丕揚這樣的人就難了。葛端肅通過秦左伯得以做官。有一個小吏在簿冊上已被注明為年紀大了

又有病，應當免職。葛端肅卻替他請求保留住他的官職。吏部尚書說：「載錄人事的簿籍出自您的手，怎麼自己忘記自己記的東西了呢？」葛公說：「邊遠地區的官吏離開吏部很遠，吏部記錄考核時只是根據地方送來的文書，現在我親眼見到那人很強壯，正是精力旺盛經得起驅策的時候，因此才知道這是誤記了。錯誤在於地方上的布政使，怎麼能讓這個小吏受冤枉？」

吏部尚書很驚訝也很佩服，說：「誰能在吏部堂上自己承認自己的失誤？僅憑這一條就足以稱得上天下第一等賢能了。」

這件事同孫丕揚的事相類似。葛端肅固然高明，這位吏部尚書更高明。下面再記一件事：萬曆己未年，閩左伯黃琮，他是馬平人，替一個主簿竭力爭辯，說他是冤枉的。主持政事的人很不高興，說：「憑著二品大官的身分，去替一個九品官員苦苦爭辯，他的本事也就可想而知了。」為這件事而調離了他的職務，人們的見識相差到如此地步！

智囊

俗話說：「知錯就改，善莫大焉。」面對危機，我們不能只是認錯或等待其淡化，也不能放手不管或走極端。照理說，知錯就改就行了，可是職場卻不是那麼簡單。因為職場中的職業聲譽很重要，尤其是在跳槽的過程中，職場中有了污點，會很難找工作。

所以首先要爭取將功贖過的機會。先和領導積極地溝通，明確地表態，然後把自己心裏所想實話實說，把自己所有的問題都放在明處，希望主管能給自己一個將功贖過的機會，然後讓領導看到你的真誠和行動，並要在短期內產生行動的效果。

千萬不要拖延。關鍵是面對錯誤不要抱著得過且過的心理，拖延自己的危機公關行為。犯錯時，最重要的就是坦白承認，然

後要思索事情發生的原因。應回想為什麼會發生這樣的失誤,並思考該如何改善,避免類似的情形再度發生。思索事情發生的原因。如果是因為自己的技能不夠純熟,可以接受再訓練,改善工作技能與提升專業度。

冷靜思考當前的處境。很少有人能看清犯錯背後所隱含的事實,這表明在工作上必須做出改變或是重新選擇。也許你的長處與這份工作所需要的技能不相符合,必須轉換跑道。擬定未來的方向。找到自己的長處與潛能,想清楚自己下一步該怎麼做,儘快重新建立自己的新事業,不要一直陷入先前犯錯的情境當中。你拖延得愈久,就愈難回到職場上。你必須立即找到未來的方向,做好人生規劃。

## 陸文裕不因權勢收弟子

陸文裕曾任山西提學。當時晉王手下有個地位低下的樂工。晉王很喜歡他,很寵倖他。他的兒子想上省學讀書。前任副使考查後便送他入學。陸文裕到任,馬上下令免了他的學籍。晉王再三再四的跟陸文裕講好話,而陸文裕卻回答說:「寧可學校少一個人,也不可玷污了學校的名聲。」堅決不聽從。

自從學校中屢屢出現假借名義來上學的,這樣地位低下的就損害了地位高的,僕人高於主人。能有陸文裕這樣的人堅決地把這類有害的事情排除淨盡,實在是大快人心的一件事。

智囊

因為是受寵倖的人,他的子弟即便是非常蠢的人,也有人為

之「開綠燈」放行，送入太學就讀，實際上是鍍上了一層「金」字招牌，招搖撞騙。這在封建社會已是常事，看來確實是微不足道，我們為他這種視權貴如糞土的氣概而拍手稱快。當今此類事件依然存在，原因在於：對權貴是不能巴結的，其中之誘惑也是不能貪的。

# 韓琦處置宦官

宋英宗剛死，朝臣急忙召太子進宮，太子還沒有到，英宗的手又動了一下，宰相曾公亮嚇了一跳，急忙告訴宰相韓琦，想停止召太子進宮。韓琦拒絕說，「先帝要是再活過來，就是一位太上皇。」韓琦越發催促人們召太子。

宦官任守忠很奸邪，反覆無常，經常祕密探聽東西宮的情況，在皇帝和太后間進行離間。有一天，韓琦出了一道空頭敕書，參政歐陽修已經在上邊簽署了自己姓名，參政趙概由於不知韓琦想借這道敕書幹什麼，因此對自己是否也簽字感到很為難，不知怎麼辦才好。歐陽修說：「只要寫出來，韓公一定有自己的說法。」

這樣，趙概也簽署了姓名，於是，韓琦坐在政事堂，他不經中書省，直接下達了一道文書把任守忠傳來，讓他站在庭中，指責他說：「你的罪過應當判死刑，現在貶官為蘄州團練副使，由蘄州安置。」韓琦拿出了空頭敕書填寫上，派使臣當天就把任守忠押走了。韓琦平生從來不曾因為有膽量而被別人稱許過，可是在這兩件事上這樣地神通廣大，實在是沒有第二個人。

智囊

　　韓琦識破了宦官任守忠的真面目，並沒有自暴自棄，輕易放棄，而是聯合參政為皇室剷除了一個禍害，可喜可賀。韓琦所表現出來的勇氣和魄力更讓人佩服和敬仰。

　　世界上有兩種勇敢，一種是服從的勇敢。這種勇敢是對待上級佈置、安排的任務不計個人得失、安危，哪怕是上刀山下火海，也要不折不扣地完成；另一種勇敢就是建立在用理智和智慧對事物進行客觀、準確的判斷上。它服從真理，而不是服從權力和命令。該士兵的勇敢無疑是屬於第二類的。

　　一天，前美國海軍總司令麥肯錫將軍去探望軍校同學、陸軍總司令馬歇爾將軍。兩人言談中都爭說自己的士兵最勇敢。馬歇爾隨便叫住一個過路的士兵，指著不遠處一輛開動著的坦克命令道：「你給我過去，用身體攔住那輛坦克！」士兵大叫道：「你瘋了嗎？我才不那麼傻呢？」說完撒腿跑開了。馬歇爾滿意地對他的老同學說：「看見了吧，只有最勇敢的士兵才會這樣同將軍說話。」

　　用常人的眼光來看，這位士兵對自己的頂頭上司所下達的命令說「不」，肯定稱不上勇敢，甚至有抗命之嫌。但是換一個角度，思考一下，你就會欽佩該士兵的所作所為。這名普通士兵在兩位軍隊的最高統帥面前，敢於對有違常理的命令堅定地說「不」字，這正體現了士兵勇敢過人之處。而馬歇爾將軍也無疑是一個勇敢的人，面對士兵「違令」的尷尬，將軍不僅不惱，而且在同學面前有欣賞士兵的「另類」勇敢，這無疑也需要有氣度與過人的智慧。

　　在日常學習、工作和生活中，屬於第一類的勇敢的人常常被人讚不絕口，褒揚有加。但對第二類的「勇敢」的言行卻很難認

同，甚至會被刁難。今天，我們不僅需要上刀山下火海的義無反顧的勇敢，也需要不服從權力而服從真理的勇敢。作為平民百姓和基層單位，對上級命令中的錯誤和不符合實情的，應敢於說「不」；對於領導幹部和上級各主管單位，對下屬說「不」的另類言行，要有勇氣和胸懷欣賞，要有有錯就改的勇氣。

總的來說，很多時候，我們不缺乏赴湯蹈火的勇敢，缺乏的是有理智的勇敢。

## 呂端小事不聰明，大事不糊塗

當時，宋太宗想任命呂端任宰相，有的人卻貶抑他，說：「呂端為人糊塗。」宋太宗當即反駁說：「呂端小事糊塗，大事不糊塗。」於是，便任命呂端任宰相之職。後人有詩讚曰：「諸葛一生唯謹慎，呂端大事不糊塗。」從此，呂端便成為「小事糊塗，大事不糊塗」的典型。

呂端在事關個人利益的某些問題上確有「糊塗」之處。但他為人曠達寬厚，有器量，對職務上的升遷不介意，雖多次被貶，但從不計較，並且「得嘉賞未嘗喜，遇抑挫未嘗懼，亦不形於言」。他對流言蜚語不記懷，經常說：「吾直道而行，無所愧畏，風波之言不足慮也。」

他為官四十年，兩袖清風，不為親友謀私利，家無儲蓄，及端去世，其子女窮得不能婚嫁，只好將房屋典當，宋真宗知其事，從國庫裏撥五百萬錢才把其房屋贖回來。他從不因權位顯赫而志滿意驕，而是謙虛謹慎，平易近人。他和寇準同居相位，寇準是治理國家的棟樑人才，但「性剛自任」，不善交往，呂端對此毫不計較，總是處處謙讓。雖然宋太宗很器重呂端，親自手諭：「自今中書事，必經呂端詳酌，乃得聞奏。」但呂端遇事與

寇準一起商量，從不專斷。

呂端為相，的確沒有辜負宋太宗的期望。他不慮風波之言，對名位謙讓，不計較小事，但他大事確是不糊塗。在朝廷奏議中，呂端往往在緊要關頭深謀遠慮，頗得太宗讚許。宋太宗得了重病。當時，宋真宗為皇太子，呂端每日都伴隨太子到太宗病榻前問安。等到太宗病危的時候，宮廷內侍王繼恩忌恨太子英明，怕太子繼位後於自己不利，就暗地裏與參知政事李昌齡、殿前都指揮使李繼勳、知制誥胡旦密謀立楚王元佐為帝。

宋太宗死後，李皇后命王繼恩傳召呂端。呂端知道事情有變，就把王繼恩扣鎖在閣內，命人看守，自己進宮去見李皇后。不憚當面回駁皇后，堅持奉真宗即位。皇后說：「皇帝已經去世了，立太子應當立長子，這是順理成章的事。」呂端說：「先帝立太子，正是去年的今天。現在天子剛剛離去，難道可以馬上就違抗天子的命令，在王位繼承人問題上提出別的不同說法嗎？」於是就擁戴太子繼承王位。

宋真宗即位後，垂簾召見群臣。呂端站在殿下看不清垂簾後面的皇帝究竟是誰，不肯下拜。為了確認垂簾後的人究竟是誰，他不但請求把簾子捲起來，還登上殿去，親眼察看清楚新皇帝確實是真宗，這才走下殿來，帶領群臣朝拜、呼萬歲，因而受到真宗敬重。

事後，呂端把那夥陰謀廢立的人都趕出朝廷了。將李繼勳派往陳州；貶李昌齡為忠州司馬；將王繼恩降為右監門衛將軍，發往均州安置；把胡旦除名流放到潯州，抄沒他的家產。

如果不是呂端在國家存亡的緊急關頭，明辨是非，行動果決，勢必造成邊境戰亂和皇子爭帝的宮變。呂端所為，不失為「大事不糊塗」之舉。正是呂端在榮辱升遷、利害得失所謂小事上的「糊塗」，才能在關乎國家興衰成敗的大事上「明白」。

矛盾具有多樣性，在矛盾的變換中要用足夠的智慧來權衡利弊和後果。呂端小事不聰明，大事不糊塗的故事，就是我們理解智愚處理矛盾的範本。

古人云：「心底無私天地寬。」天地一寬，對於一些瑣碎之事，就不會太認真，苦惱也不來了，怨恨更談不上。聰明是天賦的智慧，糊塗有時也是聰明的一種表現，人貴在及聰明與糊塗於一身，需聰明時便聰明，該糊塗時且糊塗，隨機應變，大家不妨試一試。

## 辛企李智懲宦官

參政辛企李曾做福州太守。有一個主管應天府啟運宮的宦官武師說，平時郡裏對待他就同對待監察地方官員的監司一樣尊重。辛企李剛剛任職，州裏的官員們來府拜見，辛企李對掌管接待客人的說：「武師說這個人不過是個宦官罷了，用對待通判的禮節來對待他，這已經是超過禮儀規定了。」就讓武師說跟通判一齊入見。

第二天，郡裏的官員朝拜啟運宮內的帝王遺像，辛企李腳有病，必須由別人架扶著才能下拜。入宮以後，到了庭中，武師說忽然喝斥隨行的士兵退下，說：「這是供帝王遺像的神御殿！禁止隨行的士兵入內。」辛企李不為他的言詞所動，回頭對攙扶他的士兵說：「只管扶，我會親自向皇上稟奏全部情況的。」他按應有的禮節，溫文從容地行完了禮。退下殿後，就彈劾自己，並表示等待皇上定罪。朝廷為了這件事降了宦官武師說的官職，讓他到泉州去當一名小軍官。

## 限定皇室分封範圍

王安石裁減了皇族成員中接受皇恩的人數，皇族子弟相繼前來陳說情況：「我們都是皇帝宗廟裏的子孫，你怎麼能不看祖宗的面子呢？」王安石厲聲說：「祖宗要是隔的年代太遠了，神主也是要遷出宗廟，移到祭祀遠祖的祧廟裏去的，何況你們呢？」

王荊公的議論多有片面性，只有這一句話可以作為萬代宗室分封的依據。

令人失望的是，這種「大智慧」正漸漸被這個物質時代所淡忘。勇敢者的壯舉成為「愚蠢」和「傻瓜」的代名詞，已經被識時務的人群棄如敝屣。

　　曾讀到一篇短文，講的是螞蟻面對災難時的行為。當野火燒起來的時候，你知道螞蟻如何逃生嗎？眾多螞蟻迅速聚攏，抱成黑團，然後像雪球樣飛速滾動，逃離火海。平淡的文字讀來讓人驚心動魄。在洶湧的山火中，假如沒有抱成團的智慧，假如沒有最外一層的犧牲，渺小的螞蟻家族絕對全軍覆沒。我的心靈為這最外一層的螞蟻而震顫：這是一種何等的勇敢！又是一種何等的智慧！

　　推崇勇敢，並非不叫人珍愛生命，但珍愛個體，是要以整體的和諧健康為保證的。不積涓涓細流，何成江河海洋？如果任由生命流向自私的角落，世界終將乾涸成一片愚蠢的沙漠。任何社會和個人，都要為自己的懦弱和自私付出代價。你逃避了這種代價，別人就要替你付，人人都逃避這種責任，那就要由這個逃避的社會和民族整體來付，變本加厲地付。

## 通達公正的祝知府

　　南昌祝知府以清廉和有能力聞名。寧王府有一隻鶴被老百姓的狗咬死了，府裏的士兵打官司時說，「鶴帶有金牌，是皇帝御賜的。」祝公判決說：「鶴帶金牌，狗不識字。禽獸互相傷害，哪能牽扯上人事？」竟把那狗的主人放了。

　　又有兩家的牛相鬥，一頭牛死了，兩家打官司。祝知府判定說：「兩牛相爭，一死一生。死了的牛兩家煮熟了共同享用，活著的牛兩家共同用來耕田。」

　　廉潔公正的祝知府，不需要多加筆墨，簡簡單單兩件小事，就可見其高風亮節。祝知府的判詞寫得合情合理，又富有幽默感，讀起來真是膾炙人口。和平的前提是仁義，而不是利害關係。如果用利害關係去換得一時的和平，早晚也會失去和平，不僅失去和平，而且還會失去國家，失去天下。因為，基於利害關係的和平，實際上隱藏著很多不利於和平的因素，這就是人與人之間都以利害關係相互對峙，一旦利害關係發生衝突，必然導致爭鬥，失去穩定與和平。相反，如果以仁義為前提贏得和平，矛盾雙方懂得妥協和退讓，則會保持長久的穩定與發展。不僅不會失去和平，而且還會促進社會的和諧與穩定。

　　這是因為，基於仁義的和平，使人與人之間都以仁義道德相互對待，沒有根本的利害衝突，人人忠誠謙讓，仁愛正義。哪裡還有解不開的結，解決不了的問題呢？

# 勇敢的姜綰

　　御史姜綰被貶官到桂陽府任判官，後來得到提升，轉任慶遠知府。慶遠府周圍有強盜，前幾任太守大多靠讓強盜在境外隨心所欲地胡作非為，來確保自己境內無事。姜綰到任後完全改變了各種政務，當地的仡佬族人民的民風有了改觀。當時，慶遠府府外都是強盜的老窩，姜綰打算先消滅他們的大頭目，於是他選拔了一批壯士，教給他們攻戰之術，沒過多久，這些人便形成了清剿盜匪的精銳部隊，於是強盜就漸漸被平定了。

　　在這以前，商販們乘船從柳江到慶遠，柳州、慶遠兩府充當

哨兵的官兵，表面上保護客商，暗地裏借此牟取私利。

有一天，姜綰從省裏逆江而上，要回到慶遠去，哨兵們借報告敵情匆匆前來謁見，喧喧嚷嚷地說強盜已埋伏在江邊樹林裏，勸姜綰還是從陸路上走更保險。姜綰說：「我是管轄這個地區的知府，要是我在這條江上走也要躲避強盜的話，那麼這條江什麼時候能通行呢？」

在他經過這條江時，百姓和軍隊左右簇擁著進行護衛，他打開傘蓋，樹起旗幟，把自己的船和商船連結起來，從從容容地在江上航行，強盜竟不敢出來。從這次以後，在江上航行的人都可以不必借助於哨兵的保護了。

下決心在江上走，為百姓在水路上當先驅開道，這當然是對的；然而也必須有他平日訓練出來的精銳部隊作後盾，使他的威名足以壓倒敵人，所以才能在江上平安通行而不遇到什麼阻攔。要不是這樣的話，他的嘗試必定沒有好結果。

智囊

姜綰有勇有謀，憑藉他平日訓練出來的精銳部隊做後盾，使他的威名足以壓倒敵人，所以才能在江上平安通行而不遇到什麼阻攔。由此可見，任何勇敢行為的背後，既有智慧的思想做鋪墊，更有刻苦的訓練做支撐，精神和行動的雙重保障，才能有利於順利地克敵制勝。

西元前二三〇年，易水河畔，荊軻應樂高歌：「風蕭蕭兮易水寒，壯士一去不復返！」餞行完畢，荊軻提著樊于期將軍的人頭，踏上刺殺秦王的不歸之途。

三國時期，司馬懿大軍壓境，兵臨城下。諸葛亮淨手焚香，於空城之上悠然撫琴，上演了「空城計」。

勇敢讓生命高大，智慧令生命深厚。中國五千年的歷史中，這樣的人和事不勝枚舉。勇敢和智慧，算得上是中華民族最偉大的兩種品質了。但細細探究這些古人的品質，必然發現其中沿襲了很多的曲解。

　　常常，我們在品評一個人的時候，將勇與謀作為兩個截然不同的品質對號入座：有勇無謀，有謀無勇，或智勇雙全。殊不知，勇與謀並非兩個毫不相干的概念，勇氣本身就是一種智慧。荊軻慨然應命，擔起刺殺秦王解救國難的重任，除了張揚勇敢的血性，又何嘗沒有彰顯一種超人的智慧？如果勇敢不是智慧，那為什麼又將勇敢作為解圍救困的最好方式？再說，藺相如智鬥秦王，諸葛亮坐演空城，其前提正是勇敢。

　　沒有直面殺身之禍的凜然之氣，又如何能在刀槍如林的虎狼之穴裏巧妙周旋？沒有正視災難的無畏和勇敢，又如何能生髮以不變應萬變的過人膽識？

# 第十三卷
# 委曲求全的智囊

人生的道路是彎彎曲曲的，圓滿的事物看來是有缺陷的；像蓮藕生長在污泥之中，出水後才見得潔淨雪白；先嚎啕大哭，再放聲大笑，運運自如，才能吉相環生而避開災禍。因此，輯有《委曲求全的智囊》一卷。

## 天醉人亦醉

紂王因為通宵飲酒而忘了日期，問左右的人，都說不知道是何年何月何日。紂王又使人問箕子，箕子對自己的弟子悄悄說：「做天下之主而使一國都沒有時間和月日的概念，天下就危險了。一國人都不知時日，只有我知道，我也就危險了。」

於是，就借酒醉為由，推說不知道當天的時日。

無道之君當政的無道之世，稱作「天醉」。既然天已醉了，箕子何必獨醒呢？觀察箕子為人的機智，便覺得屈原太愚蠢，屈原說：「眾人皆醉我獨醒。」慘哉！

智囊

人是不能沒有智謀的。但是如果不分時間場合，過於表露自己的聰明才智，那麼，就會遭到別人的怨恨，就會引禍上身，所謂內秀於心，才能成就大事。孔子曾經稱讚春秋時期衛國的寧武子說：「寧武子在國家太平的時候，就聰明；在國家昏暗的時候，便裝傻。他的聰明，別人可以趕上；而他的裝傻，別人就趕不上。」這或許就是鄭板橋的「難得糊塗」一詞的來源吧！

老子說：「大直若屈，大巧若拙，大辯若訥。」有大智慧

的人不顯山露水，不賣弄聰明，表面上看起來很愚笨，其實卻很聰明。

俗話說：「滿罐水不響，半罐水叮噹。」如果你留意觀察，生活中這種現象太多了。有經驗的教師們都知道，課堂上發言最踴躍的不一定是成績最好的，不發言的成績不一定最差。

## 孔融論順勢而為

荊州牧劉表，常常不按時向皇帝進貢，他的行為是越軌的。於是皇帝打算在郊野祭天地時，斥責劉表乘坐越級車馬的事，並以詔書將此事公佈於眾。此時孔融上疏皇上說：「像齊桓公兵駐楚國，只能責備楚不上貢包茅一樣，如今王師還沒有力量懲罰他。郊祀時應隱瞞其事，以保全國體威嚴。如果公佈於世，將起誘發的作用，反而不能阻止邪門歪道的滋長。」

智囊

大凡大逆不道的事，突然見到則害怕，久聞就麻木不仁。假如力量不足，不能除惡而公布它，只能使壞事張揚，使百姓耳聽目視，習慣於看到大逆不道的人不受懲罰。這樣朝廷還會有什麼威嚴呢？召陵一場戰役，管仲不聲張楚國有超越本分的行為，僅指責它貢品有問題，就是因為這樣做容易有結局。同時也是考慮到形勢逼迫，不能不如此。孔明派人去恭賀吳國稱帝，也並非出自本願，而是形勢使然，同樣不得不這樣。儒家雖敗猶榮的說法，使人不能隨機應變，誤人不淺。

# 翟方進尊人以自尊

西漢時，清河的胡常與汝南的翟方進一起學習研究經學，胡常比翟方進先當上教書的官，但名聲卻不如翟方進，因此胡常十分嫉妒翟方進，經常同別人議論翟方進如何如何不好，挑他的毛病。翟方進後來知道了這事，就在胡常集中門生講課時，派自己的學生去胡常處旁聽，並向胡常請教經書中的疑難問題，認真進行記錄，這樣一直持續了很長時間。胡常明白了翟方進是在推崇他，為他樹立威望，於是心中感到有些過意不去。從此以後，在官場和知識界中胡常也開始稱頌翟方進了。尊人才能自尊，迂腐的儒士常被這規律驅使行動，卻不知其中的道理。

智囊

早在二千五百年前，孔子就說了一句老話：「己所不欲，勿施於人」。這句話道出了做人的真實意義。所謂「己所不欲，勿施於人」，就是用自己的心推及別人；自己希望怎樣生活，就想到別人也會希望怎樣生活；自己不願意別人怎樣對待自己，就不要那樣對待別人；自己希望在社會上能站得住，能通達，就也幫助人站得住，能通達。總之，從自己的內心出發，推及他人，去理解他人，對待他人。

為什麼有人會如此友善地考慮到其他人呢？真正的原因是：你種下什麼，收穫的就是什麼。播種一個行動，你會收到一個習慣；播種一個習慣，你會收到一個個性；播種一個個性，你會收到一個命運；播種一個善行，你會收到一個善果；播種一個惡行，你會收到一個惡果。

你有權利不公平地對待其他人，但你這種非公平的態度，將

會使你「自食其果」。而且，進一步說，你所釋放出來的每一種思想的後果，都會回報到自己身上。因為你對其他人的所有行為，以及你對其他人的思想，都經由自我暗示的原則，而全部記錄在你的潛意識中，這些行為和思想的性質會修正你自己的個性。而你的個性相當於是一個磁場，把和你個性相同的人或情況吸引到你身邊，排斥其他不同類的。如果你想結交仁慈、慷慨的人，自己也必須先成為這樣的人。

## 魏勃掃門求見

魏勃年少時，十分崇拜齊國宰相曹參，非常想見他一面，無奈家境貧寒，沒有有地位的親朋好友幫助引見，無法得到親近的機會。於是聰明的小魏勃想出一個妙法，他獨自在天不亮時悄悄起身，前去掃宰相近侍官家的門庭。

過了幾日，宰相的侍從看到自家大門前的道路天天被打掃得潔淨如洗，十分詫異。他想可能出了神仙鬼怪，就在一早躲在門後窺視，終於捉到了魏勃。魏勃向他道出了原委：「我很想見宰相，恨無機會，只有為您效力，萬望您幫我引見。」不久侍官把魏勃領去見了曹參。

曹相國坦誠和藹，平易近人，從不高高在上，而魏勃想見他一面還如此困難，由此可推想，其他為官者同百姓，就離得更遠了。

智囊

魏勃想見曹參，但卻無法直接見到他，於是就先通過為他

的屬下無償服務的方法，取得其好感和幫助，終於達到了自己
的目的。

　　這裏運用了借馬引路法。求人辦事，有時你想拜見或送禮給
人，而對方卻和你根本扯不上關係，你甚至連見他一面的機會都
沒有。這時，你不妨請求受禮者的朋友出面幫助介紹，那樣，對
方便不好意思拒絕你了。


## 叔孫通用人之長

　　叔孫通最初穿著雅潔的儒服去見漢王，沒想到漢王十分厭惡
他這種打扮。於是叔孫通下朝後立即更換了服裝，穿著楚國式樣
的短衣，漢王見了大喜。當時跟隨叔孫通的有一百多弟子，他不
講別的，只講舊時強盜、俠客、壯士怎麼升官發財的故事。儒生
們都紛紛抱怨。叔孫通聽到後說：「你們發什麼牢騷，你們難道
能打仗嗎？等我找機會推薦你們，不要著急！」

　　以後，叔孫通雜采古禮和秦制，制定了漢代的禮儀。

智囊

　　冀弘先生評論道：讀書以求明理的是一種人，讀書以求開達
的是另一種人。求明理的，一旦豁然貫通，必擇善固執，做理性
之堅持，不惜犧牲個人的生命。至於求開達的，讀書成為一種手
段，但求自己開達，一切均可變通。

　　前者可以殷商交替時代的伯夷與叔齊為代表，其為孔子和後
世所稱為聖之清者。至於後者，漢高祖時的讀書人叔孫通是其典
型代表。

識時務者為俊傑。認清時代潮流的，才是聰明能幹的人。抉擇前途時要認清時代潮流和當前形勢。

# 王守仁妙收弟子

王龍溪青壯年時負氣仗義，愛打抱不平，很有才學，天天在酒館賭場中度過。王守仁多次想會見他，都未能實現。以後王守仁每天命自己的弟子練習下棋、賭博，飲酒高歌，時間長了練出一套技術。

於是，王守仁派遣自己弟子秘密跟蹤王龍溪，隨著他來到酒家，要求與王龍溪一起下賭。王龍溪笑著說：「迂腐的儒生也會賭博嗎？」那個弟子答：「在我的老師門下天天賭博。」王龍溪大驚，求見王守仁。一見王守仁氣宇軒昂的樣子，王龍溪便慚愧地敬禮，自稱為弟子。

才能如王龍溪這樣，王守仁就一定要得到他。然而不是王守仁，誰能降服王龍溪這樣的豪傑呢？如果王龍溪遇到當今的學問家，他們會按酒場賭徒的罪名來論處他呢！

倘若你是個有實質的人，就不會欣賞那些沒有實質的人。聲名顯赫卻非以實質為根基的人是不會快樂的。表面上貌似有實質的人往往多於真正有實質的人。有些偽君子，他們滋生妄想策劃欺詐，而另一些與此類似的人則縱容狂想，喜好虛幻卻不崇尚真實。他們的妄想必然導致惡果，因為他們缺乏牢固的根基。唯有真實能給你真實的名望，唯有實質會使你受益。一場欺詐，一環

連一環，不久整個大廈便於空中轟然倒塌，缺少根基必然不會長久。他們的許諾只會使人生疑，他們的品性必然遭人唾棄。

## 王曾智告丁謂

北宋丁謂任宰相時期，不許同僚在退朝後，單獨留下來向皇上奏事。只有王曾非常乖順，從沒有違背上司的意圖。

一天，王曾對丁謂說：「我沒有兒子，老來感覺孤苦。想要把親弟的一個兒子過繼來為我傳宗接代，我想當面蒙求皇上的恩澤，又不敢在退朝後留下來向皇上啟奏。」丁謂說：「就按照你說的那樣去辦吧！」王曾乘機單獨拜見皇上，迅速提交了一卷文書，同時上告了丁謂的所作所為。丁謂剛起身走開幾步就非常後悔。沒過幾天，丁謂就被貶到崖州去了。

王曾能順服丁謂，最終做出叛離丁謂的行動。同樣，蔡京一開始順從司馬光，後來卻背叛了司馬光。

二者看似相同，實際上前者是君子的苦心，後者卻是小人狡猾的表現。

智囊

以退讓開始，以勝利告終。這種掩飾極為重要，因為你可用它掌握他人的意志。你先表現得以他的利益為重，實際上是在為自己的利益開闢道路。做事切忌本末倒置、慌張混亂，涉及風險之事尤其如此。對張口就說「不」的人要小心才是。上上之策是掩蓋自己的意圖，不使他們感到說「是」有什麼困難，特別是當你已察覺到他們的抵制時更是如此。這則箴言可與那些有關隱藏

意圖的箴言相提並論，二者都需要同樣精妙、細微的技巧。

## 能屈能伸的周忱與唐順之

明代周忱巡視江南時，正是大富豪王振當權，周忱擔心王振會遇事阻撓自己。當時王振正修築自家宅第，周忱就暗地裏命人丈量王振房間的尺寸大小，然後派人到松江訂作一塊剪絨地毯贈送給他。尺寸大小正好合適。王振得到地毯後更加高興。以後，凡是周忱向朝廷申報有利於當地建設的專案，王振都會從中幫助，江南一帶至今還受益於周忱的功績。

秦檜修建格天閣，有一個任職江南的官員，想別出新裁，討好巴結秦檜，就用重金賄賂工匠，然後得到房間的尺寸大小，專門定做絨毯獻給秦檜，鋪上剛好合適。秦檜卻認為這名官員打探他府中隱私，非常生氣，常借事斥責這名官員。

同樣是呈獻絨毯，結果卻一怒一喜，這是什麼原因呢？有人認為這是忠奸不同，所以各得其不同的報應。我卻不以為然，我認為王振雖然驕橫、暴虐但心機並不深沉；秦檜則陰險狡詐心機重。王振喜歡招撫君子獲致名聲；秦檜卻是怕遭謀刺，所以以小人之心嚴防眾人，這才是結果不同的原因吧！

世人批評周文襄，認為他為諂媚王振，捐米千石獲朝廷頒旌旗表揚，及為子求官而獻馬，這兩件事都不是高明之舉。我卻認為周文襄捐米、獻馬都有他的用意。當時天下兵禍連連，各州府庫空虛，周文襄上奏朝廷，請免江南各州課稅若干萬，因而建議鼓勵百姓「捐米買官」，藉以充實府庫財源才是兩全之策。所以周文襄率先捐米，昭示百姓能獲朝廷表揚是件光榮之事；而獻金求官也非可恥，想借此鼓勵百姓捐輸。這不和卜式踴躍捐輸勞軍的作風一樣嗎？由此看來，後人不可輕易批評周文襄。

明朝倭寇蹂躪蘇州，用刀槍刺穿嬰兒當作遊戲。文學家唐順之當時住在蘇州，見此非常痛心，憤不欲生。當時趙文華總督江南浙江諸軍，他是宰相嚴嵩的寵客。唐順之挺身去拜謁他，向他陳述自己的謀略，並說非專任胡梅林不可。趙文華於是將他推薦給嚴嵩任職方郎中，讓他到浙直視察軍師，接著又讓胡梅林做官。胡梅林也送厚禮給嚴嵩討好，所以才無掣肘之虞，才能順利在崇明開展除掉倭患的戰爭。

　　明學者焦弱侯評論說：唐順之晚年因接受嚴嵩舉薦，到今天仍遭到世人譏評。

　　《易卦》上不是說過，有時君子要能容忍小人，甚至要曲意奉承，才能災盡吉來。有志胸懷天下的志士，怎可為保一生的清譽，而置國家大計於不顧呢？

　　漢朝時有人說：「選拔士人一定要求清白謹慎。」這不過是婦人村夫之見。世事本就複雜，愛惜自己的人，是很難去跟別人說論自己背後的難言之隱的。

　　明朝正德年間，閹臣劉瑾專權兇暴，賢臣劉健、謝遷等人都紛紛辭官歸隱，只有李東陽留了下來。他辦事積極、沉著、謙遜，善於協調各種矛盾，縉紳富豪遭到的禍患往往因此獲免。可是人們都說：李東陽沒有離開是錯誤的。人們忘記了孝宗去世時，劉健、謝遷同李東陽三人守在榻前，承受皇帝的遺囑，皇帝親自把皇太子託付給他們。這件事假使李東陽也隨劉健、謝遷離開朝廷，那麼國事將難以預料，如此豈不是辜負了先帝的囑託嗎？由此看來，李東陽不辭官，實在有他萬不得已的苦衷。

　　李東陽晚年時，曾與友人談及此事，常痛哭不止。唉！看來許多大臣的苦心都不被迂儒所見諒，又何止是唐順之一人呢？

智囊

忍辱負重，是忍受屈辱、承擔重任的意思。對於做大事的人來說，忍辱負重是成就事業必須具備的基本素質。孟子說：「天將降大任於斯人也，必先苦其心志，勞其筋骨，餓其體膚，困乏其身……」能在各種困境中忍受屈辱是一種能力，而能在忍受屈辱中負重拼搏更是一種本領。小不忍則亂大謀，凡成就大業者莫非如此。

勾踐、司馬懿兩人之襟懷真可謂寬廣之至了。但在現實生活中，我們卻不難發現，一些人為了自己的一點蠅頭小利，斤斤計較，與對方針鋒相對，乃至大打出手；還有的人眼裏揉不得沙子，得理不饒人。至於因一句過頭的玩笑而反目成仇者，因陌路相撞而大打出手者，因鄰里糾紛而刀槍相見者，那更是數不勝數。這些談不上什麼忍辱，更談不上負重了，指望他們成就大事，那是天方夜譚。忍耐要有修養，忍辱需要有度量，而忍辱負重則是一種境界。忍，乃是心頭一把鋒利的刀。

高度文明的當今社會是以人為本的時代，人的素質和修養在不斷地提高，大家都知道在大事上講原則，小事上講風格，但要做到唾液濺臉而不擦，我看有如此境界和修養的人恐怕不多，絕大多數人沒有這種度量。但只要我們記住一個道理，為了達到自己的奮鬥目標，就必須在各種逆境中學會忍耐，忍則有益，鬥則必損。誠然，我們強調的忍辱負重，並不是絕對的，這是相對而言的，如果我們一味地奉行逆來順受，那就會失去原則，甚至喪失人格乃至國格。

# 楊一清智除劉瑾

明武宗正德年間，宮中有宦官劉瑾專權擅政，一時間朝綱混亂，官員人人自危。可是，劉瑾依仗武宗對他的寵信和縱容日益驕橫，甚至想發動叛變，再扶植一個兒皇帝，好讓自己能像太上皇一樣君臨天下。劉瑾的野心，朝中尚有良心的官員都心知肚明，只是沒人敢就此向武宗直接進諫。恰逢這時，安化王舉兵謀反，吏部尚書楊一清與宦官張永一同帶兵討伐安化王。

楊一清在軍中對張永說到宦官劉瑾搞內亂時憤憤不平，震動了張永。楊一清仔細觀察張永的表情，認定他絕非劉瑾的同黨，才扼腕歎息說：「藩宗有亂，還是易除的；官禁大患，如不能儘快除掉，才是禍亂的根源，這可如何是好啊？」張永驚問其故，楊一清便移座靠近張永，沾酒在桌上手書一個「瑾」字，張永領會其意。不久，叛亂平定，安化王被抓，武宗降旨令張永回朝，楊一清留下總制三邊軍務。

張永臨行前，楊一清從袖中拿出兩封奏書。一封寫的是有關平定寧夏賊亂的事，另一封寫的是朝廷發生政變的事。楊一清囑咐張永說：「你率軍勝利回京，去見皇帝時，先把有關寧夏的奏書遞上，這時皇上一定公開問你一些問題，你就請皇上摒退左右侍官，然後交上揭露政變的奏書。」張永有些擔心地問：「如果皇上不相信怎麼辦？」

楊一清說：「別人的話能不能使皇上相信，這不好說，不過您的話必定有效果。所以在您講話的時候，一定要有頭緒，要考慮周到，萬一皇上不信您，您可以叩頭請皇上立即召來劉瑾，沒收他的兵器，並勸皇上登上城門親自考察。接著您可對皇上說，『劉瑾如果沒有反叛的行為，可以殺掉我去餵狗』，然後再叩頭哭泣。這樣皇上對劉瑾反叛的事肯定會相信，並會大為憤怒。殺了劉瑾，您就會被重用，還會和呂強、張承業一起名垂青史了！

不過事不宜遲，只盼望您立即行事，不要給劉瑾留下東山再起的機會。」張永聽了，十分興奮地說：「老奴要報答皇上的恩德，又何惜什麼殘年餘生呢？」

張永回京後，立即照著楊一清的計策去做，事情果然很順利。劉瑾剛被抓時，武宗念在舊情，仍不忍心殺他，只是降旨令劉瑾去南京看守鳳陵。但劉瑾乘機回一個白帖說，乞求得到皇上的一兩件破舊衣蓋屍體。皇上看了頓起憐憫之心，命令給他一百件舊衣服。張永聽說後十分擔心，想起楊一清說過的，要速戰速決，不能給劉瑾留下喘息的機會，知道再這麼拖下去，恐怕武宗真的會捨不得殺劉瑾。

於是，便與內閣中幾個好友謀劃，暗令六科十三道一起上書彈劾劉瑾。彈劾的奏章中還涉及了與劉瑾關係密切的官員。張永手持此奏書來到左順門，對幾個進諫的官說：「劉瑾掌權時，我們都不敢說話，何況你們站在朝堂兩旁的官員呢？現在只對劉瑾一人治罪，不涉及旁人，千萬不要傷害官員的感情。你們把此奏書拿回修改，急換一個，只彈劾劉瑾一人，然後送上。」皇上看到彈劾劉瑾的奏章後，終於下定決心，下令將劉瑾殺了。這其中只牽連了和他勾結緊密的文官大臣張彩、武官大臣楊玉等七人。

除掉劉瑾和江彬兩個奸臣都是借用了張永的力量，如果楊一清只憑宮廷之外的力量，一定達不到目的，而張永不願涉及更多的人，說明他更有一番深刻的見識。

 智囊

審時度勢，看清情況，抓住重點，立即行動。看清整個事態會朝著哪個方向發展，然後依據現有的條件指定詳實的計畫，只要有合適的實際以及合適執行這一計畫的人出現，就毫不猶豫地

加以實施。

　　楊一清之所以能夠運籌帷幄於千里之外，決勝於京城之內，一個很重要的關鍵就是他對劉瑾謀反的事實已經掌握得十分清楚，所差的只是一個能夠將劉瑾罪行揭發出來的最佳人選。張永作為皇上身邊的人，恰好給了楊一清一個最好的機會，使得楊一清一舉搬倒了為禍朝綱的劉瑾。

---

# 許武讓名

　　許武是陽羨人，曾被舉為孝廉，官運亨通，在當地名聲很高。而他的兩個弟弟許晏子、許普還沒有顯達，許武就想使他們也能成名。一天他對兩個弟弟說：「從禮義上來講，到一定的時候就要分家，所以我想同你們把祖宗留下的家產分了，你們看行嗎？」兩弟弟表示同意後，許武將財產一分為三，自己占了肥田、廣宅和奴婢，而將瘠薄的田地和不好的房屋分給了兩個弟弟。兩個弟弟沒有說什麼。當時鄉人都稱讚他的兩個弟弟克己謙讓，而鄙視許武的貪婪。於是兩個弟弟許晏、許普因此顯名，並被舉為官員。

　　又過了很久，許武召集親友們，對他們說：「我當哥哥的不肖，盜取了名聲，獲得了高位，而兩位弟弟年紀已大，卻不曾沾榮受祿，所以我曾用分家產的方法甘受非難指責，為二位弟弟的立名來個開端。如今我的目的已達到，現在應重新平均分配。」說完當眾拿出自己多得的財產，全部分給兩個弟弟。

　　讓財容易，讓名更難。

　　在現實生活中很多人都具有虛榮心，虛榮心理是指一個人借用外在的、表面的或他人的榮光來彌補自己內在的、實質的不足，以贏得別人和社會的注意與尊重。

　　虛榮心強的人喜歡在別人面前炫耀自己昔日的榮耀經歷或今日的輝煌業績，他們或夸夸其談，肆意吹噓，或嘩眾取寵，故弄玄虛，自己辦不到的事偏說能辦到，自己不懂的事偏要裝懂，一切為了提高自己。

　　虛榮心強的人喜歡炫耀有名有地位的親朋好友，企圖借助他人的榮光來彌補自己的不足，而對於那些無名無份、無地位「卑微」的親朋，則避而不談，甚至唯恐避之而不及。

　　在人際交往中注意「臉」和「面子」，是中國人長期形成的一種社會心理。所謂「臉」，是一個人為了自我完善而通過形象整飾和角色扮演在他人心目中形成的特定形象；所謂「面子」，則是一個人在社會人際關係中依據對「臉」的自我評價，估價自己在別人心目中，所應有或佔有的地位。

　　所以，「臉」和「面子」代表著人的榮譽和尊嚴。一個人要想有臉面，必須先成就大事，通過他的不平凡的作為而獲得人們的褒揚，形象才會隨之高大起來。

　　因此，從某種意義上講，中國社會人際交往中注重「臉」與「面子」的文化傳統在一定程度上刺激和強化了中國人虛榮心理的產生。

## 廉範報答知己恩

北魏水準年間，隴西太守鄧融曾召任廉範做功曹。不久，鄧融被檢舉，牽連到州裏一個案件中去。廉範知道這件事複雜，很難解脫，打算用變通的辦法來幫助鄧融，於是假託有病，請求離職。鄧融不了解他的用意，憎恨廉範忘恩負義，在自己正困難的時候離開。

廉範辭職後便來到了洛陽，改換姓名，請求代理廷尉、獄卒的工作，沒多久，鄧融果然被捕押在洛陽監獄。這時，廉範才有機會守衛在他身邊，盡心盡力地照顧他。鄧融奇怪他的相貌很像廉範，但絕沒有想到他會是廉範，於是對他說：「你怎麼這樣像我過去的功曹？」廉範斥責他說：「您因為關押在這裏，神志錯亂了吧？」以後，鄧融被保釋出獄，貧困交加，廉範一直跟隨在他身邊照顧他。鄧融去逝後，廉範又為他送葬到南陽，辦完全部後事才離去，始終沒有說出自己的姓名。

一次知遇之恩，便使得廉範終身不忘，而且屈己相助，士人對知己的感謝，真是無與倫比。

智囊

世上很多恩將仇報、落井下石的人，如能像廉範那樣受人滴水之恩，當湧泉相報，實屬難得。而廉範知於鄧融，鄧融未必知於廉範，更屬萬代絕聞。

飲水思源，喝水要不忘挖井人哪！「滴水之恩，當湧泉相報」這句老話誰都知道，可到底有多少人能銘記於心？天下父母，對我們無私的愛，為我們的生命之泉注人無限的生機和活力，而我們又何以回報呢？

## 周新微服探民情

周新擔任浙江按察使時，曾巡視所屬的一個縣，他穿著便服故意觸怒縣官，被抓到監獄中。在獄中，他同囚徒們交談，於是，他了解到全縣百姓的疾苦。第二天，縣官迎接按察使時，他卻從獄中走出來。縣官又害怕，又慚愧，主動交出官印，離職而去。從此，各郡縣的官員聞風害怕，沒有不兢兢業業，勤於職守的。

微服私訪，在舊時的官吏中也屬少數，更何況要作為一個囚犯去身陷囹圄呢？然而，若是不採取這種方式，周新就不能了解到確鑿無誤的真實情況，因為在一個古代社會裏，囹圄之情是郡縣體會不到的。所以，周新這樣做，並不是故做姿態，而是深入第一線，了解和把握第一手資料。

現代社會，領導者要轉變作風，不要一味地高高在上，脫離實際，遠離群眾，空談理論，而是要經常深入一線，深入基層，走到群眾中生活之去，走進群眾的心靈深處，體驗基層生活，接受基層鍛鍊，廣泛地調查和研究，有效地做到理論聯繫實際，真正建立實際工作與基層生活的長效機制，為今後的領導決策和組織管理提供資源和依據。

## 王翦與蕭何的自汙與自防

王翦是秦代傑出的軍事家，是繼白起之後秦國的又一名將。秦國討伐楚國，秦始皇令王翦率領六十萬大軍，並親自達到灞

上。王翦出發時向秦始皇請求賞給自己一大批良田、住宅和園林。秦始皇聽了，笑著說：「將軍放心地作戰吧。您是寡人的肱股之臣，我富有四海，您還用得著擔心貧窮嗎？」

王翦說：「大王廢除了裂土分封的制度，臣等身為大王的將領，雖立戰功卻終也不能封侯，所以趁著大王賞我酒飯時，請多恩賜我良田、住宅和園林，作為子孫後代的家業。」秦始皇大笑起來。

王翦到了涵谷關後，仍五次派遣使者返回長安請求良田、住宅和園林。有人說：「將軍要求田園太著急了吧！」王翦說：「不，秦王為人粗心、狹隘，而且不信任人。現在把全國的軍隊委任給我一人，我如果不多多請求要田宅，作為子孫的家業，使自己地位鞏固，難道還等著秦王因我軍權過大而懷疑我嗎？」

漢高祖劉邦任用蕭何主持關中之事。漢三年時，劉邦與項羽的軍隊相持在京索間。劉邦幾次派使者慰勞蕭何。鮑生因此告訴蕭何說：「現在皇上在外風餐露宿，卻數次慰問在關中的您，這是因為懷疑您呀！為您考慮，不如讓您的弟弟和子孫中能當兵的，全到軍隊來。」蕭何採納了他的計策，劉邦大喜。

呂后用蕭何的計謀殺掉了韓信。劉邦聽到誅殺韓信後，派使者任蕭何為相國，同時加封五千戶，派五百士兵及一名都尉作為相國的侍衛。諸位官員都來祝賀，唯獨召平表示憂慮說：「禍害從此開始了。皇上奔波於外，而您守於京城之內，沒有被弓箭射殺的危險，卻更加封晉級，設置衛隊，這不是維護您。現在淮陰侯韓信起來造反，皇上對您也產生了懷疑，希望您把皇帝的賞封讓出，不要接受，把全部家財用以資助軍隊。」

蕭何聽從了召平的意見。劉邦見蕭何這樣做，非常高興。

這年秋天，黥布反叛，劉邦將親自率軍征討，此時仍數次派使者問蕭何在做什麼。蕭何說：「因為皇上親征，我在內安撫百姓，**勉勵**百姓，盡其所有幫助軍隊，像皇上討伐陳豨時我所做的

一樣。」

　　不久，又有一個門客對蕭何說：「您處於相國的高位，論功是全國第一，各方面已無以復加。您入關中以來，十餘年一直深得民心，而且目前仍孜孜不倦地致力於民和。皇上所以數次問您在做什麼，是害怕您的威信太高，影響整個關中地帶。現在您何不多多購買田地房產，以損汙自己的名聲，如此皇上的心就安寧了。」

　　蕭何採納了他的計謀，用賤價強買了許多民宅、民田。高祖還京時，百姓攔路控訴相國的行為，皇上聽了，心中暗暗高興。

　　韓世忠被罷官之後，杜門謝客，絕口不再談打仗問題。他常常騎著驢，帶著酒，後面跟著一兩個童僕，在西湖一帶遊樂井與人商議買新淦縣的官田。高宗聽說他在置產業，十分高興，賞賜給他御筆親書，並給他的村莊起名叫旌忠。韓世忠的買田同蕭何買田是同樣用意。作為人主的皇帝不能同英雄豪傑推心置腹，以致於使許多有功之臣不得不自汙，以求免於殺身之禍。唉！夏商周三代開國君主與民交往相通的風氣蕩然無存了。但是到了今天，大臣們不論有功無功，無不多採田宅，難道他們也是自汙嗎？如果不是的話，又該如何解釋呢？

智囊

　　在現代戰爭中，忍辱負重，以屈求伸的意思已發展為以靈活的策略對付險惡的局勢，保障自己有迴旋的餘地，有再生的可能，以政治、外交鬥爭和軍事鬥爭相結合，先求自己立於不絕之地，然後創造戰勝敵人的條件。

　　在政治、外交鬥爭上，它表現為在自己蒙受巨大損失，面臨絕境之時，暫時接受敵人極為苛刻的條件，以獲得喘息之機。例

如，第三次中東戰爭中，阿方遭到以色列的突然襲擊，部分領土被敵佔領，軍事力量損失嚴重，在這種形勢下，他們置大片領土於不顧，接受了停火條件，暫時忍受戰敗之辱，以堅定復仇決心，政治上實行聯合，經濟上求得發展，軍事上不斷強大，自強不息，忍辱奮鬥。六年以後，果斷地向以色列發動攻擊，一舉突破了巴列夫防線，粉碎了以色列不可戰勝的神話，奪回了大片失地，洗清了以前的恥辱。

大凡有心計的政治家，都知道釋疑避讒，必須講究藝術，而不能直來直去地分辨。在事業上，老黃牛的實幹精神是必要的，但是不能只埋頭拉車，不抬頭看路。只有時刻提防來自四面八方的讒言，消除來自頂頭上司的顧忌，才能保證勞而有功，這也是一種與領導相處的智謀。

## 王戎巧避禍

王戎是西晉竹林七賢之一，他的本家弟弟王敦名聲很高，但王戎卻十分厭惡他。每逢王敦來找他時，王戎都常常以病推託，不肯相見。孫秀在琅琊做郡官時，曾要求王戎的另一個弟弟王衍為他撰寫評頌品德的文章，王衍本不同意，王戎便勸他盡力去寫。等到後來孫秀得志，凡從前與他不合及反對他的人都遭殺戮，而王戎和王衍卻得到孫秀的重賞和幫助。王戎是十分厭惡名聲的才子，但他卻善於借他人希求虛名的心理，排除自己要遭到的禍患，由此可知王衍不如王戎啊！

無欲則剛。無欲不是指一點欲望都沒有，像個木頭人或者與世隔絕，而是說沒有過分的欲望──貪欲。沒有貪欲，就可以做到「軟硬不吃」，堅持自己做人的原則，至大則剛。

而一旦有了貪欲，不是「吃人家的嘴軟，拿人家的手軟」，就是「英雄難過美人關」。在「沒有金錢是萬萬不能的」這樣一個時代，貪污腐敗是社會的一大公害，其根源和背景固然是相當複雜，但從貪污腐敗的個體來說，則無一不是因為欲壑難填而造成的。無論你職位再高，資歷再老，一旦陷入貪得無厭的欲望之中，就會成為金錢和物質的奴隸，陷入萬劫不復的深淵之中，聲敗名裂，還有什麼剛毅可言呢？

## 阮籍借醉避難

魏晉之時，天下多事，以致於名士們也少有保全自己而不受損害的。阮籍是竹林七賢之一，他常常酗酒託志，拒不參與世間事。司馬昭早些時候想為兒子司馬炎向阮籍的女兒求婚，可阮籍喝酒一醉就是六十天。司馬昭面對終日不醒的阮籍，沒法兒與他對話，只好甘休。鍾會曾多次訪問阮籍，請他談對國事的看法，並想以其態度立場來定他的罪，可阮籍喝得酩酊大醉，鍾會無法同他說話，阮籍也因此免去一場災難。

智囊

　　這個故事是對「激將法」的一個「反動」，司馬懿能忍受侮辱，堅持到底，顯示出一個謀略家的卓越見地。兵法上說，不戰在我。也就是說，一旦遇到形勢於己不利的情況，戰與不戰的權利在自己手中，此時不是逞一時之勇，而是應牢牢掌握戰爭的主動權。一個成功的英雄應能屈能伸，能剛能柔，要能夠——「卒然臨之而不驚，無故加之而不怒」，這才是真正的英雄本色。

## 郭德成巧拒黃金

　　明洪武年間，郭德成當了驍騎指揮。有一天，他到皇宮中去，明太祖拿兩錠黃金塞到他袖中，並對他說：「回去以後不要告訴別人。」郭德成恭敬地答應了，於是將黃金裝在靴筒裏。等他出宮時，假裝醉酒，脫靴時故意露出黃金，守門的人向上報告，皇帝說：「這是我賞賜給他的。」有人責備郭德成，郭德成說：「宮廷之內如此嚴密，藏著金子出去，別人豈不是說你偷的嗎?況且我妹妹在宮內服侍皇上，我經常出入，怎麼知道皇上是否以此試探我呢?」眾人都很佩服郭德成的看法。

智囊

　　忍辱負重是考驗一個人是否能擔當重任的重要方法，孟子曾說過，天將降大任給某個人必定會讓這個人先經歷各種磨難，增加以前所沒有的本事，然後才可能會成功。但如今很多人由於

受不了壓在身上的重擔而自己放棄了成功的目標，這就是成功的人為什麼總是少數的原因。

········································································

# 郭崇韜、趙普巧拒賄賂

　　五代後唐時，郭崇韜十分廉潔，自從到了洛陽後，他開始接受各方面的賄賂和饋贈。這時他的老朋友和子弟中有人勸告他，郭崇韜說：「我身兼宰相和將軍的高位，皇上賞賜的俸祿有多少萬，難道還缺少這些東西嗎？現在藩鎮諸侯多數是梁朝的舊將，都是對皇上有舊怨的人，如果我拒絕他們的饋贈，豈不是讓他們產生疑心和害怕嗎？」

　　第二年，天子在南郊祭祀，郭崇韜將所得財物全部捐獻給朝廷，作為賞賜之用。

　　南唐主送給北宋相國趙普五萬兩銀子，趙普將此事告訴宋太祖。宋太祖說：「這不能不收，但要寫信答謝，同時稍微賞賜他們派來的使者就可以了。」趙普告辭時，宋太祖又說：「大國的禮節不能自行削弱，應當讓他們無法揣測。」等到南唐主的弟弟李從善來朝廷時，太祖除了平常應賞賜的之外，又祕密送給他白金，恰好與當時南唐王送給趙普的一樣多。這使南唐君臣都感到震驚，對宋太祖的弘宏氣度深為折服。

　　對賄賂和饋贈來說，沒有應接受的道理，然而廉潔之士有時可以開始接受而最終辭退，英明之主也可以教其臣接受，這全要看他接受之後的作用如何。此處便能見到英雄的權術及策略。夏商周三代以下的將相，大多是運用權術和策略的雄才呵！

　　你不可能把什麼東西都贈送給所有的人，給予和拒絕是同等重要的，對於發號施令者來說尤其這樣，問題的關鍵在於如何拒絕，才不致讓對方起反感。

　　有的人的拒絕比另外一些人的許諾還要寶貴：有時鍍金的「不」字比朝廷的許諾還要使人滿意。有許多人總是把「不」字掛在嘴邊，結果把事情弄得一團糟。他們可能事後會作出讓步，但別人不會對他們抱有好感，因為他們一開頭就叫人掃興。

　　要回絕別人不要回絕得太死，要讓人們點點滴滴地感受到他們的失望，絕不要一回絕就徹底回絕，那樣一來，人們就不再指望你了。應該總是留一點希望的餘地，使得拒絕帶來的痛苦略增甜味。即使取消了從前的實惠，也要做得很有禮貌，縱然沒有行動上的補償，也不妨用口惠來充數。

　　「可」與「否」說起來很簡短，可要說得妥當，可真是叫人煞費苦心。

# 第十四卷
## 去顯用隱的智囊

璞玉形似石子，其實為玉；以鐏為利刃，實際上用的是鐏；世上聰明人，去掉其明顯，使用其隱蔽；管仲曾有言：「凡事可以隱晦。」因此，輯有《去顯用隱的智囊》。

## 周武王徵糧

周武王下令徵調百姓赴重泉戍守，同時又說：「凡百姓捐穀一百鼓糧食的人，就可以免服兵役。」百姓為求免役，紛紛捐出家中所有積穀，以免被徵兵參加重泉之戰。國家由此得到的糧食比原來增長了二十倍。

假設一個戰爭名目，利用老百姓害怕戰爭的心理，從而獲得糧食。如果說這種方法是解決國家缺糧的權宜之術，那麼作為聖王的周武王以權術來愚弄百姓是很不應該的。

《韓非子》記載：商湯王放走了桀是為了自立為王，但他又怕人說貪婪，就讓給了務光，又怕務光真的接受，便派人告訴務光：「湯弒殺他的君主，卻想將弒君的罪名嫁禍給你。」務光思前想後，左右為難，就投河自盡了。

另外，文王資助費仲，讓他遊說於紂王的身邊，離間紂王與大臣的關係。這就是孟子所說的——「好事者可以製造出種種事端，沒有固定不變的方法。」

智囊

馮玉祥是中國近代的愛國將領。在他任陸軍檢閱使駐北平南

苑時，一次宴請各國公使。他在門上懸掛了各國國旗，惟獨沒有日本國旗。日本公使大為不悅。

「為什麼會是這樣？」日方質問馮玉祥。

「是這樣的，」馮玉祥不慌不忙地說：「自貴國提出二十一條後，敝國人們一直抵制日貨，所以貴國國旗實在無處購買。真對不住！鄙意如果貴國取消二十一條，即可購買懸掛貴國國旗了。」

馮玉祥故意不在門上懸掛日本國旗，製造出「全民抵制日貨，以至於日本國旗無處購買」的假象，對對方進行心理干擾，逼迫對方取消「二十一條」之不平等條約。

求人辦事，實施草木皆兵術時，最關鍵的一步是製造假象，讓這一假象與對方原有預測或心理承受力有較大的距離，以致對方一時無法適應，神經過敏，達到似乎不辦此事就要處處受驚的心理狀態，從而在精神上先戰勝對方。

## 桓公服紫

齊桓公喜歡穿紫色衣服，於是全國上下爭相仿效，都穿紫色衣服。在當時，五匹白絹換不了一匹紫布。於是，齊桓公對此情景非常擔憂，對管仲說：「我喜好穿紫色的衣服，紫布貴得厲害，全國百姓都好穿紫色的衣服，這一現象制止不住，我該怎麼辦？」管仲回答說：「大王如想制止這一現象，何不從你試試不穿紫色衣服開始呢？請你對手下人說：『我非常討厭染成紫色衣服的味道。』在這時，如果剛好有穿著紫色衣服而進見的侍臣，您一定要說：『稍微退後一點兒，我討厭聞到紫色的氣味。』」桓公說：「好吧！」於是桓公就照管仲說的辦了。在當天，宮中侍臣就沒有誰穿紫色衣服了；第二天，國都中就沒有人穿紫色衣

服了；沒過幾天，全國就無人穿紫色衣服了。

 智囊

俗話說「上樑不正下樑歪」，講的是上行下效的效果。「上樑」指的是上層、是頭腦、是領導；「下樑」指的是下層、是基礎、是群眾。論廉政勤政，人們說：「其身正，不令則行；其身不正，雖令不從」；又云：「村看村，戶看戶，群眾看幹部」。

古代楚靈王喜歡細腰的女人，結果全國女子都爭相效仿，拼命節食，減肥束腰，因而造成了「楚王好細腰，國人多餓死」的悲慘局面。在戰爭年代，一支軍隊，儘管是兵強馬壯，設備精良，但一旦群龍無首，則會一潰千里。這麼看來，「上樑不正下樑歪」是很有道理的。

在實際工作中，如果沒有群眾基礎，不是從群眾中來，而靠「領導者推動」和精神力量的感召，且不說力量微弱，就是實行起來也是一種被動的關係。所謂推一下動一下，做一天和尚撞一天鐘。而我們從歷史教訓中也可看出，之所以出現一些重大的失誤，是因為不是「從群眾中來」、從基礎中來、從實際中來而導致的。因此，我們主要是要把基礎打好，建立健全的群眾基礎和遴選機制，反映民聲民願、規範約束監督；健全穩固法律、制度基礎，保證上下同歸，依法治國。這才是我們穩定和發展的關鍵。基礎打好了，官剛正、士能為、兵則強、國則立。

「上樑不正下樑歪」這一諺語，反映的其實是一種「空中樓閣」、上下脫節的現象。因此，要求上樑之穩之健，則須從基礎抓起。只有以基礎之正、之穩，才能求得「上樑」之穩、之正。「下樑正」，則「上樑」自正。

反過來說，如果上樑正了，下樑自然也結實挺直。齊桓公的

做法不啻給大家一個警惕，一味地模仿討好國君的愛好並不都是正確的。

## 齊桓公散穀與收穀

有段時間，國中大夫只顧積斂家財，不願踴躍捐輸；囤積米糧任穀粟腐爛，卻不願開倉救民，齊桓公非常煩惱，於是就向管仲詢問如何解決這個問題。

管仲說：「請您下令召城陽大夫來質問。」

桓公問：「這是為什麼？」

管仲說：「城陽大夫府中的寵姬，個個身穿細葛布做成的華貴衣裳；所養的鵝鶩吃的都是上好的穀粟；日日笙歌夜夜舞樹。他的族人卻吃不飽穿不暖，所以大王只要對他說：『你口口聲聲說要對寡人盡忠，卻連你自己族人的生活都不顧，能相信你會盡忠寡人嗎？從今天起，寡人不要再見到你！』」

齊桓公聽後就召來城陽大夫，摘了他的官帽，命令封閉他的大門，不得隨意出走。有功受封的官宦之家見此情景後，立即爭先恐後發放積存的糧食，送給遠親近鄰。還有的功臣之家廣納城中貧病、孤苦和不能自力救濟的窮人，分給他們救濟糧。從此後，國中沒有饑餓的百姓。這種方法就叫繆數吧，不但挫了城陽大夫寵臣的驕氣，又能使大臣們散家財救助百姓。管仲短短幾句話，卻對齊國大大有幫助。

糧食價格下跌了，齊桓公深恐餘糧流到其他諸侯國，想為本國百姓貯藏些糧食，又來向管仲問計策。管仲說：「今天我從集市上路過，見到新建成的兩家大糧倉，請您以璧玉來招聘他們當官。」齊桓公聽完管仲的話，明白了其中道理。於是以貯糧有功的名義聘兩家主人出來做官。

國中百姓得知，紛紛建造糧倉仿效，每家都藏了盡可能多的糧食。

　　周文王修築靈台，埋葬枯乾的亂崗人骨，使得六州人民都情願歸順於他。句踐利用怒蛙的鳴叫，來激勵越軍的士氣。燕昭王拿重金買死了的千里馬，各路人才知其愛才，紛紛前去投靠。齊桓公聘用糧庫主人為官從而使國中各處冒出糧倉頂。雖然誠意與偽心很不相同，但幾個事例都是以小見大，作用和道理是一樣的。

智囊

　　真正的方法是在智慧中產生的，只有通過適當的方法，智慧才能發揮無比巨大的功用。沒有智慧而只強調方法，於事無益，只是一場鬧劇罷了！只有智慧而沒有方法，則像駕車行船的人，在廣闊的草原或海洋，一切好像得心應手，但一遇於大風大浪或羊腸小徑，就會束手無策。尺蠖的縮身，蜂用刺刺人，麝的肚臍噴香，蟒蛇的蛻皮再生，都是動物生存的方法。動物且有這些本能，何況人呢？

　　相傳老子出關，化為胡人；仲雍南入蠻，斷紋身。重物質的人以為這是聖人的智慧也有行不通的時候；但智慧的人都能了解，聖人做這些權變的方法，無不來自真正的智慧。有時婉轉而不直行，稱之為「委蛇」；有時暫時隱匿不顯，稱之為「繆數」；有時詭譎而不失原則，稱之為「權奇」。若不懂婉轉，不懂隱匿，不懂詭譎，將會被環伺在外的災禍加害。智慧的人，怎可不知運用智慧的方法呢？

　　管仲根據不同的情況，採取不同的策略，散穀與收穀，在不同的場景中運用得恰到好處。管仲短短幾句話，建議散穀，不但

挫了城陽大夫寵臣的驕氣，而且能使大臣們散家財救助百姓，對齊國大大有幫助。又是短短的幾句話，建議收穀，既有效防止餘糧流到其他諸侯國，又為本國百姓貯藏些糧食。這裏運用的方法被稱為繆數法。

## 丞相賣絹

　　東晉的王丞相善於管理國家之事。晉室剛剛渡江到南京時，國庫空竭，沒有銀錢，只有幾千軸絲絹。王丞相同諸位賢臣一同用白色的絲絹縫製單衣穿在身上。一時間，官員和讀書人都比著要做這種衣服，於是絲絹銀價很快就貴起來。王丞相此時令管事人把絲絹賣掉，每軸能賣到一兩銀子。這件事正好同齊桓公討厭紫色相對照。

　　謝安的一個同鄉被罷官後去拜訪謝安，謝安問他回家的錢籌好了沒有，他答：「我只有五萬把蒲扇。」謝安從眾扇中取出一把自己用，不久傳了出去，讀書人和一般老百姓都爭著去買蒲扇，扇子的價格很快漲了幾倍。這也是王丞相用過的機智。

智囊

　　法國把馬鈴薯從美洲引進後一直得不到推廣。

　　有人說它是「魔鬼的蘋果」，吃了會傷害身體，有人說它是「土地殺手」，種上會使土壤變得貧瘠……各種各樣的錯誤說法層出不窮。

　　著名的法國農學家安端·帕爾曼切想出了一個絕妙的辦法：在一塊眾所皆知的低產田栽培馬鈴薯，然後，請求國王派一

支荷槍實彈、全副武裝的軍隊，來看守這塊馬鈴薯地。

人們互相打聽著，猜測著，然後趁著士兵在深夜「疏忽大意」的時候，來偷挖「專供皇室食用的『天果』」，並把它們栽種到自己的菜園裏去了。

原本無人問津的馬鈴薯，就這樣被迅速地推廣開來。

白白送人的東西往往一文不值，千金難求的東西往往價值連城。馬鈴薯剛被法國引進後，白白送人都沒人要，反而招來一片非議聲；等到被士兵「嚴防把守」後，人們反而冒著「生命危險」去偷偷地挖來栽種。可見，這人都有多麼「賤」啊！

自抬身價，也叫打腫臉充胖子，就是在求人辦事時，當自身力量確實不夠用時，不惜餘力地將所有的「資本」都集中在一個點上，讓對方從你這一點上的強大，對你的整體實力產生錯誤的評估，或者給自己所求之事找一個冠冕堂皇的理由，讓對方不敢也無法做出拒絕。

---

# 東方朔智勸漢武帝

漢武帝迷信方術之士，並讓這些人去尋找長生不老之藥。

東方朔求見武帝之後說：「您讓人尋找的是自然之中的藥，這些藥物是不能使人長生不老的，唯獨天上的藥才能使人長生不老。」

武帝說：「可是，天怎麼上得去呢?」

東方朔說：「我可以上天啊！」

武帝雖不全信，但也希望是真的，於是立即派他上天取藥。東方朔辭去，剛走出門又回頭說：「我說我能夠上天，陛下您也許不信，您可以派人跟著我去作證。」武帝就派了一名方士跟他同去，約好三十天為期。

豈知東方朔回家之後，天天飲酒赴宴，似乎忘記了上天這麼回事。隨行的方士多次催促，東方朔每次都胸有成竹地說：「放心吧，不久後就會有神仙來迎接我的。」

一天，方士和東方朔都在睡覺，東方朔醒來後對方士說：「我喊了你那麼久，你怎麼不答應？好在你沒誤了看我上天的機會，現在我已經從天上回來了！」

方士不信，向武帝報告了這件事情的經過。漢武帝要辦東方朔的欺君之罪，東方朔哭著說：「我這是第二次要死了！」

漢武帝問他到底是怎麼回事？東方朔回答說：「玉皇大帝問我天底下的老百姓穿什麼衣服？我說用蟲子製的衣服。玉皇大帝又問是什麼樣的蟲子，我說這蟲子嘴毛乎乎的像馬，顏色黃乎乎的像虎。天神大怒，認為我說假話，便派使臣到人間探問，使臣回來報告天神確有此事。有這種蟲子，名叫『蠶』。這樣，天神才轉怒為喜，免我不死。如今您如果認為我是在欺騙您，那就派人上天去問問吧！」

漢武帝聽了哈哈大笑，說：「你們齊人就是狡詐，你原來是想讓我不再重用方士呀！」武帝聽從了東方朔的建議，從此辭退了所有的方士。

 智囊

為了制止漢武帝相信方士的愚昧行為，東方朔「以身試法」地做了一回方士，然後「演繹」了方士騙人的伎倆，東方朔直說不一定能勸得動武帝，然而這樣委婉地勸說起到了非常好的效果。雖然東方朔被武帝說是「狡詐」，但最後還是聽從了他的勸告，不再重用方士。

現實生活中，我們也會遇到一些不宜直說的情況，這時候打

一個比方或者講一個故事，讓對方從中主動明白我們要說的道理，成果往往更加明顯，這樣不會傷害他的感情，而且也達到了勸諷的目的。

## 張良的按嗣計

漢高祖劉邦想廢掉太子孝惠王，立戚夫人的兒子趙王如意為太子，許多大臣向他進諫，認為廢長立幼不僅有違傳統，而且容易引發內廷動亂。但是劉邦主意已定，很難改變。在整個事件過程中，最為焦急和憂慮的莫過於孝惠王的生母呂后，可惜她一時束手無策，只能讓呂澤去請留侯張良出主意。張良說：「這是難以用口舌爭得勝利的。皇上有四個召不來的人，這四個人已經很老了。因為皇上待人輕慢無禮，他們逃入山中，不願做漢朝的臣子，但是皇上認為這四人不愛名利，很是高尚。主上想招而不可得，常常耿耿於懷。太子如果能夠得到此四人輔助，或許會受益良多。」

呂后於是讓呂澤持太子親筆信，用卑謙的言詞再三請求，把他們請入宮來。

漢十二年時，劉邦得病很重了，這時他更迫切要換太子。叔孫太傅向他談古說今，借機拼死相爭，皇上假裝同意了他的意見，而實際上還是想換太子。一次宮中舉行宴會，太子親自為四老斟酒，四老年紀都已八十歲以上，眉鬚雪白，衣著瀟灑，神姿偉岸。劉邦奇怪地問他們是什麼人，四位老人走上前各報自己姓名，原來是東園公、角里先生、綺里秀和夏黃公。皇上大為吃驚地說：「我找你們好幾年，你們躲開不肯出山。今日為何自動跟隨我兒呢？」

四人齊聲說道：「陛下您輕視士者，喜歡罵人，喜怒無常，

我們義不受辱。聽說太子仁慈孝順，愛賢護才，天下有才之士沒有不翹首以盼，想為太子效命的。所以臣等也來了。」

劉邦見此四人都願意破誓輔助漢廷，以為太子羽翼日豐，地位牢不可破，廢之不明智，從此打消了改立太子的念頭。

叔孫通在高祖面前，左一句會折壽，右一句福祚薄，再舉古今歷史上更換太子不祥的史實為佐證，想勸說高祖改變廢黜太子的心意。唉，想那漢高祖是多麼聰明的人，何須叔孫通舉古今例證，才知道不可輕易廢太子呢！舉古今例證，必定會提到某君聖明，所以天下大治；某君昏聵，所以天下大亂。高祖時代天下治亂的徵兆未顯，就已斷定高祖昏聵而非聖明，有誰會甘心承認自己是昏君呢？這就是叔孫通太拘泥儒家教訓，致使諫言反而不為高祖所接納。商山四皓都願意為太子效命，那天下人莫不爭相為太子犧牲，因此日後治亂的端倪，已清楚地顯現在高祖心中。既然要為漢室千年天下著想，高祖還能顧及私情成全趙王母子嗎？

弇州懷疑到漢朝廷上的四皓，認為他們並不是商山上的四位老人，果真如此，即使不說張良犯的欺君之罪，就說高祖，他的眼睛未免太昏花了吧？這是一個道義問題。商山四皓既然能為義堅持不為高祖臣，也就能為義推辭太子的招撫。

還有一種傳說，說張良練功辟穀後，跟從四皓到商山修仙去了，那麼四皓與張良當然是一類的人，想來他們已默契相合很久了。假使張良不出來輔佐漢朝，那麼四皓之中也必定會有人出來，他們不是要隱匿在山中直到老死。太子定位後，漢朝的宗社也就牢固了，此後，張良報效漢朝的心願可以告終，到商山隱居的志向也可以得到滿足。由此可說，四皓不獨為太子來，也是為張良而來的。啊！千古之高士，豈是凡胎俗子的書生們能用規尺衡量出來的嗎？

張良的按嗣計就是我們通常所說的「隔山震虎」。這是一種典型的迂迴策略，當正面交鋒或者直接陳述行之無效的時候，我們就要轉變方向，抓住對方的特徵或者弱點，從側面入手，或借力使力，或旁敲側擊，以達到最初的目的。

張良成功勸諫高祖擁護太子的關鍵在於他並沒有明確地說對與錯，而是本著──「曉以大義，明以利害，動以感情，待以誠意」的態度來勸諫，使得高祖心悅誠服擁護太子的同時，也認識到了自己的錯誤。

舉凡做事，皆要明白是非善惡、曉明利害關係，不以私利為出發點就是行義。作為純正，處處公道，不作私弊，就是義行。君子一舉一動若能合於天理，順乎倫常就是一位義人。義人就是美善之人，吉祥之人。願我們相互勉勵，個個皆成為義人。

當我們對某些問題難以解決的時候，不妨想想是不是我們的思路該稍作改變，是不是能從側面入手達到目的。就如同前面有大河擋路，我們不必費盡心思填平它，搭座橋或者找隻渡船更為明智。

## 梁文康明以利害

明正德年間，秦藩請求加封陝邊地。朱寧、江彬等人因接收了賄賂，就答應了秦藩的要求。皇上催促大學士起草一個加封的詔令，楊廷和蔣冕感到很為難，他們曉得這個詔令要帶來後患，可若不起草，又怕違背了皇帝的命令，於是假稱有病，不去上朝。

此時只有梁文康受命起草，詔書寫道：「從前太祖曾留有遺詔，這一帶土地不可賞賜藩王。這並非出於吝嗇，而是考慮到廣大豐饒的土地賜予藩王后，藩王一定會養士飼馬，一定會因為富庶而驕狂。如果此時受到奸人挑撥，圖謀不軌，就會對社稷不利。現在朝廷接受秦王的懇求，把這邊地加封秦王，但願秦王得到這塊土地之後，不要在此收聚奸人，不要在此多養士卒馬匹，不要聽信壞人挑撥，圖謀不軌，擾亂邊境，危及社稷的安全。到那時朝廷即使念著血緣之親，恐怕也難保你活命。秦王一定要慎思而行。」

武宗看了這篇敕令的草稿後非常驚訝，這時才知道賜封邊地的嚴重性，於是斷然收回成命，取消加封。

面對英明的君主，不可用一般是非的道理來糾正錯誤，但未嘗不可明以利害關係來改變其原來的志向。這同張良招來四皓，改變高祖另立太子的想法是一個道理。

 智囊

明以利害法就是講清楚利害兩個方面及其相互關係的方法。對英明的君主，不可用一般是非的道理來糾正錯誤，但未嘗不可明以利害關係來改變其原來的志向。

運用明以利害法，可以使思想政治教育課的講授取得良好的效果。在一個內容的講授開始時，首先向學生明確利害，就會引起學生的警覺，使課堂講授產生強烈的吸引力。在闡述一個道理的時候，向學生講清懂得這個道理的利害關係，會使學生重視對這個道理的理解。在講授行為要求時，向學生明確這樣做或那樣做的利和害，會激發學生產生採取正確行為的緊迫感，從而幫助他們按思想政治教育課的要求，去規範自己的行為。

利害體現在兩個方面，一方面是有利或有害於大學生個人，另一方面是有利或有害於他人和集體。運用明以利害法，必須注意這兩個方面及其相互關係。首先，明以利害要從個人利害講起。因為個人的利害同個人的生存發展的關係最為密切。從個人的利害講起，最能引起與大學生思想的共鳴。其次，明以利害必須講到對集體和他人的利害。因為個人總是與集體、他人相聯繫的，作為大學生必須樹立關心集體和他人利益的思想，具有高層次的思想覺悟。第三，明以利害要著重講清個人的利害與集體的利害關係，使學生懂得集體利益是個人利益的源泉和保證，從而使學生在思想和行動上把個人利益和集體利益正確地結合起來。明以利害絕不是抽象地講解個人利益與集體利益的關係，而是結合思想政治教育課的具體內容和大學生的實際，全面而具體地講授個人利益、集體利益及其相互關係。

## 明太祖畫圖

明太祖朱元璋有次召畫工周玄素，命他在殿壁畫一幅「天下江山圖」。周玄素啟奏道：「臣不曾遊遍九州，不敢奉詔。懇請陛下先勾勒草圖，臣再修改潤色。」

太祖聽了立即拿起畫筆，不一會兒工夫就完成草圖，於是太祖命周玄素修飾。周玄素奏道：「陛下江山已經確定，臣豈敢擅自更動？」太祖聽了，不覺微笑點頭。

 智囊

周玄素如果舉筆畫圖，萬一不合太祖心意，或許就會因此遭

遇不測，周玄素真是個善於避禍的人。因為在古代，對皇帝下達的這個任務，只要有一筆不中皇帝之意，就有可能招來殺身之禍。所以，周玄素只有採取迴避矛盾的辦法。

迴避矛盾往往可以解決一些尷尬困難的事情。在與人交往的時候，要懂得含蓄和迴避矛盾。知道什麼問題最好不回答，如何巧妙地拒絕回答，也是一種智慧。

## 郭元振親自弔唁酋長

唐朝大將郭元振升任驍衛將軍、安西大都戶時，負責管轄唐朝西部的大片土地，這個地區是少數民族聚居的地方，由於漢族人們和少數民族人民的風俗習慣不同，所以不容易管理。其中，也有些開明的少數民族首領願意與漢人交往，學習他們的先進生產技術，服從唐朝政府統一管理。

在西突厥各部落中，以烏質勒為酋長的部落最為強大，但是他們願意與唐朝中央政府和睦相處，於是就派人給唐朝中央政府送去表示友好的文書，希望成為朝廷的一份子，並提出了一些條件，比如援助他們糧食、種子、食鹽一類的要求，希望唐朝政府能夠派使者來商談。自古以來，少數民族和漢族政權就一直處於分分合合的狀態之中，現在西突厥這麼大的一個部落願意與朝廷交好，唐朝皇帝十分重視這件事情，於是就決定派郭元振作為使者到烏質勒的部落去談判。

郭元振接受了朝廷的重任，帶著浩浩蕩蕩的使者隊伍前往西部。一路上他們經過多少山川、河流、荒漠，經過了幾十天的艱苦行程，終於到了西突厥烏質勒的部落。郭元振的隊伍從朝廷出發的時候，還是春意盎然的春天，可是，等到到了突厥，這裏已經下起了皚皚白雪。這裏氣候惡劣，風雪交加，海拔更高，中原

的人到這裏很不適應，郭元振的士兵們很多都生了病。

可是，郭元振絲毫也不敢懈怠，他知道此次他的任務重大，所以到了突厥來不及休息，就和烏質勒會談。他們站在厚厚的白雪之中，足足談了一天，郭元振凍得全身都變僵硬了。而年老體弱的烏質勒首領雖然穿著厚厚的皮衣，但是由於他體力不支，再加上天寒地凍，這麼長時間的談判，使他受不了，會談結束的當天晚上，他就死了。

烏質勒的兒子婆葛對父親的死很是氣惱，他開始以為是郭元振用計故意殺害了自己的父親。於是就立刻召集人馬，準備率兵前去襲擊郭元振的駐地。幸虧他的參謀勸他稍安毋躁，不如先派人暗中查看郭元振的情況再說。如果郭元振真的心裏有虧，定會連夜逃跑，到時候再抓他也不遲。郭元振的副使解琬聽說烏質勒死了，也擔心婆葛會來找麻煩，也勸郭元振乘著天黑趕快逃跑。郭元振卻並沒有聽從這些意見，堅持住在軍營裏，哪兒也不去。

第二天，郭元振穿著孝服到烏質勒的家裏去弔唁，並贈送了昂貴的禮品，放聲大哭，邊哭邊喊道：「烏質勒首領，你為什麼這麼快就離開我啊，我還要帶你去見皇上呢！嗚嗚……」似乎十分惋惜烏質勒的去世，而且他一連十幾天都來烏質勒的帳中哭泣，協助婆葛辦理喪事。婆葛被深深地感動了，特派遣使者反而向郭元振敬獻了五千匹良馬、二百匹駱駝和十多萬隻牛羊。

郭元振不但成功地避免了一次危機，反而為朝廷帶回了那麼多的貢品。

智囊

我們且不論是不是郭元振有意延長談判時間，使烏質勒受不了而死。單就他對烏質勒的死所表現的處變不驚，就值得我們每

個人學習。如果郭元振聽從副使的建議連夜逃跑，無疑就向對方證明自己有意陷害烏質勒，他不但不走，反而表現出十分惋惜烏質勒的死，並「真誠」地向對方表示自己的惋惜，從而感動對方，不但完成了朝廷的任務還為朝廷接受了那麼多貢品。

生活中，我們也要學習郭元振的處變不驚。遇到緊急情況不要慌了神，不知所措，這樣最容易犯錯誤，你要冷靜地分析情況，只有如此你才能制定出最好的解決辦法。

## 梅衡湘巧治逼債

少司馬梅衡湘初任官時，是固安縣縣令。固安縣多出宦官，因此並不把一個小小的縣令看在眼裏，經常故意刁難，梅公卻都能心平氣和地從容應對。

一次，有個顯貴拎著一些豬蹄來訪問梅少司馬，求他為自己討債。梅公烹豬蹄設酒宴款待這位顯貴，同時派人把負債的人召來，對他進行訓斥，負債者說因貧窮實在難以償還。梅公叱責他說：「貴人的債怎敢拖欠，今天一定償還，如果慢一點，那就死在刑杖下吧！」負債者哭泣著離去。

一旁觀看的宦官不免有些心軟，梅公察覺宦官態度軟化，再度把欠錢的縣民叫來，梅公皺著眉對他們說：「我也知道你們很窮，但是我實在出於無奈，現在為了償清債務，只有賣掉你們的妻兒來還錢，但我也不忍心讓你們骨肉驟然分離，所以特別再寬限一天，今夜就與妻子訣別吧，此生恐怕不能再相聚了。」縣民們聽了，忍不住痛哭失聲，宦官也不禁掉淚，當場打消討債的念頭，並且把借條都撕毀。

從此，這些顯宦人家要債時，都能寬厚地對待負債者了。

惻隱之心，人皆有之。況且，人之初，性本善，並不是所有有惻隱之心的人都沒有善心。梅衡湘善於觀察和分析，從百姓的切身利益出發，採取了這外剛內柔、明打實保的「苦肉計」，使顯貴於不知不覺中站在了窮人的立場來思考問題，將心比心，從寬對待負債者。

《易經·蒙》卦中說：人不自害，受害必真，假真真假，間以得行。童蒙之吉，順以巽也。意思是說人們一般不會自我傷害，遭受傷害，必然是真實情況；我以假作真，並使敵人信而不疑，離間計就可以實現了。抓住敵人「幼稚樸素」的心理進行欺弄，就能利用他的弱點達到目的。

「苦肉計」是通過自我傷害取信敵人，以便麻痺對方或進行間諜活動的謀略。施用迷惑敵人的手法，若違背人們分析判斷事物的習慣時，敵人就不容易一下子看透它的本質。不按「人之常性」行事，就如同水中看側影一樣，使對方得出與事物本質顛倒了的結論。這就是「苦肉計」成功的奧祕。

「苦肉計」的用法多種多樣，目的和形式也不盡相同。「周瑜打黃蓋，一個願打，一個願挨」，就是其中的一種。它的特點，在於利用「人不自害」的常理，做出必要的犧牲，達到欺騙敵人的目的。

這種謀略，在近代和現代的間諜戰中仍不少見。

## 寧越文武並用

齊國攻打廩丘，趙國派孔青率敢死隊去相救。孔青與齊人作

戰，大敗齊軍。齊國的將領戰死。孔青得車兩千輛，殺敵三萬之後，他將齊軍的三萬屍體埋了，築成兩座超級大墳墓。

寧越對孔青說：「可惜呀！不如把屍體還給齊國，作為內攻的手段，使齊國的戰車盔甲完全用於作戰，使齊國府庫的錢糧完全用於安葬。」

孔青說：「萬一齊人拒絕收屍，那該怎麼辦？」

寧越說：「那就罪上加罪了。戰而不勝，這是它的第一條罪狀；士兵出去了都未回來，這是它的第二條罪狀；還給它屍體，卻不來取，這是它的第三條罪狀。老百姓因為這三條罪狀將怨恨君主，無心盡忠，君主無法驅使百姓效力，這就叫二次進攻。」

寧越可以說是知道如何用文武的人呀！用武在於以力勝人，用文在於以德取人。

智囊

漢統治者改造了秦朝法律弊病，反對嚴刑峻罰，強調法律要「法令明具」，從而保留了法家的法治主張；同時又推行儒術，「為政在德，提倡禮信」，主張文武並用，德刑相濟。

文武並用的時代意義就是德才兼備，全面發展，理論與實際相結合，規劃美好人生，樹立積極態度。要想成為德才兼備的人才，需要勤奮學習，開拓思路，鑽研科學，提高技能，理論學習和實踐創新相結合，熱愛生活，熱愛勞動，陶冶情操。

近些年來，面對瞬息萬變、複雜多樣的現代生活，不少青年人逐漸喪失了支撐其生命活動的價值資源和意義歸宿，產生了身心分離的碎片感、疲憊感、宿命感。青年人要走出這種困境，就要超越自身的有限性，通過明確自己的人生目的、承擔自己的社會責任、豐富自己的人生體驗等創造性活動，賦予生命以無限的

意義。

而目前德育成效的不明顯，凸顯了德育教育模式還不能完全適應時代發展和青年特點，因此，在對青年特別是大學生的宣傳教育中，可以通過對「生命品質」、「完整人生」、「命運設計」、「人生的根本性」等問題的解讀，引導他們進行理性分析，幫助他們超越「感動」、「感慨」、「感性」的初級層面。

## 慎子的保國計謀

楚襄王為太子時，曾被當作人質送往齊國。楚懷王去世，太子向齊王請求回國繼承王位。齊閔王卻拒絕，故意刁難說：「你割讓東地五百里給寡人，就放你回楚國，否則不准你回去！」

太子說：「臣有一位師傅，請准許臣向他請教後再回覆大王。」

太傅慎子說：「把東邊的土地給齊，是為了你回國繼位，如果為了愛地不送，則對死去的父親而言，不義，臣認為可以答應獻地。」

太子去見齊王說：「按著您的要求，我敬獻五百里地。」

於是，齊王同意楚太子歸去。

太子歸楚後，即位為王。齊國派五十輛兵車來楚索取土地。楚王問慎子說：「齊使者來取東地，怎麼辦呢？」

慎子說：「君王您明日上朝時，讓大家都獻計。」

於是上柱國子良入見楚王，楚王說：「我能夠返回故國，執掌國家大權，是因為許給了齊國五百里土地。如今齊來取土地，怎麼辦呢？」

子良說：「您不能不給呀，您是金口玉言，已經答應把邊地獻給萬乘之強的齊國，如果不給就是不講信用，以後也難以締約

結盟於諸侯。我看，先給他地而後再向他進攻，給地是信，進攻用武也有理由，所以，還是先把地給他。」

子良退出，昭常入見楚王，楚王又問：「齊使來取東邊的五百里地，怎麼辦呢？」

昭常答：「萬乘之國是因為土地廣大才能稱為萬乘，現在我國去掉東邊五百里疆土，就等於割掉了一半的疆土。這樣就只不過有萬乘的稱號，而連千乘之用都沒有了。因此，臣認為堅決不能給地。我請求鎮守東邊的土地。」

昭常退出，景鯉入見楚王，王問：「齊使者來取東地五百里，你看這事該怎麼辦呢？」景鯉說：「不能給他們。不過，楚也難以獨自守住它。大王身為至尊，金口玉言，答應將地給強齊，如果不給，天下人會說不義。可是楚又無力獨守，臣請求西去求救於秦。」

景鯉出，慎子入。楚王把三位大夫的主張都講給慎子，說：「子良對我說：不能不獻東地，可以先獻，後以武力奪回。昭常說：不能獻地於齊，他請求鎮守東地。景鯉說：不能給齊地，但楚無力自守，應求救於秦。你看我用誰的辦法呢？」

「他們三人的意見都加以採納。」

楚王聽了非常不高興，說：「你這話是什麼意思？」

慎子回答說：「請大王聽臣說明，大王就會知道臣的話有道理。大王先撥子良戰車五十輛，派往北方向齊獻地五百里；子良出發的次日，再派昭常為大司馬鎮守東地；在派昭常的次日，另派景鯉率戰車五十輛西去秦國求救。」

楚王於是依計行事。

子良到了齊國。齊派武裝去接受東地，鎮守東地的昭常對齊使者說：「我奉命守東地，同東地共死生，我這五尺男兒，年齡六十，以及三十多萬的楚國士卒，雖然武器裝備不好，但願為守東地而獻身。」

齊王對子良說：「大夫您親自來獻地，又令昭常鎮守，這是怎麼回事？」

子良說：「臣親身受楚君的命令，昭常是假的，請大王進攻東地討伐昭常吧！」於是齊王興兵代東地，還沒有到楚國的疆界，秦國的五十萬兵就到了齊的邊界。秦帥右壤說：「齊阻止楚太子歸國，這是不仁；又要攻奪楚國的土地五百里，這是不義。如果退兵那就罷了，不然，我就要打了。」

齊王聽了大為驚恐，就請子良歸楚，又向秦派出使者，以解除齊的危難。楚未動一兵一卒，東地仍歸屬楚國。

智囊

圍繞著楚東地五百里的歸屬問題，慎子和其他大臣們的共同思想是，既不承負言而無信的罵名，又不交出東地五百里。為此，派上柱國子良到齊國轉交土地，以此證明楚王是守信用的。在此之前，先派昭常保衛這土地，他以大臣君保國的名義去做，既無損楚王的威望，又可保證土地的安全。這兩個計謀，實際上可成為第一方案的兩個方面。昭常自告奮勇地保衛東地，說明他保衛東地五百里不受外來侵犯，很有信心，再加上面對外敵侵略，楚軍上下都會產生強烈的民族情緒，殺敗齊軍，保住東地是可能的。但齊國兵強馬壯，人多勢眾，楚齊交戰，也可能楚敗於齊。為防止這一結局，便制定了應急方案，即求助於秦。慎子籌畫的這一方案，確實是很完美的。但後來事情的發展比預想的順利，齊楚還未交手，秦軍就到了，加速了整個方案的實現進程。

慎子為保住楚國地五百里的作法，可稱一絕，這不是兩手準備，而是多手準備，真是老謀深算，周到細密。客觀形勢的發展偶然性很大，並不是絕對確定、不可改變的，出人意料、瞬息萬

變也是常有的事。為此，我們辦事情、想主意，絕不能「一條道路走到黑」，活動方案應該有足夠的彈性，有多個可供選擇項，這樣，一旦形勢發生變化，便不會因為某一個方案失敗而一籌莫展，而是進退有路，應付自如。俗話說：「狡兔三窟，免去一死」，就是這個意思。慎子心術的高明之處，就在於此。

## 顏真卿未雨綢繆

唐朝時顏真卿為平原太守，正是安祿山權勢氣焰正盛時。

顏真卿藉口雨季即將來臨，不得不修城浚溝，暗中招募勇士、儲存米糧防備安祿山侵襲，表面上卻不動聲色，天天與書生喝酒作詩。安祿山派密探暗中監視顏真卿的舉動，見顏真卿只顧喝酒作詩，認為顏真卿不過一介書生，不足為慮。

不久安祿山果然造反，河東一帶完全陷入賊手，唯有平原郡因顏真卿早有防範而未陷落。

碰到小賊寇，只要虛張聲勢恫嚇一番就能退敵；遇到大賊寇，就必須有堅實的武力後盾才能與之對抗。本身沒有實力，卻虛張聲勢顯示自己武力，是為杜絕對方有蠢動的念頭；的確有實力而極力掩飾，表現出毫無防備，是為消除對方猜忌的心理。是虛是實，必須先要有深沉圓融的思慮，然後才能變通自如。其中的微妙之處，卻不是三言兩語就說得明白的。

智囊

如果讓你來選，你寧可選十次未雨綢繆都不會選一次亡羊補牢，如果讓你去做，你會做一次亡羊補牢就會想到未雨綢繆。

未雨綢繆和亡羊補牢都是一種思想，也是一種行動，前者是山雨欲來風滿樓，是一種成熟，是一種大氣，後者則是萬事俱備，不見東風，是一種局促，是一種傷害。

　　未雨綢繆是智慧的體現。古人講豫則立，不豫則廢，就是要我們做好未雨綢繆的工作。未雨綢繆要有與時間賽跑的精神，現代人生活節奏快，充滿了不穩定和不規律的因素；現代人生活忙，隨境而遷，生活工作分得開；現代人生活在喧囂的鬧市中，你來我往，奔來走去，淪為時間的奴僕，從來沒想過，時間啊，我要做你的主人。一個敢於與時間賽跑的人，他生活得很充實，充滿了激情，有勇氣未雨綢繆，所以他敢於勝利，從而善於勝利。一個會與時間賽跑的人，他是時間的主人，每天一份好心情，心靜如水，鬧中取靜，靜而生慧，他一定是個聰明人，善於未雨綢繆，善於從一個勝利走向另一個勝利。朋友當你處在憂困中時，你是否想到未雨綢繆了呢？

　　亡羊補牢也是一種智慧。古人失羊補牢，表面上，丟掉了幾隻羊是不小的損失，但得到的是一種方法，一種智慧。倘若亡羊者能正向遷移一下自己的智慧，推而廣之，觸類旁通，則是一種更大的智慧。我們今天非常羨慕那些風度翩翩的未雨綢繆者，往往忽視了亡了羊還要補牢，忽視了推而廣之，觸類旁通。更可怕的是，我們怎樣來看已亡的羊，也就是怎樣看待我們曾有的過失。

......................................................................

## 李允則治滄州

　　北宋時，滄州城北面有一個舊的甕城，刺史李允則想把甕城合進去，與大城合二為一。但因當時朝廷與遼人修好，恐怕合城的舉動會引發事端。

　　正巧北門外有一座東嶽祠，李允則於是出資黃金百兩，作為

鑄造香爐及其他供器的費用，祭典當日沿街鼓樂齊奏，信徒爭相獻金。李允則故意鬆懈防範，盜匪果真率眾劫財，這時李允則才重金懸賞，沿途張貼告示緊急追捕盜匪，但一連多日無所獲。

這時李允則又放出風聲，說土匪將要從北邊來，發文北界築城保護神祠，不到十天城牆就已築成。遼人雖知築城之事，但並不覺得有異，這座牆就是現今的雄州北門城。

三月三日，李允則讓大家在界河划船比賽，歡迎北方人隨便觀看，誰也沒想到他是在練水戰。州北有許多陷馬坑，城下原建有瞭望樓，可望十里之遠。自從此處罷兵後，人們都不敢登樓。李允則說：「遼邦既已同我們講和了，要這樓還有什麼用？」於是命令把哨樓拆掉，把陷馬坑填平，改為軍人的菜園。同時挖井修溝，開墾菜田，築建短牆縱橫其中，還種了棘荊，這塊地因此更加受阻難行。接著治理街坊小巷，把佛塔遷到北原上，百姓早晚登塔可以遠望州裏。李允則還不令，凡是有空地的都要種榆樹。久而久之，榆樹長滿塞下。李允則對臣僚們說：「現在這裏這麼多樹是步兵作戰的好地方，不利於騎兵作戰，敵人騎兵來了將無用武之地。種榆樹難道僅僅為了多些建築材料嗎？」

李允則毫無架子，不擺威嚴，他有時出外散步，遇到老百姓就坐下同他們談話，用這種方式了解民情。子猶說：「這就是像舜一樣的大智。現在的人把矜持傲慢當作威嚴，把剛愎自用當作果斷。這樣的人，就是富有千金也不能吸引一個謀士；就是有百萬人被他統治，也不能得到一個為他而死的人。這些人無事時像猴一樣戴上官帽，一遇到險情，則像老鼠一樣逃竄。」

智囊

任何事情，通常都不能用「好」「壞」二字來下一個過於簡

單和絕對的結論。正如「這世界上沒有絕對的好人,也沒有絕對的壞人」一樣。

衡量一件事情做得正確與否,歸根結柢要看「實踐」。實踐證明:在當時多擺幾個面孔是對的,那就是對的,反之就是錯的。而確保所做的事經得起實踐的檢驗,要學會的是:「一切從實際出發,具體問題具體分析。」擺什麼樣的面孔,擺在什麼時間,完全要看當時的情況,因為要做的事情是靈活多變的。

有的領導堅持只用一副面孔,說什麼「是就是,否就否」,這就將一切事物簡單化了。這實際上是標準的形而上學。因為世界上沒有絕對的事情,每個事物內部都包含著矛盾的兩個方面。老子說的「禍兮,福之所倚;福兮,禍之所伏」,也就是這個道理。也有的領導,面孔千變萬化,讓人莫名其妙,一會兒是「好,很好」,一會兒是「差,很差」。弄得公司職員畏首畏尾,什麼事情也不敢放心大膽地去做,各種工作拖拖拉拉,嚴重影響工作的效率。但歸根結柢,責任在於領導。該變時不變,不該變時亂變,這樣什麼事情都不能辦好。

總而言之,面孔的擺放,不是一成不變的,又不是毫無根據來回亂變的,領導不能當毫無原則的「千面人」,而要根據實際情況,靈活地加以運用,隨機應變,使得面孔的擺放恰到好處,不慍不火。

中國古人講:「萬變不離其宗」。這個「宗」就是指「合乎實際情況,合乎道理」。變是一定要變的,這個世界本來就是豐富多彩,千變萬化的。資訊時代,生活瞬息萬變,想單憑一張面孔就能應付所有的場合,無疑癡人說夢。

# 范仲淹救災

宋仁宗皇佑二年，吳中地區發生了大饑荒。當時范仲淹任浙西太守，他散發糧食，招募民工，多存糧餉，想出來的辦法都比較完備。吳中地區的百姓都喜好賽船，又喜歡做佛事，范仲淹就鼓勵老百姓舉行賽船比賽，而他自己在競渡的日子裏，大清早就出現在湖中的船上設宴觀賞。

從春天到夏天，吳中居民都出去遊樂，在水邊遊樂，街巷都是空蕩蕩的。范仲淹又召集各個佛寺的住持，提醒他們說：「災荒年景，工價十分便宜，可以大興土木，翻修佛寺。」於是所有佛寺都開工修建房屋。同時他又讓翻新新糧倉和官吏的住舍，每日僱用的勞力達一千人。這年浙東、浙西大鬧饑荒，民不聊生，只有杭州的百姓比較安樂。

《周禮》中關於救濟饑荒的條文說：「興建土木用來召集失業的人。」這話很有道理。然而他人不能辦到，能辦到的是范仲淹。大凡能來旅遊賽船的人，必定有足夠的旅資。遊者一人，而依靠遊人生存的，不知有幾十人呀！明萬曆年間，蘇州一帶有大災荒，於是蘇州管事者以災年要節約為由，禁止遊船招攬生意。大戶人家的孩子們都紛紛到寺廟裏辦宴席來消遣取樂，而遊船業數百人都因失業流離失所，不通時務者就是這樣糊塗！

 智囊

范仲淹是個聰明絕頂的政治家。他救災的辦法，按照時下的說法，不是「輸血」，而是「造血」。之所以這樣做，就是想發掘多餘的財物，讓窮人得到好處，讓那些有一技之長和靠力氣吃飯的人，都可以從公家和私家那裏做活以養活自己，而不至於餓

死街頭。

范仲淹的聰明，還在於他利用了每一點商機。現在商場鬥爭激烈，凡被淘汰的，除了自身的原因以外，抓不住商機也是非常重要的一個原因。只要善於尋找機會，商機是處處存在的。

......................................

## 蘇秦明疏暗親儀

蘇秦與張儀兩人曾經同學，都是鬼谷子先生門下學生。蘇秦雖說動六國君王同意締結合縱盟約以抗秦，但仍擔心秦國會搶先攻打諸侯，使盟約在還沒有締結前就遭破壞。正憂慮沒有可派遣去阻止秦國發動戰事的人時，聽說張儀落魄的窘狀，蘇秦就暗中派人指引張儀，勸他拜謁蘇秦，於是張儀來到趙國求見蘇秦。

蘇秦一面命門客不許為張儀引見，一面又暗中想盡各種法子使張儀繼續留在趙國。幾天後，蘇秦終於答應接見張儀，見了面卻讓他坐在堂下，賜他與僕妾同樣的食物，接著責備他說：「以你的才能，竟讓自己落得如此窮困潦倒的地步，憑我今天的地位，難道不能向各國君王推薦你，使你富貴顯達嗎？只是你實在不值得我收留罷了！」說完命張儀離開。

張儀除了大失所望外，也非常生氣，他盤算各諸侯中沒有一個值得他投效的，只有秦國能屈辱趙國，於是起程入秦。蘇秦一面向趙王稟告張儀入秦之事，一面派人暗中尾隨張儀，和他投宿同一客棧，慢慢接近他，並提供他車輛、馬匹及金錢，不久，張儀終於如願地見到秦惠王，秦惠王奉張儀為客卿，與他商議如何攻打諸侯。

這時那位幫助張儀的友人卻向他辭別。張儀說：「靠您的幫助，我才得以顯貴，現在正是我該報答您的時候，您為什麼要離我而去呢？」友人說：「並不是我能知遇你，而是蘇秦。蘇秦擔

心秦國攻打趙國會破壞合縱的盟約，認為非你不能掌握秦國政權，所以故意激起你奮發的心志，派我暗中資助你。現在你已得到秦王重用，我的任務已經完成，請讓我回去覆命。」

張儀聽完友人這番話，感歎地說：「唉，這都是我所學過的謀術，現在蘇先生應用在我身上，而我竟然一直沒有領悟到。我的才能實在不如蘇先生，現在我剛被任用，怎麼會圖謀攻打趙國呢？請您替我謝謝蘇先生，只要蘇先生在，我怎敢奢談攻趙，又怎麼有能力和他作對呢？」終蘇秦之世，張儀不敢圖謀攻趙。

宋高宗紹興年間，殿帥楊和王有位昔日在軍中結拜的兄弟，北代州的衛姓校尉前來拜見。楊和王初見他非常高興，命夫人出廳拜見，以兄長之禮待他，並頻頻詢問近況。兩天後，楊和王的態度突然變得疏遠，見衛校尉來，也只在外廳接見，衛校尉原本因楊和王位高權重，想請他為自己謀一官職，才由代州輾轉來此，見楊和王態度轉變，不免大失所望。

一眨眼半年過去了，衛校尉懷疑楊和王可能聽信他人讒言，想告辭回鄉，但又沒有機會面見楊和王。有人指點他在楊和王上朝回家途中，攔道呈上陳情書。楊和王看了陳情書，卻略而不提，只說：「你可以前往常州本府所屬的莊院支錢一百貫。」

衛校尉聽了更加不高興，但又無可奈何，因為如果能拿到這一百貫錢，就能有回鄉的旅費，只是不知道楊府的莊院究竟在哪裡。正在旅館中發愁時，遇到一位客人，自稱程副將，聽了他的遭遇，願意順道陪他去常州取錢，兩人於是同路前往常州。經過多日的相處，兩人交情日深。有一天，程副將說：「我想前往中原，你可願意隨我一同前往？」衛校尉欣然同意。

兩人輾轉來到代州，程副將表示想在此地創業，請衛校尉籌劃經營，於是購得良田千畝。過了一段時間，程副將對衛校尉說：「其實我根本無意住在此地，這一切都是楊相公的意思。當初楊相公怕你一時為貪圖眼前小利，而輕易離開故里，現今天下

太平，不是建戰功獲功名的好時機，所以派我一路追隨先生回鄉，並為你打點生活。」說完拿出銀票、契券，總值大約有一萬多緡，才黯然告別。

這事和蘇秦暗中資助張儀雷同。

蘇秦提倡合縱，張儀倡言連橫，並非一開始就各有這樣的主張。蘇秦當年遊說秦王未被重用，只有轉赴趙國，在不得已情況下想出合縱的計謀。張儀既然投效秦國，不提連橫就不能建功，這是必然之勢。

有人曾評論蘇秦，為什麼要失去像張儀這樣的人才，何不讓張儀也在六國中顯貴而成為自己得力的幫手，反而要刺激張儀投效秦國，給予張儀破壞合縱的籌碼？這難道不是非失算嗎？這實在是因世人不知，張儀要比蘇秦狡詐十倍，張儀必定不會甘心當蘇秦的一名屬下，屆時張儀一定不肯全力配合蘇秦的合縱政策。蘇秦大力資助張儀投效秦國，還能享有幾年張儀報知遇的恩情；如果兩人同為六國效命，蘇秦豈能有一天的安寧？蘇秦可說慮事審慎啊，就好比楊和王送老友回代北，並為他買田建宅，也許為的是有一天或許會有用到老友的地方。英雄做事，豈是如表面那般草率？

楊和王有位親信的吏卒，平日他對這名吏卒賞賜豐厚，一天楊和王毫無緣由地大發脾氣，把這名親信趕出府邸，這名吏卒根本不知自己到底犯了什麼錯，只有流著淚拜別。臨行前，楊和王對他說：「沒事不要來見我。」

吏卒突然領悟話中含義，回到家鄉後，花了大筆錢為兒子在府台謀一職位，沒多久，傳出御史大夫想上書論奏楊和王侵佔軍中水肥錢十多萬。吏卒的兒子將此事稟告父親，吏卒立即奔告楊和王，楊和王立即上書奏報，說明軍中有水肥錢若干，現存放某處，並強調這筆錢專供朝廷派用。沒隔幾天，御史果真上書告發，高宗拿出楊和王的奏書，結果御史因誣告獲罪而被免官，而

楊和王卻日漸受寵。看來他遣送拜兄回代北，或許也有這層用意。

蘇秦和張儀，他們都是鬼谷子的學生，都以口舌之辯遊說於六國之間，推行自己的主張，只是他們的政治主張和遊說風格不一樣，可以說是各有千秋。蘇秦主張六國「合縱」共同對付秦國，張儀則大施「連衡」之術，力勸六國西向事秦。蘇秦明疏暗親儀，用假像來刺激張儀，迷惑對方。

在人與人交往的過程中，你從前怎麼樣對待他人，他們也將會怎樣來對待你。沒有什麼人不需要得到他人的支援和幫助。那麼，人人都應該樂意支持和幫助所有自己能幫助的人。但是這種幫助形式有明顯易見的，有以後才被人們所理解的。「蘇秦明疏暗親儀，楊帥顯狠隱幫術」就屬於後者。蘇秦和楊帥的高明之處在於他們懂得欲得人助，必先助人的道理。

## 老吏救妓

洪武年間，駙馬都尉姓歐陽的某人，攜四名妓女飲酒作樂。事情發生後，官府緊急下達了逮捕妓女的命令，妓女被抓，則必死無疑。於是幾個妓女想毀壞自己的容貌，以求倖免於難。小官吏中一個老者聽說後，找到她們幾人說：「你們如果能給我千金，我能免你們一死。」妓女們立即預付五百金。老者說：「皇上位尊聖明，難道不知你們平素奢侈慣了？萬不可欺瞞官吏。應當和你們平日的打扮一樣，哭訴求饒，也許能得到皇上的寬

恕。」妓女問：「我們應該怎麼做呢？」老者繼續解釋：「你們必須沐浴得極其潔淨，然後用脂粉、香水修面潤身，令香氣透徹遠外，使肌膚嬌豔如凝脂。首飾衣服須用金寶錦繡，儘管是內衣衣裙，也要件件斟酌，不可有一寸粗布。務必極盡天下之華麗，能夠達到使人奪目蕩心、神驚志搖的程度才行。」妓女們又問在庭上說什麼？老者答：「你們不要說什麼，只須不停地哀呼就行了。」妓女們一一聽從。

等到見了皇上，皇上叱令她們自白罪狀，妓女們牢記老者的話，不發一言。皇上看看左右的人，說：「綁起了，殺了！」群妓就脫下衣服準備就綁。她們從外衣脫到內衣，一件件極為華麗燦爛耀目，珍珠首飾堆積滿地，照耀大庭，直到裸體，依舊華麗得奪人眼目，身段優美，膚肉如玉，奇香逼人。皇上也動了心，說：「這些小妮子，我見了也會被迷惑，那傢伙的行為可想而知了。」於是喝叱她們幾句，放還回家。

## 智囊

在這裏，老吏的計謀說穿了就是「美人計」，即教妓女們利用自身的優勢。「美人計」，語出《六韜・文伐》：「養其亂臣以迷之，進美女淫聲以惑之。」意思是，對於用軍事行動難以征服的敵方，要使用「糖衣炮彈」，先從思想意志上打敗敵方的將帥，使其內部喪失戰鬥力，然後再行攻取。利用這些方法來控制敵人，可以順利地保存自己。

此計早在春秋時代就已被晉獻公運用過。晉獻公準備討伐虞和虢兩國，便先給兩國國君贈送屈產的良刀，垂棘產的美玉，以及年輕的歌舞妓，以熒惑他們的意志，擾亂他們的政治。因此，美色是一種武器，常常能擊敗為之傾心的意志薄弱者；美色又是

一道護身符，常常能使美女們借此逢凶化吉，進行自救。究其原因，即「英雄難過美人關」。

在現代戰爭中，甚至政治爭鬥中，也不乏使用美人計的例子。現代美人計有強烈的現代色彩，多採用間諜的方式，利用金錢賄賂，利用美人誘惑，方式變化多端，不可喪失警惕。

# 二桃殺三士

齊景公時有三個勇士公孫捷、田開疆、古治子。他們三人都驍勇善戰，因而結拜為異姓兄弟，馳騁沙場，為國家立下了卓越的戰功。可是三個人後來仰仗著自己的功勞在朝廷上橫行無忌、驕奢無禮，全然不把其他的文臣武將放在眼裏，甚至對待主公也倨傲不敬，經常出言不遜。齊景公覺得他們是曾經為自己出生入死的股肱之臣，就對他們的無禮舉動睜一隻眼閉一隻眼了。大臣們看到主公都這樣禮讓他們，就更不敢有所冒犯。於是，他們三個人就更加目中無人、肆無忌憚起來。

齊國的丞相晏嬰以智謀聞名各國，是景公身邊出謀劃策的重要人物，深受齊國朝野上下敬重。唯獨公孫捷三人對晏嬰不以為然，稱其一介書生，不過巧言善辯而已！這話傳到晏嬰那裏，他只是笑笑，並不介意。還有一次，晏嬰下朝回府，車行至宮門就迎面碰到了公孫捷三人打獵回來，他們既不迴避，也不行禮，還搶先走過宮門。晏嬰的侍從們認為這簡直是傲慢至極，晏嬰卻只是一言不發，若有所思地命令回府。

不久，魯昭公來拜訪景公，景公要盛宴招待魯昭公，還命令滿朝文武前來陪侍。晏嬰走進大殿，無論是齊國的大臣還是魯國的賓客都紛紛行禮致敬，只有古治子三兄弟依然坐著說話，彷彿晏嬰是透明人一樣，大為失禮。

送走了魯國國君，晏嬰對齊景公說：「主公，我聽說明君手下的勇士，不單勇猛更要知義有禮。上有君臣之義，下有長幼之禮，內能除暴，外能抗敵。現在主公手下的三個勇士，雖然勇猛無人能比，卻上無君臣之義，下無長幼之禮，這樣下去恐怕內不能除暴，外不能抗敵，反倒成了國家禍亂的根源啊！我看該把他們除掉。」

　　齊景公不禁歎了口氣，說：「這些寡人不是沒有想過。只是這三人曾為國家立下蓋世功勳，寡人當真有些於心不忍；更何況這三個人是我齊國的第一勇士，既沒人抓得住，也沒人殺得了啊！」

　　晏嬰微微一笑，說：「這點主公大可放心，只要您下定決心，除掉他們不需要一兵一卒！」齊景公難以置信地看著晏嬰。晏嬰接著說：「您只要派人送兩個桃子給他們，就說給最勇敢的兩個人，就可以了。」齊景公將信將疑，就派了使者給三個人送去了魯昭公帶來的「成壽金桃」。

　　公孫捷一見使者送來兩顆桃子，立刻仰天長歎道：「晏嬰果然是個智者，一定是他出的主意，要滅我們兄弟啊。我雖然能看破他的陰謀，但如果不敢接受桃子，也算不上勇士了。」於是他對田開疆和古冶子說：「兄弟們，三個人兩顆桃，只好各擺功勞了。我陪主公出去打獵，第一次殺死一頭野豬，第二次殺死一頭老虎。我大概有資格吃一顆桃子吧？」於是他拿了一顆桃子。

　　田開疆頗不服氣說：「我曾經南征北戰，殺敵無數，威震諸侯，推舉主公為盟主，這樣的功勞大概更有資格吃一顆桃子吧？」於是他也拿了一顆桃子。

　　古冶子冷冷一笑，不緊不慢地說：「我曾經為主公駕著馬車渡河，一頭巨黿咬住了左邊那匹馬，把馬車拖向河心。我不會游泳，只好猛吸一口氣跳下馬車，在河底走了一百步，終於把巨黿殺死，救主公脫了險。難道我不比二位更有資格吃一顆桃子

嗎？」說著站起來拔出了劍。

公孫捷看著田開疆和古治子說：「我的勇敢不如你，功勞不如你，卻居功恃勇，毫不謙讓地拿了一顆桃子，真是是貪功的小人。但我不是懦夫，敢作敢當。」說完交出桃子，隨即拔出劍自殺了。

田開疆也一聲不響，只是把桃子扔在地上，也拔劍自殺。

古治子愣在當場，看著剛才還一起說笑的弟兄轉瞬間變成兩具屍體，他拿起兩顆桃子說：「我們三人本來親如兄弟，現在為了爭這兩顆桃子，你們兩人都被我逼得自殺了。我如果獨活，是不仁；我自吹自擂而羞辱勇士，是不義；悔恨自己做錯了事還不肯死，就是不勇。」然後就把兩顆桃子放在兩具屍身上，也舉劍自殺了。

使者回宮向齊景公報告了全部情況，齊景公也為之動容，既驚歎晏嬰的智謀，也可惜這三個居功自傲的勇士，就下令為他們厚葬。

智囊

「一箭雙鵰」，源自《北史‧長孫晟傳》：有人給長孫晟兩支箭，讓他把正在天上飛著搶肉的兩隻大鵰射下來。他騎馬趕去，兩隻鵰正糾纏在一起搏鬥，於是他挽弓一箭，就把他們穿在一起射下來了，正是「一發雙貫」的神射手！

之後，宋朝釋普濟的七絕《慧海儀禪師》一詩寫道——

萬派橫流總向東，趦然八面自玲瓏。
萬人膽破沙場上，一箭雙鵰落碧空。

「一箭雙鵰」原指射箭技術高超，後來比喻做一件事情而達到兩個或兩個以上的謀略目的。晏子將此計運用自如，未動一兵一卒，僅用兩顆桃，就巧妙地除掉了國家的大患。

　　俗語說：「再堅固的堡壘也能從內部攻破」。實施此計，關鍵在於事前做好周密調查，洞察其特點，抓準所要解決的問題之間的內在聯繫，發現其中的連帶效應，並把握好有利時機，對症下藥，才能一舉成事，否則就會弄巧成拙。

　　「一箭雙鵰」運用在經營方面，即是一舉兩得或者一舉多得，如農業上的立體種植，工業上的資源回收將廢物變為寶物等，至於在商業活動中，則更為常見。

## 鴟夷子皮與田成子

　　鴟夷子皮侍奉田成子做隨從，田成子要逃離齊國投奔燕國，鴟夷子皮背著出關信符跟在後面。

　　到暸望邑，鴟夷子皮說：「您難道沒有聽說過那乾枯的湖沼裏的蛇的故事嗎？湖沼乾了，蛇將要遷走，有一條小蛇對大蛇說：『你在前面走，我跟在你後面，人家僅認為兩條蛇在爬行罷了，必定會有人想殺死我們。不如你用嘴銜著、背著我往前走，這樣，人家見了會認為我是神靈了。』於是大蛇用嘴銜著小蛇，背著牠跨越大路往前走，人家見了都紛紛躲避，說：『這是神靈啊！』如果您扮作我的上等賓客，人家會認為我是擁有千輛戰車的國君；如果您扮作我的侍從使者，人家就會認為我是擁有萬輛戰車的國君的公卿。您不如扮作我的食客吧！」

　　後來田成子果然背著信符跟在鴟夷子皮後面，到了旅店，旅店主人果然非常恭敬而殷勤地接待，而且捧上美酒佳餚……

## 智囊

　　「涸澤之蛇」的故事，使我們對蛇的智慧留下了深刻的印象。如果那兩條蛇像人們司空見慣那樣，越過熙熙攘攘的大路，肯定會性命難保；相反牠們由於採取了「相銜負我而行」的奇特形象，從而安全地到達了目的地。

　　這則故事告知我們，資源沒有變化，變化的是整合利用資源的方法。特異的包裝、組合、造勢，造成了特異、奇異的效果，令人刮目相看。通過合理的搭配和組合，能夠使原來的力量成倍增長，達到事半功倍的效果。

　　在危機面前，蛇尚能如此，作為企業的管理者，應該得到什麼啟迪呢？事物的外在形象同它的內涵一樣重要，有時往往成為事物生存與發展的關鍵所在，事物的外在形象有時則是其內涵的一部分，而且往往是非常重要的一部分。

　　任何事業的成就，都依賴於天時、地利、人和，企業的生存與發展也取決於這三種因素。而良好的企業形象則能對影響它健康發展的三種因素進行積極的改變，從而達到使企業在競爭中立於不敗之地的效果。

〈上卷 終〉

國家圖書館出版品預行編目資料

智囊大全集（明）馮夢龍 著 -- 二版 --
新北市：新視野 New Vision, 2023.03
　　冊；　公分 --
　　　ISBN 978-626-97013-1-5（上卷：平裝）
　　　ISBN 978-626-97013-2-2（下卷：平裝）

857.16　　　　　　　　　　　　111022195

## 智囊大全集 上卷

作　　者　明·馮夢龍
出 版 人　翁天培
出　　版　新視野 New Vision
製　　作　新潮社文化事業有限公司
　　　　　電話 02-8666-5711
　　　　　傳真 02-8666-5833
　　　　　E-mail：service@xcsbook.com.tw
印前作業　東豪印刷事業有限公司
印刷作業　福霖印刷有限公司


總 經 銷　聯合發行股份有限公司
　　　　　新北市新店區寶橋路 235 巷 6 弄 6 號 2F
　　　　　電話 02-2917-8022
　　　　　傳真 02-2915-6275

二　　版　2023 年 3 月